Amanda Kissel

Der traumhafte Stoffladen

Das Buch

Das Glück liegt oft genau da, wo man es am wenigsten erwartet

Nach dem Tod ihres ungeborenen Kindes verliert Theresa den Boden unter ihren Füßen. Ohne Freund und ohne Job kehrt sie gebrochen zurück in ihre Heimatstadt und bezieht wieder ihr Kinderzimmer bei ihrer Mutter. Der einzige Lichtblick: Sie kann jetzt wieder ihrem Hobby, dem Nähen, nachgehen und beginnt, im Stoffladen ihrer Tante zu arbeiten. Dort, zwischen Nähgarn und Nadel fühlt sie sich endlich wieder angekommen. Und auch der Blick aus dem Schaufenster gefällt ihr, läuft dort ihr attraktiver Nachbar Romain über den Platz ... Als auch ihr Bruder wieder nach Hause zieht und die beiden Geschwister eine vor Jahren vergrabene Flaschenpost mit ihren geheimsten Träumen finden, beschließen sie, sich endlich ihre Jugendträume zu erfüllen. Doch das ist schwieriger als gedacht und schon bald muss Theresa sich entscheiden: Will sie den Träumen der Vergangenheit nachjagen oder liegt das Glück nicht direkt vor ihrer Tür?

Die Autorin

Amanda Kissel ist das Pseudonym der Autorin Ursula Kissel. Sie wurde in Neustadt an der Weinstraße geboren. Mit ihrem Mann und ihren drei Kindern lebt sie heute mitten im Pfälzer Wald und arbeitet als Lehrerin. Mehrere ihrer Kurzgeschichten wurden in Anthologien veröffentlicht. Ihr erster Roman "Apollonias Kiste" erschien 2018.

Amanda Kissel

Der traumhafte Stoffladen

Roman

FOREVER

Forever by Ullstein
forever.ullstein.de

MIX
Papier
FSC® C083411

Originalausgabe bei Forever
Forever ist ein Verlag
der Ullstein Buchverlage GmbH, Berlin
Januar 2019 (1)

Umschlaggestaltung:
zero-media.net, München
Titelabbildung: © FinePic®
Innengestaltung: deblik Berlin
Gesetzt aus der Quadraat Pro powered by pepyrus.com
Druck- und Bindearbeiten: CPI books GmbH, Leck

ISBN 978-3-95818-397-1

Für Rolf und Ruth

Kapitel 1

Ein leichter Nieselregen hatte eingesetzt und es roch nach Herbst, Rauch und Erde. Theresa umklammerte ihren Koffer, sie wollte ihn nicht auf der feuchten, mit Laub bedeckten Treppenstufe abstellen. Die oberen Ecken der Haustür waren voller Spinnweben, wie jedes Jahr, wenn der Altweibersommer sich dem Ende zuneigte.

Das Haus war nicht besonders groß und lag in einer ruhigen Straße, die von Platanen gesäumt war. Das Gestein war kaum noch sichtbar, denn es war über und über mit Efeu überwuchert. Die Regentropfen perlten von den Blättern. Von jeher war das Haus für Theresa ein sicherer Hafen gewesen, ein Ort, an den man immer wieder zurückkommen konnte.

Auf dem Klingelschild, das neu beschriftet worden war, wie ihr schmerzlich auffiel, stand: *Adelheid Rehberg*. Sie holte tief Luft und läutete.

Nach einer Weile regte sich etwas im Inneren des Hauses, dann wurde die Tür geöffnet und eine Frau Mitte fünfzig blickte sie erstaunt an.

»Hallo ... Was für eine Überraschung! Ich habe gar nicht mit dir gerechnet.«

Theresa biss sich auf die Lippen, um nicht in Tränen auszubrechen.

Adelheid Rehberg, von allen nur Ada genannt, ließ den Blick zu dem großen Koffer schweifen. Dann zog sie Theresa zu sich heran und umarmte sie. Theresa schloss die Augen und atmete das vertraute, altmodische Parfum ihrer Mutter ein. Sie war so froh, endlich zu Hause zu sein.

»Komm erst mal herein, was stehst du denn da draußen im Regen herum. Warum hast du nicht angerufen und gesagt, dass du kommst? Du hast Glück, dass wir freitags früher Schluss machen und ich schon zu Hause bin«, sagte ihre Mutter, nahm ihr den Koffer aus der Hand und stellte ihn im Flur ab. »Mein Gott, ist der schwer – hast du dein ganzes Hab und Gut darin?«

Beinahe hätte Theresa bejaht, aber sie wollte ihre Mutter nicht gleich mit ihren Neuigkeiten überfallen.

»Komm in die Küche. Ich koche uns erst mal einen Kaffee. Du siehst durchgefroren aus.« Ada ging in die Küche voraus, in der sich seit Jahren nichts verändert hatte. Noch immer beherrschte der große runde Tisch mit den vier Holzstühlen den Raum. Hier hatten sie in ihrer Kindheit Mahlzeit um Mahlzeit eingenommen, alle vier Familienmitglieder zusammen. Es war tröstlich, sich auf ihren alten Platz zu setzen und dem Regen zuzuhören, der gegen die Fensterscheiben plätscherte. Es war ein trüber Nachmittag, und Ada machte Licht an, während sie sich um den Kaffee kümmerte.

Theresa betrachtete sie von hinten; ihre Mutter trug eine schwarze Hose und eine weiße Bluse, ihr Standard-Outfit für das Finanzamt, bei dem sie arbeitete. Der konservative Eindruck wurde von der blauen Strähne zunichte gemacht, die in ihr dunkles kurzes Haar gefärbt war. Theresa mochte die blauen Haare nicht besonders, aber sie verliehen ihrer Mutter etwas Rätselhaftes, hoben sie von anderen ab.

Ada stellte zwei dampfende Kaffeebecher auf den Tisch und setze sich ihr gegenüber.

»Nun erzähl mal«, forderte sie sie auf und musterte sie voller Besorgnis. »Du kommst doch nicht einfach ohne Grund an einem Freitagnachmittag mit einem riesigen Koffer und ohne Voranmeldung nach Hause geschneit. Was ist passiert?«

Theresa holte tief Luft. »Matthias hat mich verlassen und ich habe meinen Job verloren.«

Sie senkte den Blick und starrte in ihren Kaffeebecher. Trotzdem spürte sie die entsetzten Augen ihrer Mutter auf sich ruhen.

»Was?«

»Matthias hat gestern Abend mit mir Schluss gemacht, deshalb habe ich heute meine Sachen gepackt und bin hierhergekommen.« Ihre Stimme brachte nur ein Flüstern heraus.

»Aber was ist vorgefallen?«, fragte Ada besorgt.

Theresa hatte sich die Ärmel ihres dunkelgrünen Langarmshirts bis über die Hände gezogen und tupfte sich damit die Tränen weg, die ihr aus den Augen quollen. »Es ging einfach nicht mehr.«

Ihre Mutter schob sich ratlos ihre blaue Haarsträhne aus der Stirn. »Die Trennung ging von ihm aus, oder?«

Theresa nickte unglücklich.

»Hat er eine andere?«

»Nein …«

»Habt ihr gestritten?«

Theresa schüttelte den Kopf.

Ada seufzte. »Vielleicht sieht alles in ein paar Tagen wieder ganz anders aus. Vielleicht überdenkt er alles nochmal und merkt, dass er dich doch noch will. Was meinst du?«

»Das wird nicht passieren«, sagte Theresa mit Nachdruck.

»Und was ist mit deiner Arbeit?«, fragte Ada mit gerunzelter

Stirn. »Es hatte doch so gut angefangen bei *Schirmer&Söhne*. Du warst doch fast am Ende deiner Probezeit.«

Theresa hatte nach Abschluss ihres BWL-Studiums als Treasurer in einem kleinen Unternehmen in Frankfurt, das Autoteile herstellte, gearbeitet. Sie hatte sich dort schnell eingelebt und wurde bald vom Seniorchef Wilhelm Schirmer und seinem Sohn Fridolin als zuverlässige Mitarbeiterin geschätzt.

»Sie waren doch immer so zufrieden mit dir«, fügte Ada eindringlich hinzu und zog Theresa die Hand vom Gesicht weg, um ihr in die Augen sehen zu können. »Das ändert sich doch nicht von einem Tag auf den anderen.«

»Es ist eben passiert«, murmelte Theresa, wich dem Blick ihrer Mutter aus und starrte aus dem Fenster, an dem Rinnsale von Regen herabliefen. »Irgendwann waren sie nicht mehr zufrieden mit mir.«

»Hast du Fehler bei der Arbeit gemacht? Hast du falsch kalkuliert? Haben sie durch dich Geld verloren?«

Ada war lauter geworden, man merkte ihr deutlich ihre Ungeduld an.

Doch Theresa schüttelte nur den Kopf. »Es tut mir leid, Mutti. Wirklich. Ich kann im Moment nicht drüber reden. Es geht nicht. Lass mir etwas Zeit.«

Milder gestimmt nahm ihre Mutter ihre Hand und streichelte sie zärtlich. »Na gut. Dann will ich dich nicht drängen. Du erzählst mir alles, wenn du dich in der Lage dazu fühlst.«

»Danke«, schniefte Theresa. »Kann ich eine Weile hierbleiben?«

Sie glaubte, ein leichtes Zögern wahrzunehmen, doch dann sagte Ada: »Natürlich. Du kannst dich wieder in deinem alten Zimmer einrichten. Was ist jetzt mit eurer Wohnung in Frankfurt?«

»Matthias wird weiterhin darin wohnen. Alleine.«

Theresa stand auf, stellte ihren leeren Kaffeebecher in die Spüle und nahm im Flur ihren Koffer. Als sie am Wohnzimmer vorbeikam, hielt sie einen Moment erschrocken inne. Es befand sich nur noch die kleine Samtcouch darin, die zwei Sessel waren verschwunden und hatten einem Crosstrainer und einem Rudergerät Platz gemacht.

»Was ist das?«

»Wonach sieht es denn aus?«, fragte Ada unwirsch.

»Hast du aus unserem Wohnzimmer einen ... Fitnessraum gemacht?«

»Fitnessraum – nun übertreib mal nicht. Es steht immer noch die Couch da und fernsehen kann man auch noch. Ab und an gibt es eben Veränderungen im Leben.« Ein verletzlicher Zug lag um die Lippen ihrer Mutter. »Dein Vater ist vor einem Dreivierteljahr gestorben. Du und dein Bruder denkt wohl, ich würde jetzt nur noch mutterseelenallein in diesem Haus herumsitzen und Däumchen drehen. Aber das tue ich nicht. Man muss vorausschauen und sich andere Aufgaben suchen im Leben.«

»Ja, ich weiß«, murmelte Theresa. »Tut mir leid, so war das nicht gemeint.«

Beide blickten zu dem gerahmten Foto ihres Vaters, das auf dem Bücherregal neben dem Rudergerät stand. Theresa bemerkte aus dem Augenwinkel heraus, dass ihre Mutter rasch eine Träne wegblinzelte, bevor sie sich abwandte und in die Küche zurückging.

Eine enge Treppe mit weißgestrichenem Holzgeländer führte in die oberen Räume. In ihrem alten Kinderzimmer hatte sich nichts geändert. Es empfing sie mit den gelb gemusterten Vorhängen, die sie als Teenie selbst genäht hatte. Der Regen trommelte nun stärker gegen das Fenster, das den Blick auf einen Himmel mit zusammengebauschten grauen Wolken freigab.

Sie stellte ihren Koffer ab und sah sich um. Im Bücherregal standen ihre französischen Bücher, die sie für die Schule hatte lesen müssen – Molière, Camus, Gide, Voltaire, Stendhal und so weiter. Auch der Rest der Dekoration verriet, dass sie als junges Ding eine absolute Frankreichliebhaberin gewesen war. Über dem Bett hingen ein Poster vom nächtlichen Paris, eines vom Eiffelturm und eines von leuchtenden Lavendelfeldern in der Provence. Auf dem Regal stand ein Foto ihrer Brieffreundin Aurore aus La Rochelle, die sie mehrere Jahre hintereinander mit dem deutsch-französischen Schüleraustausch besucht hatte. Sie schloss die Augen, vergaß für einen Moment ihren Kummer und ließ ihre Gedanken zurückschweifen zu endlosen Feldern mit blühenden Sonnenblumen, duftenden Heuballen ... Auf einem dieser Heuballen wurde sie vor zwölf Jahren in der Julihitze zum ersten Mal geküsst, von Nicolas, dem Bruder ihrer Austauschpartnerin. Noch heute erinnerte sie sich an den Geschmack seiner Lippen, er schmeckte nach der selbstgemachten Himbeerlimonade seiner Großmutter und ihren Zitronentartelettes.

Sie gab sich einen Ruck und kehrte fast gegen ihren Willen in die Gegenwart zurück. Das alles war lange her, heute war sie siebenundzwanzig Jahre alt, Nicolas hatte sie seit diesem letzten Sommer vor zwölf Jahren nie wieder gesehen, und überhaupt schien es ihr, als wäre dies alles mehr als ein ganzes Menschenleben her.

Sie öffnete ihren Koffer und ging ins angrenzende Bad, das sie während ihrer Jugend mit ihrem kleinen Bruder Friedrich geteilt hatte, um ihren Kulturbeutel auszupacken. Kurz sah sie in den Spiegel über dem Waschbecken, aber ihr Anblick gefiel ihr nicht. Ihre Haut war blass und fleckig vom Weinen, die grauen Augen rotgerändert, und die braunen, welligen Haare hingen ihr zerzaust um die Schultern.

Sie wusch sich das Gesicht mit kaltem Wasser und glättete ihre Haare mit den Händen so gut es ging. Zurück in ihrem Zimmer nahm sie ihre Kleidung aus dem Koffer und legte sie in den Schrank. Auf dem Tisch unter dem Fenster stand noch immer ihre alte Nähmaschine, die sie von ihrer Großtante Babette zu ihrem sechzehnten Geburtstag geschenkt bekommen hatte. Neben Frankreich war das Nähen eine weitere Leidenschaft von ihr gewesen. Sie hatte sich sämtliche Röcke und T-Shirts selbst geschneidert und war von den meisten Mädchen ihrer Klasse bewundert worden, da sie ausschließlich Unikate trug. Gerne hätte sie das Nähen zu ihrem Beruf gemacht, hätte ihre Mutter nicht …

»Theresa!«, rief Ada von unten. »Ich hab dir doch bei unserem letzten Telefonat erzählt, dass es Tante Babette nicht so gut geht. Geh doch mal die nächsten Tage bei ihr vorbei.«

»Hatte ich sowieso vor«, gab Theresa zurück und strich über die Nähmaschine. Ob sie noch einwandfrei funktionierte? Sie hatte seit mindestens sechs, sieben Jahren nicht mehr damit genäht, ihr hatte während des Studiums schlichtweg die Zeit gefehlt.

Nachdem alle Kleider verstaut waren, blieb nur noch der gelbe Plüschhase im Koffer. Wehmütig zog Theresa ihn heraus und drückte ihn an sich. Sofort begannen die Tränen wieder zu fließen, und sie legte sich gekrümmt auf das Bett, den Hasen fest umklammert. Es war eigentlich nicht ihr Hase, er sollte ursprünglich für jemand anderen sein. Aber er war seinem wahren Besitzer nie gegeben worden, und nun war er ein Waisenhase.

Als sie am Samstagmorgen nach einer schlaflosen Nacht herunterkam, trainierte ihre Mutter auf dem Crosstrainer. Sie trug eine neonfarbene Leggings und ein T-Shirt, die beide leuchteten wie ein oranger Textmarker.

»Frühstück steht in der Küche«, sagte Ada atemlos und wischte sich mit einem Handtuch die Stirn ab. »Übrigens – heute Abend kommt meine Bridgerunde.«

»Wer?«, fragte Theresa. Ihre Mutter hatte nie zuvor Bridge gespielt.

»Na, die Damen, mit denen ich mich jeden Samstagabend zum Bridgespielen treffe. Emma, Marlene und Hedwig. Möchtest du mitspielen?«

»Nein, nein«, sagte Theresa schnell. Ihr stand der Sinn überhaupt nicht nach Gesellschaft, sie wollte alleine sein, reglos auf dem Bett liegen und den gelben Hasen im Arm halten.

»Gut.« Ein kurzer Anflug von Erleichterung flog über Adelheids Gesicht, aber Theresa hatte ihn dennoch wahrgenommen. Unbehagen machte sich in ihr breit; sie hatte ihre Mutter ohne Vorwarnung überfallen und drang in ihr Leben ein, das sie sich nach dem Tod ihres Vaters neu aufgebaut hatte. Sie wusste, wie viel Kraft es ihre Mutter gekostet haben musste.

Sie trank in der Küche im Stehen eine Tasse Kaffee und aß ohne Appetit einen trockenen Toast, bevor sie noch mal ihren Kopf ins Wohnzimmer steckte.

»Ich gehe zu Tante Babette in den Laden.«

»Gute Idee, tu das«, keuchte ihre Mutter, die inzwischen ihr Tempo erhöht hatte. »Und rede ihr mal ins Gewissen, dass sie Arbeit abgeben muss: Sie hört weder auf ihre Ärztin noch auf mich.«

Theresa ging die Straßen Neustadts in Richtung Stadtzentrum entlang und sog die klare Herbstluft ein. Sie war ein paar Monate nicht mehr in ihrer Heimatstadt gewesen, und die engen Gassen mit den Fachwerkhäusern und Höfen, den weinumrankten Mauern und dem Kopfsteinpflaster erschienen ihr malerischer denn je. Wie jeden Samstagmorgen herrschte lebhaftes Treiben in der Kleinstadt, die Cafés und Bistros waren voller Menschen, die hier lange und ausgiebig frühstückten.

Bald erreichte sie den kleinen Platz, auf dem sich das Stoffgeschäft ihrer Großtante namens *Samt & Seide* befand. Ihr Herz zog sich zusammen, sie wusste nicht recht, ob vor Freude oder Wehmut, weil sie schon so lange nicht mehr hier gewesen war. Das Geschäft war ihre gesamte Jugend hindurch ihr liebster Ort gewesen. Neben dem schmalen Haus ihrer Tante befand sich ein hipper Friseur namens *Rapunzel*, der Feinkostladen *Geschmackssache* und eine Chocolaterie. Die Läden existierten bereits seit Jahrzehnten. Gegenüber jedoch war offenbar eine neue Bar eröffnet worden. *Chez Romain* prangte in schnörkelloser Schrift über der massiven Haustür aus dunklem Holz. Das klang französisch. Neugierig spähte sie durch ein Fenster, aber dahinter war alles dunkel, und so steuerte sie, an dem Brunnen in der Mitte des Platzes vorbei, das *Samt & Seide* an.

Das Schaufenster war ungewohnt nachlässig gestaltet. In ihrer Jugendzeit hatte Theresa ihrer Tante oft geholfen, originelle Kreationen auszustellen, die die Leute anzogen. Eines ihrer Modethemen war *Märchen* gewesen; dazu hatte Tante Babette Prinzessinnenkleider aus prächtigen Samt- und Seidenstoffen geschneidert, die sie den Schaufensterpuppen angezogen hatten. Ein mit üppigem Purpur überworfener Stuhl als Thron sowie eine Leinwand im Hintergrund, die mit einer undurchdringlichen Dornröschenhecke bemalt war, bildeten die übrige Deko. Die Passanten hatten lange davor verweilt, um jedes Detail in sich aufzunehmen.

Ein anderes Thema hatte *Unterwasserwelt* geheißen. Tante Babette hatte Nixenkostüme mit langen Meerjungfrauenflossen aus schillernden Stoffen gezaubert, riesige Muscheln und Seesterne aus Pappmaché von der Decke baumeln lassen.

Es stimmte sie traurig, wie das Schaufenster jetzt aussah. Außer ein paar achtlos hingeworfenen Stoffballen war es leer. Tante Babette musste es wirklich schlecht gehen, wenn sie sich nicht mehr darum kümmerte – andererseits hatte sie die siebzig weit überschritten, war es nicht klar, dass die Kräfte irgendwann nachließen? Es war ein Wunder, dass sie den Laden überhaupt noch allein führte.

Theresa trat durch die Glastür ein und wurde vom melodischen Bimmeln der Ladenglocke empfangen. Sofort fühlte sie sich wieder wie zu Hause und Erinnerungen stürmten auf sie ein. Fast jeden Tag war sie nach der Schule zu Tante Babette in den Laden gegangen, hatte im Hinterzimmer erst ihre Hausaufgaben gemacht und ihr dann geholfen. Ihre Tante hatte nie geheiratet und freute sich über ihre Gesellschaft. Ada war bis nachmittags im Finanzamt gewesen und froh, dass ihre Tochter im Laden unterschlüpfen konnte. Bereits mit zehn Jahren konnte Theresa Röcke und Kleider nähen; sie nähte Kissen, Taschen und Stofftiere. Ihre Kreationen waren nie in dezenten Farben gehalten, sondern ein aufregendes Wirrwarr aus Mustern und Formen, leuchtenden Farben, die auf den ersten Blick nicht zusammenpassten, auf den zweiten jedoch eine schillernde Harmonie bildeten.

Gedankenverloren strich sie über Baumwoll-, Samt- und Jerseystoffe, bis es im Hinterzimmer hinter dem Verkaufsraum raschelte und sie schnell aufsah.

»Theresa!«, rief Tante Babette strahlend und kam schwerfällig auf sie zu. Sie breitete die Arme aus und drückte ihre Großnichte an ihren wogenden Busen. Wie immer trug sie einen unförmigen, selbstgenähten Kittel, der mit pinkfarbenen Flamingos bedruckt war und ihr schweres Übergewicht kaschierte, und hatte die grauen Haare unordentlich zu einem Dutt zusammengefasst. »Ich wusste gar nicht, dass du in der Stadt bist! Deine Mutter hat mir nichts verraten.«

»Ich bin ganz spontan gekommen«, sagte Theresa und löste sich langsam aus der Umarmung ihrer Tante, die sich so tröstlich anfühlte.

»Du siehst blass aus«, stellte Babette fest und musterte sie gründlich. »Und unglücklich. Was ist los?«

Wie immer hielt sich ihre Tante nicht mit Small Talk auf. Theresa seufzte.

»Ich habe meine Arbeit verloren und Matthias hat mit mir Schluss gemacht. Deswegen bin ich heimgekommen.«

»Ach, du grüne Neune!«, rief Babette entsetzt. »Das verlangt nach einer Krisensitzung. Du musst mir alles erzählen.«

Gerade hatte eine Frau mit zwei Kindern das Geschäft betreten und schaute sich bei den Jerseystoffen mit Feuerwehr- und Drachenmotiven um. Freundlich, aber resolut komplimentierte Babette sie zum Ausgang. »Tut mir sehr leid, wirklich, aber wir haben gerade eine absolute Familienkrise, die sofortiges Einschreiten erfordert. Wenn Sie bitte ...«

Die Frau sah sie erstaunt an, nahm aber ihre Kinder an die Hand und ging zur Tür. »Ja, nun, das kann ja durchaus mal vorkommen.«

»Wenn Sie wiederkommen, gebe ich Ihnen zur Entschädigung einen großzügigen Rabatt«, versprach Tante Babette, schloss die Tür hinter ihr und hängte ein Geschlossen-Schild auf.

»Du musst wirklich nicht wegen mir schließen, Tante

Babette«, wandte Theresa ein. »Ich wollte nur kurz nach dir sehen, ich kann auch heute Abend wiederkommen und dann ...«

»Papperlapapp«, sagte die Tante scharf und stapfte ihr voran die Treppe hoch ins Obergeschoss, wo sie ihre Wohnung hatte. Theresa bemerkte, wie schwer es ihr fiel, die Stufen zu erklimmen, sie keuchte wie ein kaputtes Ventil.

In ihrer kleinen Küche, die den verblichenen Charme der Siebzigerjahre hatte – über der Spüle waren geblümte Kacheln, die Schränke waren giftgrün – knallte Babette eine Cognacflasche auf den Tisch und stellte zwei Gläser dazu.

»Aber Tante Babette«, protestierte Theresa, »doch nicht am Vormittag ... Und außerdem – darfst du das überhaupt?«

Sie ließ den Blick über die diversen Tablettenschachteln und -röhrchen schweifen, die am Ende des Tisches auf einem Haufen lagen.

Babette atmete schwer. »Besondere Situationen erfordern besondere Maßnahmen, oder wie man so sagt. Ich war noch nie jemand, der bei schlechten Neuigkeiten ein gepflegtes Tässchen Tee trinkt, das weißt du doch.«

Theresa ergab sich in ihr Schicksal und sah zu, wie ihre Tante großzügig einschenkte. »Trotzdem. Mutti hat mir gesagt, dass es dir gesundheitlich nicht gut geht. Und wenn ich mir diese vielen Medikamente ansehe ... Du solltest besser auf dich achten.«

»Hat sie dich geschickt, um mit mir zu schimpfen?«, fragte Tante Babette und verzog das Gesicht. »Das kann sie sich sparen. Mit Mitte siebzig ändere ich meine Gewohnheiten bestimmt nicht mehr, da kann sie sagen, was sie will. Hier, möchtest du eine Weinbrandpraline? Bedien dich.«

Genüsslich schob sie sich drei Pralinen nacheinander in den Mund, während Theresa nur auf die Schachtel starrte, als würde sie ihr Übelkeit verursachen.

»Meine Ärztin ist sowieso der Meinung, ich mache es nicht mehr lang«, sagte Babette unbekümmert. »Also kann ich auch die guten Seiten des Lebens genießen, meinst du nicht? Einen schönen Cognac, exquisite Schokolade, ab und an mal eine kubanische Zigarre, und sonntags den Tatort. Aber genug von mir alter Schachtel. Erzähl mir, was passiert ist.«

»Nun ja«, begann Theresa unbehaglich. »Das habe ich ja schon. Mit Matthias ist es aus, und meine Arbeit habe ich auch verloren.«

»Sei froh, dass du diesen kleinen Lackaffen los bist«, sagte Babette verächtlich. »Ohne ihn bist du besser dran. Ich konnte ihn noch nie leiden. Wie er auf meinem fünfundsiebzigsten Geburtstag in diesem rosa Hemd aufgetaucht ist wie ein kleines Mädchen ...«

Theresa schwieg bedrückt. Bis jetzt vermisste sie Matthias nicht, doch wenn sie an den Grund der Trennung dachte, vergrößerte sich der Kloß in ihrem Hals und sie glaubte, zu ersticken vor Kummer.

Zum Glück war Tante Babette so in ihrer Empörung gefangen, dass sie gar nicht daran dachte, nach den Gründen zu fragen.

»Noch Cognac? Und nimm dir eine Praline, die sind köstlich. Ich habe sie aus der Chocolaterie nebenan. Dort bekomme ich Rabatt, besonders wenn ich mehrere Schachteln gleichzeitig kaufe. Es geht nichts über gute Geschäftsbeziehungen zur Nachbarschaft. Und was war mit deiner Arbeit in dieser Schirmfabrik?«

Theresa musste gegen ihren Willen lächeln. »Es war doch keine Schirmfabrik. Die Eigentümer hießen nur Schirmer. Ich ... Es, äh, ist etwas kompliziert ...«

Sie druckste noch ein wenig herum, weil sie um nichts in der Welt über das Thema sprechen wollte und nicht wusste, was sie stattdessen an Belanglosigkeiten sagen konnte. Doch ihre Tante kam ihr mit ihrer Ungeduld zuvor.

»Ganz ehrlich, Theresa – der Job war absolut nichts für dich. Das habe ich von Anfang an gewusst, deshalb überrascht es mich nicht, dass nichts Dauerhaftes daraus wurde. In diese Finanzwelt gehörst du nicht.«

Insgeheim stimmte Theresa ihr zu, doch sie schwieg, um nicht wieder diese uralte Diskussion über ihr Berufsleben zu entfachen. Babette schob sich eine weitere Praline in den Mund.

»Dieses ganze BWL-Studium war doch eine Farce. Da hat dich deine Mutter in eine Richtung gedrängt, die nicht die richtige für dich war. Es ist schön, dass sie ihren Job als Finanzbeamtin mit so viel Leidenschaft ausübt ...« An dieser Stelle lachte sie trocken, hustete daraufhin aber so heftig, dass Theresa aufsprang und ihr ein Glas Wasser eingoss. Babette winkte mit zittriger Hand ab und kippte ihren Cognac hinunter.

»Deine Mutter ist eine leidenschaftliche Finanzbeamtin«, fuhr sie dann fort, als wäre nichts gewesen, »aber du bist anders gestrickt. Du hättest Schneiderin werden sollen wie ich. Bei mir hättest du eine Ausbildung machen können. Oder überall sonst. Alle hätten dich mit Kusshand genommen, du konntest ja bereits mit zehn Jahren perfekt nähen. Stattdessen hast du dich dein halbes Leben lang mit Zahlen beschäftigt – Zahlen!« Sie spie das Wort aus, als wäre es etwas Unanständiges. »Dein Talent, deine Leidenschaft für Mode, für das Kreieren sind dabei auf der Strecke geblieben!«

Sie hatte sich völlig verausgabt und hustete wieder kräftig.

»Das hört sich nicht gut an«, sagte Theresa besorgt und klopfte ihr hilflos auf den Rücken.

»Ach was, Unkraut vergeht nicht«, keuchte Babette, nahm mit

zittrigen Fingern eine Tablette aus einer der Schachteln, schluckte sie und spülte sie mit Cognac hinunter.

»Ich weiß nicht, ob das eine gute Idee ist …«

»Komm, hör auf, meine Krankenschwester zu spielen. Um es nochmal ganz deutlich zu sagen: diese Stelle als *Trash* …«

»Treasurer«, half Theresa aus.

»Ja, wie auch immer. Was immer das sein soll. Diese Arbeit ist nicht das richtige für dich.«

Theresa drehte ihr Cognacglas in den Händen. »Ich bin den Job ja sowieso los.«

»Hm. Und was hast du jetzt vor?«

Theresa stützte den Kopf in die Hände. Nach den Ereignissen der letzten Wochen fühlte sie sich unendlich müde und kraftlos; ihr fehlte die Energie, um Pläne zu schmieden. Es war anstrengend genug, einfach den Tag durchzustehen.

»Ich mache dir einen Vorschlag«, sagte Babette und musterte sie scharf. »Du könntest eine Weile hier im Laden bei mir arbeiten. Ich bin zu alt und zu krank, um alles alleine zu schaffen. Sie dich nur um. Das Vorratslager sieht aus wie Sau, und der Zustand des Schaufensters hat dich gewiss schockiert.«

»Ach nein, das ist nicht so …«

»Papperlapapp«, schnitt ihr Babette das Wort ab. »Du musst nichts beschönigen. Meine Buchhaltung ist ein einziges Chaos. Aber für dich als Betriebswirtschaftlerin wäre es bestimmt ein Leichtes, da durchzusteigen und alles wieder auf Vordermann zu bringen. Ohne die Hilfe deiner Mutter bei der Steuererklärung wäre ich eh schon lange im Knast wegen schmuddeliger Buchführung … «

Theresa starrte ihre Tante an; ihr Herz klopfte freudig beim Gedanken an die Arbeit im Stoffladen.

»Ich hatte bis letzte Woche noch eine Aushilfe«, erzählte

Tante Babette. »Aber es ging auf Dauer nicht gut mit ihr. Das arme Ding war Kettenraucherin, sie musste halbstündlich vor die Tür, um ihrem Laster zu frönen, egal, ob gerade Kundschaft da war oder nicht. Außerdem dünstete sie einen widerlichen Zigarettengeruch aus, und die Stoffe rochen bereits nach ihr. In meinem Geschäft stank es wie in einer verrauchten Spelunke, stell dir das mal vor!«

»Oh je«, murmelte Theresa.

»Ja, nicht wahr? Wer möchte schon Stoffe kaufen, die nach durchzechter Nacht stinken? Ich musste diese Frau loswerden, bevor sie mir alle Kunden vergraulte. Deshalb kommst du mir wie gerufen, Theresa. Viel zahlen kann ich dir nicht, aber du kannst dich nach Herzenslust an den Stoffen, an meinen Spirituosen und meinen Süßigkeiten bedienen. Vielleicht möchtest du ja wieder mit dem Nähen anfangen?«

»Danke für das tolle Angebot«, sagte Theresa gerührt. »Ich meine, du bist meine Rettung! Ohne dich würde ich nur zu Hause rumsitzen und mich in meinem Elend suhlen. Und ich kann jeden Euro gebrauchen. Ich freue mich richtig, wieder hier mit dir zusammenzuarbeiten. Genauso wie früher.«

Sie umarmte ihre Tante.

»Wann soll ich anfangen?«

»Am Montag?«

»Gut. Ach, übrigens ...« Theresa stand auf und blickte durch das schmale Küchenfenster hinüber zu dem alten Fachwerkhaus, das seit Neuestem das *Chez Romain* beherbergte. »Was ist das für ein neues Lokal da gegenüber? Als ich das letzte Mal hier war, war noch diese Pizzeria in dem Gebäude.«

Babette sah ihr über die Schulter und sagte abfällig: »Keine Ahnung, das ist irgend so eine Bar. Es gibt da anscheinend vor allem Cocktails, was Richtiges zu essen haben die wohl nicht. Die

Bar gehört so einem seltsamen Typen. Er scheint aber kein Franzose zu sein, wie der Name vermuten lässt. Keine Ahnung, wo genau er herkommt. Auf jeden Fall hat er regen Frauenverkehr.«

Theresa lachte auf. »Du bist ja bestens informiert.«

»Natürlich. Ich habe recherchiert. Ich will schließlich wissen, wer sich in meiner Nachbarschaft so niederlässt. Begleitest du mich bei Gelegenheit mal rüber, auf einen Cocktail? Ich würde mich gerne mal da drüben umsehen.«

»Okay«, willigte Theresa ein, obwohl ihr insgeheim so gar nicht der Sinn nach Ausgehen stand.

Da sie sonst nichts zu tun hatte und die Aussicht darauf, zu Hause trübsinnig in ihrem Kinderzimmer zu sitzen, nicht sehr verlockend war, blieb sie gleich einige Stunden im Laden und machte sich nützlich. Da es wieder zu regnen begann, blieb die Kundschaft weitgehend aus. Tante Babette schloss das *Samt & Seide* früher als sonst, wünschte ihr einen schönen Sonntag und schloss die Ladentür hinter ihr ab.

Unschlüssig stand Theresa im Regen; dicke Tropfen zerplatzten auf der Oberfläche des Brunnens in der Mitte des Platzes und zogen Kreise um sich. In der Bar gegenüber war noch alles dunkel, sie öffnete erst um siebzehn Uhr, wie auf dem silbernen Türschild zu lesen war. Sie spannte ihren Schirm auf und schlenderte hinüber, um durch die Fenster zu sehen, doch außer einem finsteren Raum erkannte sie wenig.

Gemächlich ging sie nach Hause. Ada befand sich in der Küche und bereitete ein paar Schnittchen und Getränke für ihre Bridgerunde vor.

»Wie war es bei Babette?«, fragte sie, während sie kleine Happen mit Lachs und Ei belegte.

»Gut. Sie hat mir angeboten, bei ihr im Laden zu arbeiten.«

Als sie den Blick ihrer Mutter sah, fügte sie rasch hinzu: »Natürlich nur, bis ich etwas anderes gefunden habe.«

»Ach so.« Ada wirkte erleichtert. »Du hast ja nicht jahrelang BWL studiert, um dann in einem Laden zu stehen und Stoffe zu verkaufen.«

»Aber das macht mir gerade am meisten Spaß. Ich habe heute schon ein bisschen mitgeholfen.« Sie behielt die Tatsache, dass ihr diese Arbeit auch vor zehn Jahren bereits Freude bereitet hatte, für sich, um keine erbitterte Diskussion mit ihrer Mutter anzuzetteln.

»Du solltest gleich am Montag anfangen, dich nach interessanten Stellen umzusehen«, riet ihr Ada und legte Frischhaltefolien über die Schnittchen. »Du kannst ja mit den Zeitungsannoncen und mit dem Internet anfangen. Ich höre mich auch mal um.«

»Mhm. Mal sehen«, gab Theresa unverbindlich zurück und wandte sich ab, damit ihre Mutter ihren gequälten Gesichtsausdruck nicht sah. Nach den letzten Wochen brauchte sie Zeit, um wieder zu sich zu kommen, sie konnte nicht einfach am Montag durchstarten, als wäre nichts gewesen.

Sie löffelte schnell einen Joghurt, um nach oben verschwinden zu können. Adelheids Bridgerunde wollte sie nicht unbedingt begegnen, sie sehnte sich plötzlich nach der Einsamkeit und Stille ihres Zimmers. Der Tag im *Samt & Seide* war zwar schön, aber auch anstrengend gewesen, und sie merkte, wie ausgelaugt sie sich fühlte.

Vom oberen Stockwerk aus hörte sie, wie die Freundinnen ihrer Mutter eintrafen und sich geräuschvoll begrüßten. Sie schienen guter Stimmung zu sein und richteten sich um den Küchentisch herum ein.

»Schicke neue Louis Vuitton-Tasche, Emma«, sagte Adelheid

zu einer ihrer Freundinnen. »Ich hoffe sehr, es ist kein Fake aus China?«

»Ach, Ada«, seufzte die Angesprochene, »lass die Finanzbeamtin in dir doch mal Feierabend machen.«

Theresa duschte lange, putzte sich die Zähne und schlüpfte in ihr Nachthemd, um sich dann auf dem Bett zusammenzurollen, den gelben Hasen an sich gedrückt, als könne er ihr Trost schenken.

Die Bridgedamen wurden immer ausgelassener; es schien Alkohol zu fließen, Gelächter hing im Raum. Eine der Freundinnen bekam einen Telefonanruf, denn Theresa vernahm, wie sie am Fuße der Treppe offenbar mit ihrem Mann redete.

»Marlene«, rief ihre Mutter aus der Küche. »Du weißt schon, dass du als Freiberuflerin das Handy unter gewissen Umständen absetzen kannst, oder?«

Die Bridgefreundinnen lachten sich kaputt und klirrten mit ihren Gläsern.

Theresa verfiel in einen unruhigen Schlaf. Wilde Träume vermischten sich mit dem schrillen Lachen der Bridgedamen. Später schrak sie aus einem schrecklichen Albtraum auf und saß kerzengerade im Bett, den Hasen immer noch unter den Arm geklemmt. Es herrschte eine undurchdringliche Dunkelheit, das Haus lag in völliger Stille. Auch in ihrem Traum hatte sie gerade geschlafen und war davon aufgewacht, dass sich eine feuchte, dunkle Blutlache zwischen ihren Beinen ausbreitete.

Ihr war so übel, dass sie das Gefühl hatte, sich übergeben zu müssen. Sie stand zittrig auf, stürzte ins angrenzende Badezimmer und erbrach sich in die Toilette.

Als es vorbei war, kniete sie Minuten lang auf den kühlen Fliesen, ohne sich zu rühren. In ihr herrschte eine schreckliche Leere, die sich womöglich nie wieder füllen würde.

Sie brauchte mehrere Anläufe, bis sie die Kraft aufbrachte, sich hochzurappeln, sich das Gesicht eiskalt abzuwaschen und wieder in ihr Bett zu gehen. Die Angst, der Traum könnte zurückkehren, hielt sie wach.

Da klingelte es an der Haustür. Das Geräusch zerriss die Stille der Nacht, sodass sie erneut auffuhr. Sie tastete nach ihrem Smartphone und schaute auf die Zeitanzeige: Es war nach Mitternacht. Das Herz trommelte in ihrer Brust; irgendetwas musste passiert sein, denn wer läutete um diese Zeit?

Kapitel 2

Sie schob die Decke zurück, stand auf und schlich auf den Flur. Unten vernahm sie gedämpfte Stimmen, dann wurde das Licht im Eingangsbereich angemacht. Noch immer war ihr dieses nächtliche Intermezzo unheimlich, trotzdem ging sie, Schritt für Schritt, barfuß die Treppe ein Stück hinunter.

Als sie um die Biegung kam, sah sie ihre Mutter in einem weißen Nachthemd und einen kräftigen jungen Mann, der in jeder Hand einen Koffer hielt. Einen Wäschekorb mit drei Laptops und diversen andere technische Geräten hatte er auf der ersten Treppenstufe abgestellt.

»Friedrich!«, rief sie und rannte das letzte Stück der Treppe hinunter auf ihn zu.

»Hallo, Schwesterherz«, sagte ihr kleiner Bruder und grinste sie verlegen an. »Achtung, stolper nicht über meine Ausrüstung.«

»Was tust du hier mitten in der Nacht?«

»Das frage ich mich auch«, sagte Ada nicht sehr erfreut. »Ich habe mich fürchterlich erschrocken, als es mitten in der Nacht geklingelt hat. Ich habe gedacht, es wäre etwas passiert und die Polizei stünde vor dem Haus.«

»Ach, was, übertreib nicht. Ist das Bett in meinem alten Zimmer bezogen? Ich bin hundemüde.«

Ada ließ ein trockenes Lachen hören. »So leicht kommst du

mir nicht davon, Fritzchen. Du bist mir schon eine Erklärung schuldig, weshalb du nach Mitternacht bei mir aufschlägst.«

Friedrich seufzte ergeben, und so begaben sie sich alle drei in die Küche, wo sie sich an den runden Tisch setzten. Vor den Fenstern herrschte Dunkelheit, lediglich die Straßenlaterne warf einen schmalen Streifen Licht über den Vorgarten.

»So, jetzt erzähl mal«, forderte Ada ihn auf.

»Kann ich einen Kakao haben oder so?«, fragte Friedrich bittend.

Ada starrte ihn mit zusammengekniffenen Augen an, sodass Theresa sich rasch erhob. »Ich mach dir einen. Du auch, Mutti?«

»Hm.«

Theresa gab Milch in drei Becher und rührte Kakao hinein, um alles in der Mikrowelle zu erhitzen. Verstohlen betrachtete sie ihren Bruder. Er war fünfundzwanzig, zwei Jahre jünger als sie. Seit sie ihn vor einigen Wochen das letzte Mal gesehen hatte, hatte er ordentlich zugenommen. Sie ging davon aus, dass er durch seine Arbeit – er arbeitete als Software-Entwickler, meistens im Home-Office – nicht oft vor die Tür kam und sich einfach zu wenig bewegte. Er ernährte sich wahrscheinlich hauptsächlich vom Lieferservice. Seine langen braunen Haare hatte er zu einem Pferdeschwanz gebunden, und wie üblich trug er eines seiner Nerd-T-Shirts. Auf diesem stand *Es gibt 10 Arten von Menschen – die, die das binäre System verstehen und die, die es nicht verstehen.*

Ihr Ex Matthias hatte Friedrich immer als einen *Rollenspieler-Typen* bezeichnet, und Theresa wusste, dass das nicht als Kompliment gemeint war.

Schließlich saßen sie alle drei vor einem Becher dampfenden Kakaos.

»Ich höre«, sagte Ada. »Was ist los?«

Theresa dachte bitter, welch ein Zufall es war, dass erst sie selbst bei ihrer Mutter aufgetaucht war, vor einem Scherbenhaufen ihres Lebens stehend, einen Tag später ihr Bruder. Dass er ohne schwerwiegenden Grund hier aufgetaucht sein könnte, war undenkbar.

»Hast du auch deinen Job verloren und wurdest verlassen?«, fragte Ada nun schärfer, als Friedrich genüsslich seinen Kakao schlürfte.

»Ach was«, winkte er ab. »Dramatisier nicht immer so. Und wieso *auch*? Hast du deinen Job verloren, Mutter? Du bist doch verbeamtet auf Lebenszeit, sie können dich doch gar nicht auf die Straße setzen!«

»Haha, sehr witzig«, sagte Ada. »Ich bin hundemüde, Fritzchen. Rück raus mit der Sprache, ich glaube, wir wollen alle schlafen gehen.«

»Na ja, ich habe ein kleines Wohnungsproblem, nichts wirklich Schlimmes.«

»Will heißen?«

»Nun ...« Friedrich trank einen großen Schluck; Theresa sah ihrer Mutter an, dass sie am Ende ihrer Geduld war. »Mein Vermieter hat mir vor ein paar Monaten gekündigt, wegen Eigenbedarfs ...«

»Vor ein paar Monaten?«, fragte Theresa ungläubig. »Hast du dir in der Zwischenzeit nichts Neues gesucht?«

»Äh, naja, nicht richtig. Ich hatte gehofft, er überlegt es sich nochmal anders. So einen ruhigen und zuverlässigen Mieter wie mich findet man bestimmt nicht alle Tage.«

»Du hast das Problem also ausgesessen?« Ada schlug mit der Hand auf den Tisch. »Wie so oft. Ich fasse es nicht. Und wieso musstest du unbedingt mitten in der Nacht hier auftauchen? Hätte das nicht bis morgen früh Zeit gehabt?«

»Nein«, sagte Friedrich zerknirscht. »Der Vermieter ist in den letzten Tagen zudringlich geworden. Sehr unangenehm. Er hat mir schließlich ein Ultimatum gesetzt. Wenn ich die Wohnung heute nicht bis Mitternacht geräumt hätte, hätte er die Polizei gerufen. Das wollte ich dann doch nicht riskieren.«

Ada seufzte tief. »Und nun?«

»Ich dachte«, begann Friedrich und sah sie bittend an, »dass ich vielleicht eine Weile hier unterkommen könnte? Bis ich etwas Neues gefunden habe?«

»Hm.« Ada verschränkte die Arme vor der Brust und fixierte ihn.

»Dann wärst du auch nicht so alleine im Haus«, fügte Friedrich hinzu.

»Wer sagt, dass ich alleine bin?«, fuhr Ada ihn an. »Samstags kommen meine Bridgefreundinnen, donnerstags mache ich den Damen aus der Nachbarschaft die Nägel und freitags gehe ich zum Bowling.«

»Wieso hast du vorhin eigentlich gesagt, ob ich *auch* meinen Job verloren habe?«, fragte Friedrich plötzlich.

»Ich wurde entlassen und Matthias hat mit mir Schluss gemacht«, presste Theresa schnell heraus. »Ich bin seit gestern auch hier.«

Friedrich legte ihr den Arm um die Schulter und sie drückte einen Moment lang ihr Gesicht an seine Brust. Er roch so tröstlich nach Pizza.

»Dieser arrogante Idiot hat dich sitzenlassen? Dem würde ich gerne mal die Meinung geigen! Wie kann er nur? Was ist passiert?«

»Das würde mich auch mal interessieren«, warf Ada ein.

Theresa traten die Tränen in die Augen; sie schüttelte den Kopf und trank schweigend den Rest ihres Bechers aus.

»Nun gut«, sagte Ada. »Heben wir die Tafel auf. Es ist nach ein

Uhr. Ich gehe jetzt ins Bett. Friedrich, du weißt, wo die Bettwäsche ist, hol dir welche und bezieh dein Bett.«

»Gut. Helft ihr mir bitte, mein Gepäck und die Computer in mein Zimmer zu tragen?«

Jeder nahm ein Gepäckstück und einen der Laptops.

»Wozu brauchst du drei Laptops?«, fragte Ada misstrauisch.

»Ich arbeite damit, schon vergessen? Ich entwickle Software, das geht nicht mit Papier und Bleistift.«

Friedrich öffnete die Tür seines alten Kinderzimmers, blieb aber so abrupt auf der Schwelle stehen, dass Theresa und ihre Mutter beinahe in ihn liefen. Er stieß einen entsetzten Schrei aus.

»Alter Schwede, was zum Teufel ist hier passiert?«

Ada schob ihn ungerührt zur Seite und ließ das Gepäck auf den Boden plumpsen, während Theresa sich genauso schockiert umsah wie ihr Bruder. Das Bett und die Möbel standen zwar noch, jedoch hatte Ada das Bett mit Polstern zu einer gemütlichen Couch umfunktioniert; auf dem niedrigen Tisch davor stapelten sich Frauenzeitschriften wie in einem Wartezimmer beim Arzt. Der große Tisch, auf dem Friedrich bereits zu Schulzeiten seine Computer stehen hatte, war mit einem Sortiment von Nagellacken beladen. Es mussten an die hundert sein – in allen Farben schimmerten sie im sanften Licht der Deckenlampe, pastellfarben, grellbunt, unauffällig dezent, durchsichtig, neonfarben, matt, glänzend, mit Glitzerpartikeln und ohne. Außerdem waren noch ein paar professionell wirkende Gerätschaften zu sehen, Feilen, Pinsel, Gele, Schablonen und eine UV-Lampe.

»Oh mein Gott«, murmelte Friedrich und ließ sich haareraufend auf das zum Sofa umgebaute Bett sinken. »Was hast du aus meinem Zimmer gemacht? Ist das hier so etwas wie eine Praxis?«

Ada schnaubte. »*Praxis* ... Ich bin doch kein Arzt. Ich habe euch doch vorhin erzählt, dass ich meinen Freundinnen aus der Nachbarschaft donnerstags die Nägel mache. Aber keine Sorge, du kannst hier ganz normal schlafen. Richte halt das Bett wieder her. Aber donnerstags musst du das Zimmer für zwei bis drei Stunden räumen.«

»Kann ich diese tausend Lacke woanders hinstellen?«

»Bitte? Natürlich nicht. Wohin denn? Das ist jetzt mein Nagelmodellagetisch, die Lacke und Geräte sind ein Vermögen wert. Das bleibt alles stehen.«

»Aber wo soll ich denn meine Laptops aufstellen? Du weißt doch, dass ich immer von zu Hause aus arbeite, soll ich mich aufs Klo setzen?«

»Jetzt hör mir mal zu, Fritzchen«, sagte Ada, und sie klang plötzlich sehr müde. »Euer Vater ist seit einem Dreivierteljahr tot. Ich habe ein Recht darauf, mir ein neues Leben aufzubauen, ohne ihn. Ich bin froh, dass ich alle meine Hobbies habe, die mich vom Grübeln abhalten. Meine Hobbies machen mir sogar großen Spaß! Anfangs habe ich meinen Bekannten nur die Nägel gemacht, um mich von meiner Trauer abzulenken, aber inzwischen bin ich so etwas wie eine Institution in der Nachbarschaft, was mich sehr glücklich macht.«

»Aber Mutti«, sagte Friedrich, »das freut uns ja auch, und natürlich sollst du auch weiterhin deinen Beschäftigungen nachgehen.«

»Ich hätte nicht gedacht, dass ich mit sechsundfünfzig Jahren plötzlich wieder meine beiden Kinder im Haus habe ... Ich hoffe, ihr erwartet nicht, dass ich euch wieder von vorne bis hinten bemuttere und bediene. Die Zeiten sind vorbei. Ich möchte mein Leben weiterleben wie bisher.«

»Aber natürlich, Mutti«, sagte Theresa, die sich recht unwohl fühlte.

»Ihr könnt gerne alle beide hier wohnen, aber kochen und eure Zimmer in Ordnung halten müsst ihr selber. Und um eure Wäsche kümmert ihr euch auch alleine. Ihr wisst, wo die Waschmaschine steht.«

Friedrich sah seine Mutter mit gemischten Gefühlen an. »Ja, schon, das ist natürlich alles vollkommen okay, aber könntest du mir nicht wenigstens bei der Wäsche ein bisschen unter die Arme grei…«

»Nein!«, rief Ada unwirsch. »Das Hotel Mama ist geschlossen.«

Theresa war froh, als am Montagmorgen der Wecker klingelte; sie war die letzten Stunden wach im Morgengrauen gelegen und hatte gegrübelt. Heute würde sie anfangen, im *Samt & Seide* zu arbeiten, ihr Tag würde nun viel weniger Leerlauf haben, die finsteren Gedanken, die sie die letzten Wochen in die Tiefe gezogen hatten, würde sie so hoffentlich besser in Schach halten können.

Der Rest des Wochenendes war ereignislos dahingeplätschert. Adelheid war mit einer Bekannten im Kino gewesen, und Friedrich hatte fluchend einen Ort im Haus gesucht, an dem er seine Computeranlagen aufbauen konnte. In seinem ehemaligen Zimmer war zu wenig Platz dafür, auch im Wohnzimmer war es aufgrund von Adas Fitnessgeräten neuerdings ungewohnt eng. Schließlich war ihr Bruder mit seiner gesamten Ausrüstung im Keller verschwunden, und sie sah ihn den ganzen Sonntag kaum noch, hörte nur noch die durch die Kellerdecke gedämpften Geräusche seiner PC-Spiele.

Ada war bereits im Finanzamt und Friedrich schlief noch, als Theresa aufbrach. Es war ein stiller Morgen, der frühherbstliche Nebel schien alle Laute zu schlucken. Die Straßen und Gärten schienen wie in dicke Watte gepackt.

Sie wäre wieder in Depressionen verfallen, wenn sie einen weiteren Tag lang untätig auf ihrem Bett im Kinderzimmer hätte liegen müssen, den gelben Plüschhasen im Arm, der sie ständig an das erinnerte, was sie verloren hatte.

Es herrschte bereits reger Betrieb im Zentrum Neustadts; das Wasser in dem Brunnen auf dem kleinen Platz plätscherte, die Inhaber des Feinkostladens *Geschmackssache* und der Chocolaterie schoben gerade Ständer mit Waren auf das Kopfsteinpflaster, und die ersten frisch gesträhnten und gefärbten Kundinnen verließen den Friseursalon *Rapunzel*, der bereits um acht Uhr öffnete. Das *Chez Romain* gegenüber vom Stoffladen war noch dunkel, die Bar würde natürlich erst am Abend aufmachen.

Theresa betrat das Stoffgeschäft; sogleich fühlte sie sich wieder wie daheim, eigentlich mehr als in ihrem eigentlichen Zuhause. Wie schon früher als Kind und als Jugendliche konnte sie sich nicht sattsehen an den Stoffen mit ihren vielfältigen Farben, Mustern und Texturen, an den Regalen mit Knöpfen, Reißverschlüssen, Garnen und Nadeln. Im Vorbeigehen berührte sie sachte einige pastellfarbene Knöpfe, die die Form von Blumen hatten.

»Guten Morgen, du bist ja überpünktlich«, begrüßte Tante Babette sie. Sie stand am Schneidetisch und schnitt die Reste von Stoffballen in kleine Stücke für den Restekorb. Sie trug wieder einen überdimensionalen selbstgenähten Kaftan, der mit dunkelroten Rosen bedruckt war. Obwohl es erst neun Uhr war, sah sie bereits fix und fertig aus.

»Guten Morgen, Tante Babette. Soll ich dich ablösen?«

»Ach was, das schaffe ich schon«, sagte Babette und wischte sich über die Stirn. »Mach dich anderweitig nützlich. Du weißt, die Buchhaltung schreit nach dir. Ich möchte nicht, dass deine

Mutter mir die Steuerprüfung auf den Hals jagt, wenn es da Unregelmäßigkeiten gibt.«

»Okay«, meinte Theresa, ließ sich von ihrer Tante alle Bücher und Ordner geben – alles war recht schlampig geführt, Unterlagen und Rechnungen waren nicht richtig abgeheftet, sondern einfach irgendwo zwischen die Seiten geschoben – und machte sich im Hinterzimmer an die Arbeit. Es war nicht so leicht, Ordnung in das Chaos zu bringen und ein ums andere Mal hätte sie am liebsten alles hingeworfen, doch sie machte stetig weiter, denn die Arbeit lenkte sie ab.

Um die Mittagszeit verschwand Tante Babette nach oben in ihre Wohnung, um eine Suppe zu kochen, und während die eine aß, hielt die andere unten im Laden die Stellung, und umgekehrt. Bereits am ersten gemeinsamen Tag fanden sie eine Routine, die ihnen beiden guttat.

Am frühen Nachmittag schwirrte Theresa der Kopf vor Zahlen, und sie beschloss, erst am nächsten Tag weiterzumachen. Stattdessen räumte sie neue Stoffe in die Regale, die heute geliefert worden waren – Tante Babette konnte sich kaum mehr bücken, geschweige denn auf eine Leiter steigen, um an die oberen Regale zu kommen, sodass sie dankbar für Theresas Hilfe war.

Theresa bekam seit Langem mal wieder große Lust, selbst zu nähen und suchte sich einen dunkelvioletten und einen flaschengrünen Stoff aus.

»Ziehst du mir die Kosten vom Lohn ab?«, fragte sie ihre Tante, doch die winkte unwirsch ab.

»Sei nicht albern. Ich habe dir am Samstag schon gesagt, du kannst dir nehmen, was du willst. Sieh es als Werbungskosten an; wenn du dir was Schönes nähst und im Laden anhast, ist das die beste Reklame für mein Geschäft.«

»Dankeschön. Hast du etwas dagegen, wenn ich das Schaufenster ein bisschen dekoriere?«

»Mach nur. Ich bin einfach nicht mehr gelenkig genug, um im Schaufenster herumzuturnen. Ich weiß, es ist kein schöner Anblick im Moment ... Viel Dekomaterial habe ich leider nicht zu bieten.«

»Ich werde schon was finden«, murmelte Theresa und sah sich im Hinterzimmer und im Lager um.

Nach einer Stunde war es ihr gelungen, aus den wenigen vorhandenen Materialien eine Art Herbstlandschaft zu gestalten; sie hatte zwei aufgespannte Regenschirme ins Schaufenster gehängt und aus grauem Baumwollstoff einen gewölbten Himmel gestaltet. Im Lager hatte sie einen roten Plüschsessel gefunden, der verloren in der Ecke gestanden hatte, und ihn unter Ächzen ebenfalls ins Schaufenster verfrachtet. Ein alter Quilt, den Babette vor Jahren genäht hatte, lag gemütlich darüber drapiert.

Babette bewunderte ihre Arbeit gebührend.

»Ich werde anfangen, zu Hause jeden Abend zu nähen«, beschloss Theresa, »Herbst- und Winterkleidung. Dann können wir den Schaufensterpuppen bald was anziehen und den Kunden Inspirationen für ihre Nähprojekte geben.«

»Nur, wenn es dir nicht zu viel ist«, wandte Babette ein. »Du musst dich nicht völlig verausgaben.«

»Ich habe ja sonst nichts zu tun«, sagte Theresa leise.

Eine junge Frau kam herein und schaute sich bei den Kinderstoffen um.

»Kann ich Ihnen helfen?«, fragte Theresa.

Die Frau wandte sich ihr zu; ihre Jacke klaffte auf und Theresa stach ihr dicker Babybauch ins Auge.

»Ja, gern. Ich suche einen rosa Stoff für die Babywiege. Ich möchte einen Vorhang nähen.«

»Ich …«, begann Theresa, »Ich schaue …«Sie brach ab. Schweiß trat ihr auf die Stirn, alles drehte sich in ihr. Sie entschuldigte sich schnell und lief ins Hinterzimmer, um sich dort auf den Boden sinken zu lassen. Tante Babette sah ihr kopfschüttelnd hinterher und bediente die Kundin selbst.

Als sich Theresa später wieder in den Verkaufsraum hinauswagte, sah sie sie kopfschüttelnd an. »Was war das für eine Nummer, Kind?«

»Tut mir leid, Tante Babette«, murmelte Theresa zerknirscht. »Ich hatte einen kleinen Aussetzer.«

»So würde ich es nicht nennen. Brauchst du einen Schnaps? Sollen wir schließen und nach oben gehen?«

»Nein, geht schon …« Theresa war rot angelaufen und verknotete unwohl die Hände ineinander.

»Willst du mir was sagen?«

Theresa fühlte sich, als würden die durchdringenden Augen ihrer Tante sie aufspießen. Sie schüttelte stumm den Kopf.

»Nun gut«, sagte Babette schließlich. »Wie wäre es, wenn wir nach drüben in diese neue Spelunke gehen und sie mal auskundschaften? Ich lade dich ein. Ich bin gespannt, was die auf Lager haben.«

Die Bar hatte gerade geöffnet und war bis auf einen Mann, der an einem kleinen Tisch in der Ecke an einem Laptop saß und arbeitete, noch leer. Theresas Blick verharrte einen Moment auf ihm. Seine klassischen Gesichtszüge und die sanft geschwungenen Lippen fielen ihr sofort auf. Dann riss sie sich los und sah sie sich im Raum um; alles war edel in dunklem, glänzendem Holz und Glas gehalten. Die Tische und Stühle wirkten gleichzeitig minimalistisch und elegant. An den Wänden hingen Frauenportraits in Öl, einige in sanften, andere in grellen Farben gemalt.

Die Gesichter hatten einen unglaublichen Ausdruck, man glaubte, den Frauen bis auf den Grund ihrer Seele blicken zu können.

»Guten Abend alle zusammen«, grüßte Tante Babette, doch von der Bedienung, die hinter dem Tresen Gläser polierte, kam nur ein Murmeln. Sie war ein bildhübsches, junges Geschöpf mit makelloser heller Haut, seidigen schwarzen Haaren, die ihr in Wellen auf die Schultern fielen, und blutrot geschminkten Lippen. Sie war ganz in Schwarz gekleidet und erinnerte Theresa ein wenig an Schneewittchen.

Sie setzten sich an einen Tisch in einer Nische und studierten die Karte.

»Das ist er«, flüsterte Tante Babette in Bühnenlautstärke.

»Was? Wer?«

»Der Typ am Laptop. Das ist dieser Romain, der Besitzer.«

Der Mann sah kurz auf und lächelte zu ihnen hinüber. Ihre Blicke begegneten sich kurz. Dann wandte Theresa sich ab und beobachtete ihn kurz darauf verstohlen über ihre Karte hinweg. Er hatte kurze dunkle Haare, dunkle Augen und war sehr schick in Anzugshose und Weste über einem weißen Hemd gekleidet. Er mochte ungefähr Anfang dreißig sein.

»Was gibt´s denn hier zu essen?«, überlegte Babette laut.

»Amuse-Gueules«, gab Theresa leise zurück.

»Was ist das?«

»Das sind so kleine Appetithäppchen, zum Beispiel Oliven oder Fleischstückchen oder mit Olivenöl bestrichenes getoastetes Weißbrot.«

»Hm.« Tante Babette runzelte unzufrieden die Stirn. »Schade, dass es hier nichts Richtiges zu essen gibt. Ein Glas Oliven kann ich mir auch daheim aufmachen, da muss ich nicht in ein Restaurant gehen.«

»Wir sind hier ja auch in einer Bar und nicht in einem Restaurant«, sagte Theresa und überflog die schier endlose Liste mit den Cocktails.

»Trotzdem«, nörgelte Babette. »Von ein paar Häppchen werde ich nicht satt. Dann muss ich nachher daheim noch was essen. Sag mal, kommt die heute noch oder werden Gäste hier nicht bedient?«

Mit *die* war die junge Bedienung gemeint, der gerade ein frisch poliertes Glas aus der Hand geglitten war. Mit finsterer Miene und vor sich hin fluchend tauchte sie hinter dem Tresen ab, um die Scherben aufzukehren. Deshalb schlenderte Romain, der Inhaber, höchstselbst zu Babette und Theresa an den Tisch.

»Einen schönen guten Abend, die Damen. Ich freue mich, dass Sie meine Bar besuchen. Wir sind Nachbarn, nicht wahr? Ihnen gehört das Stoffgeschäft gegenüber, wenn ich mich nicht irre?«

»Ganz recht«, sagte Babette geschmeichelt. »Und Sie sind?«

»Romain Goedert«, stellte er sich vor. Er hatte eine angenehme, wohlklingende Stimme, allerdings sprach er mit einem Akzent, den Theresa nicht einordnen konnte; französisch – wie der Name der Bar vermuten ließ – klang er nicht. »Mir gehört der Laden hier.«

»Nett, dass Sie uns bedienen«, sagte Babette, »das junge Fräulein hinter der Theke ist ja gerade beschäftigt.«

Romain lächelte; es war ein warmes, heiteres Lächeln, das Theresa sofort anzog. Fasziniert sah sie ihn an, auch wenn sie das Reden ihrer Tante überließ.

»Normalerweise bediene ich nicht. Ich arbeite nicht hier, sondern bin anderweitig eingebunden. Ich helfe aber gerne. Vor allem, wenn es personell etwas eng ist.«

»Ist das Ihre Freundin? Oder Ihre Frau?«, fragte Babette.

Theresa trat ihr unter dem Tisch leicht gegen das Schienbein, die unverhohlene Neugier ihrer Tante war ihr peinlich.

Romain schüttelte den Kopf, als sei das eine lustige Vorstellung. »Um Himmels willen, nein. Léa ist meine Cousine. Da, wo ich herkomme, wird man meistens von der Familie genötigt, sämtlichen Cousins und Cousinen und Tanten und Onkeln einen Job zu verschaffen, wenn man die Möglichkeit hat.«

»Das ist ja die reinste Vetternwirtschaft«, tadelte Babette, doch als sie fragen wollte, in welchem Land noch so eine Vetternwirtschaft herrschte, fragte Romain sie nach ihren Wünschen.

»Ich hätte gerne einen Hugo«, sagte Theresa, »und eine kleine Portion Amuse-Gueules. Und du, Tante Babette?«

»Einen Kamillentee.«

Theresa starrte sie an. »Aber Tante Babette. Wir sind hier doch in einer Cocktailbar und du ...«

»Ja, ich weiß, was du meinst, ich trinke auch mal gerne ein Schnäpschen. Aber ich hatte heute schon drei, und im Moment ist mir einfach mehr nach Tee zumute.«

Romain verzog bedauernd das Gesicht. »Ich fürchte, Kamillentee haben wir gar nicht ...«

»Bestell doch was anderes Alkoholfreies«, sagte Theresa peinlich berührt.

»Nein, nein«, rief Romain. »Ich geh mal schnell hoch in meine Wohnung und schaue, ob ich noch ein Päckchen Kamillentee habe. Ich bin zwar nicht der große Teetrinker, aber ... Ich bin in einer Sekunde wieder da.«

Theresa schaute ihm nach, wie er durch die Hintertür eilte und vermutlich die Treppe zu seiner Wohnung hochlief.

Babette wirkte zufrieden. »Ein wirklich umsichtiger und hilfsbereiter junger Mann. Und so gutaussehend.«

»Mhm«, seufzte Theresa. »Da hast du wohl recht.«

»Leider sehe ich ihn ständig mit anderen Frauen«, sagte Babette bedauernd. »Jeden Tag kommt eine andere aus seiner Wohnung. Aber für so einen Traum von Mann ist eine einzige Frau wohl zu wenig. Schade.«

Nach wenigen Minuten kam er wieder. Am Tresen holte er die Amuse-Gueules ab, die seine Cousine in der Zwischenzeit zubereitet hatte, mixte Theresa einen Hugo und brachte Babette eine Tasse heißes Wasser mit zwei Beuteln Kamillentee. Für sich selbst bereitete er einen Manhattan zu, zog sich einen Stuhl heran und setzte sich zu ihnen an den Tisch. Elegante Leuchter an den Wänden verbreiteten einen heimeligen Schein.

»Lassen Sie uns anstoßen. Auf gute Nachbarschaft.«

»Auf gute Nachbarschaft«, wiederholte Theresa leise.

»Ich denke, wir werden uns jetzt sicher öfter sehen«, sagte er lächelnd. »Wohnen Sie bei Ihrer Tante?«

»Nein, ich wohne etwas außerhalb. Aber ich habe gerade angefangen, im Stoffladen zu arbeiten. Von daher werden wir uns sicher öfter über den Weg laufen.«

»Schön«, sagte er, und an der Art, wie er sie ansah, erkannte sie, dass er es genauso meinte.

»Chin chin«, sagte Tante Babette und hob symbolisch ihre Teetasse hoch.

Romain stieß mit Theresa an, und einen Moment lang erlag sie dem Blick seiner undurchdringlich dunklen, lächelnden Augen.

Theresa trank noch zwei weitere Cocktails und war danach recht angeschickert. Romain war noch ein wenig an ihrem Tisch sitzen geblieben und hatte nett mit ihnen geplaudert. Theresa hatte sich angenehm entspannt gefühlt in seiner Gegenwart. Doch dann hatte sich die Bar allmählich mit weiteren Gästen gefüllt, hauptsächlich mit Leuten, die einen After-Work-Drink zu sich nahmen. Sie beobachtete, wie er hinter dem Tresen leise und eindringlich auf Léa einredete, die ein motziges Gesicht zog, weil ein Gast mit den Fingern nach ihr geschnipst hatte, ihn dann aber doch nach seinen Wünschen fragte.

Theresa verabschiedete sich nachdenklich von ihrer Tante und ging nach Hause. Es dunkelte bereits, und die kühle Abendluft ließ sie wieder etwas klarer im Kopf werden. Fröstelnd zog sie ihre Jacke enger um sich. Sie mochte die herbstliche Abendstimmung, wenn sich das Leben allmählich wieder in die eigenen vier Wände zurückzog und sich nicht wie im Sommer alles draußen abspielte.

Ada erkundigte sich besorgt nach Babette.

»Eigentlich ist es nicht schlecht, dass du ihr im Moment zur Seite stehst, bis du etwas Neues gefunden hast«, begann sie zögerlich. »Wie schlägt sie sich denn so tagsüber im Laden?«

»Ach, sie ist schnell erschöpft und körperlich einfach nicht belastbar«, sagte Theresa bedrückt. »Sie muss ständig Pausen machen ... Aber nun ja, sie ist ja auch schon weit über siebzig.«

Der Gedanke, dass Babette das *Samt & Seide* nicht mehr ewig würde führen können, legte sich schwer auf ihre Brust. Was würde dann aus dem wunderbaren Geschäft werden?

»Ich hoffe, sie kriegt ihre Buchhaltung jetzt mal langsam in den Griff«, sagte Ada nachdrücklich. »Ich kann sie nicht länger vor meinen Kollegen im Amt in Schutz nehmen.«

»Ich kümmere mich darum«, versprach Theresa.

Polternd und lärmend kam Friedrich die Kellertreppe hoch, trat zu ihnen in die Küche und bereitete sich vier doppelstöckige Sandwiches mit Käse und Schinken zu, die er verschlang, als hätte er heute noch nichts gegessen. Er trug ein schwarzes T-Shirt mit der Aufschrift: *Nein, ich werde deinen Laptop NICHT reparieren.*

»Wo kommst du denn her?«, fragte Theresa, die es faszinierte, welche Mengen ihr Bruder in einem Heidentempo vertilgen konnte.

»Aus dem Keller«, knurrte Friedrich. »Ich bin total angepisst. Da unten ist kein Tageslicht, und die Deckenlampen sind die reinsten Funzeln.«

»Es zwingt dich niemand, im Keller zu arbeiten, Fritzchen«, sagte Ada.

»Haha. Ich brauche Platz für meine Computer, das weißt du. Es ist total unbequem, zwischen Vorratsdosen und Wasserflaschen am Tapeziertisch sitzen und arbeiten zu müssen.«

»Das ist ja wohl nur vorübergehend so«, wandte seine Mutter ein. »Auf Dauer geht das nicht, das ist klar. Hast du heute schon mal in die Zeitungsannoncen geschaut? Vielleicht wäre da eine passende kleine Wohnung für dich dabei.«

»Keine Zeit«, murmelte Friedrich mit vollen Backen und spülte seinen letzten Rest Sandwich mit einer Flasche Cola Zero hinunter. »Außerdem ist mir das alles viel zu teuer. Als Software-Programmierer muss ich auch sehen, wie ich über die Runden komme.«

Er stand auf und wollte hinausgehen, doch Ada rief ihn zurück. Sie deutete stumm auf den vollgekrümelten Teller, den er auf dem Tisch hatte stehen lassen.

Friedrich seufzte, spülte den Teller ab und stellte ihn in die Spülmaschine, während sich Theresa ein Schmunzeln nicht verkneifen konnte.

»Ich brauche frische Luft«, sagte Friedrich, mehr zu sich selbst, und öffnete die Hintertür zum Garten.

Unschlüssig blickte Theresa ihm hinterher; eigentlich hatte sie heute noch anfangen wollen, aus den neuen Stoffen, die sie sich im Laden ausgesucht hatte, etwas zu nähen, doch es war spät und sie hatte drei Cocktails intus. So folgte sie ihrem Bruder nach draußen, wo sie sich auf die niedrige Holzbank setzten, die ihr Vater vor Jahrzehnten selbst gebaut hatte.

Der Garten war auf drei Seiten von einer niedrigen Steinmauer umgrenzt, die umliegenden Gärten der Nachbarhäuser waren still wie der ihre. Eine mächtige Kiefer stand in der äußersten Ecke und breitete ihr Gefieder schützend wie Flügel über ein paar bleiche Pilze, die jeden Herbst dort wuchsen. Dahlien und Herbstastern blühten orangerot und satt violett, die Farben schienen in der zunehmenden Dunkelheit fast zu glühen. Ein halber Mond zog am Himmel auf, hing schief über ihnen.

Friedrich reichte ihr eine Flasche Cola Zero und nahm einen großen Schluck aus seiner eigenen.

»Komisch, was?«, sagte Friedrich nachdenklich. »Jetzt sind wir erwachsen – und wohnen doch wieder zu Hause bei Mutti. Wie früher.«

»Nichts ist wie früher«, gab Theresa ungewollt heftig zurück.

Ihr Bruder sah sie einen Moment von der Seite an. Sie spürte seinen Blick in der Finsternis mehr, als sie ihn sah.

»Was ist eigentlich los mit dir?«, fragte er. »Irgendetwas stimmt doch nicht mit dir? Ist es wegen Matthias? Trauerst du ihm nach?«

»Nein, ihm nicht«, sagte Theresa und starrte in die Äste der Kiefer, die sanft im Wind schaukelten. »Eigentlich vermisse ich ihn nicht.«

»Hm.« Friedrich drang nicht weiter in sie. Eine Weile saßen sie schweigend nebeneinander und hingen ihren Gedanken nach.

»Weißt du noch«, begann Friedrich dann, »wie wir früher als Kinder hier im Garten gezeltet und nachts die Sternschnuppen gezählt haben?«

»Ja, es war wunderschön«, flüsterte Theresa, und da ihr von

den Erinnerungen wehmütig zumute wurde, legte sie ihren Kopf an Friedrichs Schulter. »Und die Partys, die wir hier gefeiert haben ... Weißt du noch, als dieser Freund von dir, ich habe seinen Namen vergessen, so stockbetrunken war, dass er mit einer Fackel fast die Kiefer angezündet hat? Oder die Party, als wir morgens in den Garten kamen, um den Müll wegzuräumen, und über Eva und Linus und Andreas gestolpert sind, die in Schlafsäcken dalagen und schliefen?«

Friedrich stieß ein leises Lachen aus. Eine sanfte Brise strich über sie hinweg, von irgendwoher erklang der verlorene Ruf eines Käuzchens.

»Weißt du noch, als dein Kumpel Titus ins Blumenbeet gefallen ist? Vater war stocksauer am nächsten Morgen«, erinnerte sich Theresa sehnsüchtig.

Das alles war lange her, zehn Jahre und mehr, und sie fragte sich mit Trauer im Herzen, wo die Zeit geblieben war, und mit ihr die Unbeschwertheit und Sorglosigkeit der Jugendjahre. Die Gegenwart erschien ihr umso schwerer und belastender, wenn sie sich an diese Zeit erinnerte.

»Weißt du noch«, fragte Friedrich mit heiserer Stimme, »diese Party, bei der wir lange nach Mitternacht unsere Träume und Wünsche, die wir für unser künftiges Erwachsenenleben hatten, auf Zettel geschrieben und in leere Colaflaschen gesteckt haben. Irgendwo hier unter dem Baum haben wir sie vergraben ...«

Beide schienen den Atem anzuhalten; Theresa nahm plötzlich keinen Laut mehr wahr, das Gras, die Kiefer, nichts schien sich mehr zu bewegen, schien wie eingefroren für eine Sekunde. Wie ihr Bruder starrte sie auf ein kleines Stück Erde, das halb verborgen unter den tief herabhängenden Ästen und Nadeln der Kiefer lag.

Kapitel 3

Theresa und Friedrich sahen sich an, die Pupillen geweitet in der Finsternis. Eine Wolke schob sich vor den Mond, der Garten lag in tiefer Schwärze, und selbst das Käuzchen verstummte für einen Moment.

»Worauf warten wir?«, sagte Friedrich und stellte seine Colaflasche ab. »Ich hole eine Schaufel.«

Er verschwand im Haus, während Theresa angespannt auf der Bank verharrte. Es war ihr siebzehnter Geburtstag gewesen, und sie hatte mit ihren Freundinnen und zwei, drei Kumpels von Friedrich eine Party im Garten gefeiert. Sie hatten bunte Lampions aufgehängt und Fackeln in die Erde gesteckt. Sie hatten ein Buffet mit kalten Leckereien vorbereitet und bis spät in den Abend getanzt ...

»Hier bin ich wieder«, sagte Friedrich atemlos.

In stillem Einvernehmen gingen sie zu der Kiefer, wo er mit der Schaufel die Erde abtrug und einen Meter weiter auf einen Haufen schaufelte.

»Nicht auf die Dahlien«, flüsterte Theresa. »Ada flippt aus, wenn sie das sieht.«

»Jaja, schon gut«, antwortete Friedrich. Auch er sprach leise, so als ob sie etwas Verbotenes taten. Theresa hatte eine Gänsehaut an den Armen; sie wusste genau, was sie suchten, ihr stand die Nacht vor zehn Jahren, als sie die Flaschen vergraben hatten, so deutlich vor Augen, als sei es gestern gewesen. Sie waren jung und voller Tatendrang und so viel Lebensfreude gewesen.

Endlich stieß Friedrich gegen einen festen Gegenstand und beförderte die erste Colaflasche zutage. Sie war erdverkrustet, aber heil. Bald darauf wurde auch die zweite Flasche geborgen. Stumm starrten sie ihre Fundstücke an.

Dann setzen sie sich wieder auf die Bank und Theresa zog aus ihrer Jeanstasche ein Taschentuch hervor, mit dem sie die beiden Flaschen vom gröbsten Schmutz befreiten, sodass auch wieder der Inhalt sichtbar wurde: In jeder Flasche steckte ein zusammengerollter Zettel.

»Mann, was waren wir jung«, stieß Friedrich sichtlich beeindruckt hervor. »Ich war fünfzehn ... Also noch ein halbes Kind. Wir hatten den ganzen Abend deinen Geburtstag gefeiert, bis am Ende nur noch du und ich und diese zwei Freundinnen von dir übrig waren. Wie hießen die noch gleich?«

»Stefanie und Sarah«, murmelte Theresa gedankenversunken. »Ich hab mich so darauf gefreut erwachsen zu werden. Wir saßen im Gras und träumten von einer aufregenden Zukunft und spannen herum ...«

»Was ist aus Stefanie und Sarah geworden?«, fragte Friedrich, der noch immer mit dem inzwischen völlig verschmutzten Taschentuch an seiner Flasche herumwischte. »Hast du noch Kontakt zu ihnen?«

Theresa schüttelte bedauernd den Kopf. »Nein. Ich weiß nur, dass Stefanie als Werbefachfrau nach New York gegangen ist. Sarah habe ich aus den Augen verloren, als sie vor ein paar Jahren geheiratet hat und mit ihrem Mann nach Norddeutschland gezogen ist. Ich hätte damals zu gerne gewusst, welche Träume und

Wünsche für ihr späteres Leben die beiden aufgeschrieben und in ihre Flaschen gesteckt haben.«

»Tja, das werden wir wohl nie erfahren. Die zwei wollten ihre Flaschen ja mit heimnehmen und in ihren eigenen Gärten vergraben.«

»Sollen wir es wagen?«, fragte Theresa. Sie war aufgeregt, die Hand, in der sie die zehn Jahre alte Flasche hielt, zitterte leicht. Ihr war, als handelte es sich dabei um einen kostbaren Schatz; irgendwie stimmte das auch – auf dem zusammengerollten Zettel standen die innigsten Wünsche und Träume ihres siebzehnjährigen Ichs. Sie hatte das Gefühl, mit dieser Person nichts mehr gemein zu haben, zu viel war passiert, zu viel Zeit war vergangen, aber es war spannend, sich auf die Suche nach den verschwundenen Jahren zu machen.

Die Geschwister nickten sich kaum merklich zu und begannen andächtig, ihre Flaschen aufzuschrauben.

»Du zuerst«, sagte Theresa.

Zum Glück hatten sich die Wolken verzogen, die das schwache Mondlicht verschleiert hatten. Zusätzlich schaltete Friedrich die Taschenlampenfunktion seines Smartphones an, sodass er den Zettel aus der Flasche ausrollen und entziffern konnte.

Er räusperte sich und las vor:

Friedrichs Träume
1. Ein Game-Designer werden.
2. Eine heiße Frau finden.
3. An einem Survival-Wochenende teilnehmen.
4. Ins Autokino gehen.

Theresa musste lachen. »Echt? Das waren deine Träume als Fünfzehnjähriger? Eine heiße Frau finden? Ins Autokino gehen?«

»Hm, ja? Warum nicht?«, gab Friedrich grinsend zurück. »Was stimmt damit nicht? Das würde ich heute noch so unterschreiben.«

»Du möchtest immer noch PC-Spiele erfinden«, stellte Theresa fest.

»Ja. Ich arbeite nach Feierabend auch immer noch am ultimativen Game. Bisher hat leider keine Firma Interesse dafür gezeigt.« Die Heiterkeit war aus seiner Stimme verschwunden, er klang ungewohnt ernst. »Ich bin meilenweit von der Erfüllung meiner Ziele entfernt. Ich arbeite zwar als Software-Entwickler, aber meine wahre Leidenschaft sind Spiele. Ich glaube, ich wäre richtig gut darin, aufregende Spiele zu designen, wenn mir nur ein Unternehmen die Chance dazu geben würde.«

Theresa schwieg und sah davon ab, ihn mit Allgemeinplätzen wie »Das schaffst du schon irgendwann« zu vertrösten.

»Und was die anderen Träume betrifft ...« Friedrich starrte auf den Zettel in seiner Hand. »Meine letzte Beziehung ist zwei Jahre her. Von einer heißen Frau in meinem Leben kann also keine Rede sein.«

»Es ist bestimmt auch schwer, jemanden kennenzulernen, wenn man im Home Office arbeitet«, seufzte Theresa.

»Genau.«

»Aber weißt du ...« Theresa wandte sich ihm ganz zu und musterte ihn. »Wir könnten ja aktiv an der Verwirklichung deiner Träume arbeiten. An einigen zumindest. Vielleicht musst du erstmal raus aus deinem Schneckenhaus, um eine heiße Frau zu finden. Wir könnten dir einen neuen Haarschnitt verpassen und ein paar schicke Klamotten, damit du besser auf Frauen wirkst. Diese Nerd-T-Shirts, die du da anhast, sind unsäglich, und deine langen zotteligen Haare auch. Und damit du mal rauskommst und nicht immer nur vor deinen Monitoren sitzt, könnten wir öfter mal in die Stadt was trinken gehen. Kennst du schon das *Chez Romain*?« Bei dem Gedanken an die Bar und ihren Besitzer musste Theresa unwillkürlich lächeln.

»Wirklich? Du würdest mich unterstützen?« Friedrich legte ihr begeistert den Arm um die Schulter. »Aber was tun wir da eigentlich gerade, Schwesterherz – unsere Jugendträume verwirklichen?«

Theresa schaute nachdenklich zu der schmalen Sichel des Mondes, neben der ein einzelner Stern aufblinkte. »Ja, könnte man so sagen. Deine zumindest. Ins Autokino zu gehen und ein Survival-Wochenende zu buchen muss ja zu bewerkstelligen sein. Und ein paar Dates für dich kriegen wir auch hin.«

»Das ist klasse«, sagte Friedrich begeistert. »Aber nun bist du dran. Lies du mal deine Teenieträume vor.«

Langsam zog Theresa ihren Zettel aus der Flasche und faltete ihn bedächtig auseinander.

Theresas Träume

1. Eine berühmte Modedesignerin werden.

2. Ich will mich in einen Franzosen verlieben, ihn heiraten und drei Kinder mit ihm bekommen.

3. Nach Paris reisen.

4. Eine Fahrt in einem Heißluftballon machen.

Stumm starrte sie den Zettel an; Friedrich schaltete sein Smartphone mit der Taschenlampenfunktion aus und alles um sie herum versank wieder in Dunkelheit. Inzwischen war es empfindlich kühl geworden und sie schlang fröstelnd die Arme um sich.

»Ich hatte so große Ziele«, murmelte sie wehmütig. »Ich wollte unbedingt Modedesign studieren. Ich habe so wahnsinnig gern genäht, jede freie Minute verbrachte ich an der Nähmaschine und bei Tante Babette im Stoffgeschäft. Nur weil Mutti mich beharrlich bearbeitet hat, etwas Solides, Vernünftiges zu lernen, habe ich BWL studiert ...«

»Ja, sie kann sehr überzeugend sein«, seufzte Friedrich.

»Na ja, wenigstens bin ich meinem Traum im Moment näher als je zuvor – im Stoffgeschäft zu jobben hat erheblich mehr mit Modedesign zu tun als BWL«, scherzte Theresa halbherzig.

»Was ist das für eine Nummer mit dem Franzosen?«, fragte Friedrich mit einem anzüglichen Grinsen.

»Tja, ich war ja sehr frankophil. Ich hatte Französisch-Leistungskurs, habe am deutsch-französischen Schüleraustausch teilgenommen, hatte meine existentialistische Phase ... Mit fünfzehn war ich unsterblich in Nicolas verliebt, den Bruder meiner Brieffreundin. Die Beziehung dauerte drei Tage.«

Friedrich lachte auf. »Und seitdem hast du ein Faible für französische Männer? Eine Fahrt im Heißluftballon oder ein Wochenende in Paris können wir realisieren, aber einen knusprigen Franzosen ... Wo sollen wir den herzaubern?«

Theresas dachte kurz an ein paar dunkle, sie intensiv ansehende Augen. Sie schob den Gedanken beiseite und schüttelte den Kopf. »Schon gut, ich habe auch gar keinen Bedarf an einem Mann.«

Friedrich verstummte und sah sie wieder ernst an. »Warum hat Matthias sich von dir getrennt?«

»Das würde ich auch gerne mal wissen«, ließ sich eine Stimme hinter ihrem Rücken vernehmen. Beide schraken zusammen und blickten zum Haus, wo ihre Mutter in der Tür stand, ihre Silhouette schwarz gegen das gleißende Licht des Flurs.

»Du ziehst einfach wieder bei mir ein und tauchst hier ab, ohne ein Wort zu verlieren, was vorgefallen ist. Das ist nicht schön, Theresa. Wir sind eine Familie, wir sollten wissen, was geschehen ist.«

Theresa vergrub das Gesicht in den Händen. »Du hast ja recht«, murmelte sie erstickt. »Wollen wir reingehen?«

Sie gingen in die Küche, wo Friedrich sogleich das Gefrierfach öffnete und eine Großpackung Stracciatella-Eis herausholte.

»Ihr auch?«, fragte er, während er seinen Löffel hineinstieß.

Ada schaute missbilligend auf die Uhr. »Weißt du, wie spät es ist? Musst du rund um die Uhr essen?«

Theresa nahm ihm resolut den Eisbecher aus der Hand und verstaute ihn wieder im Kühlschrank. »Damit ist jetzt Schluss, Fritzchen. Wir haben gerade Entschlüsse gefasst. Wir wollen dich für die Frauenwelt in Schuss bringen, da musst du nicht noch zunehmen.«

»Hier spricht die große Schwester«, seufzte Friedrich. »Mann, bist du streng. Aber meinst du es wirklich ernst? Sollen wir unsere Flaschenträume von vor zehn Jahren wirklich angehen?«

Theresa zögerte einen Moment, dann nickte sie. Sie waren als Erwachsene wieder in ihren Kinderzimmern gestrandet – was hatten sie schon zu verlieren? Ein bisschen Abwechslung würde ihnen guttun. »Ja, absolut.«

Sie setzten sich um den Küchentisch. Ada und Friedrich sahen Theresa erwartungsvoll an und warteten. Diese verknotete ihre Hände und starrte auf die Tischplatte.

»Es lief alles perfekt. Matthias hatte diese gute Stelle bei der FAZ, ich hatte bei *Schirmer&Söhne* angefangen. Die Arbeit war anspruchsvoll, aber ich kam gut zurecht. Es war zwar nicht mein Traumjob, aber ich hatte mich bald eingearbeitet.«

Ada verzog das Gesicht. »Ja, ich habe es inzwischen kapiert,

Theresa. Ich habe dich von deinem Traumstudium abgehalten, das musst du mir nicht immer wieder vorwerfen.«

»Egal«, sagte Theresa, »darum geht es jetzt auch gar nicht. Auf jeden Fall waren die Kollegen nett, alles war in Ordnung. Matthias und ich hatten unsere Wohnung schön eingerichtet und waren glücklich zusammen.«

»Was ist dann passiert?«, fragte Ada. An ihrer Haltung sah man ihr deutlich die Anspannung an, und auch Friedrich wirkte nervös.

»Ich wurde schwanger.«

Theresa stand auf, um sich ein Glas Wasser einzugießen und ihre zitternden Hände unter Kontrolle zu bringen. Sie spürte die stummen Blicke ihrer Familie im Rücken.

»Ich wurde schwanger«, wiederholte sie und drehte sich, an die Spüle gelehnt, wieder zu ihnen um. »Es war natürlich nicht geplant. Ich hatte ja gerade erst in der Firma angefangen und war noch in der Probezeit. Matthias sagte, eine Schwangerschaft würde jetzt überhaupt nicht ins Konzept passen.«

»Das haben Schwangerschaften öfter an sich«, sagte Ada trocken.

»Wollte der Mistkäfer, dass du abtreibst?«, fragte Friedrich, unbewusst die Fäuste ballend.

»Nein ... Das nicht. Aber glücklich war er nicht. Aber ich. Ich habe mich so gefreut. Auch wenn es nicht geplant war, es war absolut gewollt. Dann bin ich in der zehnten Woche nachts aufgewacht und das ganze Bett war voller Blut. Ich habe es verloren.«

Die Erinnerung an jene Nacht war so schmerzhaft, dass ihr die Tränen aus den Augen quollen. Ada stand auf und nahm sie in die Arme. Theresa barg das Gesicht an ihrer Schulter und suchte Trost, so wie früher als Kind.

»Mein armer Schatz«, flüsterte Ada. »Das ist furchtbar. Eine ganz schreckliche Erfahrung.«

»Ich war am Boden zerstört«, sagte Theresa, riss ein Stück von der Küchenrolle ab und wischte sich das feuchte Gesicht ab. »Es war zwar erst so groß wie ein Gummibärchen, aber es war mein Kind. Mein Baby.«

»Und der Vollpfosten? War er erleichtert über die Fehlgeburt?«, brummte Friedrich.

Theresa zuckte die Achseln. »Großartig getroffen hat es ihn nicht. Er verstand meine Trauer nicht. Er sagte, der Zeitpunkt hätte sowieso nicht gepasst. Mir war der Zeitpunkt so was von egal! Es war mein Kind und ich wollte, dass es geboren wird. Ich wollte ihm all meine Liebe schenken.«

»Ich koche uns erst mal einen Tee«, sagte Ada seufzend und füllte Wasser in den Wasserkocher. »Ich glaube, wir können alle etwas zur Beruhigung brauchen.«

Theresa setzte sich wieder hin und barg den Kopf in den Händen, während Friedrich ihr den Arm um die Schulter legte. Eine Weile sprachen sie nicht, sie lauschten lediglich dem Rauschen des Wasserkochers. Schließlich stellte Ada drei Becher mit dampfendem Melissentee auf den Tisch.

Theresa zog ihren Teebeutel durch den Becher wie ein Floß. »Matthias verstand mich überhaupt nicht mehr. Er sagte, wir seien doch noch jung und könnten auch in einigen Jahren noch Kinder haben. Aber ich hatte genau dieses Kind gewollt. Ich konnte die Fehlgeburt nicht einfach abhaken und sagen, okay, dann versuchen wir es in drei Jahren mal.«

»Und ...« Ada räusperte sich verlegen. » ... Wie kam es zu deinem Rauswurf aus der Firma?«

Theresa drehte müde den heißen Becher in ihren Händen. »Mir ging es überhaupt nicht gut. Da war der Verlust des Babys, außerdem stritten Matthias und ich uns immer öfter deswegen. Er sagte, ich solle mich nicht so anstellen und nach vorne schauen. In der Firma war ich zunehmend unkonzentriert, mir sind ein paar Fehler passiert. Nichts Schlimmes, aber es fiel auf. Am Ende der Probezeit eröffnete mir der alte Schirmer, sie würden mich nicht übernehmen. Die ersten Monate seien sie sehr zufrieden mit mir gewesen, aber in letzter Zeit hätten mich wohl private Probleme von der Arbeit abgelenkt und das könne er nicht dulden. Ich kam an diesem Abend völlig fertig und verweint nach Hause, wo Matthias mir zu allem Überfluss noch erklärte, dass er sich von mir trenne.«

»Wieso?«, fragte Friedrich empört. »Einen besseren Zeitpunkt konnte er sich wohl nicht aussuchen, was?«

»Er sagte, es gehe ihm auf die Nerven, dass ich nur noch traurig sei. Er wolle keine Trantüte als Partnerin, sondern jemand, der gut gelaunt ist und Lebensfreude hat und am Wochenende mit ihm Tennis spielt statt auf der Couch zu sitzen und zu grübeln.«

Ada und Friedrich blieb vor Entsetzen der Mund offenstehen.

Ihre Mutter fand als erste ihre Sprache wieder. »Ich fasse es nicht ... Was ist das für ein Mensch? Statt dir beizustehen und die Fehlgeburt gemeinsam mit dir zu bewältigen, macht er dir Vorwürfe und lässt dich sitzen? Weiß er nicht, dass das Leben keine rosarote Wolke ist, sondern dass es auch mal schlechte Phasen gibt? Wenn ich bei jedem Problem davongelaufen wäre, wäre ich sicherlich keine dreißig Jahre mit eurem Vater verheiratet gewesen.«

»So eine Ratte«, sagte Friedrich verächtlich. »Eigentlich kannst du froh sein, dass du ihn los bist. Und auch wenn du es nicht hören willst, Schwesterherz: Du kannst froh sein, dass du mit *dem* keine Kinder bekommen hast.«

»Das finde ich auch«, bekräftigte ihre Mutter. »Dann wärst du lebenslang an ihn gebunden gewesen. Besser ein Ende mit Schrecken als ein Schrecken ohne …«

»Jaja, ich weiß«, winkte Theresa müde ab. Ihr war nicht nach Sinnsprüchen zumute, die sie ohnehin nicht trösten konnten.

»Oder trauerst du ihm womöglich hinterher?«

»Nein«, sagte Theresa aus tiefstem Herzen. »Kein bisschen. Ich bin nur immer noch traurig wegen des Kindes.«

»Wir bringen dich auf andere Gedanken«, versprach Friedrich. »Ich sag nur: Paris, Heißluftballon …? Na, wie klingt das?«

»Das klingt gut«, sagte Theresa, und ihr wurde zu ihrem eigenen Erstaunen warm ums Herz. Ihre Mutter und ihr Bruder standen ihr zur Seite, und vielleicht war sie nun bereit, kleine Schritte in Richtung Zukunft zu gehen und die schmerzliche Vergangenheit hinter sich zu lassen.

Ada und Friedrich schlangen je einen Arm um sie, und sie war froh, zu Hause bei ihnen zu sein.

Es war fast Mitternacht, als sie sich gute Nacht sagten und jeder in sein Zimmer verschwand. Theresa zog sich ihr Nachthemd an und setzte sich aufs Bett, den gelben Plüschhasen ans Herz gedrückt. Er wäre das erste Geschenk für ihr Baby gewesen; nach dem ersten Frauenarztbesuch hatte sie ihn voller Überschwang und Vorfreude gekauft. Jetzt würde er lediglich eine Erinnerung sein, die sie immer begleiten würde.

Sie legte ihn behutsam neben ihrem Kopfkissen ab, dann zog sie spontan die Stoffe, die sie aus Tante Babettes Geschäft mitgenommen hatte, aus der Tüte und setzte sich an den Tisch. Zuerst blätterte sie ihre Bücher mit Schnittmustern durch, und als sie fündig geworden war, schnitt sie fast fieberhaft den dunkelvioletten Stoff zu und spannte Ober- und Unterfaden in die Nähmaschine. Es konnte losgehen, die alte Theresa war wieder da.

Kapitel 4

Als Theresa am nächsten Morgen aus dem Haus ging, fühlte sie sich so beschwingt, dass sie fast glaubte zu schweben. Sie trug elegante schwarze Stiefel und ihren neuen purpurfarbenen Rock, an dem sie in der Nacht stundenlang genäht hatte. Er passte perfekt zu ihrem tannengrünen Oberteil und ihren braunen Haaren, die ihr in sanften Wellen auf die Schultern fielen. Sie kaufte sich im Stadtzentrum einen Latte Macchiato und betrat das *Samt & Seide*.

Tante Babette erhob sich mühsam aus dem Lehnstuhl hinter der Kasse und musterte sogleich bewundernd ihren Rock.

»Alle Achtung, Kind, ich sehe, du warst fleißig. So wie ich dich kenne, hast du die ganze Nacht durchgearbeitet wie früher, stimmt´s?

Theresa nickte und hängte ihren Mantel an den Haken im Hinterzimmer. »Ja, gefällt dir der Rock?«

»Todschick. Du bist wirklich ein gutes Aushängeschild für meinen Laden. Ich wette mit dir, dass dich die Kunden heute pausenlos auf den Rock ansprechen werden und das Schnittmuster haben wollen.«

Theresa lachte. »Na, warten wir es mal ab.«

»Wie wäre es, wenn du dich nachher gleich hier an die Nähmaschine setzt und was Schönes nähst, das wir im Schaufenster ausstellen können? Das habe ich früher auch immer gemacht, erinnerst du dich? Das zog die Kunden an wie ein Magnet.«

»Ja, natürlich, gerne«, sagte Theresa.

Tatsächlich sprachen im Laufe des Vormittags einige Frauen, die im Laden nach Stoffen suchten, sie auf ihren wunderschönen Rock an. Sie verkaufte das Schnittmuster einige Male und beriet die Kundinnen über geeignete Stoffe für einen Rock.

»Machen Sie auch Nähkurse?«, fragte eine junge Frau mit Laptoptasche, die wohl auf dem Weg zur Arbeit hereingeschaut hatte.

Fragend schaute Theresa zu Tante Babette hinüber.

»Aber natürlich!«, sagte diese im Brustton der Überzeugung. »Wir hängen demnächst eine Liste mit Terminen aus, dann können Sie sich eintragen!«

Die Kundin freute sich und bezahlte ihren violetten Stoff, der von derselben Stoffrolle kam wie Theresas Rock.

»Nähkurse?«, fragte Theresa, als sie wieder allein waren. »Im Ernst?«

»Tut mir leid, dass ich dich vor vollendete Tatsachen stelle, aber man muss spontan sein im Leben«, sagte Babette, wirkte aber kein bisschen zerknirscht. »Das tust du doch gerne, oder?«

»Hm, ja, warum eigentlich nicht?«

Um die Mittagszeit wurde es ruhig im Laden. Tante Babette fühlte sich nicht gut und verschwand für eine Stunde oben in ihrem Schlafzimmer, während Theresa unten die Stellung hielt. Gedankenverloren stand sie in der Tür und blickte über den Platz. Der Nebel hatte sich gelichtet und goldener Herbstsonnenschein badete den Platz in warmem Licht.

Theresa wechselte ein paar Worte mit den Besitzern vom Feinkostladen und der Chocolaterie, bevor ihr Blick magisch angezogen wurde von Léa Goedert-Schmitt, die ganz in hautenge, schwarze Klamotten gekleidet und mit Tüten eines exklusiven Unterwäscheladens beladen, die Tür zum *Chez Romain* aufschloss und darin verschwand.

Einige Minuten später lief auch Romain Goedert in Frauenbegleitung über den Platz. Er war heute unrasiert, was ihn nur noch attraktiver erscheinen ließ, und selbst unter seinem dicken Pullover und dem Jackett erkannte man seine sportliche Statur.

Theresa verspürte ein Kribbeln im Bauch, als sein Blick kurz über den Stoffladen glitt. Gleichzeitig versetzte es ihr einen Stich, ihn mit dieser schlanken, wie aus dem Ei gepellten Blondine zu sehen. Er ließ ihr galant den Vortritt, dann verschwanden beide in der Haustür neben der Bar, die wohl zu seiner Wohnung führte.

»Hallo Schwesterchen.«

Theresa zuckte zusammen; sie war so in den Anblick Romains vertieft gewesen, dass sie ihren Bruder nicht bemerkt hatte, der mit seinem Laptop-Rucksack auf dem Rücken sein Fahrrad zum Laden schob. »Wie sieht´s aus?«

»Gut. Komm mit rein, Fritzchen, ich frage Tante Babette, ob sie nun wieder übernehmen kann, damit wir für eine Stunde verschwinden können.«

Tante Babette schleppte sich ächzend hinunter in den Laden und machte ein großes Getue um Friedrich.

»Nimm ihn nur mit, Kind, und lass ihm mal ordentlich die Haare schneiden«, brummte sie und musterte Friedrichs Pferdeschwanz und das schwarze T-Shirt, auf dem in geschwungenen weißen Buchstaben *Datenschlampe* stand. »Was bedeutet diese merkwürdige Aufschrift?«

Friedrich grinste nur, und Theresa sagte rasch: »Keine Sorge, Tantchen, ich kleide ihn jetzt ganz neu ein, dann wirst du ihn kaum wiedererkennen.«

»Ja, das wäre nett«, sagte Tante Babette, woraufhin Friedrich eine gespielt beleidigte Grimasse zog. »Dann los, Kinder, kauft was Schönes.«

Als Erstes besuchten sie im Nachbarhaus den Friseur *Rapunzel*. Heinz Schwab, der Inhaber, begrüßte die beiden so überschwänglich, als seien sie die Stars der Kleinstadt. Er selbst schien noch aus einem anderen Jahrzehnt zu stammen, denn er trug ein Muskelshirt, eine protzige Goldkette und einen Vorne-kurz-hinten-lang-Haarschnitt. Friedrich starrte ihn fasziniert an, setzte sich dann aber willig in den Frisierstuhl.

»Wie soll´s denn sein?«

»Schneiden Sie ihm den Pferdeschwanz ab und machen Sie eine schicke Kurzhaarfrisur daraus«, bat Theresa schnell, bevor ihr Bruder den Mund öffnen und es sich anders überlegen konnte. »Mein Bruder ist ein attraktiver Mann, und das soll man auch sehen.«

Eine halbe Stunde später war das Werk vollendet und sie bewunderten Friedrich im Spiegel. Tatsächlich, das Nerd-Aussehen war bereits verschwunden, zumindest auf dem Kopf, und die kurzen dunkelblonden Haare ließen seine markanten Gesichtszüge nun viel besser zur Geltung kommen. Etwas unbeholfen strich er sich über den Kopf.

»Wollen Sie Ihren Zopf mitnehmen?«, fragte Heinz Schwab und reichte ihm die ausgefransten Strähnen.

»Nein, danke«, sagte Theresa rasch und schob Friedrich zur Kasse. »Die Zopfzeiten liegen hinter uns.«

Als Nächstes führte sie ihren Bruder in ein Bekleidungsgeschäft, wo sie ihm ein paar Hemden und zwei Jeans kaufte.

»Muss das sein?«, maulte Friedrich. »Ich habe genug T-Shirts, und was, bitteschön, ist an meinen Jeans auszusetzen?«

»Ja, das muss sein. Die Jeans sind ausgeleiert und verwaschen, und über die T-Shirts verliere ich lieber kein Wort. Die kannst du gerne als Schlafanzug anziehen, aber nicht, wenn du unter Leute gehst.«

»Ich habe übrigens Donnerstagabend ein Date. Im *Chez Romain*«, sagte Friedrich, als er Theresa zurück ins *Samt & Seide* begleitete.

»Wirklich?«, fragte Theresa beeindruckt. »Da hast du aber nichts anbrennen lassen. Wie kam das so schnell zustande?«

»Übers Internet. Ich habe mich bei einer Neustadter Kontaktbörse angemeldet. Sie heißt Franziska, und sah auf dem Foto nicht ganz unheiß aus.«

»Nicht ganz unheiß«, wiederholte Theresa. »Zieh dir bloß die neuen Sachen an und tauch nicht in einem deiner Nerd-T-Shirts auf!«

»Du kannst ja mitkommen«, sagte Friedrich etwas verlegen und öffnete die Tür zum Stoffgeschäft.

»Zu deinem Date? Das ist nicht dein Ernst, Fritzchen.«

»Du sollst dich ja auch nicht zu uns an den Tisch setzen. Aber wie wäre es, wenn du dich im Hintergrund hältst? Ein paar Tische weiter? Wir kennen uns dann natürlich nicht.«

Theresa betrachtete ihren Bruder liebevoll. »Bist du ein kleiner Angsthase?«

»Ach was. Aber du hast gesagt, du unterstützt mich.«

»Na gut, ich werde da sein.«

Tante Babette bewunderte Friedrich gebührend und musterte ihn von allen Seiten. »Ich wusste gar nicht, dass du so gut aussehen kannst.«

»Danke für die Blumen«, sagte Friedrich grinsend und stellte seinen Laptop-Rucksack auf den Zuschneidetisch. »Darf ich in deinem Hinterzimmer arbeiten, Tante Babette? Hast du ein gutes WLAN?«

»W-Was?«, fragte Babette mit zusammengekniffenen Augen. »Und wieso willst du in meinem Hinterzimmer arbeiten, Junge? Ich dachte, du machst Heimbüro oder wie das auf neumodisch heißt.«

»Home Office zu Hause ist zurzeit die Hölle. Ich habe keinen Zentimeter Platz für mich, da Mutti alles mit Fitnessgeräten oder Nagelstudiozeugs zugestellt hat. Irgendwo muss ich ja mal in Ruhe arbeiten können.«

»Hm«, machte Tante Babette argwöhnisch. »Für mich persönlich wäre das kein Problem, wenn du da hinten sitzt und im Trüben fischst, aber ich fürchte den Ärger mit deiner Mutter, den ich todsicher bekommen würde. Sie würde gewiss verlangen, dass ich zusätzliche Steuern bezahle, wenn ich dir den Raum als Büro überlasse. Das will ich lieber nicht riskieren. Ich bin erst mal froh, dass Theresa meine Buchhaltung wieder in Ordnung bringt und ich da keine Schwierigkeiten mehr bekommen kann.«

Verdrossen machte sich Friedrich auf den Heimweg.

Am Donnerstagabend half Theresa Tante Babette nach Geschäftsschluss noch, den Laden aufzuräumen und brachte die Einnahmen zur Bank. Die Abendsonne tauchte den Himmel in prächtiges Rosarot, bevor sie unterging und einer kühlen Dämmerung Platz verschaffte.

Theresa ging am Brunnen vorbei zum *Chez Romain*; eine neue, mit Kreide beschriebene Tafel verkündete, dass es ab sofort jeden Abend zwischen neunzehn und zwanzig Uhr eine Happy Hour gebe, bei der man zu einem Cocktail einen kostenlosen Snack bekäme. Sie fühlte sich ganz ausgehungert, und die Aussichten, später zu Hause noch in Ruhe etwas zu essen, waren gering, da Ada heute nach Feierabend ihren Freundinnen die Nägel machte.

Sie betrat die Bar und wurde sofort aufgenommen von der locker-heiteren Atmosphäre, dem Gelächter, dem Klirren von Gläsern. Jemand spielte auf einem Saxofon Lieder von Frank Sinatra. Wie verzaubert blieb sie stehen und lauschte *Strangers in the night*; die Töne kamen leicht und harmonisch aus dem Instrument, schienen in der Luft zu schweben wie Libellen. Sie fühlte sich wie in einem alten Film, in dem die Filmmusik die Stimmung untermalte.

Sie ging mit einem verschwörerischen Zwinkern am Tisch ihres Bruders vorbei, der dort mit seinem Date saß, ins Gespräch vertieft, und steuerte wie magisch angezogen auf die Musik zu. Hinter einer Traube von Menschen, die um einen runden Stehtisch standen und bunte Cocktails vor sich hatten, entdeckte sie, dass der Musiker niemand anderes als Romain selbst war. Er saß schräg auf einem hohen Barhocker, hatte die Augen halb geschlossen und spielte. Seine dunklen Haare waren verstrubbelt, und ein Anflug eines Bartschattens lag auf seinem Gesicht. Er trug eine schwarze Hose und ein weißes Hemd. Sie mochte gut gekleidete Männer und starrte ihn fasziniert an.

Kurz darauf endete die Musik, er schlug die Augen auf, legte das Saxophon beiseite und lächelte sie an. Sie fühlte sich wie ertappt und errötete.

»Hallo, wen haben wir denn da?«, fragte er mit seinem seltsamen Akzent und musterte sie ungeniert von oben bis unten. »Einen bezaubernden Rock haben Sie da an. Stammt er aus Ihrem Modeatelier auf der anderen Straßenseite?«

Das Blut stieg ihr noch heftiger ins Gesicht, da sie nicht wusste, ob er sie mit der Bezeichnung *Modeatelier* für ihr gewöhnliches Stoffgeschäft nicht veralberte. Außerdem verwirrte es sie, dass er einen Blick für ihre Kleidung hatte, so etwas kannte sie von Männern nicht, am allerwenigsten von ihrem Exfreund Matthias. Tatsächlich trug sie heute einen weiteren selbst genähten Rock – sie hatte die halbe Nacht daran gesessen – aus flaschengrünem Stoff, dazu ein schwarzes Langarmshirt und ihre schwarzen Stiefel.

Romain sah sie bewundernd an. »Sie haben Geschmack, das gefällt mir.«

»Äh … Danke!«, sagte Theresa mit glühendem Kopf. »Den Rock habe ich selbst genäht. Der Stoff stammt aus dem *Samt & Seide*.«

»Sie sind sehr elegant. Wie eine Französin.« Sein Blick hing nun an irgendeinem Punkt oberhalb ihres Rocks, was ihr einerseits gefiel und ihr Bauchkribbeln verursachte, sie andererseits ein wenig unruhig werden ließ.

»Dann suche ich mir mal einen Platz. Ich habe gesehen, dass es neuerdings eine Happy Hour gibt.«

»Das ist richtig«, sagte Romain, fasste sie leicht am Ellenbogen und führte sie zu einem kleinen Tisch, über dem das Porträt einer dunkelhaarigen Frau mit geheimnisvollen Blick an der Wand hing. »Was darf ich Ihnen bringen?«

»Ich dachte, Sie arbeiten hier gar nicht selbst?«, fragte Theresa, sah ihm in die dunklen Augen und ärgerte sich über ihre sinnfreie Bemerkung.

»Für liebe Nachbarn mache ich gerne eine Ausnahme. Den Cocktail des Tages? Einen Gin Fizz und ein Omelette dazu?«

»Ja, gerne.«

»Kommt sofort.« Er verschwand durch die Menge, wobei er seiner Kusine Léa, die hinter dem Tresen stand und einem anzüglich grinsenden Gast missmutig einen Cocktail hinschob, einen unmissverständlichen Blick zuwarf. Theresa musste schmunzeln.

Bald standen der Cocktail und das Omelette vor ihr.

»Geht natürlich aufs Haus«, sagte Romain und sah wohlwollend zu, wie sie die erste Gabel der Eierspeise aß.

»Danke, das ist nicht nötig«, wandte sie ein.

»Doch, doch. Dann lasse ich Sie mal in Ruhe essen.«

Während sie einen großen Schluck Gin Fizz trank, sah sie zu, wie der Barbesitzer wieder in der Menge verschwand. An der Hintertür, die zu seiner Wohnung im ersten Stock führte, wartete eine junge Frau auf ihn. Verwirrt und mit einem Stich im Herzen versuchte Theresa, einen Blick auf sie zu erhaschen. Es war definitiv eine andere Frau als beim letzten Mal. Diese hier hatte kupferrotes Haar, das ihr üppig über die Schultern fiel, sie hatte Kurven, ohne dick zu sein, und trug eine weiße Bluse und Jeans. Romain legte ihr die Hand auf den Rücken und führte sie galant aus dem Raum; Manieren hatte er ja, das musste man ihm lassen.

Als die beiden nicht mehr zu sehen waren, aß Theresa auf und versuchte, sich auf ihren Bruder und seine Begleitung zwei Tische weiter zu konzentrieren. Friedrich trug eines der neuen Hemden und sah sehr attraktiv aus, wie sie mit Schwesternstolz feststellte. Auch seine Verabredung war sehr hübsch, sie hatte kurzes blondes Haar, blitzende blaue Augen und trug einen rauchblauen Rollkragenpullover, der ihr sehr gut stand. Die beiden schienen sich angeregt zu unterhalten.

Theresa beobachtete, wie Léa, wieder ganz in Schwarz gekleidet und mit einem mürrischen Gesichtsausdruck wie ein Racheengel, zu den beiden an den Tisch kam und ihnen ihre Cocktails servierte. Ihre schlechte Laune rührte wohl daher, dass ein Gast zuvor über die Preise für die Cocktails mit ihr gefeilscht hatte. Sie knallte die Gläser auf den Tisch, dass ein paar Tropfen überschwappten. Die junge blonde Frau sah pikiert zu ihr auf und schien eine scharfe Bemerkung zu machen – Theresa verstand von ihrem Platz aus leider kein Wort -, woraufhin Léa nur noch motziger schaute. Friedrich schien die ganze Szene witzig zu finden, denn er grinste nur. Als Léa seinen Blick spürte, geschah etwas Unerwartetes: Ihre finstere Miene erhellte sich, ihre Züge wurden weich, und sie lächelte Friedrich offen an. Dieser gab das Lächeln zurück.

Theresa kam sich vor wie in einem Kinofilm, es war spannend, diese zwischenmenschlichen Interaktionen zu verfolgen. Kurz darauf trat Léa erneut an den Tisch, mit Amuse-Gueules beladen. Einen Teller ließ sie vor Friedrichs Begleitung auf den Tisch krachen, den anderen stellte sie behutsam vor Friedrich ab. Dieser bedankte sich erheitert; Léa und Friedrichs Begleitung wechselten einen abschätzigen Blick.

In sich hineinschmunzelnd zog Theresa ihr Notizbuch aus ihrer Tasche und zeichnete Entwürfe für Röcke, Taschen und Kissen hinein, die sie nähen wollte, um sie im Laden auszustellen.

Es war bereits dunkel draußen, und der Platz wurde von Laternen erleuchtet, als sie unauffällig an Friedrich vorbeiging, weil sie nach Hause wollte. Er war ganz ins Gespräch vertieft und bemerkte sie nicht.

An der schweren Holztür fiel ihr ein Plakat ins Auge, das zuvor noch nicht dort gehangen hatte.

> Literarischer Zirkel
>
> -französische Gedichte und Romane-
>
> Neuer VHS-Kurs!
>
> Jeden Donnerstag, 19.00 - 20.30 Uhr
>
> Literaturliste bitte bei der VHS erfragen

Sie las sich den Zettel mehrmals durch und ihr Herz begann zu pochen. Ein französischer Literaturkurs! Das war genau das Richtige für sie, ihr Bücherregal bog sich vor französischen Klassikern und Gedichtbänden, die aus ihrer frankophilen Phase stammten. Der Zettel in ihrer Traumflasche stand ihr plötzlich wieder vor Augen, und sie fühlte sich mutig genug, etwas Neues auszuprobieren. Morgen Mittag würde sie in ihrer Pause bei der Volkshochschule vorbeigehen und sich für den Kurs anmelden. Vielleicht wurde er ja von einem knusprigen Franzosen geleitet, dachte sie in sich hineinschmunzelnd.

Der Spaziergang durch die feuchte, kalte Abendluft belebte sie. Sie mochte es, wie die Straßenlaternen das Kopfsteinpflaster in warmem Schein badeten und hinter den erleuchteten Fenstern der Bistros und Restaurants das Leben pulsierte. In ihrer Wohngegend war es ruhiger, die Bürgersteige leer bis auf späte Spaziergänger mit Hund, die Gärten dunkel und still.

Sie nähte bis Mitternacht; während die Stoffe, die Tante Babette ihr spendiert hatte, unter der Nähmaschine durchglitten und Gestalt annahmen, vergaß sie alles, was ihr in der letzten Zeit Kummer bereitet hatte. In Momenten wie diesen, wenn sie selbstvergessen nähte und herrliche Röcke kreierte, war ihr leicht ums Herz. Sie vergaß das Baby und Matthias und ihren Jobverlust.

Kurz nach zwölf, als ihr der Rücken vom bewegungslosen Sitzen schmerzte und ihre Augen brannten, klopfte es leise an der Tür.

»Bist du noch wach?«, flüsterte es.

»Komm rein, Fritzchen«, sagte Theresa und öffnete die Tür. »Wonach sieht es denn aus, wenn das Licht noch brennt und die Nähmaschine rattert?«

»Wollte nur höflich sein.« Friedrich trat ein und ließ sich ungeniert auf ihr Bett fallen.

»Mach´s dir ruhig bequem«, sagte Theresa ironisch, schaltete die Nähmaschine aus und warf sich neben ihn. »Vorsicht, nicht auf das Häschen legen. Wie war dein Date?«

Friedrich rieb sich müde die Augen. »Eigentlich ganz okay. Sie ist hübsch, sie ist nett, sie hat was in der Birne. Sie ist Erzieherin und arbeitet im Kindergarten. Wir haben uns gut unterhalten. Sie geht gerne Kanufahren und tanzen.«

»Das hört sich doch gut an«, sagte Theresa. »Höre ich da trotzdem ein *Aber* bei dir?«

»Hm«, antwortete Friedrich gähnend. »Sie schien mir ein bisschen unreif zu sein mit ihren sechsundzwanzig Jahren. Stell dir vor, sie wohnt noch bei ihrer Mutter daheim in ihrem alten Kinderzimmer. Ich kann mir nicht helfen, aber das ist uncool.«

Theresa richtete sich auf die Ellenbogen auf und starrte ihren Bruder ungläubig an. »Bist du irre, Fritzchen? Du wohnst doch selbst bei Mutti im Kinderzimmer. Das kannst du ihr doch nicht zum Vorwurf machen!«

»Ja, schon. Aber bei mir es ja nur vorübergehend, bis ich etwas Neues gefunden habe. Außerdem kann ich wirklich nichts dafür, dass ich aus meiner Wohnung geflogen bin, das war einfach Unglück.«

»Wahrscheinlich hat sie auch ihre Gründe, warum sie noch bei ihrer Mutter wohnt«, sagte Theresa. »Hast du sie mal gefragt?«

Friedrich gähnte noch einmal ausgiebig, die Augen drohten ihm zuzufallen. »Ich kam nicht dazu, wir sprachen dann über andere Dinge.«

»Mal Hand aufs Herz«, sagte Theresa. »Suchst du wirklich ernsthaft nach einer neuen Wohnung? Oder gefällt dir die Bequemlichkeit bei Mutti nicht doch ganz gut?«

Friedrich legte sich der Länge nach aufs Bett und klopfte sich das Kissen zurecht. »Es ist einfach ein bisschen viel im Moment. Ich durchforste die Kontaktbörsen und kümmere mich um Verabredungen, ich entwickle gerade ein neues Spiel für Konsolen, das ich liebend gern verkaufen würde, und nebenbei muss ich auch noch ein bisschen arbeiten. Der Tag hat nur vierundzwanzig Stunden, was soll ich denn noch alles tun?«

Am nächsten Donnerstagabend verabschiedete sich Theresa von Tante Babette, die so erschöpft war, dass sie sich kaum noch auf den Beinen halten konnte, und machte sich auf den Weg zur Volkshochschule.

Das Gebäude war alt und ehrwürdig und stand in einem kleinen Park mit Kastanienbäumen, die hoch in die dämmrige Abendluft ragten. Ein paar ihrer Früchte hatten sich bereits von den Zweigen gelöst und lagen, in stachligen grünen Schalen verborgen, im taufeuchten Gras.

Theresa ging die ausgehöhlten Steinstufen hoch ins Haus und folgte dem Wegweiser ins obere Geschoss. Es roch nach alten Holzdielen und nach Schule – ein seltsames Gefühl in ihrem Alter.

Im Klassensaal saßen bereits neun oder zehn Leute an den u-förmig gestellten Tischen. Es handelte sich ausnahmslos um Senioren jenseits der siebzig. Da sie vom Alter her stark aus dem Rahmen fiel, wurde sie kurz von allen angestarrt, dann nahmen die anderen Teilnehmer unbeirrt ihre Gespräche wieder auf. Sie schienen sich alle von irgendwoher zu kennen und plauderten über das Wetter, Krankheiten, ihren Wanderverein und darüber, wo man das beste Jägerschnitzel in Neustadt bekam.

Theresa ließ sich mit ihrer Tasche voller Bücher und Schreibzeug auf einem freien Platz nieder.

»Ich bin der Hermann«, stellte ihr Nachbar, ein rüstiger weißhaariger Senior in beiger Weste, sich ihr vor. »Ich hoffe, der neue Lehrer redet nicht so viel Französisch.«

»Theresa. Aber es ist doch ein Französischkurs«, sagte Theresa erstaunt. »Ich gehe davon aus, dass er nur Französisch redet?«

Hermann verzog schmerzhaft das Gesicht. »Na, dann bedanke ich mich. In den letzten beiden Semestern hatten wir einen Lehrer, bei dem wir auch die deutsche Ausgabe der Bücher benutzen durften. Obwohl wir eigentlich nicht so viel darin gearbeitet haben ... Meistens haben wir nur eine halbe Stunde Unterricht gemacht, und sind danach noch in die Post gegangen, um einen zu heben.«

»Ach so.« Theresa beschlichen ungute Gefühle; sie hatte sich aus echtem Interesse für französische Literatur eingeschrieben, sie hoffte, der Kurs würde sich nicht als Seniorentreff mit Bier und Schnitzel entpuppen.

»Wir werden auf jeden Fall unseren Spaß zusammen haben«, versprach ihr Nachbar, der auf der anderen Seite saß, und stieß ihr den Ellenbogen in die Seite. Auch er trug eine beige Weste über seinem karierten Hemd. »Ich bin übrigens der Erich.«

Er und Hermann zwinkerten sich andeutungsvoll zu.

Oh mein Gott, wo bin ich hier nur gelandet, dachte Theresa innerlich stöhnend und baute einen Turm von Büchern vor sich auf, hinter dem sie sich notfalls verstecken konnte.

In diesem Moment ging die Tür auf und der Dozent kam herein. Schwungvoll warf er seine Unterlagen auf das Pult, setzte er sich auf den Drehstuhl und rollte an die offene Seite des Us, von wo aus er die Teilnehmer lächelnd ansah. Theresas Herz geriet kurz ins Stocken.

»Guten Abend, mein Name ist Romain Goedert und ich bin Ihr neuer Lehrer in diesem Semester. Und das war der erste und letzte Satz, den Sie auf Deutsch von mir zu hören bekommen. «

Sein Blick blieb an Theresa hängen, und auch sie lächelte ihm zu, angenehm überrascht und erwartungsvoll. Seine Dozentenstelle hatte er also im Sinn gehabt, als er ihr und Tante Babette erklärt hatte, er arbeite nicht selbst in seiner Bar, sondern er wäre *anderweitig eingebunden*.

Die Senioren machten lange Gesichter.

»Können wir nicht zumindest vorerst mal auf Deutsch weiterreden?«, fragte Hilde, eine ältere Dame mit grauer Kurzhaarfrisur, die außer einem Bleistift, einem Block in DINA6-Format und einer Thermoskanne mit Tee nichts zum Kurs mitgebracht hatte.

»Mais absolumment pas, ma chère!«

Theresa unterdrückte ein Schmunzeln; der Kurs würde lustig werden. Die Senioren stöhnten unwillig, während ein erster Hauch von Unsicherheit über Romains Gesicht flog.

Kapitel 5

»Lassen Sie uns anfangen«, sagte Romain auf Französisch. »Ich habe für jeden ein Namensschild vorbereitet, das Sie bitte beschriften und vor sich stellen, damit ich mir Ihre Namen einprägen kann.«

Theresa sog den Klang seiner Stimme auf; sein Französisch klang weich und bedacht.

Er teilte orangefarbene Kärtchen aus und alle Teilnehmer notierten ihre Namen darauf. Als er Theresa ihre Karte gab, streifte seine Hand versehentlich ihre. Sie blickte kurz getroffen auf, und er sah sie kurz mit einem Zwinkern in den Augen an. In sich hineinlächelnd beugte sie sich über ihr Namensschild und schrieb schwungvoll ihren Namen darauf.

Eine ungefähr Achtzigjährige namens Martha begann, ihr Namensschild liebevoll mit Blumen zu bemalen, während Hilde sich seelenruhig dampfenden Tee aus ihrer Thermoskanne in ihren Becher goss.

Romain versuchte, sich seine wachsende Nervosität nicht anmerken zu lassen, sondern ließ Textblätter durch die Reihen gehen, von denen sich jeder eines nehmen sollte.

»Ich freue mich, dass sich so viele Liebhaber der französischen Literatur eingefunden haben. Die Bücherliste für den Kurs haben Sie ja bei der Anmeldung im Sekretariat bekommen. Sie müssen die Bücher natürlich nicht allesamt durchackern, ich teile Ihnen jede Stunde Kopien mit Textauszügen aus, aber je mehr Sie in den Büchern lesen, desto gewinnbringender ist der Kurs natürlich für Sie.«

»Was erzählt er?«, fragte Otto, der wie alle anderen männlichen Teilnehmer eine beige Weste trug, seinen Nachbarn Karl-Heinz, der Romain ebenfalls verständnislos anstarrte.

»Keine Ahnung, so viel Französisch verstehe ich nicht«, sagte Karl-Heinz. »Außerdem spricht er mit einem merkwürdigen Akzent. Wo er wohl herkommt?«

»Ja, genau«, rief Martha wie eine vorlaute Schülerin in die Runde. »Erzählen Sie doch mal erst etwas von sich. Wir haben bereits vier Semester Französisch bei Monsieur Leroc, Gott hab ihn selig, hinter uns, aber er sprach ein ganz anderes Französisch als Sie, junger Mann. Wo kommen Sie her? Was hat Sie in unsere schöne Pfalz verschlagen?«

»Nun gut.« Romain seufzte ergeben und klappte sein Buch zu. »Sie haben recht, ich bin neu in der Stadt und sollte vielleicht erst mal etwas über mich erzählen. Ich bin vierunddreißig Jahre alt und habe kürzlich die Cocktailbar *Chez Romain* neu eröffnet. Nebenher gehe ich noch anderen Tätigkeiten nach, wie der als Dozent für französische Literatur zum Beispiel.«

Theresa fragte sich insgeheim, welchen *anderen Tätigkeiten* er noch nachging, da er im Plural gesprochen hatte.

»Ich bin Luxemburger. Ich komme aus Luxemburg-Stadt und spreche daher seit meiner Geburt neben Deutsch und Luxemburgisch auch Französisch, da dies eine der offiziellen Sprachen in diesem Land ist.« Romain hatte seinen Vorsatz, nur Französisch zu sprechen, über Bord geworfen. Vielleicht sah er ein, dass er die falsche Zielgruppe vor sich sitzen hatte.

Ein erstauntes Raunen ging durch die Klasse. Mit einem

Luxemburger hatte keiner gerechnet, da diese Landsmänner naturgemäß nicht so oft vorkamen. Auch Theresa kannte niemanden, der aus Luxemburg kam.

»Wie wäre es, wenn wir heute mal früher Schluss machen und Sie uns Ihre Bar zeigen?«, fragte Ludwig und steckte seine Lesebrille in eine der unzähligen Taschen seiner beigen Weste, als stünden sie bereits kurz vor dem Unterrichtsende. »Das kurbelt das Geschäft an, und – ich weiß ja nicht, wie es um das junge Fräulein steht, aber wir alten Herrschaften könnten uns durchaus vorstellen, uns bei einem Gläschen Wein weiter über französische Literatur zu unterhalten.«

Schallendes Gelächter erklang von allen Tischen. Theresa verbiss sich ein Grinsen.

»Nein«, sagte Romain und versuchte, seine ernste Miene beizubehalten. »Ich werde fürs Unterrichten bezahlt, und das mache ich jetzt auch. Wir können gerne nach Ende der Veranstaltung in meine Bar gehen, darüber würde ich mich sehr freuen. Lassen Sie uns jetzt endlich anfangen. Wie Sie sicher auf der Liste gelesen haben, fangen wir heute mit Auszügen aus Marcel Prousts *A la recherche du temps perdu* an – *Auf der Suche nach der verlorenen Zeit*. Sie dürfen gerne Ihre Exemplare herausholen.«

Er hatte wieder ins Französische gewechselt. Theresa wandte den Blick von ihm ab und zog ihr Buch aus dem Stapel, den sie vor sich aufgetürmt hatte, Martha legte eine deutsche Version des Romans auf den Tisch. Die anderen saßen da, ohne sich zu rühren, vor sich lediglich ihr Getränk (Hilde), ein Seniorenhandy in Übergröße oder ein Päckchen Taschentücher (Karl-Heinz hatte Schnupfen).

Theresa merkte Romain an, dass er Probleme hatte, sich zusammenzureißen. »Sehr schön«, sagte er. »Bei Theresa sehe ich das Buch.«

»Streberin«, brummte Hermann, und wieder lachten alle wiehernd.

»Ich habe das Buch aber auch dabei!«, begehrte Martha auf.

»Ja, allerdings die deutsche Übersetzung«, seufzte Romain, beeilte sich aber, hinzuzufügen: »Aber das ist in Ordnung, Martha, wirklich, es ist toll, dass Sie auch an das Buch gedacht haben.«

Theresa zerriss es innerlich vor Lachen. Romain musste sich fühlen, als habe er lauter minderbegabte Schulkinder vor sich. Er bat Hans, die Kopie mit dem Auszug aus dem Buch von Proust vorzulesen, was dieser auch mehr schlecht als recht tat. Romains Gesicht verzog sich, als habe er Zahnschmerzen, doch lobte er Hans ausgiebig für seinen Vortrag.

»*Auf der Suche nach der verlorenen Zeit*«, sagte Romain und schaute aus dem Fenster in die hereinbrechende Dunkelheit. »Was bedeutet ....«

»Dieser Proust ist nichts für mich«, fiel ihm Hans ins Wort und faltete seinen Text zusammen, bis er nur noch die Größe einer Visitenkarte besaß. »Diese langen, verschachtelten Sätze – das versteht doch kein Mensch.«

»Ja, genau«, riefen die anderen durcheinander.

»Wir sind ja hier, um die Sätze und ihren Sinn zu entschlüsseln«, sagte Romain müde. »Um zu meiner Frage zurückzukommen, die ich gerade im Begriff war, zu stellen: Was bedeutet diese Formulierung für Sie? Auf der Suche nach der verlorenen Zeit.«

Die Senioren wandten den Blick ab und starrten auf den Tisch, um nicht aufgerufen zu werden. Sie erinnerten Theresa mehr denn je an störrische Schulkinder; sie amüsierte sich köstlich. Sie sah als einzige auf und spürte Romains Blick, der geradezu flehend auf sie geheftet war. Sie verlor sich in seinen dunkelbraunen Augen. Einen Moment hatte sie das Gefühl, als sei sie ganz allein mit ihm, als gebe es nichts außer diesem in die Jahre gekommenen Klassenzimmer, dem leisen Rauschen der Kastanienbäume vor den Fenstern, nichts außer Romain und ihr.

»Nun«, begann sie leise, und er hielt sie weiterhin in seinem Blick fest, als würde er jedes Wort von ihr in sich aufsaugen, »wenn ich diesen Titel höre, kommen sofort Erinnerungen von früher in mir hoch, Erinnerungen an schöne Zeiten, die aus dem Gedächtnis entschwunden waren und plötzlich wieder auftauchen. Man erinnert sich plötzlich an vergangene Zeiten, weil man einen Gegenstand von damals wiederfindet oder dergleichen ... Man wird wehmütig, denkt an die Person, die man damals war und daran, welche Ziele und Träume man damals hatte und fragt sich, was in der Zwischenzeit mit einem passiert ist.«

Als sie bemerkte, dass alle sie anstarrten, als ob sie an ihrem Verstand zweifelten, verstummte sie befangen. Noch immer ruhte Romains brennender Blick auf ihr. Er stand auf, stützte sich mit den Händen auf ihrem Tisch auf und fragte: »Und was sind das für Erinnerungen, welche Träume und Ziele hattest du damals?«

Er hatte sich zu ihr hinuntergebeugt, schrak jedoch zurück, als Erich grölte: »Wollt ihr zwei den Unterricht allein fortführen? Kommt, Leute, gehen wir doch schon mal vor in die Bar!«

Alle brachen in lautes Gelächter aus; Romain richtete sich auf, zupfte seine Hemdsärmel zurecht und setzte sich wieder ans Pult. »Lesen wir doch noch einen weiteren Ausschnitt aus dem Buch.«

Nachdem der Kurs zu Ende war – Romain schaffte es, siebzig Minuten durchzuziehen, hatte aber hinterher vor Anspannung Schweißflecken unter den Hemdsärmeln – zogen die Senioren kollektiv zum *Chez Romain*. Theresa überlegte kurz, ob sie sich ihnen anschließen sollte, denn sie war müde nach dem langen

Tag, entschied sich dann aber dafür. Romain übte eine gewisse Anziehungskraft aus, derer sie sich nicht entziehen konnte.

Da es im *Chez Romain* sehr voll war, drängten sich die Senioren alle um einen Tisch; Romain und Theresa blieb nichts anderes übrig, als sich daneben an einen kleinen Zweiertisch zu setzen. Theresa schoss vor Freude die Röte ins Gesicht, und auch Romain schien nichts dagegen zu haben.

Als alle mit Cocktails versorgt waren – Léa lud die Gläser mit mürrischer Miene vor ihnen ab, da ein aufdringlicher Gast sie ständig anzusprechen versuchte und ihr im Weg herumstand – stießen Romain und Theresa an. Einen Moment lang versank sie in seinen warmen Blick. Er stützte die Ellbogen auf den Tisch und beugte sich näher zu ihr, um in dem allgemeinen Stimmengewirr nicht allzu laut sprechen zu müssen.

»Nun, wie habe ich mich in meiner ersten Unterrichtsstunde geschlagen?«, fragte er mit einem Funkeln in den Augen.

»Ganz gut, würde ich sagen«, antwortete sie und trank einen großen Schluck. Durch den Alkohol stieg ihr noch mehr die Hitze ins Gesicht. »Du hast ja sehr betreuungsintensive Schüler, da ist das Unterrichten bestimmt nicht einfach.«

»Wem sagst du das«, seufzte er gespielt hilflos. »Zum Glück hältst du die Ehre der Klasse aufrecht. Woher kannst du so gut Französisch? Warst du länger in Frankreich?«

»Das nicht«, sagte Theresa. »Aber ich habe mich von jeher für alles Französische interessiert. Ich habe alles mitgenommen, was ich so kriegen konnte. Französisch-Leistungskurs, Schüleraustausch nach Frankreich, weißt du. Mit sechzehn hatte ich meine existenzialistische Phase und kleidete mich nur noch schwarz.«

»Zum Glück tust du das heute nicht mehr. Bordeauxrot steht dir sehr gut.« Er sagte dies leichthin, doch als er ihr ein loses Haar von ihrem roten Ärmel zupfte und sie mit einem kurzen Blick streifte, ging ihr das durch und durch.

Sie räusperte sich. »Was ... Was hat dich als Luxemburger eigentlich hierher verschlagen?«

»Mein Vater kommt ursprünglich aus der Gegend. Er hat meine Mutter, eine Luxemburgerin, geheiratet und von da an nur noch im Großherzogtum gelebt. Ich war aber als Kind oft bei meinen Großeltern in der Pfalz, und ich liebe die Gegend. Die Menschen sind hier so offen und herzlich.«

Einen Moment breitete sich ein angenehmes Schweigen zwischen ihnen aus; sie lächelten sich über den Rand ihrer Gläser zu, während sie beide einen Schluck tranken.

»Und wie kommst du zu diesem Lokal?«, fragte Theresa dann und umfasste mit einer weitschweifigen Handbewegung den von Gelächter und Gesprächen erfüllten Raum. »Und wieso unterrichtest du?«

Romain lachte. »Da steckt keine spektakuläre Geschichte dahinter. Ich habe in Luxemburg an einem Lycée unterrichtet – Französisch und Kunst. Das Unterrichten hat mir Spaß gemacht, aber die starren Vorgaben vom Bildungsministerium, die Lehrpläne und der ewig gleiche Trott waren letztendlich nichts für mich. Jetzt bin ich mein eigener Herr und wesentlich freier in meinen Entscheidungen.«

Zu Theresas Verdruss trat eine junge Frau in einem dunkelblauen Trenchcoat zu ihnen, die gerade hereingekommen war.

»Oh, hallo!«, sagte Romain und erhob sich halb. »Du bist schon da, Antonia.«

»Natürlich«, sagte die Frau, zog sich den Schal vom Hals und schüttelte ihre langen blonden Haare aus. Dann küsste sie ihn zweimal auf die Wangen. »War das dieses Mal richtig so, Romain?«, fragte sie kokett.

Romain schmunzelte. »Nein, leider nicht. Die Franzosen küssen sich zweimal zur Begrüßung, wir Luxemburger dreimal.«

»Ach so«, sagte Antonia und küsste Romain kurzerhand noch einmal auf die Wange.

Theresa saß daneben und bemühte sich krampfhaft, einen neutralen Gesichtsausdruck beizubehalten. Leere breitete sich in ihr aus, nahm ihr alle Leichtigkeit, die sie eben noch verspürt hatte.

Romain räusperte sich und warf ihr einen Blick zu, der nichts von seiner vorherigen Wärme eingebüßt hatte.

»Äh ... Ich muss mich dann leider verabschieden, Theresa, ich habe noch zu tun. Es war schön, mit dir zu reden. Das können wir bald mal wiederholen.«

»Hm«, machte Theresa nur und biss sich auf die Lippen. Mehr brachte sie nicht heraus.

»Du bist natürlich eingeladen«, rief er ihr noch über die Schulter zu, während Antonia bereits auf die hintere Ausgangstür zustrebte.

»Danke«, murmelte sie, für ihn unhörbar, zog ihre Jacke über und rief den Senioren am Nebentisch ein »tschüss« zu, das aber auch in angeregtem Geplauder und Lachen unterging.

Als sie nach Hause kam, standen sich Ada und Friedrich in der hell erleuchteten Küche gegenüber und stritten sich. Ihre Mutter trug ihre neonfarbene Sportkleidung und hatte sich ein Handtuch um die Schultern geworfen, während ihr Bruder wieder eines seiner geliebten Nerd-Shirts trug, dieses Mal mit der Aufschrift *Free bugs*.

»Was ist?«, fuhr er Theresa an. »Schau nicht so. Zu Hause darf ich diese T-Shirts wohl tragen, oder?«

»Ich habe doch gar nichts gesagt«, verteidigte sich Theresa

und nahm sich eine Flasche Mineralwasser aus dem Kühlschrank. »Lass deine schlechte Laune doch nicht an mir aus.«

»Wie auch immer«, sagte Ada und schaute ihren Sohn mit bohrendem Blick an. »Das geht so nicht weiter. Du kannst deine unzähligen Computer und Drucker und Maschinen nicht im Keller stehen lassen, ab und zu muss ich mal an die Waschmaschine oder Wäsche aufhängen.«

»Aber wo soll ich sonst arbeiten?«, stöhnte Friedrich, öffnete ebenfalls den Kühlschrank und nahm eine Großpackung Pfirsicheis aus dem Tiefkühlfach.

Ada nahm es ihm aus der Hand und stellte es zurück. »Wir essen nicht mehr um zehn Uhr abends. Denk dran, du willst nicht noch weiter zulegen.«

Friedrich schlug frustriert mit der Hand gegen die Kühlschranktür. »Mann, mir ist auch gar nichts vergönnt.«

»Was spricht dagegen, in deinem Zimmer zu arbeiten?«, fragte Ada. »Nail-Art betreibe ich nur am Donnerstagabend. Die übrigen Tage stört dich kein Mensch.«

»Wir drehen uns im Kreis. Jeden Tag führen wir dieselbe Diskussion, die zu nichts führt«, murmelte Friedrich.

»Dann such dir eine eigene Wohnung.« Ada wandte sich Theresa zu. »Und wie war es bei dir? Wie war dein Literaturzirkel?«

»Frag besser nicht.«

Während Ada duschen ging, warf sich Friedrich im Wohnzimmer gelangweilt auf die Couch. Theresa folgte ihm, einen Slalom um die Fitnessgeräte herum laufend.

»Mir fällt die Decke auf den Kopf«, seufzte Friedrich und nahm die Colaflasche mit seinem Traumzettel in die Hand. Beide Flaschen standen seit Tagen auf dem Wohnzimmerschrank neben den Familienfotos, wie zwei kostbare Andenken aus längst vergangenen Zeiten.

Auf der Suche nach der verlorenen Zeit, dachte Theresa müde und legte ihren Kopf gegen die Sessellehne.

»Jeden Tag schleiche ich hier durch das Haus und muss mir mühsam ein Plätzchen suchen, an dem ich arbeiten kann. Mutti geht mir auf die Nerven mit ihren Marotten. Sei froh, dass du heute Abend nicht da warst. Sie hat zwei Stunden auf dem Crosstrainer verbracht und dabei eine Talkshow gesehen, in der sich aggressive Hausfrauen angekeift haben.«

Theresa gähnte. »Vielleicht wäre es an der Zeit, endlich mal die Punkte unserer Listen anzugehen? Was stand auf deinem Zettel in der Flasche? Ins Autokino gehen, ein Survival-Wochenende, ...«

»Das ist es!«, sagte Friedrich und setzte sich aufrecht hin. »Lass uns doch im Internet nach Survival-Kursen schauen. Vielleicht finden wir etwas für dieses Wochenende. Ich möchte einfach mal ein bisschen raus hier. Und du hast versprochen, mich zu unterstützen, also musst du auch dran glauben.«

»Ich weiß nicht, ob ich dazu in der Stimmung bin«, sagte Theresa. »Die Arbeit im Laden ist anstrengend, und ich nähe jeden Tag bis in die Nacht hinein. Im Wald durch den Schlamm zu robben, über einem Lagerfeuer Würmer zu braten und in einem feuchten Zelt zu schlafen ist nicht das, was ich mir unter einem entspannenden Wochenende vorstelle.«

»Mitgehangen, mitgefangen«, widersprach Friedrich. »Wir haben gesagt, wir ziehen das Ganze gemeinsam durch. Ich bin dafür auch bereit, mit dir nach Paris zu fahren und dir einen heißen Franzosen zu suchen.«

»Haha«, sagte Theresa und verdrehte die Augen, in Gedanken bei Romain.

Die nächste Stunde verbrachten sie vor dem Laptop und suchten geeignete Angebote für Survival-Wochenenden. Nach einigem Stöbern wurden sie fündig. Ein Survival-Trainer hatte noch wenige Plätze in einem Camp im Pfälzerwald frei. Das Ganze sollte bereits am kommenden Wochenende stattfinden.

»Das ist perfekt«, sagte Friedrich zufrieden. »Keine weite Anfahrt und wir kommen schon dieses Wochenende dazu. Ich ruf den Typen gleich mal an und melde uns an.«

Am Samstagmorgen fanden sie sich in aller Herrgottsfrühe mit zehn anderen Teilnehmern an einem Parkplatz im Pfälzerwald ein. Theresa war übernächtigt und hatte bläuliche Schatten unter den Augen, da sie bis spät am Abend noch Taschen und Kissen genäht hatte, die sie im *Samt & Seide* verkaufen wollte. Sie fror und schlang die Arme um sich. Es war sehr frisch, und der Wald lag in dichten Nebel gehüllt, man konnte kaum bis zum nächsten Baum sehen. In der Nähe hörte sie einen Specht klopfen. Sie sehnte sich nach ihrem warmen Bett, einer Tasse Kaffee und ihrer Nähmaschine. Was hatte sie sich da nur eingebrockt?

Keiner der Teilnehmer hatte Lust zu reden; schweigend holten alle ihre Zelte und Rucksäcke aus dem Kofferraum ihres Autos und versammelten sich im Kreis.

Der Survival-Trainer hieß Rolf Kissel. Er war ungefähr Mitte vierzig und hatte kurzgeschorene dunkle Haare. Geduldig wartete er, bis alle Augen auf ihn gerichtet waren und stellte sich dann gut gelaunt vor. »Guten Morgen, alle zusammen. Ich freue mich, dass ihr trotz der frühen Stunde alle pünktlich seid. Morgenstund´ hat Gold im Mund. Wir werden die nächsten beiden Tage gemeinsam im Wald verbringen und ich zeige euch Tricks und Kniffe, wie ihr im Wald überleben könnt, ohne all den Komfort unserer modernen Zivilisation zu haben. Möglicherweise werdet ihr an eure physischen und psychischen Grenzen stoßen. Ihr werdet frieren und euch nach einem heißen Getränk sehnen, ihr werdet warmes Wasser und eine leckere Mahlzeit vermissen, aber ihr werdet auf jeden Fall an euch wachsen. Nichtsdestotrotz verspreche ich euch, dass wir viel Spaß haben werden!«

Ganz bestimmt, dachte Theresa verdrossen, und auch Friedrich schien bereits Zweifel an ihrer Unternehmung zu bekommen, denn er starrte Rolf unwohl an.

Die Gruppe trat unruhig von einem Fuß auf den anderen, weil alle froren.

»Dann mal los«, rief Rolf und stapfte voran durch den dicken Dunst, in dem sich der schmale Pfad verlor.

Im Gänsemarsch trotteten sie hinter ihm her. Der Marsch erwies sich als angenehmer, als Theresa erwartet hatte. Da Friedrich das Zelt und den schwereren der beiden Rucksäcke trug – sie hörte sein unterdrücktes Fluchen – konnte sie ihrem Vordermann leichtfüßig folgen. Die Stille und Einsamkeit des Waldes taten ihr gut, sie hing ihren Gedanken nach, die ungeordnet durch ihren Kopf flatterten wie Schmetterlinge. Die Fehlgeburt tauchte kurz vor ihr auf, jedoch erschien sie ihr weiter weg zu sein als zuvor, und auch der Französischkurs und Romain huschten durch ihre Gedanken. Ob er es schaffte, die Senioren für die französische Literatur zu begeistern? Was war er nur für ein Typ? Sie durchschaute ihn immer noch nicht ganz. Das Zusammensein im *Chez Romain* hatte sie sehr genossen, aber es war ein schaler Nachgeschmack geblieben. Hatte sie sich sein Interesse an ihr nur eingebildet? Wahrscheinlich war es reines Wunschdenken von ihr gewesen, dass auch er sie anziehend fand. Wäre er ansonsten so offensichtlich mit dieser Blondine durch die Hintertür in seine Wohnung verschwunden?

Nachdem sie eine Stunde gewandert waren und sich letztendlich durch das Unterholz geschlagen hatten, fern aller Wege, erreichten sie eine Lichtung.

»Wir sind angekommen«, verkündete Rolf zufrieden. Weiße Atemwölkchen traten beim Sprechen aus seinem Mund. »Hier wollen wir unsere Zelte aufschlagen, im wörtlichen wie im übertragenen Sinn. Machen wir uns an die Arbeit. Wenn alle Zelte stehen, treffen wir uns zur Vorstellungsrunde.«

Schweigend bauten sie ihr Zelt auf. Der Boden war hart, und sie hatten Mühe, die Heringe zu befestigen. Zudem kam ein Nieselregen auf, der ihnen kalt in die Krägen ihrer Jacken tropfte. Friedrich fluchte vor sich hin. Eine Windbö wehte die eine Seite des Zeltes in die Höhe.

»Verfluchter Bockmist«, zischte Friedrich und gab dem Zelt einen Tritt. »Wenn das Ding nicht gleich steht, geh ich zurück und schlafe im Auto.«

Schließlich schafften sie es, ihre Unterkunft einigermaßen stabil zu befestigen und gesellten sich zu den anderen, die bereits im Kreis auf wasserdichten Unterlagen hockend auf sie warteten.

Mürrisch setzte sich Friedrich auf einen gefällten Baumstamm; natürlich hatten er und Theresa nicht an Sitzunterlagen gedacht. Theresa ließ sich neben ihm nieder und innerhalb von Sekunden war ihr Hosenboden durchnässt.

»Super!«, lobte Rolf. »Alle Zelte stehen, damit haben wir die wichtigste Aufgabe heute geschafft. Am besten stellt sich jeder vor, damit wir uns gegenseitig kennenlernen.«

Ilka und Ignaz, ein junges Paar aus Mannheim in Theresas Alter, machte den Anfang. Ignaz hatte Ilka das Outdoor-Wochenende zum Geburtstag geschenkt, obwohl es eigentlich Ignaz war, wie Ilka äußerte, der ganz heiß auf das Camp war. Sie selbst schien sich nicht so ganz wohlzufühlen.

Als nächstes stellte sich Felix Wiesner vor, ein gutaussehender

Zahnarzt aus Neustadt, der mit seinen beiden Söhnen im Teenageralter, Johannes und Maximilian, die bei seiner geschiedenen Frau lebten, am Camp teilnahm. Da er die Jungen nur am Wochenende sah, wollte er etwas Besonderes mit ihnen machen. Der Jüngere der beiden stand allerdings mit verdrießlichem Gesicht neben seinem Vater, die Kapuze tief ins Gesicht gezogen, und hämmerte auf sein Smartphone ein.

»Keine Chance«, grinste Rolf. »Hier in den Tiefen der Wälder hast du keinerlei Empfang.«

Der Junge bedachte ihn mit giftigen Blicken.

Die restlichen Teilnehmer bestanden aus einer Clique von Männern und Frauen Mitte zwanzig, die einfach etwas Spannendes erleben wollten. Theresa bemerkte aus den Augenwinkeln, wie der Blick ihres Bruders gebannt an einer hübschen Blondine hing, die in orangefarbener Regenjacke und Funktionshosen aufmerksam jedes Wort von Rolf in sich einsog. Offenbar kehrten Friedrichs Lebensgeister zurück.

»Schön«, sagte Rolf abschließend. »Nun, da wir uns alle kennen, teile ich euch in zwei Gruppen ein. Jede wird sich einer lebenswichtigen Aufgabe widmen: Die eine Hälfte von euch entzündet ein Feuer – zugegeben, das ist heute bei der Feuchtigkeit etwas schwierig -, die andere Hälfte ist für die Nahrung zuständig. Hier in der Nähe gibt es einen kleinen Teich, wo ihr fischen könnt. Ich habe selbstverständlich die Erlaubnis des Teichbesitzers eingeholt, ihr fischt also völlig legal. Natürlich müssen die Fische, bevor wir sie über dem Feuer braten können, erst ausgenommen werden. Stellt euch vor, ihr strandet irgendwann wirklich in der Wildnis – dann braucht ihr alle diese Techniken, die wir uns an diesem Wochenende aneignen.«

Friedrich ließ Theresa links liegen und beeilte sich, zu dem hübschen blonden Mädchen in die Gruppe zu kommen. Rolf beauftragte sie mit einigen anderen Teilnehmern mit dem Fischfang, Theresa kam zu der Gruppe, die Feuer machen sollte.

Mit dem Zahnarzt, seinen Söhnen und dem jungen Paar aus Mannheim, Ilka und Ignaz, zog sie los, um einen einigermaßen trockenen Platz zu suchen, was bei dem Nieselregen nicht einfach war. Als sie eine halbwegs geschützte Stelle gefunden hatten, teilten sie sich auf, um erst einmal Holz zu sammeln. Theresa kroch tief ins Unterholz, um trockene Stücke zu suchen. In der Ferne hörte sie, wie Friedrichs Gruppe lautstark zum nahegelegenen Teich ging.

Einen Moment verharrte sie in Hockstellung auf dem Waldboden und lauschte den Geräuschen der Natur. Sie sah wie in Großaufnahme einzelne Regentropfen, die von den Nadeln oder den Blättern der Bäume perlten; ein Käfer krabbelte den zerfurchten Stamm einer Eiche hoch, und unter ihr knackten ein paar dünne Zweige. Obwohl sie nur um Friedrichs Willen in das Camp gekommen war, fühlte sie sich wohl in der Abgeschiedenheit des Waldes. Da sie sich die ganze Zeit bewegt hatte, fror sie nicht mehr, und diese simple Tätigkeit wie Holzsammeln erfüllte sie mit Befriedigung.

Während die Fischgruppe am Bach ein großes Spektakel veranstaltete, fand sich die Feuergruppe leise und unaufgeregt wieder zusammen. Alle stapelten ihre Holzstücke an der Stelle, an der das Feuer entfacht werden sollte. Dr. Wiesner hatte von Rolf als Gruppenältester zwei Stücke Feuerstahl bekommen, die er nun in der Hocke gegeneinander schabte. Er arbeitete ruhig und konzentriert, und alle anderen saßen um ihn herum und schauten gedankenversunken zu. Theresa betrachtete seine geschmeidigen Hände; sie fühlte sich im Einklang mit der Natur, selbst mit dem Nieselregen und dem rutschigen Laub.

»Geschafft, Papa«, rief Maximilian begeistert, als endlich erste Funken stoben.

»Den Zunder, Jungs«, ordnete Dr. Wiesner an, und Johannes zog ein Stück schwarzen, verkohlten Stoff aus der Hosentasche, den sie zuvor von Rolf bekommen hatten.

Ein weiterer Funken erfasste den Stoff. »Und jetzt kräftig pusten.«

Die ganze Gruppe rückte näher und pustete kräftig, bis der Stofffetzen und dünne Fichtenzweige, die die Kinder gesammelt hatten, die Funken auffingen und sich ein kleines Feuer entfachte.

»Weiter, nur weiter«, sagte Dr. Wiesner, und mit vereinten Kräften schafften sie es, die großen Holzstücke zu entflammen.

Zufrieden betrachteten sie dann ihr Feuer.

»Das wäre geschafft«, sagte der Arzt zufrieden, und alle klatschten sich ab.

Rolf schlenderte herbei und lobte alle überschwänglich. »Das habt ihr hervorragend gemeistert, deshalb habt ihr euch erst mal eine Pause verdient.«

Sie setzten sich auf ihren Sitzunterlagen um das Feuer herum und wärmten sich auf. Dr. Wiesner ließ Theresa auf seiner wasserdichten Decke Platz nehmen.

»Danke«, sagte sie, »mein Bruder und ich haben anscheinend ein paar wichtige Dinge zu Hause vergessen. Aber Sie scheinen Survival-Erfahrung zu besitzen.«

»Ich bin ein alter Pfadfinder«, sagte er lächelnd.

Sie warteten lange ohne ein Lebenszeichen der anderen Gruppe. Schließlich wurde Rolf ungeduldig. »Wo bleiben die nur? So lange hat noch keine meiner Gruppen gebraucht, um ein paar Fische zu fangen, vor allem nicht aus diesem von Fischen überfüllten Teich. Hoffentlich sind das nicht alles Vegetarier, die sich weigern, einen Fisch aufzuspießen. Ich gehe mal nachschauen.«

Er verschwand im Dickicht. Theresa und die anderen Teammitglieder tranken schweigend Tee aus den mitgebrachten Thermobechern.

Nach einer gefühlten Ewigkeit tauchte Rolf wieder aus dem Unterholz auf, die verschollene Gruppe im Schlepptau. Friedrich ging neben der Blondine her, die es ihm bereits bei der Vorstellung angetan hatte.

«Also, ich weiß nicht«, raunte er Theresa zu, sich neben sie werfend. »Ich glaube, die Vorstellungen, die ich als Fünfzehnjähriger von einem Survivalcamp hatte, waren romantisch verklärt. Fische fangen und sie ausnehmen ist etwas, worauf ich gut verzichten kann. Wenigstens war Sabrina mit von der Partie, sonst wäre es noch öder gewesen...«

»Sabrina heißt sie also«, sagte Theresa.

Friedrich nickte. »Ich habe sie gleich für morgen Abend auf einen Cocktail ins *Chez Romain* eingeladen. Das haben wir uns nach den Strapazen hier wahrhaftig verdient.«

»Na, dann war das ja trotz allem ein sehr erfolgreicher Tag für dich.«

Später aßen sie den über dem Feuer gebratenen Fisch und rote Bohnen, die sie in einem Topf über der Feuerstelle erwärmten.

»Ganz nett, aber ein Hamburger mit Pommes frites wäre mir lieber«, flüsterte Friedrich.

»Wieso, schmeckt doch ganz gut«, gab Theresa zurück. »Stell dich nicht so an, Fritzchen. Du wolltest das Outdoor-Wochenende unbedingt machen, weil es auf deiner Liste stand, und nun motzt du an allem rum.«

»Ja, ja, schon gut«, sagte Friedrich. »Es ist nur so, dass ich immer mehr merke, dass sich meine Träume von früher nicht mehr mit meinen heutigen decken.«

Am späten Abend unternahmen sie eine von Rolf geführte Nachtwanderung, bei der sie keine Taschenlampen benutzen durften. Wie die Küken stapften sie hinter ihm die schmalen Pfade entlang. Friedrich stöhnte ein paar Mal auf, weil etwas sein Gesicht streifte.

Im Zelt ließ er seinem Unmut weiter freien Lauf. Umständlich zog er sich im Sitzen die feuchten Klamotten vom Leib, um einen dicken Jogginganzug für die Nacht anzuziehen.

»Es ist so kalt und feucht«, grummelte Friedrich. »Hoffentlich hole ich mir heute Nacht keine Erkältung. Ich möchte morgen Abend bei meinem Date mit Sabrina topfit sein.«

»Ach was«, murmelte Theresa. Sie lag bereits bis obenhin in ihren Schlafsack eingemummelt. Sie war erschlagen von der frischen Waldluft und der vielen Bewegung und wollte nur noch schlafen. »Du bist doch nicht aus Zucker. Du bist ein kerngesunder, kräftiger Mann.«

Ein schummriges blaues Licht warf plötzlich seinen Schein durch das Zelt. Theresa schrak hoch und stieß mit dem Kopf gegen die Zeltwand. Friedrich hatte ein Knicklicht aktiviert und starrte es gebannt an.

»Was soll das Licht? Willst du mich die ganze Nacht wachhalten, oder was?«, fragte Theresa genervt. »Ich will schlafen, hörst du? Und hör endlich mit deinem Gemotze auf. Mir gefällt es hier, ich bin heute irgendwie zur Ruhe gekommen. Ich fühle mich so entspannt wie schon seit Monaten nicht mehr.«

Sie legte sich wieder hin, zog die Knie an und zog den wärmenden Schlafsack enger um sich. Der Gedanke an ihr Kind kam wie so oft völlig unerwartet in ihr hoch. Doch dieses Mal verspürte sie lediglich kleine, schmerzende Stiche in der Brust, der Höhepunkt des monatelangen Schmerzes schien abgeflaut. Sie schloss die Augen, versuchte, sich innerlich an etwas Schönem,

Leichtem festzuhalten und merkte dabei, dass sie sich auf die nächste Woche freute. Die Arbeit im Stoffladen, der Französischkurs – das alles gab ihr Auftrieb, ja, sie hatte das Gefühl, sich gut in ihrem neuen Leben einzurichten.

Friedrich fummelte an dem Knicklicht herum. »Mist, das lässt sich hier nicht aufhängen.«

Theresa seufzte. »Bitte mach nicht alles kaputt! Wir bringen das Camp hinter uns wie geplant, dann kannst du guten Gewissens sagen, du hast den ersten Punkt deines Flaschentraums realisiert.«

»Schwachsinn«, schnaubte Friedrich. »Wenn ich eins gelernt habe aus diesem Wochenende, dann, dass man nicht jedem Jugendtraum nachjagen muss. Man sollte sich das vorher gut überlegen. Der Mensch verändert sich, und was man in seiner Jugend als toll empfand, passt nun nicht mehr unbedingt in das Leben, das man als Erwachsener lebt.«

»Mag sein«, sagte Theresa. Die Augen fielen ihr zu und sie riss sie ein letztes Mal mit Anstrengung wieder auf. »Aber wage es nicht, unser Projekt *Flaschenträume* auf Eis zu legen. Denn das nächste Mal bin ich dran. Du hast gesagt, du fährst mit mir nach Paris!«

»Jaja«, winkte Friedrich ab und hängte das Knicklicht an einer Schnur in die Zeltkuppel, von wo aus es ein geisterhaftes Licht verbreitete. »Paris geht klar. Da werden wir ja in einem Hotel schlafen und nicht im Wald.«

Am Sonntag war das Wetter schöner, es blieb trocken und goldenes Herbstlicht sickerte durch die Äste der Bäume. Theresa fand es wunderschön, morgens vor dem Zelt zu sitzen und in der klaren, reinen Luft zu frühstücken – auch wenn es nur trockenen Zwieback gab. Sie versuchte, das Gemecker ihres Bruders so gut es ging auszublenden, um sich den Zustand innerer Ruhe, zu dem sie im Camp gefunden hatte, nicht vermiesen zu lassen.

Die Aufgabe des Tages hieß *Orientierung im Wald*. Sie sollten sich in Kleingruppen zusammenfinden und mit Hilfe einer rudimentären Karte und eines Kompasses eine Art Schatz suchen.

Friedrich bildete mit Sabrina ein Team; auch wenn ihn die eigentliche Aufgabe offensichtlich wenig interessierte, war er doch guter Dinge im Beisein der jungen Frau. Theresa zog mit dem Zahnarzt und seinen beiden Söhnen los, und dank des Feuereifers der Jungen war der Schatz – bestehend aus einem mit Schokolade gefüllten Holzkästchen – bald gefunden.

Am Nachmittag war das Outdoor-Wochenende beendet. In der Abschlussrunde forderte Rolf alle auf, von ihren Erfahrungen zu berichten.

»Was habt ihr mitgenommen von diesem Survival-Wochenende? Was war gut, was war schlecht?«

Maximilian und Johannes fanden das Wochenende absolut *geil*, und ihr Vater, Dr. Wiesner, sagte: »Es war eine schöne Vater-Sohn-Erfahrung. Wir drei sehen uns nicht so oft, aber ich denke, die zwei Tage haben uns wieder zusammengeschweißt. Es war interessant, mit welch einfachen Methoden man im Wald zurechtkommen kann. Außerdem denke ich, dass meine Söhne verstanden haben, dass es noch eine Welt jenseits des World Wide Web gibt.«

Die Jungen rollten peinlich berührt die Augen, stimmten ihrem Vater aber dennoch zu.

Als Theresa an der Reihe war, sagte sie: »Die Stille und die Ruhe im Wald haben mir sehr gutgetan. Ich fühle mich, als hätte ich im Camp einen Erholungsurlaub verbracht. Ich habe eine anstrengende und nicht sehr schöne Zeit hinter mir, aber hier habe ich neue Energie gewonnen.«

Rolf nickte ihr zufrieden zu.

Dann kam Sabrina an die Reihe. Auch sie sagte, dass sie viel gelernt habe. »Außerdem bot das Camp Möglichkeiten, neue Bekanntschaften zu machen.« Sie zwinkerte Friedrich zu, der breit grinste. Die beiden schienen sich gut zu verstehen, und Theresa war gespannt, wie das Date heute Abend verlaufen würde.

»Und was nimmst du aus dem Camp mit, Friedrich?«, fragte Rolf.

»Hm. Ganz ehrlich: Ich bin zu dem Schluss gekommen, dass ich ein Kind der modernen Zivilisation bin. Ohne Internet, ein weiches Bett, heißes Wasser und eine warme Mahlzeit bin ich kein ganzer Mensch. Ich bin trotzdem froh, hier gewesen zu sein, nämlich der Leute wegen. Mit Sabrina bin ich heute verabredet, und darauf freue mich schon.«

»Na denn«, sagte Rolf augenzwinkernd. »Dann bin ich froh, dass das Wochenende für dich doch zu etwas gut war. Dann wollen wir mal aufbrechen und zum Parkplatz zurückwandern. Habt ihr alles eingepackt? Bitte nichts im Wald liegen lassen.«

Zu Hause war Ada gerade dabei, unzählige benutzte Gläser und leere Flaschen aus dem Wohnzimmer wegzuräumen.

Friedrich pfiff durch die Zähne und ließ sein Gepäck fallen. »Was war denn hier los, Mutti? Hast du eine Orgie gefeiert?«

Ada warf ihm einen missmutigen Blick zu. Ihr Haar war wirr, und ihre blaue Strähne fiel ihr in die Augen. »Zieh sofort deine Schuhe aus und stell sie vor die Haustür, Fritzchen! Siehst du nicht, welchen Dreck du hier verteilst?«

»Im Ernst, Mutti, was war hier los, während wir weg waren?«, fragte Theresa und zog eine Glitzergirlande hervor, die hinter das Sofa gefallen war.

»Ich habe ganz spontan eine Überraschungsparty für Frieda

organisiert. Sie hatte Geburtstag und wurde sechzig. Es dauerte leider etwas länger als geplant, da Frieda, Emma, Josephine und Doris so alkoholisiert waren, dass sie nicht mehr heimfahren konnten, und heute Morgen nach zwei, drei Stunden Schlaf einfach weitergefeiert haben. Wir haben gebruncht, zwei Filme geguckt und noch ein bisschen geredet, und ruckzuck war der Tag um. Deshalb komme ich jetzt erst zum Aufräumen.«

»Manche Leute wissen, wie man sich amüsiert«, grinste Friedrich. »Ich gehe duschen. Noch nie habe ich eine heiße Dusche so sehr gebraucht wie heute. Bügelst du mir nachher noch mein schönes blaues Hemd, Mutti?«

Ada zog die Augenbrauen hoch. »Das wirst du schon selbst tun müssen, Fritzchen. Du bist ein erwachsener Mann und ich bin keine Servicekraft.«

»Schade. Einen Versuch war es wert.«

Friedrich suchte Theresas Blick, doch diese zeigte ihm den Vogel. »Vergiss es. Du kannst selbst bügeln. Und dusch nicht so lange, ich will auch noch.«

Eine Stunde später waren sie beide aufgebrezelt. Friedrich trug eines seiner neuen Hemden – aus eigener Kraft gebügelt – und roch männlich frisch nach Shampoo und Rasierwasser. Theresa hatte sich die frisch gewaschenen Haare im Nacken zu einem lockeren Knoten zusammengebunden, dunkelroten Lippenstift aufgetragen und trug zu ihrer besten Jeans ein schwarzes Oberteil und eine Kaschmirstrickjacke.

»Wow, du siehst umwerfend aus«, sagte Friedrich anerkennend, als sie sich an der Haustür trafen, um loszuziehen. »Man könnte meinen, du bist diejenige, die heute Abend ein Date hat. Oder gibt es etwas, das ich nicht weiß?«

»Quatsch«, winkte Theresa ab. »Ich möchte nur in Ruhe einen Cocktail trinken, mehr nicht.«

Tief im Innern wusste sie natürlich selbst, dass das nicht ganz der Wahrheit entsprach und es einen Grund hatte, warum sie sich so schick gemacht hatte.

Die Septembersonne, die den ganzen Tag über für angenehme Wärme gesorgt hatte, war am Untergehen. Rosa Streifen und Wolken leuchteten noch einmal am Himmel, bevor es dämmrig und empfindlich kühl wurde. Das Nachtleben in Neustadt erwachte. Aus den Bars und Bistros klangen Musik und Gelächter, aus den Restaurants zog der Duft von leckeren Speisen.

Als sie die Cocktailbar betraten, schlug ihnen warme Luft entgegen. Es war voll und laut. Theresa entdeckte Romain sofort im Getümmel, der gerade mit einer Frau durch die Hintertür, die zu seiner Wohnung führte, kam. Wieso hatte der Typ fast täglich eine andere Frau an seiner Seite? Sie suchte verdrießlich nach verräterischen Spuren in seinem Gesicht oder an seiner Kleidung, doch er wirkte wie immer. Die Frau an seiner Seite war nicht hübsch, aber sie hatte ein interessantes, markantes Gesicht mit rätselhaften grünen Augen und eine knochige Körperstruktur.

Romain geleitete sie zur Tür hinaus und wandte sich dann ihnen zu. »Hallo, guten Abend, wie schön, dass ihr da seid. Theresa, hast du das Debakel unserer ersten Französischstunde einigermaßen überstanden?«

Er sah zerknirscht aus, und sie musste lachen, obwohl sie eigentlich nicht auf seine Annäherungsversuche eingehen wollte …

»Ach, das war halb so wild, Romain. Du konntest ja nicht wissen, dass unsere Oldies den Kurs nur als geselliges Beisammensein sehen.«

»Danke, das baut mich auf«, sagte er und hielt sie schon wieder sehr selbstsicher und lange im Blick seiner dunkelbraunen Augen fest, was ihr gleichzeitig gefiel und sie verunsicherte. »Dann mache ich nächsten Donnerstag einfach so weiter mit meinem Stoff, oder?«

»Ja, genau.« Sie nickte. »Ich verspreche dir, dass ich gut mitarbeiten werde, auch wenn mich die anderen wieder als Streberin bezeichnen.«

»Lass sie reden. Du bist meine Lieblingsschülerin und die einzige, deren Französisch man versteht und die mich versteht.«

Sie lächelten sich verständnisinnig an, doch Friedrich wurde ungeduldig.

»Wenn ihr dann langsam mal ... Es ist sehr voll, und ich würde gerne noch einen Platz bekommen. Sabrina kommt bestimmt jeden Augenblick.«

»Aber natürlich«, sagte Romain. »Kommt mit, ihr zwei.«

Er führte sie durch den vollen Raum zu einem letzten freien Tisch und schob sie beide auf Stühle.

»Den Cocktail des Tages? Einen Daiquiri?«

»Ja, gerne, was auch immer«, antwortete Friedrich und wurde plötzlich ganz aufgeregt, da Sabrina die Bar betreten hatte. Auch sie sah mit frisch gewaschenen blonden Haaren, Jeans und einer roten Bluse ganz anders aus als noch heute Mittag im Wald. Lächelnd ging sie auf Friedrich zu und küsste ihn leicht auf die Wange.

»Hallo, Friedrich, hallo Theresa«, sagte sie und setzte sich.

»Ich ...«, begann Theresa, »lasse euch dann mal allein.«

»Ach was«, sagte Sabrina, »bleib doch. Einen anderen Platz wirst du nicht finden, und mich störst du nicht. Oder, Friedrich?«

»Äh, nein«, sagte Friedrich. »Willst du auch einen Daiquiri?«

»Gerne.«

Friedrich drängelte sich zur Bar durch, um bei Léa einen weiteren Cocktail zu bestellen. Diese sah mit ihren glänzenden, in akkurate Wellen gelegten dunklen Haaren, dem perfekten Makeup, dem fast schwarzen Lippenstift und dem figurbetonten schwarzen Wickelkleid aus, als wäre ihr Platz eher auf einer Filmpremiere als hinter dem Tresen einer Bar in einer pfälzischen Kleinstadt.

»Ich wäre schon noch an euren Tisch gekommen, um eure Bestellung aufzunehmen«, sagte Léa und warf über Friedrichs Schulter hinweg einen abschätzigen Blick auf Sabrina.

»Kein Problem«, sagte Friedrich und lächelte sie an. »Ich sehe doch, wie viel du hier zu tun hast. Stressiger Job, was?«

»Das kannst du laut sagen«, antwortete Léa und drehte einem jungen Gast mit zurückgegelten Haaren, der sie durch ein Fingerschnipsen auf sich aufmerksam machen wollte, mürrisch den Rücken zu. Dadurch schwappten die beiden Cocktails, die sie vor Friedrich stellte, etwas über.

»Hoppla.« Friedrich wischte mit einer Serviette die entstandene Pfütze weg. »Danke.«

»Ich komme ja schon«, rief Léa einem älteren Ehepaar zu, die ihr bereits mehrfach »Hallo, Kellnerin« zugerufen hatten. Friedrich trug das tropfende Glas zu seinem Tisch hinüber.

»Wer ist das?«, fragte Sabrina misstrauisch und strich sich das blonde Haar zurück. »Die wirkt wie ein Vampir.«

»Wer? Léa?«, fragte Friedrich ahnungslos. Theresa verkniff sich ein Grinsen.

In diesem Moment begann Romain wieder, Saxophon zu spielen. Zuerst hörte sie ihn nur, sehen konnte sie ihn erst, als sie sich den Hals verrenkte und zwischen einer Gruppe von Männern, die um einen Stehtisch herum standen, hindurchspähte. Wie beim letzten Mal spielte er Frank Sinatra, und zwar den Klassiker *My Way*.

Er spielte so gefühlvoll und nahm alle Gäste in der Bar mit auf eine kleine nostalgische Reise ins Innere ihrer selbst, dass Theresa die Tränen in die Augen traten. Wie gebannt lauschte sie der aufrührenden Musik. *Verflucht*, dachte sie dabei, *warum muss dieser Mann so ein Frauenheld sein?*

Friedrich hielt es nur wenige Minuten aus, schweigend zuzuhören; er war zu sehr auf Sabrina fixiert und stand unter Adrenalin, weil er sie unterhalten und beeindrucken wollte.

»Was bin ich froh, dieses Outdoor-Wochenende hinter mich gebracht zu haben«, sagte er. »So etwas muss ich definitiv nicht noch mal machen. Diese Kälte und Nässe, einfach unangenehm. Und dann den ganzen Tag im Wald im Dreck wühlen und noch nicht mal duschen zu können ... Eine Qual!«

»Hm«, machte Sabrina, nahm einen kräftigen Schluck von ihrem Daiquiri und betrachtete die Frauenportraits an der Wand. »Du hast recht, wenn man es so betrachtet, ist der Herbst nicht die optimale Jahreszeit für ein Survival-Wochenende ...«

»Ein Wochenende im Wald war schon ganz lange ein Wunsch von mir«, sagte Friedrich. »Das habe ich mir früher immer wildromantisch vorgestellt. Eins sein mit der Natur, sich aufs Wesentliche konzentrieren, Abenteuer pur, so auf die Art.«

»Ja, nicht wahr?«, pflichtete Sabrina ihm begeistert bei.

»Aber wie sich herausgestellt hat, ist das leider nicht meine Welt. Möchtest du ein paar Amuse-Gueules? Soll ich welche bestellen?«

»Äh, nein.« Sabrina bedachte Friedrich mit einem zweifelnden Blick, so als würde sie nicht schlau aus ihm.

»Wirklich? Die sind Weltklasse hier. Vielleicht später. Weißt du, dieses Programm im Camp hat mir entgegen meiner Erwartungen nichts gegeben. Dieser Rolf mag ein Fachmann auf seinem Gebiet sein, aber den ganzen Tag im Unterholz herumstolpern, Feuerchen machen wie kleine Jungs, die Indianer spielen, und mit dem Kompass im Kreis herumlaufen – das ist nicht meine Welt. Ich habe zu Hause erst mal meine Mails von gestern und heute gecheckt, um das Gefühl zu haben, wieder am wirklichen Leben teilzuhaben.«

»Und, war was Wichtiges dabei?«, fragte Sabrina.

»Nein, aber darum geht es nicht. Es geht ums Prinzip«, sagte Friedrich. »Verstehst du, was ich meine? Ich brauche Menschen und Bewegung und Geräusche um mich herum, um glücklich zu sein. Ich kann nicht leben wie in der Steinzeit, auch wenn es nur temporär ist, da habe ich das Gefühl, einzugehen.«

Romains Stück war beendet, er verneigte sich leicht, als Applaus ertönte, und zog sich mit seinem Saxophon zu seiner Kusine hinter den Tresen zurück.

Sabrina stand wortlos auf; auch Theresa erhob sich, um sie vorbeizulassen, in der Annahme, Sabrina müsse zur Toilette.

»Ich bin dann mal weg«, sagte Sabrina zu ihrer beider Überraschung. »Danke für den Cocktail und mach´s gut.«

»Aber ...«, rief Friedrich fassungslos und schnellte ebenfalls empor. »Was ...? Wieso ...?«

»Tut mir leid, Friedrich«, seufzte Sabrina und hängte sich ihre Tasche über die Schulter. »Ich dachte, wir hätten einiges gemeinsam. Die Liebe zur Natur und zum einfachen Leben. Die Bemerkungen, die du im Camp über das Wetter und das Essen gemacht hast, habe ich als ironisch eingestuft, ja, ich fand dich sogar lustig. Ich bin eben erst dahintergestiegen, dass ich mich in dir getäuscht habe. Du bist kein Naturbursche. Du bist ein moderner Stadtmensch durch und durch.««

»Ich ..., ich ...«, stammelte Friedrich, doch sie unterbrach ihn auch dieses Mal.

»Ich habe dich falsch eingeschätzt. Ich will dir nicht zu nahe treten, aber es ist besser, wenn wir es hierbei belassen. Wir sind zu unterschiedlich. Klar, auch mir gingen meine feuchten Schuhe und das feuchte Zelt auf die Nerven, aber alles andere an diesem Wochenende habe ich genossen. Ich liebe es, zu campen und in der Natur zu sein. Es hat keinen Sinn, sich noch weiterhin zu treffen. Ich will einen Mann, der meine Vorliebe für die Natur teilt, keinen Stubenhocker, dessen bester Freund der Computer ist.‹«

Sie drehte sich um und eilte zum Ausgang. Friedrich und Theresa starrten ihr hinterher, beide wie vom Blitz getroffen.

»Bin ich so eine Zimperliese?«, murmelte Friedrich dann mit bleichem Gesicht.

Theresa legte tröstend den Arm um ihn. »Das bist du nicht. Diese Survival-Nummer ist nun mal nichts für dich, aber das ist nicht schlimm. Dafür entwickelst du die verrücktesten PC-Spiele.
«

»Die niemand haben will«, fügte Friedrich verbittert hinzu.

»Dein Tag kommt noch, du darfst nicht aufgeben. Und du hast einen wichtigen Punkt deiner Traumliste realisiert, auch wenn du gemerkt hast, dass sich deine Träume und Erwartungen geändert haben, dass du dich weiterentwickelt hast. Das ist doch auch schon mal eine wichtige Erkenntnis. Als nächstes bin ich dran. Ich sage nur: Paris.«

Sie zwinkerte ihrem Bruder verschwörerisch zu, doch der schaute nur düster in seinen halbleeren Cocktail.

»Sie war nicht die Richtige für dich, Fritzchen.«

»Sie war so hübsch und so nett …!«

Sie waren so in ihr Gespräch vertieft, dass sie erschrocken zusammenzuckten, als mit einem Mal Léa wie ein Geist aus der Flasche neben ihnen auftauchte. Sie stellte ein großes Stück Schokoladentorte vor Friedrich ab und lächelte ihm aufmunternd zu. Über ihr sonst so finsteres Gesicht ging ein Strahlen, das sie liebreizend und noch viel schöner wirken ließ.

Friedrich starrte sie verdattert an. »Danke, das ist sehr nett ... Danke.«

»Keine Ursache. Geht aufs Haus«, sagte Léa. Sie sprach mit dem demselben Akzent wie Romain. Sie hatte eine wohlklingende, melodische Stimme und eine unglaubliche Ausstrahlung, wie sie so vor ihnen stand. Viele Gäste sahen verstohlen zu ihr herüber. Sabrina hatte sie wegen der dunklen Erscheinung, der hellen Haut und dem fast schwarzen Lippenstift mit einem Vampir verglichen, sie ähnelte jedoch eher einer Fee der Nacht.

»Kann ich auch ein Stück bekommen?«, fragte Theresa und fügte rasch hinzu. »Natürlich nicht aufs Haus, ich möchte bezahlen.«

Léa löste ihren Blick mühsam von Friedrich und wandte sich Theresa zu.

»Das geht nicht«, sagte sie. »Das war das letzte Stück.«

Sie schnappte sich Sabrinas Glas und ging zum Tresen zurück. Friedrich sah ihr fast bewundernd nach. »Léa ist schon ein Phänomen, was?«

»Das kann man wohl sagen.«

Wenige Minuten später erschien wie durch Zauberei eine Hand über Theresas Kopf, die einen rosaroten Cocktail balancierte und vor ihr abstellte. Am Rand des Glases steckten rosarote Melonenscheiben in Herzform.

Gerührt drehte sie sich um und blickte in Romains dunkle Augen.

»Für dich. Als Ausgleich für den Kuchen. Es tut mir leid, dass kein Stück mehr übrig war. Aber du sollst auch nicht leer ausgehen«, sagte er mit einem, wie ihr schien, heiteren Zucken um die Mundwinkel. »Du weißt ja, wie meine Kusine ist, sie ist nicht so diplomatisch. Sei froh, dass es in Deutschland keinen solchen Nepotismus gibt wie bei uns im Großherzogtum.« Er beugte sich so dicht zu ihr, dass seine Lippen ihre Haare berührten; ihr wurde heiß bei seiner Nähe. Sie nahm seinen Geruch nach herbem Rasierwasser wahr und stellte sich vor, er würde ihr Haar küssen. Stattdessen flüsterte er ihr nur ins Ohr: »Stell dir vor, deine Tante müsste auch deinen Bruder in ihrem Stoffgeschäft beschäftigen und du hättest ihn rund um die Uhr an der Backe.«

Obwohl sie leise enttäuscht war, dass er sich wieder ein kleines Stück zurückzog, musste sie in sich hineinlachen.

»Du hast recht. Was für eine Vorstellung. Danke für den Cocktail.«

»De rien«, sagte er mit einem Glitzern in den Augen und ging davon.

Sie sah ihm sehnsüchtig nach. Es war zu schade, dass er einen solchen Verschleiß an Frauen hatte.

Kapitel 6

In der folgenden Woche wurde es richtig kalt und Herbststürme fegten über die Stadt. Tante Babette liebte dieses Wetter; wenn wenig zu tun war, stand sie hinter der Glastür, naschte ein paar Likörpralinen und schaute zu, wie der Regen auf das Wasser des Brunnens einpeitschte und Windböen vertrocknetes Laub über den Platz fliegen ließen. Die Chocolaterie und der Feinkostladen *Geschmackssache* hatten keine Auslagen mehr vor ihren Geschäften stehen, denn alles wäre weggeweht worden.

Theresa, die in jeder freien Minute an der Nähmaschine saß, hatte sich dem Wetter entsprechend dicke, gefütterte Röcke in ihren Lieblingsfarben Weinrot, Smaragdgrün, Fliederlila und Marineblau genäht, die sie im *Samt & Seide* trug. Mehrere Kundinnen hatten sie bereits auf die Röcke angesprochen und ein paar in Auftrag gegeben.

Tante Babette war sehr zufrieden mit ihr. »Das Geld, das du mit den Röcken verdienst, kannst du für dich behalten«, winkte sie ab, als Theresa ihr Provision anbot. »Die Werbung, die du damit für mich machst, ist unbezahlbar. Diese Kundinnen, für die du Röcke nähst, erzählen das ihren Freundinnen und Kolleginnen weiter, und mit Sicherheit gewinnen wir so neue Interessenten dazu. Die Leute sind ja alle ganz scharf auf Unikate, die sonst niemand hat. Heutzutage will ja jeder etwas Besonderes sein.«

»Du nicht?«, fragte Theresa Babette.

Ihre Tante schüttete sich ihre Tabletten in die Handfläche, schluckte sie und spülte sie mit einem Schluck starken Kaffees hinunter. Der grellgrün gemusterte, selbst genähte Kaftan, der sie wogend umgab, hatte einen unübersehbaren Fleck von den Likörpralinen. »Ich doch nicht, Kind. Ich bin wie alle anderen alten Schachteln.«

Theresa lachte und schnitt einige Stoffstücke zu, die sie für ihren ersten Nähkurs am Nachmittag brauchen würde. Es hatten sich drei Frauen und ein Mann angemeldet. Sie hatte das Hinterzimmer vorbereitet, wo jeder allein an einer Nähmaschine arbeiten konnte. Für den Anfang wollte sie mit ihnen bunte Kissenhüllen nähen.

»Du bringst frischen Wind in den Laden, das gefällt mir«, sagte Babette, die sie beobachtete. »Ich habe die letzten Jahre einfach nur Stoffe und Zubehör verkauft, weil mir in meinem Alter die Kraft fehlt zu mehr. Seit du da bist, merke ich richtig, wie die Zahlen steigen. Die Schaufenster gestaltest du so richtig flott – hast du gemerkt, wie viele Leute jeden Tag davorstehen, um zu gucken? Du trägst schöne Kleidung, die du aus unseren Stoffen nähst und baust dir sogar schon einen eigenen Kundenstamm auf. Jetzt noch die Nähkurse – ich muss sagen, in meinem alten Laden ist richtig was los.«

»Es macht mir auch großen Spaß«, sagte Theresa lächelnd. »Ich habe überlegt, ob wir nicht auch Nähnachmittage für Kinder anbieten sollten ... Ich könnte Stofftiere mit ihnen nähen.«

»Hervorragende Idee«, stimmte Babette zu. »Ich wusste ja schon immer, dass du ein kreativer Mensch bist, du gehörst hierher zwischen Stoffe und Schnittmuster. Du solltest auf keinen Fall wieder in einem öden Büro in einer Firma sitzen.«

»Im Moment sieht es auch nicht danach aus, als ob ich das

bald wieder tun würde«, sagte Theresa mit gesenktem Kopf. »Mutti hat mich gedrängt, ein paar Bewerbungen zu schreiben, aber bis jetzt habe ich nur Absagen bekommen oder gar keine Antworten. Es macht sich nicht gut im Lebenslauf, wenn man die Probezeit in seiner letzten Firma nicht geschafft hat.«

»Mach dir nichts draus«, sagte Tante Babette tröstend. »Im *Samt & Seide* kannst du so lange bleiben, wie du willst. Auch wenn du hier nicht annähernd so viel verdienst wie in deiner Schirmfabrik.«

Der Nähkurs machte Theresa großen Spaß; drei der Teilnehmer hatten keinerlei Vorkenntnisse und sie liebte es, ihnen alles geduldig zu erklären und dann ihre kleinen Erfolge zu sehen. Es war eine nette Runde, und es wurde viel gelacht und erzählt. Am Ende konnte jeder ein buntes Kissen mit nach Hause nehmen.

Theresa half ihrer Tante noch die Treppe zu ihrer Wohnung hoch; mit letzter Kraft sank Babette auf ihren Lehnsessel.

»Bringst du mir bitte meine Tabletten?«, sagte sie atemlos.

Theresa gab ihr die Medizin und sah sie besorgt an.

»Kann ich noch etwas für dich tun? Soll ich dir was zu essen machen oder dich ins Bad begleiten? Ich möchte dich nicht alleine hier zurücklassen, ich sehe doch, dass es dir nicht gut geht.«

»Ach was«, winkte Babette ab, aber sie wirkte müde und kraftlos. »Unkraut vergeht nicht, ich komme schon alleine zurecht. Ich muss mich nur ausruhen, dann bin ich morgen wie neu.«

»Das bezweifle ich aber.«

»Nein, nein, geh du nur, Kind. Dein Französischkurs fängt doch gleich an.«

Theresa bot ihr nochmals an, ihr ein Abendessen zuzubereiten, doch Tante Babette blieb stur und schickte sie weg.

Als sie in der Volkshochschule ankam, waren alle anderen Teilnehmer bereits da. Martha packte gerade ihre deutschen Übersetzungen aus und legte sie fein säuberlich auf den Tisch. Ihre Sitznachbarin Hilde hatte wie beim letzten Mal eine Thermosflasche dabei, allerdings roch die Flüssigkeit, die sie in ihren Becher goss, eher nach Glühwein als nach Tee.

Erich gab ihr einen neckischen Rippenstoß. »Na, dann ist die gute Laune bei dir ja garantiert.«

»Aber Erich, was denkst du denn. Mir ist nur so kalt bei dem Wetter, da brauche ich was zum Aufwärmen.«

Die Herren trugen wieder ihre ärmellosen Westen in Rentnerbeige über ihren karierten Hemden.

Pünktlich kam Romain in den Seminarraum, in schwarzen Hosen, einem hellrosa Hemd und einer schwarzen Anzugsweste. Er sah Theresa mit einem Funkeln in den Augen an, schwang sich auf die Ecke ihres Tisches und sagte: »Bonsoir, mesdames et messieurs.«

»Hä?«, fragte Karl-Heinz. »Wie meinen?«

»Also, Karl-Heinz«, sagte Martha in tadelndem Tonfall. »Wenn du noch nicht mal die Begrüßung verstehst, bist du in diesem Kurs wirklich fehl am Platz.«

»Bei Monsieur Leroc, Gott hab ihn selig, hat das auch nicht gestört«, sagte Karl-Heinz beleidigt.

Romain erzählte auf Französisch, dass an diesem Abend *Madame Bovary* von Gustave Flaubert an der Reihe sei und nannte einige biographische Fakten über den Autor.

»Das Buch steht ja auf der Literaturliste, die Ihnen ausgehändigt wurde. Mal Hand aufs Herz – wer von Ihnen hat das Buch gelesen? Oder wenigstens mal hineingeschaut?«

Die Rentner blickten zu Boden oder schauten auf ihren übergroßen Seniorenhandys nach der Uhrzeit, nur Martha und Theresa meldeten sich zaghaft.

»Ja! Toll!«, rief Romain, und die Erleichterung war ihm anzusehen.

»Aber nur die deutsche Ausgabe«, gab Martha zu bedenken. »Und ich muss Ihnen sagen, Monsieur Romain, dass mir das Buch nicht gefallen hat. Es ist eine Liebesgeschichte mit Ehebruch, aber die Erotik kommt mir entschieden zu kurz. Mir fehlt einfach die Würze, etwas Pfeffer in den zwischenmenschlichen Szenen.«

»Wenn du etwas Pfeffer und Erotik willst, besuche mich doch mal zu Hause«, sagte Erich anzüglich, und alle anderen brachen in schallendes Gelächter aus.

»Was willst du bei einem alten Tattergreis wie Erich?«, rief Otto in die Runde. »Komm lieber zu mir, ich bin erst siebzig, gute zehn Jahre jünger als Erich, bei mir ist noch mehr zu holen!«

Wieder prusteten alle los und riefen sich noch mehr schlüpfrige Bemerkungen zu; Romain musste laut werden, um sich Gehör zu verschaffen.

»Mesdames et messieurs! Assez! Ruhe im Karton!« Erst als er wieder widerwillig Deutsch sprach, ebbte die Lautstärke ab und ihm wurde Aufmerksamkeit zuteil. Er atmete tief durch. »Der Roman wurde 1857 veröffentlicht. Da war die Literatur noch nicht so freizügig wie heute.«

Er rutschte von Theresas Tisch und begann im Raum auf- und abzugehen, wobei er einen flammenden Monolog hielt. »Flaubert wurde wegen Verherrlichung des Ehebruchs in diesem Werk angeklagt, stellen Sie sich das vor! Das empfinden wir heutzutage, wo alles erlaubt und alles salonfähig ist, als ungeheuerlich. Letztendlich wurde er freigesprochen.«

Während Hilde »Tee« trank, Martha geistesabwesend in der

deutschen Ausgabe des Buches blätterte und die Herren allmählich einen glasigen Blick bekamen, sog Theresa jedes Wort Romains in sich auf. Sie mochte es, wie er so leidenschaftlich über Literatur sprach und sie in seinen Bann schlug. Sie hätte ihm stundenlang zuhören können – wenn nur die anderen Kursteilnehmer nicht gewesen wären, die etwas störten.

»Emma Bovary ist ein verträumtes, zu Depressionen neigendes Wesen, das den spießigen Landarzt Charles heiratet. Desillusioniert vom Leben und ihrer Ehe stürzt sie sich in Affären mit wechselnden Liebhabern, ohne ihr Glück zu finden. Ich frage Sie, liebe Schüler: Halten Sie Emma nach der Lektüre des Buches für naiv, für töricht?«

Wie bei jeder Frage, die er stellte, wollte keiner aufgerufen werden. Hermann schnäuzte sich minutenlang in sein Taschentuch und Ludwig murmelte, er müsse mal zur Toilette.

Theresa wollte nicht schon wieder als übereifrig dastehen, sodass sie sich zurückhielt. Doch da Romain ihr leidtat und sie seine wachsende Unruhe spürte, erbarmte sie sich und sah auf.

Romain wandte sich ihr sofort zu und nickte ihr aufmunternd zu.

»Nun ja«, begann Theresa zögernd. »Ich halte Emma Bovary durchaus für naiv … Sie wartet auf den Märchenprinzen und fällt reihenweise auf Männer herein, die es nicht ernst mit ihr meinen. Die sie nur für eine unverbindliche Affäre ins Bett bekommen wollen. Sie weiß es nicht zu schätzen, was sie an ihrem verlässlichen und guten Ehemann hat.«

Die Senioren schauten sie skeptisch an.

Ein leises Lächeln umspielte Romains Lippen, einen Moment lang hefteten sich seine Augen auf ihre, und sie spürte eine stille Verbundenheit.

»Danke für deine Ausführungen«, sagte er. »Dann wollen wir

zu einem Textauszug aus Madame Bovary kommen. Otto, würden Sie bitte die Kopien austeilen?«

Als der Kurs zu Ende war – Romain war deutlich die Erleichterung anzumerken, die neunzig Minuten wieder einmal geschafft zu haben – scharten sich die Senioren um ihn, um ihn zur Cocktailbar zu begleiten.

Hoffnungsvoll wandte er sich zu Theresa um. »Kommst du auch mit?«

Theresa, die gerade ihre Bücher in ihre Tasche räumte, sah zu ihm auf. »Gerne.«

»Prima«, sagte er und sah sie mit unergründlichen dunklen Augen an. »Dann lass uns mal so richtig einen draufmachen.«

Sie lachte und Seite an Seite folgten sie den Senioren.

Es war ein ungewohntes, seltsam schönes Gefühl, neben Romain durch die Stadt zu gehen, fast, als gehörten sie zusammen. Als sie die Bar betraten, setzten sich die Senioren sogleich an einen großen runden Tisch, an dem kein Platz mehr für Romain und Theresa war.

»Ihr beiden wollt bestimmt eure Zweisamkeit genießen, was«, scherzte Otto, und alle anderen lachten.

Romain führte Theresa an einen kleinen Tisch am hinteren Ende des Raumes, wo man etwas abgeschiedener saß.

»Heute gibt es Flammkuchen als Spezialität«, sagte Romain. »Ich fühle mich total ausgehungert. Dieser VHS-Kurs ist anstrengender als meine letzte siebte Klasse am Lycée. Möchtest du auch einen?«

Theresa schüttelte den Kopf. Sie war zu aufgeregt, um zu essen. Romains Nähe – der Bistrotisch war winzig – ließ ihr Herz klopfen, ihr war, als hätten sie sich in eine eigene kleine Welt zurückgezogen, von der alle Geräusche und Bewegungen ringsum abprallten. Niemand hatte Zutritt zu dieser Welt, diesem Augenblick, er gehörte nur ihr und Romain.

Romain erhob sich, um einen Flammkuchen zu holen, Léa war aber bereits auf dem Weg zu ihnen. Da trat ihr ein Gast von hinten unabsichtlich auf den Fuß, und sie rutschte aus ihrem pinkfarbenen Turnschuh.

»Mann!«, zischte sie, »kannst du nicht wenigstens Entschuldigung sagen?«

Der junge Mann sah sie nur achselzuckend an. Léa schlüpfte wieder in ihren Schuh und lehnte sich mürrisch an Romains Tisch.

»Tut mir leid«, sagte Romain und sah sie mitfühlend an. »Der Typ ist unmöglich. Aber du weißt doch, dass in unserem Gewerbe der Kunde König ist und man seinen Unmut für sich behalten muss.«

»Ach, hör auf«, murrte Léa. »Der kann froh sein, dass ich nicht laut geworden bin. Flammkuchen? Mit Speck und Zwiebeln?«

Wenig später stand ein köstlich aussehender Flammkuchen vor ihnen. Romain aß mit gutem Appetit, ließ seine Scheibe aber auf das Holzbrett sinken, als Theresas Magen vernehmlich knurrte.

»Herrje«, sagte er und ließ seine Augen auf ihr ruhen. »Warum sagst du nicht, dass du Hunger hast? Du bist doch hoffentlich nicht auf Diät?«

»Nein, ich ...«, begann Theresa, doch er hielt ihr einfach sein Flammkuchenstück hin und ließ sie abbeißen. Nur eine Handbreit trennte sie – Theresa sah das Funkeln in seinen dunklen Augen und hätte am liebsten die Hand ausgestreckt und ihn berührt.

Sie teilten sich den Flammkuchen, in angenehmem Schweigen versunken.

»Weißt du«, sagte er, als nur noch ein paar Krümel auf dem Holzbrett lagen, »wenn ich Flammkuchen esse, kommen immer Kindheitserinnerungen in mir hoch. Ich bin zwar in Luxemburg großgeworden, aber meine Großeltern wohnten ja hier in der Gegend. Ich verbrachte oft die Ferien bei ihnen. Und wenn sie mal was Besonderes mit mir und meinem Bruder machen wollten, haben sie uns ins Auto gepackt und sind mit uns über die Grenze nach Frankreich gefahren, um Flammkuchen zu essen.«

Sie hing an seinen Lippen, wollte alles über ihn erfahren. »Du hast einen Bruder?«

Er nickte und steckte das letzte Stück Speck in den Mund. »Ja, er heißt Rémy und ist drei Jahre jünger als ich. Er arbeitet in Luxemburg in einer der großen IT-Firmen. Jedenfalls haben Rémy und ich diese Ausflüge mit den Großeltern genossen. Wir sind immer ins selbe Bistro gefahren, das seine besten Tage schon hinter sich hatte. Das Gebäude war windschief, das Holz innendrin verwittert, und es roch immer verraucht. Wir hatten ein ganz bestimmtes Ritual: Zuerst bestellten wir den klassischen Flammkuchen, dann einen mit Äpfeln und Zimt.«

Zwei lautstark diskutierende Studenten sahen sich in ihrer Nähe nach einem Platz um, deshalb beugte sich Romain noch weiter zu ihr vor. »Manchmal würde ich das auch heute noch gerne machen – einfach spontan aufbrechen, nach Frankreich rüberfahren und schauen, ob es dieses Bistro noch gibt. Wenn es hier manchmal drunter und drüber geht, ist das so eine Art Tagtraum, an dem ich mich festhalte.«

»Ein schöner Gedanke«, sagte sie leise.

»Und was würdest gerne mal ganz spontan machen?«, fragte er und hielt sie in seinem warmen Blick fest.

»Ich würde unheimlich gerne mal eine Fahrt in einem Heißluftballon machen«, gestand sie, ein wenig verlegen, weil sie ihm einen ihrer persönlichsten Wünsche offenbarte. Doch gleichzeitig spürte sie, dass sie ihm alles anvertrauen konnte, weil es ihn ohne Zweifel interessierte.

»Was fasziniert dich daran?«, hakte er sofort nach.

»Keine Ahnung«, antwortete sie lachend. »Das Gefühl, losgelöst von allem über die Landschaft zu schweben? Alles aus der Distanz sehen, alles Belastende unten zu lassen? Das Gefühl von Freiheit, von innerer Ruhe?«

»Hm.« Er sah sie nachdenklich an. »Eine Fahrt im Heißluftballon muss geplant werden, das geht nicht einfach so, aber ...«

»Aber was?«, fragte sie verwirrt.

»Aber lass uns trotzdem etwas ganz Verrücktes, Spontanes tun heute Abend. Lass uns nach Frankreich fahren und Flammkuchen essen. Ich bin noch nicht so ganz satt.«

Er grinste, doch sie starrte ihn nur an. »Was? Jetzt?«

»Ja, jetzt. Hast du keine Lust dazu? Ich weiß, es ist spät, aber ...« Er nahm ihre Hand in seine und sah sie mit einem Glitzern in den Augen an. »Lass uns einen Abend lang an keine Verpflichtungen denken, lass uns einfach ausbüxen wie zwei junge Leute. In einer Dreiviertelstunde könnten wir in Frankreich sein und noch einen Flammkuchen essen, nur du und ich.«

Theresa kämpfte mit sich. Ihr erster Gedanke galt Tante Babette und dem Stoffladen. Sie musste morgen um neun Uhr bei der Arbeit sein und konnte sich nicht einfach die Nacht um die Ohren schlagen. Andererseits klang Romains Vorschlag nur allzu verlockend – die Sehnsucht, mit ihm einfach auszureißen und durch die Nacht zu fahren, war so stark, dass es schmerzte. Sie blickte in ihre Hand, die noch immer in seiner lag; es war ein aufregendes und doch beruhigendes Gefühl, so als müsste das alles so sein.

Als sie den Mund öffnete, um zu sagen, dass sie auf der Stelle mit ihm nach Frankreich fahren würde, klingelte sein Handy.

»Entschuldigung, eine Sekunde«, sagte er und nahm das Handy aus der Hosentasche.

»Ach, du bist es, Charlotte«, sagte er, und Theresa gefror innerlich. »Ja, nein, kein Problem. Wenn es morgen nicht bei dir klappt, sehen wir uns einfach übermorgen. Gut, bis dann. Adieu.«

Er steckte das Handy weg und sah Theresa erwartungsvoll an. »Nun, was sagst du?«

Langsam glitt sie von ihrem Stuhl und stand auf, das Gesicht versteinert. Ihre Euphorie machte einer großen Leere Platz.

»Es ist spät, ich muss nach Hause«, sagte sie.

Er erhob sich ebenfalls und sah sie erschrocken an. »Aber ... Wollen wir nicht ...?«

»Nein«, stieß sie hervor und ließ ihn einfach stehen.

Zu Hause fand sie ihre Mutter und ihren Bruder in der Küche vor, ein inzwischen vertrautes Bild. Ihr Bruder saß mit dem Laptop am Tisch und spielte sein selbst entwickeltes Spiel, während Ada um ihn herumschwirrte und die Spülmaschine ausräumte.

»Mach dich doch nicht so breit, Fritzchen! Ab und zu muss ich in der Küche auch mal ein bisschen was tun, du kannst hier nicht den gesamten Platz belegen.«

»Wo soll ich denn hin mit meinem Zeug?«, fragte Friedrich aufgebracht. »In meinem Zimmer ist kein Platz, im Keller nicht und hier auch nicht.«

Theresa füllte das kochende Wasser in einen Becher und hängte einen Teebeutel hinein. »Bitte nicht streiten, ihr zwei.«

Ada seufzte und setzte sich zu Friedrich, der sich lautstark die Nase putzte, an den Tisch.

»Weinst du, Fritzchen?« Sie legte ihm besorgt die Hand auf den Arm.

»Quatsch. Ich bin erkältet. Dieses furchtbare Wochenende im Wald hat mich krank gemacht. Außerdem tut mir die Hand weh – beim Tippen und beim Naseputzen, eigentlich immer. «

»Na, da ist aber jemand empfindlich«, zog Theresa ihn auf, obwohl ihr nicht nach Scherzen zumute war. »Jugendträume zu realisieren ist offenbar nur etwas für ganz Hartgesottene.«

»Mach dich nur über mich lustig«, sagte Friedrich finster. »Benimm dich. Wolltest du nicht noch was von mir? Ein Wochenende in Paris? Also sei mal schön brav, Kleine.«

Auch Theresa setzte sich an den Küchentisch. Müde und traurig sah sie ihren Bruder an. »Lass uns doch mal nach preiswerten Hotels googeln, wenn du schon am Laptop bist. Ich hätte richtig Lust, nächstes Wochenende wegzufahren. Ich muss mal weg hier.«

Friedrich sah sie erstaunt an, doch sie sagte nur leichthin: »Ich brauche einfach etwas Abwechslung.« Dass ihr das Herz brannte vor Traurigkeit und Enttäuschung über Romains Verhalten, verschwieg sie. Sie blinzelte die Tränen weg. Sie sollte sich wirklich von Romain distanzieren; zwar fühlte sie sich in seiner Gegenwart immer gefangen in einer Blase aus Vertrautheit und Zuneigung, doch schien er dieses Gefühl auch anderen Frauen gerne zu vermitteln. Sie musste weg, sie wollte Abstand gewinnen, um nicht wieder so unglücklich zu werden wie vor einigen Wochen noch. Eine Kurzreise wäre das Beste, um auf andere Gedanken zu kommen und sich innerlich von ihm zu lösen.

Sie rückte näher an Friedrich heran und sah zu, wie er unzählige Angebote für Hotels und andere Übernachtungsmöglichkeiten in Paris durchscrollte.

»Mhm. Irgendwie ist das alles furchtbar teuer …«

»Was erwartest du?«, sagte Ada. »Paris ist etwas anderes als ein Fünfhundert-Seelendorf im Bayrischen Wald.«

Enttäuscht vergrub Theresa den Kopf in den Händen. »Ich hätte nicht gedacht, dass es so schwierig ist, eine Unterkunft zu finden. Wir zwei sind ja wirklich nicht sehr anspruchsvoll. Aber selbst etwas Einfaches ist unbezahlbar für uns. Zumindest im Moment.«

»Guck dir diese Bilder an. Selbst auf den Fotos sieht man, dass das Bad schimmelig und das Schlafzimmer absolut heruntergekommen ist. Und dafür verlangen die so viel Geld? Unsere gesamten Ersparnisse opfern für ein Wochenende in Paris wollen wir nicht, Schwesterherz, oder?«

Theresa schüttelte traurig den Kopf.

»Hm«, machte Ada und biss krachend in eine Karotte. »Muss es unbedingt Paris sein? Geht nicht auch Belgien? Ich hätte da nämlich eine Idee.«

»Was denn für eine Idee?«, fragte Theresa, enttäuscht, dass sich ihr Jugendtraum, Paris zu sehen, nicht so einfach erfüllen ließ.

Ada nahm sich ein paar rote Paprikastreifen. »Erinnert ihr euch an euren Großonkel Heinrich?«

Friedrich sah sie verständnislos an. »Wer soll das sein?«

»Ein Groß-Großonkel eures Vaters. Er hat jahrelang in Norddeutschland gelebt, deshalb haben wir ihn kaum gesehen. Aber seit ein, zwei Jahren wohnt er wieder hier in der Gegend. Er muss mindestens fünfundachtzig sein.«

»Und was hat dieser Heinrich mit Paris zu tun?«, fragte Theresa.

»Er hat eine Ferienwohnung in Belgien. In Flandern, an der belgischen Nordsee, um genau zu sein. Dort hat er Jahrzehnte lang mit seiner Familie seine Ferien verbracht. Da er inzwischen verwitwet und recht klapprig ist, hätte er bestimmt nichts dagegen, euch da Urlaub machen zu lassen. Ich vermute, dass er sogar froh wäre, wenn ihr in der Wohnung mal nach dem Rechten sehen würdet. Ich habe ihn neulich auf dem Friedhof getroffen, und er hat sich beklagt, dass es sein Gesundheitszustand nicht zulässt, dass er selbst nach Belgien fährt.«

»Hm«, sagte Theresa nachdenklich. »Das ist ja schön und gut, aber auf meinem Zettel in der Colaflasche steht als Wunsch: *nach Paris fahren*. Darunter stellte ich mir mit siebzehn vor, auf den Eiffelturm zu steigen, die Museen zu besuchen, die Kathedralen, die Galéries Lafayette, an der Seine entlang zu spazieren ... Die Nordsee im Herbst kommt meinen Vorstellungen so gar nicht nahe ...«

»War nur so eine Idee«, meinte Ada.

»Was spricht gegen Belgien?«, fragte Friedrich und sah Theresa durchdringend an. »Zugegeben, es ist nicht Paris. Aber du hast ja selbst gesehen, dass Paris im Augenblick für uns unbezahlbar ist. Und Belgien ist ja auch ein frankophones Land. Belgien ist das neue Frankreich, Schwesterchen. Und es würde uns beiden guttun, mal wieder rauszukommen ...«

»In Flandern spricht man aber kein Französisch, Fritzchen, sondern Flämisch«, korrigierte Theresa ihren Bruder.

»Wie auch immer. Sei nicht so penibel. Du könntest dir dort in einem Lokal auch auf Französisch einen Kaffee bestellen, die würden dich schon verstehen. Lass uns ein Wochenende in Groß-Großonkel Heinrichs Wohnung verbringen. Nach dem Horrorwochenende im Pfälzerwald hätte ich Lust, mal etwas komfortabler auszuspannen.«

Ada suchte die Telefonnummer Heinrichs heraus, und Theresa rief ihren Verwandten gleich an. Nach endlosen Erklärungen verstand er endlich, wer sie war, willigte aber sofort ein, ihnen die Ferienwohnung in De Panne für ein paar Tage zu überlassen. Den Schlüssel konnten sie sich bei ihm abholen, er wäre froh, wenn sie in der Wohnung nachsehen würden, ob noch alles in Ordnung war.

Kapitel 7

Tante Babette gab Theresa am Freitag frei, sodass sie bereits morgens Richtung Belgien fahren konnten. Um sie nicht drei volle Tage sich selbst zu überlassen, erklärte Ada sich bereit, freitags nach ihr zu schauen, was bei Babette nicht unbedingt auf Begeisterung stieß.

»Muss das sein?«, knurrte sie. »Ada ist immer so übergriffig. Bestimmt steckt sie ihre Nase wieder in meine Unterlagen und überprüft meine Finanzen und meine Buchhaltung. Was bin ich froh, Theresa, dass du dich so gut darum kümmerst, es gibt bestimmt nichts zu beanstanden.«

Da Friedrich in seinem Job ohnehin frei über seine Zeit entscheiden durfte, konnte auch er problemlos am Freitagmorgen losfahren. Gleich nach dem Frühstück machten sie sich in Theresas Auto auf den Weg. Den Schlüssel zu der Ferienwohnung in De Panne hatten sie am Vorabend bei Onkel Heinrich abgeholt, mit unzähligen Aufträgen, was sie in der Wohnung alles überprüfen sollten.

Es war ein trüber Tag, der Himmel wolkenverhangen und grau wie Taubenfedern. Im Gepäck hatten sie warme Kleidung, denn an der See würde es mit Sicherheit noch kühler sein als in der Pfalz.

Während Theresa am Steuer saß, kam Friedrich auf dem Beifahrersitz ins Philosophieren.

»Weißt du, wir sind keine Teenies mehr. Wir haben inzwischen genug Lebenserfahrung gesammelt, um zu wissen, dass man Jugendträume nicht eins zu eins umsetzen und verwirklichen kann. Man muss flexibel sein, sich den veränderten Gegebenheiten der heutigen Zeit anpassen. Statt nach Frankreich fahren wir nach Belgien. Ist doch knorke, oder? Hauptsache, wir verbringen zur Abwechslung mal ein entspannendes Wochenende am Meer, gehen schön essen, schlafen so richtig aus ...«

»Hm, meine Flexibilität hat aber auch Grenzen«, sagte Theresa. »Die Fahrt im Heißluftballon muss einfach sein, dazu gibt es keine Alternative.«

»Und wenn du einen heißen Belgier träfest?«, grinste Friedrich und packte das Lunchpaket mit den belegten Brötchen aus, das ihre Mutter ihnen für die Fahrt gepackt hatte. »Würdest du den auch von der Bettkante schmeißen, nur weil er kein Franzose ist?«

»Musst du so bald nach dem Frühstück schon wieder essen? Krümel mir nicht mein Auto voll. Was glaubst du, wie hoch die Wahrscheinlichkeit sein wird, dass ich in den nächsten drei Tagen einen heißen Belgier treffe? In diesem kleinen Nest ist in dieser Jahreszeit ganz bestimmt nichts los, die Touristen sind alle längst weg.« Die Erinnerung, wie Romain noch vor wenigen Tagen in der Bar vor ihr gesessen hatte und ihr mit leuchtenden Augen vorgeschlagen hatte, spontan mit ihm nach Frankreich zu fahren, blitzte wieder vor ihr auf, doch sie verdrängte den Gedanken rasch. Es war zu schmerzhaft.

An einer verlassenen Raststätte machten sie eine einstündige Pause und wechselten sich mit dem Fahren ab. Am frühen Nachmittag näherten sie sich De Panne. Auf dem letzten Stück Autobahn konnten sie zu ihrer Rechten bereits das Meer erahnen, doch der Horizont verschwamm grau in grau mit Feldern und kleinen Orten. Schwarze Wolken bauschten sich über ihnen zusammen, als stünde ein Unwetter bevor.

»Oh je«, seufzte Friedrich, »das sieht nicht gut aus.«

Der Ort war schmuck und beschaulich; im Sommer wurde hier bestimmt einiges für Touristen geboten, nun aber, Ende September, lagen die Straßen verlassen da, und viele Häuser schienen leer zu stehen.

Onkel Heinrich hatte ihnen gesagt, dass seine Ferienwohnung in einer Seitenstraße lag, die direkt zur Strandpromenade führte. Sie fuhren einige Zeit die Hauptstraße entlang, die von vielen Restaurants – die meisten waren geschlossen – gesäumt wurde, bis sie die besagte Straße fanden und einbogen. Friedrich parkte vor dem Haus, einem etwa dreistöckigen Gebäude aus den Siebzigern des vorigen Jahrhunderts. Die Häuser in der Straße waren alle extrem schmal, hatten dafür jedoch mehrere Etagen.

Sie holten ihr Gepäck aus dem Kofferraum und schlossen die Haustür auf.

»Mann, ist das eng«, maulte Friedrich. »Wenn ich fünf Kilo mehr hätte, käme ich da nur schwerlich durch.«

Theresa blieb stumm, denn die steile Holztreppe mit den ausgehöhlten Stufen und der penetrant fischige, feuchte Geruch im Treppenhaus stimmten sie nicht gerade zuversichtlich.

Mit ihren Taschen mussten sie seitlich gehen, da die Stiegen zu wenig Platz boten.

Beklommen schlossen sie in der ersten Etage die Tür zu Heinrichs Wohnung auf. Im schmalen Flur blieben sie erst einmal stehen. Theresa wollte schon ihre Tasche abstellen, ließ es aber nach einem Blick auf den staubigen, sandigen Holzboden bleiben.

»Es stinkt«, stieß Friedrich gepresst hervor. »Nur ... Wonach? Schimmel, Feuchtigkeit, Meeresluft, Salzwasser?«

»Nach alldem gleichzeitig«, murmelte Theresa niedergeschlagen und stellte ihre Tasche auf einem Stuhl ab. Links von der Haustür ging es in ein kleines Wohnzimmer, in dem es ein Sofa, einen Fernseher und einen Esstisch mit Stühlen gab. Eine Küchentheke teilte den Raum in zwei Hälften; dahinter lag eine kleine Küchenzeile.

Friedrich zog ein Küchenmesser aus einem hölzernen Messerblock und starrte es angeekelt an. »Ach du Schande. Hier esse ich nichts. Wir müssen auswärts essen.«

Theresa unterließ es, sich das Messer anzusehen. Sie öffnete die Tür zum Badezimmer, das rechts von der Haustür lag. Sie gab einen erstickten Laut von sich und knallte die Tür wieder zu.

»Was ist?«, fragte Friedrich düster, und warf selbst einen Blick in den Raum.

In der Toilette stand eine undefinierbare braune Brühe, und die Dusche samt Plastikvorhang war eindeutig verschimmelt. »Nun ja. Ich werde es überleben, wenn ich mal ein Wochenende nicht dusche.«

Am Ende des Flurs lagen zwei Schlafzimmer. In beiden standen wurmstichige Holzmöbel; in den Schränken roch es dermaßen muffig, dass Theresa beschloss, keine Kleidung einzuräumen. Es würde alles in der Reisetasche bleiben müssen. Das eine Zimmer besaß einen Balkon, der auf einen Hinterhof hinausging, der vollständig aus Beton bestand.

Mit unwohlem Gefühl sah sie auf ihre Füße hinab, die auf sandigem, mit Zigarettenkippen übersätem Boden standen.

»Wenn es mich nicht so anwidern würde, könnte ich vielleicht darüber lachen«, sagte sie. Die Enttäuschung über die Unterkunft trieb ihr die Tränen in die Augen. Sie hatte keinen Luxus erwartet, aber eine Wohnung, in der man sich wohlfühlen konnte.

In einer Kommode fand sie Bettwäsche mit Siebziger-Jahre-Muster. Auch sie roch durchdringend nach fauliger Feuchtigkeit, sodass sie sie rasch in die Kommode zurückwarf.

»In dieser Bettwäsche schlafe ich nicht«, rief sie unglücklich zu ihrem Bruder hinüber, der im Wohnzimmer saß und seinen Laptop hochfuhr. »Ich lege mich heute Abend auf meine Jacke.«

»Aber wenigstens funktioniert das WLAN einwandfrei!«, sagte Friedrich begeistert. »Dann kann ich immerhin mein Spiel weiterentwickeln. Zugegeben, die Wohnung ist ein Albtraum, aber was erwartest du? Sie liegt fast direkt am Meer, da ist es nur natürlich, dass alles voller Sand ist und nach Feuchtigkeit und Salz riecht. Du kannst ja ein bisschen putzen.«

»Träum weiter«, sagte Theresa verdrossen und ließ sich auf einen Stuhl sinken. »Ich würde Ausschlag bekommen von dem ganzen Dreck hier. Außerdem bräuchte man mindestens eine Woche, um auch nur notdürftig sauberzumachen.«

Da Theresa sich weigerte, auszupacken, gab es nichts in der Wohnung zu tun. Sie schlug vor, einen Strandspaziergang zu machen, doch als sie aus dem Fenster schaute, begann es gerade zu regnen. Der Himmel zog sich zusehends zu, die dunklen Wolken hingen derart tief, dass sich daran in den nächsten Stunden wohl nichts ändern würde.

Frustriert starrte Theresa hinaus. Friedrich schien das Wetter nicht zu stören, er war zufrieden damit, am Laptop sein selbst designtes Spiel weiterzuentwickeln.

»Lass uns trotzdem eine Runde gehen«, sagte Theresa. »Sonst fällt mir die Decke auf den Kopf.«

»Wenn es unbedingt sein muss«, seufzte Friedrich und fuhr den Laptop herunter. »Du gibst ja doch keine Ruhe.«

Sie zogen sich ihre dicken Jacken und Gummistiefel an und nahmen Schirme mit. Auf der Straße wurden ihnen jedoch klar, dass sie auf letztere verzichten konnten: Der Wind peitschte den Regen in solchen Böen durch die kleine Stadt, dass die Schirme wegfliegen würden.

Schweigend und mit den Händen tief in den Jackentaschen vergraben gingen sie an den Strand. Bei jedem Schritt sanken sie ein Stück in den nassen Sand ein. Das Meer rauschte in tosenden Wellen heran und erbrach sich in weißer, spritzender Gischt. In der Ferne konnte man kaum die Grenze zwischen dem Meer und dem regendunklen Himmel ausmachen, alles verschwamm ineinander, wirkte trist und trostlos.

Bald waren sie völlig durchnässt, ihre Haare trotz der Kapuzen klatschnass.

»Sind wir genug spazieren gegangen?«, fragte Friedrich. »Dürfen wir nun wieder umkehren? Ich bin völlig durchgefroren.«

»Ich doch auch«, murmelte Theresa und bückte sich, um eine von feuchtem Sand verkrustete Muschel aufzuheben. »Hoffentlich regnet es nicht das gesamte Wochenende durch.«

Sie drehten um, wählten für den Weg zurück aber die betonierte Promenade statt den Strand. Hier reihte sich ein Geschäft ans andere, doch kaum eines hatte geöffnet. Im Sommer würde hier wohl buntes Leben herrschen. Der stürmische Wind fegte Abfall über den Weg; es war menschenleer.

»Da, schau mal!«, rief Friedrich begeistert gegen das Heulen des Windes an und deutete auf ein kleines Bistro zwischen den Geistergeschäften, das anscheinend geöffnet hatte. »Crêpes und Pannenkoeken steht auf der Tafel. Das wäre doch mal was Feines bei diesem Wetter. Wie sieht es aus, Schwesterherz? Darf ich dich zu einem Pannenkoeken und einer heißen Schokolade einladen, um uns aufzuwärmen?«

»Aber immer doch«, sagte Theresa.

Im Innern des Bistros war es warm und gemütlich. Leise Musik dudelte aus versteckten Lautsprechern und sie saßen bequem auf Korbstühlen. Der Pfannkuchen mit Zimt und Apfelmus erweckte Theresas Lebensgeister und ihre Stimmung besserte sich. Friedrich konnte nicht genug bekommen und bestellte sich gleich noch einen Pannenkoeken mit Schokocreme, danach einen mit Banane.

Zu Theresas Erleichterung gab es hier eine saubere Toilette, sodass sie die nächsten Stunden nicht gezwungen war, das Badezimmer in Onkel Heinrichs Wohnung zu betreten.

Die Kapuzen tief in die Stirn gezogen kehrten sie dann im Laufschritt in die Wohnung zurück, wo sich Friedrich erneut zufrieden auf das Sofa fallen ließ und seinen Laptop wieder hochfuhr. Er war nun nicht mehr ansprechbar.

Theresa las ein bisschen, schaute aber immer wieder aus dem Fenster auf die im Dunst ruhende Straße. Vor lauter Langeweile aß sie eine Tüte Fruchtgummikirschen, die sie sich als Notproviant mitgebracht hatte. Als es Abend wurde, tat ihr alles weh vom Herumsitzen. Der Regen wurde allmählich schwächer, es nieselte nur noch ein bisschen.

»Ich glaube, ich gehe nochmal raus, Fritzchen. Kommst du mit?«

»Wozu? Ich habe vorhin schon alles gesehen«, murmelte ihr Bruder, den Blick nicht vom Laptop hebend.

»Hm. Ich könnte uns was zum Abendessen mitbringen«, schlug Theresa vor, obwohl sie nach den Fruchtgummikirschen keinerlei Hunger verspürte.

»Abendessen klingt gut«, sagte Friedrich abwesend.

Sie schlüpfte wieder in die dicke Jacke und zog die Wohnungstür hinter sich zu. Der fischig faulige Geruch im Treppenhaus drang ihr erneut intensiv in die Nase, und sie versuchte, nicht zu atmen. Als sie die enge Kurve der Treppe nahm, stieß sie unerwartet mit einem Mann zusammen. Er gab einen Laut des Erschreckens von sich, denn die vielen Tüten, die er getragen hatte, segelten alle die Stufen hinab.

»Tut mir leid«, murmelte sie beschämt und folgte ihm hinunter. Gemeinsam suchten sie den Inhalt der Tüten auf dem staubigen Holzboden zusammen: Eier, Pilze, Tomaten, eine Flasche Rotwein, zwei Baguettestangen. Wie durch ein Wunder war die Weinflasche heil geblieben, doch ein paar Eier waren zerbrochen und bildeten einen glitschigen Film auf dem Boden.

»Warten Sie, ich hole rasch was zum Saubermachen«, sagte Theresa mit rotem Kopf und rannte nach oben in die Wohnung, wo sie im Küchenschrank hektisch nach einem halbwegs sauberen Lappen, einem Kehrblech und einer Schaufel suchte.

»Danke, sehr nett von Ihnen«, sagte der Mann und sah von unten zu ihr hoch. Im Gegensatz zu ihr wirkte er vollkommen gelassen, er lächelte sie sogar an. Es dauerte ein paar Sekunden, bis sie merkte, dass er französisch sprach.

Sie bückte sich, um das Eigelb aufzuwischen, während er die zerbrochenen Eierschalen einsammelte. Als sie alles beseitigt hatten, standen sie fast gleichzeitig auf und sahen sich an.

Er war um einiges älter als sie – bestimmt Anfang, Mitte vierzig – und trug einen edlen schwarzen Rollkragenpullover und eine löchrige, aber mit Sicherheit sehr teure dunkle Jeans. Seine dunklen Haare fielen ihm in die Stirn, und seine blauen Augen sahen sie sehr offen und sehr freundlich an.

»Tut mir leid«, sagte Theresa noch einmal verwirrt, dieses Mal jedoch ebenfalls auf Französisch. »Ich bin ein Schussel.«

Er lächelte, ein ruhiges Lächeln voller Selbstvertrauen, mit dem er sie ganz in seine Welt aufnahm; dieses Gefühl hatte sie zumindest, als sie vor ihm stand und den feuchten Lappen in den Händen drehte. »Danke, dass Sie mir geholfen haben. Dieses enge Treppenhaus ist aber auch ein Alptraum. Es war nicht mein erstes Missgeschick hier.«

»Wohnen Sie hier?«, fragte Theresa schüchtern.

Er nickte. »Ja, im obersten Stock. Unter dem Dach. Und Sie? Ich habe Sie noch nie hier gesehen?«

»Meinem Großonkel gehört die Wohnung im ersten Stock. Er nutzte sie viele Jahre lang als Ferienwohnung. Mein Bruder und ich sind nur über das Wochenende hier.«

»Schade«, sagte er. »Sie sollten im Sommer wiederkommen. Da ist es in De Panne am Meer wunderschön. Im Moment hat man ja leider das Gefühl, es wäre schon tiefster Winter.«

»Nun ja«, sagte sie, noch immer in seinem Blick gefangen. Er war einer jener Menschen, die einem das Gefühl verliehen, es gebe im Moment nichts Wichtigeres als man selbst, als sei man etwas wirklich Besonderes. »Vielleicht überlässt mein Onkel uns die Wohnung auch einmal im Sommer.«

»Das wäre schön«, sagte er lächelnd und ging mit seinen Tüten an ihr vorbei. Da es so eng war, berührten sie sich an den Armen und der Brust. Theresa spürte, wie sie unwillkürlich den Atem anhielt. Sie überlegte, was sie sagen konnte, um den Abschied hinauszuzögern, ihn noch ein wenig zu halten, aber ihr fiel nichts ein. Enttäuscht über sich selbst schaute sie ihm hinterher.

Auf der letzten Stufe vor der Biegung drehte er sich allerdings noch einmal zu ihr um und sagte leichthin: »Ich wollte mir gerade ein Pilzomelette machen – darf ich Sie einladen?«

Nun breitete sich auch auf ihrem Gesicht ein Lächeln aus, und sie sagte vielleicht ein wenig zu schnell: »Oh, danke, gerne.«

Doch dann fiel ihr Friedrich wieder ein und ihr Angebot, Abendessen zu besorgen. »Ich müsste nur meinem Bruder Bescheid sagen.«

»Ja, natürlich«, sagte er. »Äh ... Ihr Bruder ist natürlich auch eingeladen, auch wenn ich nach unserem Malheur nicht viele Eier übrig habe.«

»Nicht nötig«, widersprach Babette. »Ich glaube, er verbringt seine Zeit lieber am Computer.«

Ein Anflug von Erleichterung flog über sein Gesicht, was Theresa nicht entging. Im ersten Stock steckte sie den Kopf in Heinrichs Wohnung und rief Friedrich zu, dass sie von ihrem Nachbarn zum Essen eingeladen worden sei.

»Ist gut«, murmelte er abwesend vom Sofa aus. »Vielleicht bestelle ich mir nachher eine Pizza.«

In fieberhafter Eile huschte sie ins durchdringend nach Schimmel riechende Bad, bändigte ihre vom Regen aufgesprungenen braunen Locken und zog sich die Lippen rot nach. Ein schickes Oberteil hatte sie zwar nicht im Gepäck, aber sie band sich ein Seidentuch über ihr marineblaues Langarmshirt, was ganz hübsch aussah.

Er wartete im obersten Stockwerk in der offenen Tür und reichte ihr zur Begrüßung ein Glas Wein.

»Oh, danke«, sagte sie überrumpelt. Der Wein ließ ihr sogleich wieder die Röte ins Gesicht steigen, und in ihrem Bauch breitete sich ein warmes Gefühl aus.

»Wir sollten uns einander mal vorstellen – ich bin Olivier Martineau. Olivier.«

»Theresa Rehberg«, stellte sie sich atemlos vor.

»Dein Französisch ist fabelhaft«, sagte er, legte ihr die Hand in den Rücken und führte sie in die Wohnung hinein.

»Bist du Franzose?«, fragte sie, sich seiner Hand, seiner Nähe sehr bewusst.

»Nein, Belgier. Ich komme aus Brüssel, ich bin nur gelegentlich am Wochenende hier.«

Der Wein, den sie zu schnell trank, ließ ihre Gedanken angenehm verschwimmen, und sie erinnerte sich aufgekratzt an Friedrichs Worte: *Belgien ist das neue Frankreich.*

Die Wohnung besaß denselben Schnitt wie die ihres Großonkels, allerdings stellte diese hier die Luxusversion dar. Von Salz- oder Schimmelgeruch keine Spur, auch die edlen Bodendielen waren glänzend und ohne die geringste Spur von Sand in den Fugen. Überall standen massive, hochwertige Möbel aus warmem Holz, aus in der Decke verborgenen Lichtern kam weiches Licht, das alles heimelig umhüllte.

In der offenen Küche schlug er die verbleibenden Eier in die Pfanne und gab Pilze und frische Kräuter dazu. In stillem Einvernehmen schnitt sie die Tomaten in kleine Würfel und fügte sie hinzu. Es war, als wären sie ein eingespieltes Team und würden sich nicht erst seit einer halben Stunde kennen.

Er deckte den Tisch, und als das Essen fertig war, saßen sie sich auf den hochlehnigen, eleganten Stühlen gegenüber. Er brach ihr ein Stück des noch frisch duftenden Baguettes ab, und goss ihr Wein nach. Sie prosteten sich zu.

»Auf die zerbrochenen Eier«, sagte er mit einem Funkeln in den Augen, »ohne die wir uns nicht kennengelernt hätten.«

»Auf glibberiges Eigelb und Eierschalen«, sagte sie, den wohlwollenden Blick seiner aufmerksamen blauen Augen auf sich spürend, als wäre er eine Berührung.

»Was machen Sie – was machst du im Leben, Theresa«, fragte

er. Sie fand es hinreißend, wie er ihren Namen mit französischer Betonung aussprach. Sie erzählte von ihrem Studium, ihrer jetzigen Arbeit im Stoffgeschäft ihrer Tante und ihren Nähkünsten.

Er hörte, ganz versunken in ihre Worte, zu.

»Und du, Olivier, was machst du so?«

»Ich habe in Brüssel eine kleine Modefirma.«

»Wirklich?«, rief sie begeistert. Der Wein stieg ihr immer mehr zu Kopf. »Was für Kleider produzierst du?«

»Mode für Frauen. Röcke, Kleider, Blusen. Elegant, aber dennoch auffällig und bunt. Soll ich dir ein paar Bilder zeigen?«

»Unbedingt.«

Er schaltete seinen Laptop ein, der auf dem gläsernen Wohnzimmertisch stand, und zog Theresa auf die schwarze Ledercouch. Gespannt wartete sie, bis sich seine Website aufgebaut hatte und Bilder seiner Kreationen erschienen.

Die Kleider zogen sie gleich in ihren Bann. Sie waren aus weichen Stoffen und unaufdringlichen Mustern und ihren persönlichen Lieblingsfarben gestaltet, Pflaumenlila, Purpur, Lavendel, Rosenrot, Weinrot, Smaragdgrün und Marineblau. Dennoch unterschieden sie sich recht stark von ihren eigenen Kreationen, die eine Leichtigkeit und Frische ausstrahlten, die Oliviers Stücken abging.

»Verkaufst du die auch in Deutschland?«, fragte sie.

»Noch nicht. Es ist, wie gesagt, eine kleine Firma. Natürlich entwerfe ich die Stücke nicht selbst, ich habe einen Designer, der sich darum kümmert.«

»Warte«, sagte Theresa und zog ihr Smartphone aus ihrer Hosentasche. »Ich zeige dir mal ein paar Fotos meiner Kreationen.« Sie scrollte durch ihre Bilder und zeigte ihm Selfies, auf denen sie ihre selbstgenähten Röcke trug.

Er betrachtete sie sich genau. »Sehr schön. Du hast einen

ganz eigenen Stil. Du solltest auch in eine größere Produktion einsteigen und nicht nur für dich selbst nähen.«

»Na ja, ab und zu nähe ich für Kundinnen, denen meine Röcke gefallen. Aber das sind dann natürlich nur Einzelstücke.«

Sie packte ihr Smartphone wieder weg und rutschte zwei Zentimeter von ihm weg, da ihr bewusst wurde, wie nah sie beisammengesessen hatten. Obwohl – es schien ihn nicht gestört zu haben, und sie selbst natürlich auch nicht.

Er sah sie mit einem Lächeln in den Augenwinkeln an, das Schmetterlinge durch ihren Bauch taumeln ließ, deshalb sagte sie aus Verlegenheit das Erste, was ihr in den Sinn kam. »Wie kommt es, dass du als Modemacher aus Brüssel hier in der Einöde gelandet bist?«

Er lachte. »Diese Wohnung hier ist mein Refugium für das Wochenende. Ich komme gerne nach einer anstrengenden Woche hierher und laufe am Meer entlang, um auf andere Gedanken zu kommen und ruhiger zu werden. Brüssel ist zwar nicht gerade Paris, aber auf Dauer ist es mir zu hektisch dort. Schon als Kind bin ich mit meinen Eltern in den Ferien immer nach De Panne gefahren, wir waren immer auf dem Campingplatz, der nun leider geschlossen wurde ... Es war immer wunderschön. Ich habe jedes Jahr zwei Wochen lang in derselben Badehose verbracht, das Leben hier war simpel und naturverbunden. Mittags kam immer der Suppenmann ins Camp, und wir stellten uns mit unserem Blechgeschirr an, um einen Teller Suppe für das Mittagessen zu kaufen. Abends wurde um Punkt zehn Uhr *Il Silenzio* gespielt, das war das Zeichen, dass jetzt Nachtruhe zu herrschen hatte auf dem Zeltplatz.«

Ein wehmütiges Lächeln erschien auf seinen Lippen, und sie schwiegen einen Moment. Es war dunkel geworden, und im Licht der Straßenlaterne sahen sie, dass noch immer feiner Nieselregen fiel. Theresa sah auf die Uhr und stand zögernd auf. »Ich muss so langsam gehen.«

Er erhob sich ebenfalls und brachte sie zur Tür, wo sie sich einen Moment gegenüberstanden und im Blick des anderen hingen.

»Danke für das Abendessen und den schönen Abend«, sagte sie leise.

Er beugte sich zu ihr, und in der Erwartung, er werde sie zum Abschied küssen, stand sie regungslos da. Doch er strich ihr nur behutsam eine Locke aus dem Gesicht, eine intime Geste, die ihr unter die Haut ging, ehe er lächelnd sagte: »Mir hat es auch sehr gefallen. Vielleicht können wir das mal wiederholen. Gute Nacht.«

»Gute Nacht«, sagte sie, und lief, sich leicht wie eine Feder fühlend, die Treppe hinunter zu Onkel Heinrichs Wohnung.

Die Nacht verbrachte sie teils in leichtem Schlaf, teils in wirren Träumen von Olivier und zerbrochenen Eiern versunken. Zwischendurch, in halbwachen Momenten, dachte sie wieder an Romain, sah sich mit ihm in einem windschiefen Bistro in Frankreich sitzen und Flammkuchen essen. Dann versank sie wieder in Dunkelheit und der Schlaf linderte den Schmerz. Da sie sich nicht hatte überwinden können, die muffige Bettwäsche aufzuziehen, lag sie auf ihrer Steppjacke, die Haare auf der Kapuze ausgebreitet. Diese Stellung war recht unbequem, sodass sie mit Kopfweh und schmerzendem Nacken erwachte. Friedrich schien gut geschlafen zu haben, er saß bereits am Laptop und spielte sein Strategiespiel, als sie aufstand.

Sie frühstückten ihre von zu Hause mitgebrachten Muffins; vor den Fenstern verschwamm erneut alles in Regendunst, feine Tropfen sprühten gegen die Scheiben.

»Na toll«, sagte Theresa. »Wir haben wirklich Pech mit dem Wetter. Bei dem ständigen Regen und der Kälte würde ich noch nicht mal einen Hund rausschicken.«

»Ach was«, sagte Friedrich. »Lass uns dasselbe Programm abspulen wie gestern. Fünf Minuten am Meer entlang, und dann gehen wir wieder in dieses nette Bistro, *Pannenkoeken* essen. Die hatten unzählige Sorten, die möchte ich alle durchprobieren. Übrigens, wie war dein Date gestern Abend? Du kamst ja recht spät wieder runter.«

»Es war toll«, seufzte Theresa. »Er war toll. Schade, dass wir nur dieses Wochenende hier sind.«

Sie hingen noch ein, zwei Stunden im Wohnzimmer herum – Friedrich spielte am Laptop, Theresa las -, aber nachdem absehbar war, dass es auch heute nicht aufheitern würde, fügten sie sich in ihr Schicksal und schlüpften in ihre warmen Jacken und Gummistiefel.

Wie gestern war das Meer sehr aufgewühlt, weiße Schaumkronen hüpften auf den Wellen, die unter lautem Rauschen an den Strand brandeten. Möwen segelten im Tiefflug über dem grauen Wasser, und die Regenwolken hingen schwarz am Himmel.

Da sie froren, gingen sie zügig, mit den Schuhen immer wieder einsinkend.

»Wenigstens stärken Wind und Wetter das Immunsystem«, murmelte Friedrich.

Außer ihnen und einer Frau mit einem Hund befand sich keine Menschenseele am Strand. Doch auf dem Heimweg sahen sie eine dunkle Gestalt auf sich zukommen, die Kapuze tief ins Gesicht gezogen, gedankenverloren auf das Meer starrend.

Erst als der Mann nur noch wenige Meter von ihnen entfernt

war, erkannte Theresa, dass es Olivier war. Ihr Herz setzte einen Schlag aus, um gleich darauf heftig zu klopfen.

Auch er erkannte sie, und sie blieben voreinander stehen und lächelten sich an.

»Hallo«, sagte er, »wie ich sehe, trotzt ihr auch den Gezeiten und dem Wetter.«

»Tja, was sollen wir sonst mit unserem Wochenende anfangen?«, seufzte Theresa. »Das ist Friedrich, mein kleiner Bruder.«

»Schön, Sie kennenzulernen«, sagte Olivier und streckte Friedrich die Hand hin, die er unsicher ergriff, da er kein Französisch verstand.

»Hätte er in der Schule mal lieber Französisch statt Latein gewählt«, sagte Theresa auf Französisch, und Olivier lachte. Friedrich zog ein Gesicht, weil er befürchtete, dass sie auf seine Kosten Späße machten.

»Da vorne an der Strandpromenade ist ein Lokal, in dem es die besten Crêpes der Welt gibt«, sagte Olivier. »Es ist auch eines der wenigen Bistros, die um diese Jahreszeit geöffnet haben. Dort könnt ihr euch ein bisschen aufwärmen.«

»Danke für den Tipp, aber wir haben das Lokal gestern schon entdeckt und die halbe Speisekarte getestet. Mein Bruder hat das zumindest.«

Der Regen wurde stärker, und Olivier verabschiedete sich. »Bis später, vielleicht.«

»Ja, das wäre schön«, sagte Theresa und sah ihm sehnsüchtig nach, wie er durch den weichen Sand stapfte.

Kaum war er außer Hörweite, wandte sich Friedrich zu seiner Schwester um und sah sie an, als habe sie den Verstand verloren.

»Sag mal, bist du von allen guten Geistern verlassen? Den alten Knacker findest du attraktiv? Erstens ist er mindestens fünfzehn Jahre älter als du, zweitens finde ich ihn so richtig schleimig.«

Theresa lachte; die Worte ihres Bruders berührten sie überhaupt nicht, er hatte Olivier nicht so kennengelernt wie sie. Friedrichs miese Laune perlte an ihr ab. »Wie sagtest du vor ein paar Tagen so schön? *Belgien ist das neue Frankreich*. Und Olivier ist ein unglaublich anziehender Belgier, da kann kein Franzose mithalten.«

Aus Langeweile heraus sagte Theresa am späten Nachmittag: »Hör zu, Fritzchen, ich gehe noch mal kurz weg, ein paar Besorgungen machen.«

»Wegen mir brauchst du nichts einkaufen«, sagte Friedrich, ohne den Blick vom Bildschirm zu heben. Ich bin zufrieden, wenn ich mir heute Abend wieder eine Pizza bestellen kann.«

»Doch, ich brauche noch was. Bis später, warte nicht auf mich!«

Bevor sie ging, puderte sie sich noch einmal das Gesicht ab, band ihre vom Wind zerzausten Haare zusammen, schminkte sich die Lippen und zog einen schwarzen Pullover statt des ausgeleierten Langarmshirts an, das sie am Strand getragen hatte. Sie schlüpfte in die Jacke und verließ das Haus. An der Hauptstraße gab es einen kleinen Lebensmittelladen, wo sie eine Packung Eier kaufte.

Mit diesen kehrte sie zurück in ihr Haus, und nahm im Laufschritt die enge Treppe hoch bis unter das Dach.

Hoffentlich ist er schon zurück, dachte sie sehnsüchtig und drückte auf den Klingelknopf. Nach kurzer Wartezeit vernahm sie Geräusche im Innern der Wohnung, dann wurde die Tür geöffnet und Olivier stand vor ihr, die dunklen Haare noch nass und gewellt vom Regen, in einem edlen dunkelblauen Pullover.

»Hallo«, sagte er überrascht und erfreut zugleich.

»Ich habe was für dich«, sagte Theresa und hielt ihm die Eier hin. »Die bin ich dir sozusagen schuldig. Als Wiedergutmachung dafür, dass ich gestern in dich hineingestolpert bin und die Hälfte deiner Eier kaputtgemacht habe.«

Er lächelte, und ein Funkeln tanzte in seinen blauen Augen. »Dankeschön. Das sind aber mehr, als ich verdiene. So viele sind doch gestern gar nicht zerbrochen. Wie wäre es, wenn ich uns aus den Eiern ein Gemüseomelette zubereite?«

»Gerne«, sagte Theresa.

Er schloss die Tür hinter ihr und sie gingen in die Küche, wo er die Eierschachtel abstellte.

»Du könntest Paprika und Broccoli putzen und schneiden«, schlug er vor, machte aber keine Anstalten, ein Schneidbrett und ein Messer herauszuholen, sondern sah sie nur an, den Blick auf sie geheftet, als müsse er sich ihr Gesicht intensiv einprägen. Sie hing in diesem Blick wie ein Schmetterling, der sich in einem Spinnennetz verfangen hatte.

»So ein Mistwetter«, sagte er dann, als hätte er den Faden verloren. »Ich wollte eigentlich das ganze Wochenende an der frischen Luft sein und neue Energien tanken, aber nun sitze ich den halben Tag am Laptop und arbeite, so wie an jedem x-beliebigen Tag in Brüssel ...«

Sie nickte verstehend. »Ja, das ist blöd. Man möchte sich am liebsten unter einer Decke verkriechen.«

Sie biss sich auf die Lippe, als ihr die Zweideutigkeit ihrer Worte bewusst wurde, doch er kam einen Schritt näher, schob die Eier beiseite und kam so dicht an sie heran, dass sie das Gefühl hatte, innerlich zu verbrennen. »Sich unter der Decke verkriechen ist eine hervorragende Idee.« Er legte ihr die Arme um die Schultern und küsste sie langsam mit warmen Lippen, bis sie das

Gefühl hatte, sich aufzulösen vor Sehnsucht, wenn sie nicht bald mehr bekäme. Sie wollte ihn mit Haut und Haaren.

Kapitel 8

Am nächsten Morgen wachte sie in seinen Armen auf. Er zog sie noch näher an sich heran und küsste sie aufs Haar. Sie hatten sich die halbe Nacht geliebt und wenig geschlafen, immer wieder hatten ihre Körper zueinandergefunden, magisch voneinander angezogen, als sei ihr Verstand ausgeschaltet und sie bestünden nur noch aus Haut, Händen und Lippen. Noch als der Morgen dämmerte und die Straße in verschwommenes Regengrau tauchte, waren sie ineinander verknotet und versunken und konnten nicht genug voneinander bekommen. Selbst als sie noch mit Matthias zusammen gewesen war, hatte sie nicht eine solch innige Ekstase erlebt.

Obwohl sie höchstens zwei Stunden geschlafen hatte, fühlte sie sich seltsam belebt und hellwach.

»Ich habe so etwas noch nie gemacht«, murmelte sie mit geschlossenen Augen, den Kopf auf seine Brust gebettet.

»Was denn?«, fragte er zärtlich.

»Mit einem Mann schlafen, den ich erst seit einem Tag kenne.«

Er drehte ihren Kopf zu sich und sah sie mit seinen blauen Augen an, als könne er ihr bis auf den Grund ihrer Seele blicken. »Und warum hast du es mit mir gemacht?«

»Es fühlte sich richtig an«, sagte sie schlicht. »Schade, dass wir morgen wieder heimfahren müssen.«

»Komm nächstes Wochenende wieder«, sagte er und küsste sie, so leidenschaftlich und fordernd, dass sich alles um sie herum drehte, als befinde sie sich mitten in einem Sturm.

Sie seufzte. »Das wird nicht so einfach möglich sein, Olivier. Die Fahrt dauert sechs Stunden, und auch wenn ich kostenlos in Onkel Heinrichs Wohnung unterkommen kann, fallen doch die Fahrtkosten an.«

»Vergiss Onkel Heinrichs Wohnung«, sagte er. »Deine Wohnung ist jetzt hier. Bei mir. Auch wenn ich Onkel Heinrich abgöttisch liebe. Ohne ihn hätten wir uns niemals kennengelernt.«

Sie kicherten und küssten sich erneut, bis Theresa sich losmachte und sagte: »Ich könnte vielleicht in zwei oder drei Wochen wiederkommen. Bist du dann hier in De Panne?«

»Natürlich. Ich werde hier sein, wenn du kommst.«

Da es ohne Unterlass regnete, gab es keinen Grund, aufzustehen. Theresa schickte ihrem Bruder eine WhatsApp, um zu fragen, ob bei ihm alles in Ordnung sei, und er schrieb ihr erwartungsgemäß, dass er am Laptop saß und sich seinem Spiel widmete. Anscheinend vermisste er sie nicht.

Olivier stand kurz auf, um in der Küche Kaffee zu kochen und Croissants aufzubacken, die sie dann im Bett verzehrten. Er hatte sich nur rasch ein T-Shirt und eine Unterhose angezogen, und Theresa betrachtete verstohlen seinen schlanken Körper.

Er erzählte ihr noch ein paar weitere Kindheitserinnerungen, die von seinen Sommerferien in De Panne handelten und ein paar Anekdoten von seiner Modefirma in Brüssel.

Gebannt hing sie an seinen Lippen. »Das klingt alles so spannend. Weißt du, mein Jugendtraum war es immer, eine berühmte Modedesignerin zu werden.«

Er lachte. »Nun ja, berühmt ist meine Firma wahrhaftig nicht. Bis jetzt verkaufen sich unsere Kleider nur in Belgien. Aber es läuft ganz gut, und vielleicht kann ich in einigen Jahren ins europäische Ausland expandieren. Ich könnte deine Blusen mit in unser Programm aufnehmen.«

»Röcke.«

»Was?«

»Ich nähe vor allem Röcke.«

»Ach so, ja. Ich könnte deine Röcke in eine unserer Kollektionen aufnehmen.«

Sie wusste, dass sie nur flachsten und im Hormonrausch Tagträume spannen, aber der Gedanke, mit ihren Modellen groß rauszukommen, war sehr verlockend. Sie erzählte ihm von den Träumen, die sie mit siebzehn Jahren auf einen Zettel gekritzelt und in eine Colaflasche geschoben im Garten vergraben hatte.

Mit vor übertriebenem Charme triefender Latin-Lover-Stimme hauchte er: »Glaub mir, Hühnchen, ich kann alle deine Träume, die du mit siebzehn hattest, erfüllen.«

»Hör auf«, rief sie lachend, »ich kriege Seitenstechen.«

Sie verbrachten noch den gesamten Sonntag zusammen, kochten, aßen, liebten sich, duschten im blitzsauberen Badezimmer – Theresa war heilfroh, nicht Onkel Heinrichs schimmeliges Badezimmer benutzen zu müssen – und redeten. Theresa konnte sich ein immer genaueres Bild von Oliviers Leben machen; Stück für Stück setzte sie es zusammen wie ein Puzzle. In Brüssel lebte er nur für die Arbeit, war von frühmorgens bis spätabends in seiner Firma; auch nach Geschäftsschluss traf er sich oft noch zum Essen mit potentiellen neuen Kunden. Zu Hause war er so gut nie. Wenn er zu sehr unter Strom stand und vor lauter Hektik und Zeitdruck Tage lang nicht zur Ruhe kam, fuhr er am Wochenende in sein Apartment nach Flandern, wo er Abstand gewann und wieder zu sich selbst fand. Sie war dankbar, dass er an diesem Wochenende auch zu ihr gefunden hatte. Er faszinierte sie – er hatte eine weltmännische, elegante Art, sich zu bewegen, zu kleiden, zu sprechen. Was vielleicht auch daran lag, dass er französisch sprach. Gott, sie hätte ihm stundenlang zuhören können, ganz vernarrt in den Klang seiner Stimme, in die weichen Worte, den harmonischen Tonfall. Wen scherte es, ob er Belgier oder Franzose war?

Abgesehen von seiner starken Ausstrahlung war er zärtlich, liebevoll, kümmerte sich rührend darum, dass es ihr gutging. Dass er Mode produzierte, war nicht ausschlaggebend für sie, es war wie ein kleines Sahnehäubchen, verlockend, aber nicht allzu wichtig.

Der Abschied am frühen Abend fiel schwer. Allein die Abmachung, in zwei oder drei Wochen wieder nach De Panne zu kommen und ihn zu sehen, hielt sie aufrecht.

»Wir werden jeden Abend telefonieren und uns Emails schreiben, chouchou«, flüsterte er, sein Mund an ihrem Haar. »Das nächste Mal wird es noch schöner, das verspreche ich dir. Und es wird mit Sicherheit nicht regnen.«

»Woher willst du das wissen?«, fragte sie lachend. »Kannst du das Wetter steuern?«

Sie küssten sich lange und leidenschaftlich, bis sie sich losriss und die Treppe zu ihrer Wohnung hinunterlief.

Dort saß Friedrich auf der Couch an seinem Laptop, als wäre sie nur fünf Minuten weg gewesen.

»Na, schönes Schäferstündchen gehabt?«, fragte er, die Reste einer Pizza essend. »Der Greis da oben scheint gewisse Qualitäten zu haben, die jüngeren Männern abgehen.«

»In der Tat«, sagte Theresa und seufzte.

»Oh Gott, das ist jetzt nicht dein Ernst«, sagte Friedrich schockiert, stand auf und legte den Arm um sie. »Er hat es dir wirklich angetan, was?«

Theresa nickte. »Er ist ein toller Mann. An einem der nächsten Wochenenden besuche ich ihn wieder.«

»Jedem das Seine. Ich muss nicht unbedingt noch mal her in dieses Kaff. Aber jetzt sollten wir langsam fahren. Vor Mitternacht kommen wir nicht zu Hause an, und du musst morgen wieder arbeiten.«

»Du doch auch.«

»Ja, aber meinen Job kann ich auch vom Bett aus erledigen. Übrigens: Während du dich oben deiner unbezähmbaren Lust mit diesem Tattergreis hingegeben hast, habe ich Heinrichs Liste abgearbeitet: Ich habe den Toaster repariert, den Filter in der Dunstabzugshaube erneuert und die Heizung entlüftet. Und jetzt halt dich fest: Ich habe die gesamte Wohnung gesaugt und gewischt und das Bad geputzt.«

»Wie hast du das geschafft, ohne dich zu übergeben?«, rief Theresa.

»Ich habe im Badschränkchen Einweghandschuhe und einen Mundschutz gefunden. Der hat wahrscheinlich verhindert, dass ich Luftröhrenkrebs bekomme.«

»Du bist mein Held!« Theresa küsste ihren Bruder auf die Wange, was dieser in gespieltem Ekel über sich ergehen ließ. »Du hast was gut bei mir. Wie wäre es nächste Woche mit ein paar Cocktails im *Chez Romain*?« Einerseits erfüllte sie der Gedanken an die Bar und ihren Besitzer mit Wehmut, andererseits zog sie dieser Ort noch immer magisch an. Sie verdrängte das Bild Romains und zwang sich, stattdessen an köstliche Cocktails mit Fruchtgummikirschen am Glasrand zu denken.

»Das finde ich sehr angemessen«, sagte Friedrich. »Ich spiele den Hausmann, während du dir die Seele aus dem Leib ... Nun, äh, wie auch immer. Auf jeden Fall musst du schon mehrere Cocktails springen lassen.«

Auf der Heimfahrt sprachen sie kaum. Jeder hing seinen eigenen Gedanken nach. Theresa hatte das Gefühl, sie gleite wie in einem Raumschiff durch die Nacht. Sie ließ die Zeit mit Olivier innerlich Revue passieren; dank ihm hatte sie zu einem Zustand innerer Ausgeglichenheit zurückgefunden, den die heftigen Gefühle für Romain verwüstet hatten.

Als sie in Neustadt in ihre schlafende Straße einbogen, sahen sie zu ihrem Erstaunen, dass bei ihnen in der Küche noch Licht brannte. Friedrich parkte das Auto und sie trugen ihr Gepäck ins Haus. Vor Müdigkeit brannten Theresa die Augen.

Ada kam aus der Küche und umarmte sie. »Da seid ihr ja endlich. Ich habe mir schon Sorgen gemacht, denn ich hatte früher mit euch gerechnet.«

»Wichtige Umstände haben eine frühere Abreise verhindert«, grinste Friedrich und öffnete den Kühlschrank, um sich eine Limonade herauszuholen.

»Was für Umstände?«, fragte Ada stirnrunzelnd.

»Frag sie«, sagte Friedrich und deutete mit der Flasche auf seine Schwester.

»Können wir das morgen bereden?«, fragte Theresa, die keinerlei Lust verspürte, ihrer Mutter umgehend von Olivier zu berichten. Ada würde seine Persönlichkeit bis ins Kleinste analysieren, und nicht unbedingt zu seinem Vorteil. Wahrscheinlich würde sie Theresa unterstellen, dass ein Großteil von Oliviers Anziehungskraft der Tatsache geschuldet war, dass er aus der

Modewelt kam; so als ob sie nicht in der Lage war, den Menschen in ihm zu sehen.

»Na gut«, sagte Ada und reichte ihr einen Packen offiziell aussehender Briefe. »Diese Schreiben sind für dich gekommen. Anscheinend von den Firmen, bei denen du dich beworben hast.«

Unwillig nahm Theresa die Briefe in die Hand, inständig hoffend, dass keiner ein Jobangebot enthielt. Sie wollte nirgends sonst arbeiten als im *Samt & Seide*, auch wenn das nicht sehr einträglich und nur vorübergehend möglich war. In den letzten Wochen war ihr klar geworden, dass sie mit Zahlen und Statistiken nichts anfangen konnte, und große Firmen waren nicht ihre Welt. Sie fühlte sich zu Hause in Tante Babettes kleinem Stoffgeschäft, freute sich, wenn zufriedene Kunden immer wiederkamen, um sich von ihr beraten zu lassen. Was gab es Schöneres, als weiche, glatte, anschmiegsame Stoffe mit den Händen zu berühren und daraus Kleidungsstücke zu fertigen, die die individuelle Schönheit jeder Frau hervorhoben? Wenn sie in einigen freien Minuten an der Nähmaschine saß, mit nichts als dem gleichförmigen, beruhigenden Rattern im Ohr, befand sie sich in ihrer eigenen kleinen Welt. Sie schuf etwas, und war dabei eins mit sich. Bei *Schirmer&Söhne* hatte sie nie dergleichen gespürt. Ihren Alltag hatten Hektik, Zeitdruck und von Fremden gesetzte Ziele bestimmt. »Danke.«

»Nun mach schon auf«, drängte ihre Mutter. »Bist du nicht neugierig, was darin steht?«

Eigentlich nicht, dachte Theresa, tat Ada jedoch den Gefallen und schlitzte die Briefe mit einem Küchenmesser auf. Erleichtert überflog sie die Standardabsagen. »Wir bedauern ... Ihnen eine Absage mitteilen zu müssen ... Viel Erfolg bei Ihrer weiteren Arbeitssuche ...«

»Schade«, murmelte Ada enttäuscht. »Nun ja, du musst einfach weitersuchen. Ich markiere dir morgen wieder die Jobanzeigen in der Zeitung.«

Als Theresa am nächsten Morgen nach unten kam, duftete es nach frisch gebrühtem Kaffee und warmen Brötchen.

Ada, die normalerweise nur schnell einen Kaffee trank, um dann zur Arbeit zu verschwinden, saß am liebevoll gedeckten Tisch.

»Nanu, was ist heute Morgen los?«, wunderte sich Theresa und setzte sich. »Womit haben wir so ein fürstliches Frühstück verdient? Warst du heute Morgen schon beim Bäcker?«

Auf der weißen Tischdecke, die sonst nur zu besonderen Anlässen aufgelegt wurde, standen verschiedene Sorten Marmelade, Honig, Nussnougatcreme, Vollkornbrötchen und Croissants mit Schokofüllung.

Der Duft hatte offenbar auch Friedrich aus dem Bett gelockt, denn er stolperte schlaftrunken in T-Shirt und Boxershorts herein.

»Ach was, das ist nur Muttis Strategie, dich ihr gewogen zu stimmen und dich nach allen Regeln der Kunst über deinen Möchtegern-Franzosen auszufragen.«

»Unsinn«, widersprach Ada energisch und goss allen Kaffee ein. »Ich muss heute nur später los und habe deshalb Zeit. Meine Abteilung hat Betriebsausflug. Da dachte ich mir, wir könnten auch mal gemütlich zusammen frühstücken. Also, Theresa, erzähl doch mal.«

Friedrich zwinkerte seiner Schwester zu und beschmierte sich ein Schokocroissant extradick mit Nussnougatcreme.

Theresa seufzte, musste aber trotzdem lachen, denn sie konnte ihrer Mutter die Neugier nicht übelnehmen.

»Was soll ich erzählen? Er heißt Olivier und hat eine kleine

Modefirma in Brüssel. Er hat ein Wochenendapartment im selben Haus wie Onkel Heinrich, so haben wir uns kennengelernt.«

»Er ist mittelalt und von triefendem Charme wie alle Frankophonen«, warf Friedrich ein, der bereits beim zweiten Croissant angelangt war.

»Wie alt?«, fragte Ada scharf.

»Dreiundvierzig«, sagte Theresa; das Gespräch begann ihr auf die Nerven zu gehen. »Also noch nicht im Rentenalter, falls du darauf hinauswillst.«

»Hm«, sagte Ada. »Das geht ja noch. Ältere Männer haben meistens mehr Verantwortungsbewusstsein.«

»Schwesterchen fährt in zwei Wochen wieder zu ihm«, sagte Friedrich und nahm die Brötchen genauer in Augenschein, bevor er sich für eines entschied. »In sein Luxusapartment.«

»Ach.« Mit Adas Wohlwollen war es vorerst vorbei und sie musterte ihre Tochter mit zusammengekniffenen Augen. »Geht das nicht ein bisschen schnell? Musst du gleich bei ihm einziehen, auch wenn es nur für ein paar Tage ist? Bitte doch lieber Onkel Heinrich noch mal um den Schlüssel, bestimmt gibt er ihn dir gerne. Er ist froh, wenn sich jemand um seine Wohnung kümmert.«

Theresa verschluckte sich an ihrem Brötchen, sodass Friedrich aufsprang und ihr auf den Rücken klopfte.

»Keine Chance, Mutti«, keuchte sie dann. »Heinrichs Wohnung ist ein altes Loch, in dem es nach Schimmel und Salzwasser riecht, völlig heruntergekommen. In der Toilette steht braune Schlacke, die auch nach Friedrichs Putzaktion nicht verschwunden ist. Die Wohnung müsste erst kernsaniert werden, bevor man da wieder drin wohnen kann.«

»Wieso trefft ihr euch eigentlich wieder in De Panne und nicht in Brüssel, wo er normalerweise wohnt?«, fragte Ada misstrauisch. »Das wäre doch viel näher für dich und die Benzinkosten wären günstiger.«

»Ach, am Meer ist es sehr viel ruhiger und schöner. Und er wollte mir den Ort bei schönem Wetter zeigen. Dieses Wochenende hat es ja nur geregnet. Hoffentlich wird es das nächste Mal schöner.«

»Bist du sicher, dass das der Grund ist?« Ada starrte Theresa mit verengten Augen an, das Buttermesser halb in der Luft. Friedrich amüsierte sich köstlich und sah von einer zur anderen.

»Was soll es für einen anderen Grund haben?«

»Nun«, begann Ada andeutungsvoll. »Vielleicht sagt er dir nicht die Wahrheit? Womöglich hat er in Brüssel eine Frau und Kinder?«

Theresa starrte ihre Mutter an. »Das ist nicht dein Ernst. Wieso musst du immer so misstrauisch sein und hinter allem etwas Böses vermuten?«

»Honi soit qui mal y pense«, warf Friedrich mit grauenhaftem Akzent das einzige französische Sprichwort ein, das er kannte.

»Lass dir die Sache mal durch den Kopf gehen«, riet Ada. »Was weißt du über ihn? Geh das Ganze langsam an. Du hast gerade eine schreckliche Zeit hinter dir, davon brauchst du keine Neuauflage. Und lass dich nicht davon blenden, dass er Französisch spricht und charmant ist. Du bist siebenundzwanzig und kein Backfisch von siebzehn mehr.«

Tante Babette freute sich, Theresa wiederzusehen und drückte sie an ihren opulenten Busen, als wäre sie wochenlang weggewesen.

»Du siehst so strahlend aus, Kind, von innen heraus leuchtend. Hast du jemanden kennengelernt?«

»Sieht man mir das an?«, fragte Theresa.

»Ja. Als alte Schachtel mit hundert Jahren Lebenserfahrung

sehe ich so was. Schade«, fügte sie hinzu und schaute aus dem Schaufenster über den in der kühlen Morgensonne liegenden Platz. Gegenüber betrat Romain Goedert mit einer dunkelhaarigen, nachlässig in schlecht sitzende Jeans und eine übergroße Jacke gekleideten Frau seine Wohnung. Als sich die Frau kurz umwandte, erkannte Theresa, dass sie ein wunderschönes Gesicht hatte, sanft und ebenmäßig wie eine Engelsfigur. Ob das wohl Charlotte war, mit der sich Romain an jenem letzten Abend in der Bar verabredet hatte? Oder wieder eine andere Frau? Obwohl sie sich einredete, dass sie das nicht interessierte, verspürte sie doch einen Stich im Herzen und wandte rasch den Blick ab. Sie wollte nur noch an Olivier denken. Die ablehnende Reaktion ihrer Mutter am Frühstückstisch ärgerte sie noch immer. Als ob sie, Theresa, nicht in der Lage sei, einen Menschen richtig einzuschätzen und sich von ihm blenden ließ, nur weil er ein interessantes Auftreten hatte.

»Ich finde ihn so nett, ich hatte gehofft, dass du ...«, murmelte Tante Babette, die ebenfalls zu Romain hinübersah.

»Ja, nett ist er. Leider scheint er etwas nymphoman veranlagt. Die wievielte Frau ist das, die er da gerade hochschleppt?«

»Da musst du nicht unbedingt was hineininterpretieren, Kind. Es ist neun Uhr morgens. Würde er die Frau, wenn da irgendwas liefe, nicht eher abends abschleppen?«

»Vielleicht ist er ein Morgenmensch.«

»Vielleicht ist es auch nur seine Haushaltshilfe oder die Frau, die seine Bügelwäsche abholt.«

Theresa schnaubte. »Das glaubst du ja wohl selbst nicht. Aber jetzt mache ich mich besser an die Arbeit.«

Der Tag verlief in gewohnter Betriebsamkeit. Die Minuten, in denen kein Kunde im Laden war, nutzte Theresa, um sich Stoffe auszusuchen – sie wählte tiefdunkel gemustertes Flaschengrün und Fliederviolett, und begann nach eigenem Schnittmuster, zwei Röcke zu nähen, die sie wie ihre anderen Stücke zu Olivier mitnehmen wollte.

Auch der Rest der Woche war angefüllt mit Arbeit; an zwei Nachmittagen gab sie Workshops für Kinder, was ein voller Erfolg war. Sie hatte im Vorfeld etwas Bammel davor, dass die Kinder viel ungeduldiger sein könnten als die Erwachsenen, mit denen sie bereits genäht hatte, aber sie warteten alle, bis eine Nähmaschine für sie frei war und fertigten mit Begeisterung Stofftiere oder bunte Stiftemäppchen an.

Am Donnerstagabend ging Theresa zum Literarischen Zirkel. So viel war geschehen, seit sie vor einer Woche das letzte Mal da gewesen war, dass es ihr vorkam wie in einem anderen Leben. Sie hatte kurz gezögert, ob sie den Kurs überhaupt noch besuchen wollte, aber sie würde Romain in der Stadt ohnehin öfter über den Weg laufen.

Sie kam wenige Minuten zu spät in der Volkshochschule an, weil sie Tante Babette noch eine Suppe warm gemacht hat. Alle anderen Teilnehmer saßen bereits in ihren rentnerbeigen Westen auf ihren Plätzen, es bot sich dasselbe Bild wie jede Woche. Als sie hereinhastete, ging ein leichtes Flackern über Romains Gesicht. Er hatte auf die Tür gestarrt, als warte er auf sie.

»Da bist du ja«, sagte er erleichtert. »Schön dich zu sehen. Dann können wir anfangen.«

Theresa ließ sich neben Martha nieder und packte ihre Schreibutensilien aus.

»Willkommen zum heutigen Literaturkurs«, sagte Romain auf Französisch. Er sprach ein anderes Französisch als Olivier, und beim Klang seiner ruhigen, bedachten Stimme geschah etwas in ihr – sie wusste nicht genau was, aber sie fühlte sich mit einem

Mal sehr verletzlich und aufgewühlt. Er wiederholte die Begrüßung sogleich auf Deutsch. Offenbar hatte er seine Ansprüche vom Beginn des Semesters heruntergeschraubt. So beschwerte sich zumindest niemand der Senioren, nichts verstanden zu haben. Theresa fand, dass er heute wieder sehr attraktiv aussah mit seinen etwas strubbeligen schwarzen Haaren, dem Schatten eines Bartes und dem weißen Hemd über der schwarzen Hose.

»Wie ich das letzte Mal ankündigte, befassen wir uns heute zur Abwechslung mal nicht mit Prosa, sondern mit Lyrik. Werfen wir einen Blick auf das Gedicht. Es heißt *L'heure exquise* und wurde von Paul Verlaine in der zweiten Hälfte des neunzehnten Jahrhunderts verfasst.«

»In welchem Jahr genau?«, fragte Ludwig. Es war das erste Mal seit Beginn des Kurses, dass er eine themenbezogene Äußerung machte.

Romain blickte verwirrt auf. »Äh ... Das weiß ich jetzt leider nicht auf Anhieb. Ich suche die Jahreszahl für die nächste Stunde heraus. Verlaine war ein begeisterter Anhänger Baudelaires, dessen Gedichte wir auch noch durchnehmen werden. Wer kennt das berühmteste Werk Baudelaires?«

Stille machte sich im Saal breit, wie jedes Mal, wenn Romain eine Frage stellte. Den Senioren schien aufzufallen, dass es vor den hohen Fenstern bereits vollkommen dunkel war, denn sie schauten interessiert hinaus.

»Nun?«, fragte Romain und wandte sich in seiner Verzweiflung Theresa zu.

»*Les fleurs du mal*«, sagte Theresa. »Die Blumen des Bösen.«

»Der Titel hört sich sehr interessant an«, meinte Hermann. »Wie ist er zu verstehen? Sind die Gedichte sexuell angehaucht?«

Alle prusteten und wieherten los, wieder entglitt Romain die Kontrolle über die Klasse.

»Das werden Sie feststellen, wenn wir Baudelaire durchnehmen«, sagte Romain. »*L´heure exquise* ist eines der berühmtesten Liebesgedichte von Verlaine. Man kann den Titel etwa übersetzen mit *Bezaubernde Stunde*. Wer möchte das Gedicht vortragen?«

Otto?«

»Lieber nicht«, sagte Otto. »Aber ich höre gerne zu, wenn jemand anders liest.«

Romain ließ seinen Blick über die Runde schweifen, wie üblich meldete sich niemand. Seine Augen hefteten sich auf Theresa. »Theresa?«

»Okay.« Theresa räusperte sich.

»La lune blanche
Luit dans les bois;
De chaque branche
Part une voix
Sous la ramée …

O bien-aimée …«

Sie las mit gefühlvoller, getragener Stimme von dem weißen Mond, den Wäldern, der Stimme aus dem Laubwerk – und der Liebe vor. Obwohl sie sich ganz auf die Worte konzentrierte, spürte sie Romains Blick, sehr ernst, fast angespannt, auf ihr ruhen. Ihr wurde kalt, und Gänsehaut legte sich auf ihre Arme.

Die anderen Teilnehmer lauschten andächtig, manche sogar mit geschlossenen Augen.

Als sie alle Strophen gelesen hatte, sah sie auf, wie aus einer anderen, einer entrückten Welt wiederaufgetaucht, und sah, dass Romain direkt vor ihr stand und sie mit dunklem Blick anstarrte, als wolle er sie tief im Innern ergründen.

»Sehr schön gelesen«, sagte er. »Du hast so eine Art Glühen um dich …«

Das Letzte hatte er so leise gesagt, dass es außer ihr niemand gehört hatte. Verwirrt senkte sie den Blick auf das Gedicht.

Den Rest der Stunde verbrachten sie damit, das Vokabular zu erklären und das Gedicht ansatzweise zu übersetzen, da Hilde, Karl-Heinz und Erich behaupteten, überhaupt nichts verstanden zu haben.

Schließlich erklärte Romain die Stunde für beendet. Die Senioren hefteten sich sofort an seine Fersen, um ihn zu seiner Bar zu begleiten. Als Romain die Saaltür abschloss, wandte er sich zu Theresa um, die etwas abseits der anderen stand.

»Kommst du auch mit ins *Chez Romain*?«

»Eigentlich möchte ich nach Hause und noch nähen«, sagte sie zögernd, denn sie hatte keine Lust, erneut Zeuge zu werden, wie Romain auf eine seiner Frauenbekanntschaften stieß. Doch als er sie so durchdringend ansah, wurde etwas in ihr durcheinandergewirbelt, und ehe sie sich versah, willigte sie ein. »Ja. Doch. Ich komme mit.«

Nah an ihrem Ohr flüsterte er: »Das freut mich. Ich lade dich zu so vielen Piña Coladas ein, wie du willst. Aber behalte es für dich. Das Angebot gilt nur für dich, nicht für die anderen. Die trinken mich sonst arm.«

Er war ihr so nahe, dass ihre Wangen zu glühen begannen und sie sich fragte, was passieren würde, wenn sie das Gesicht zu ihm umdrehte. Doch sie lächelte nur und nickte.

Zu neunt gingen sie in gemächlichem Tempo durch die abendliche Innenstadt. Da es recht kalt war, spielte sich das Leben in den Bistros und Restaurants drinnen ab. Ein Windstoß wirbelte vertrocknetes Laub über den kleinen Platz, an dem das *Samt & Seide* und das *Chez Romain* lagen. Bei ihrer Tante brannte kein Licht mehr; sicherlich war sie bereits schlafen gegangen.

In der Cocktailbar war wie üblich viel los. Die Senioren stürzten sich mit Feuereifer ins Getümmel und trieben Léa mit verschiedenen Extrawünschen und ungeduldigen Nachfragen in den Wahnsinn. Mit provozierender Langsamkeit und vor sich hin grummelnd kam sie den Wünschen nach. Sie war wieder ganz in Schwarz gekleidet, auch der Lippenstift und der Nagellack waren schwarz, lediglich ihre Turnschuhe leuchteten pink wie ein Himbeersorbet.

Romain kümmerte sich persönlich um Theresa und brachte ihr eine Piña Colada, noch bevor die anderen ihre Bestellungen aufgegeben hatten. Um den Strohhalm, der aus dem Cocktailglas ragte, hatte er drei Fruchtgummikirschen gehängt.

Diese kleine Geste rührte sie, und sie sah zu ihm hoch. »Danke, das ist nett. Woher weißt du, dass ich verrückt nach Fruchtgummikirschen bin?«

»Ich kann in deinem Herzen lesen«, scherzte er, doch es schwang ein rauer Unterton mit. »Iss sie besser schnell, bevor die Musterschüler sie entdecken und dasselbe wollen.«

Seltsam berührt hielt sie Ausschau nach einem ruhigen Platz. Romain drehte als Hausherr eine Runde durch das Lokal und wechselte mit ein paar Stammgästen einige Worte, kam jedoch bald zu Theresa zurück und setzte sich zu ihr. Sein Blick ruhte auf ihr.

»Du hast das Gedicht sehr schön vorgelesen«, sagte er. »Ich hätte dir stundenlang zuhören können.«

»Danke«, erwiderte sie verlegen. »Es ist ein seltsames Gefühl, anderen ein Liebesgedicht vorzulesen, es wirkt so viel persönlicher als Prosa.«

»Ich weiß. Gedichte sind so viel intensiver, die Emotionen zu wenigen Zeilen komprimiert«, sagte er und es kam ihr vor, als könne er bis auf den Grund ihrer Seele schauen. Sie wich seinem Blick aus und spielte mit einer Fruchtgummikirsche.

»Wie geht es dir?«, fragte er. »Ich habe dich die ganze Woche nicht gesehen.«

»Ach, ich hatte viel Arbeit im Stoffgeschäft«, sagte sie ausweichend. »Außerdem war ich das letzte Wochenende in Belgien.«

»Belgien?«, fragte er. »Was hat dich nach Belgien verschlagen?«

Er stützte den Kopf in die Hand und sah sie sehr aufmerksam an.

Sie gab es auf, an der Kirsche herumzunesteln und streifte sie wieder über den Strohhalm. »Mein Großonkel besitzt an der Küste eine Wohnung, dorthin bin ich mit meinem Bruder gefahren. Ich habe eine kleine Auszeit gebraucht.«

Den Grund für ihre Auszeit behielt sie für sich. Romain sah aus, als läge ihm die Frage nach dem Warum auf der Zunge, doch er nickte nur verständnisvoll. Wenn er sie gefragt hätte, wäre ihr wahrscheinlich herausgerutscht, wie sehr es sie kränkte und verwirrte, dass sein offensichtliches Interesse an Frauen nicht exklusiv ihr galt.

»Wo warst du genau?«, wollte er wissen.

»De Panne.«

Ein Schatten flog über sein Gesicht. »Mein Gott, das kenne ich. Ich habe als Junge einen Sommer dort verbracht. Diese ganzen belgischen Küstenstädtchen waren früher die Urlaubsorte schlechthin für uns Luxemburger. Was für ein Zufall, dass du ausgerechnet dort gelandet bist. Die Welt ist klein.«

Das kann man wohl sagen, dachte Theresa unangenehm berührt. Ob Romain und Olivier sich damals in Belgien vielleicht sogar über den Weg gelaufen waren?

Romain schwieg und starrte in seinen Cocktail.

»Hast du keine guten Erinnerungen an diesen Sommer?«

»Nein, wahrhaftig nicht«, seufzte er. »Ich war damals zwölf und mein Vater war wenige Wochen vorher tödlich verunglückt. Die ganze Familie war wie erstarrt vor Trauer. Meine Mutter schickte meinen Bruder und mich in einer Art Kurzschlussreaktion in eine *colonie de vacances* ... wie sagt man auf Deutsch?«

»Ferienverschickung? Sommerlager?«, schlug Theresa mit einem Kloß im Hals vor.

»Genau. Sie schickte Rémy und mich in ein Ferienlager nach De Panne. Es war ein Albtraum. Wir konnten mit der Fröhlichkeit und Ausgelassenheit der anderen nichts anfangen. Wir wollten nur noch heim zu unserer Mutter und in Ruhe um unseren Vater trauern.«

»Das tut mir leid«, flüsterte Theresa. Ihr Herz quoll über vor Mitgefühl und Traurigkeit, und aus einem Impuls heraus legte sie Romain die Hand auf die Schulter. »Das muss furchtbar für dich gewesen sein.«

Romain lächelte schief. »Es ist lange her. Es ist in Ordnung.«

»Deine Mutter hat es bestimmt nur gut gemeint, als sie euch in dieses Ferienlager schickte.«

»Natürlich. Sie hat sich Sorgen gemacht, wie wir den Tod meines Vaters verkraften.«

Dieses Mal war es ihr Handy, das klingelte. Sie zuckte zusammen, weil sie so in Romains Geschichte vertieft gewesen war, und schaute nur flüchtig auf das Display. Es war Olivier.

Ihr wurde heiß und kalt zugleich. Blitzschnell stand sie auf und musste sich einen Moment am Tisch festhalten, um nicht das Gleichgewicht zu verlieren.

»Alles okay?«, fragte Romain und erhob sich ebenfalls.

»Ja«, murmelte sie und biss sich auf die Lippen. »Es ist nichts, alles in Ordnung, ich muss nur ... Ich gehe schnell zu Léa, um den Cocktail zu bezahlen.«

»Du bist eingeladen«, sagte er stirnrunzelnd.

»Danke, tschüss«, rief sie und zog sich im Laufen die Jacke über. Er rief ihr noch »Warte doch« hinterher, doch sie musste raus. Mit eiligen Schritten ging sie nach Hause. Sie wusste selbst nicht, was ihr Verhalten bedeutete. Floh sie gerade vor etwas oder jemandem? Romains Geschichte hatte sie sehr berührt, wieder einmal hatte sie sich ihm sehr verbunden und nah gefühlt. Doch dann war wieder Olivier in ihr Bewusstsein gerückt, und mit ihm die immer gleiche Erkenntnis, dass sie bei ihm wusste, woran sie war. Für ihn war sie offensichtlich die einzige Frau, die wichtig war.

Kapitel 9

Friedrich schlug vor, am Wochenende einen weiteren Traum zu erfüllen. Er googelte im Internet, wo es noch Autokinos gab, denn die meisten waren inzwischen geschlossen worden. Seit er seinen Wunsch vor zehn Jahren aufgeschrieben und in die Colaflasche geschoben hatte, war so manches anders geworden.

Ada war ganz froh, dass ihre Kinder am Samstagabend außer Haus sein wollten. »Fahrt ihr nur ins Autokino, ihr zwei. Meine Bridgerunde ist wieder bei mir zu Besuch, da kann es schon etwas lauter werden und bis spät in den Abend hinein gehen. Wir würden euch nur nerven. Unternehmt ihr ruhig was alleine.«

Friedrich betrachtete seine Mutter argwöhnisch. »Das klingt, als würde hier eine Party mit viel Alkohol und anderen Amüsements stattfinden, Mutti. Vielleicht sollten wir zur Aufsicht hierbleiben und erst am Sonntagabend ins Autokino fahren.«

»Nein, nein«, winkte Ada unwirsch ab. »Fahrt ihr nur. Ich will auch mal meinen Spaß haben.«

Die Geschwister grinsten sich zu.

Ada packte ihnen einen Korb mit Limonade und Süßigkeiten.

»Seit wann darf man im Kino Proviant von zu Hause mitbringen?«, fragte Friedrich.

Ada seufzte. »Das war schon immer so. Ich war bereits in Autokinos, als mit deiner Existenz noch niemand auch nur ansatzweise gerechnet hätte, Fritzchen. Und zieht euch warm an. Es kann kalt werden im Auto.«

In Rollkragenpullovern, Schals und dicken Jacken brachen sie auf, als die Dunkelheit hereinbrach. Da es mittlerweile Anfang Oktober war, geschah dies bereits recht früh. Tagsüber schien der Winter durch den sanften Sonnenschein, der über der Stadt lag, noch fern zu sein, aber jetzt war es kalt.

»Ich hoffe, der Ausflug wird schön«, sagte Friedrich, der am Steuer seines Wagens saß. »Die Dates, die ich bisher hatte, waren die reinste Katastrophe. Und die letzte Wunscherfüllung – das Survival-Wochenende – war ja nicht so der Renner.«

»Für mich schon«, sagte Theresa, in der Erinnerung lächelnd. »Aber auch meine eigenen Träume beginnen sich gerade zu erfüllen ... Ich hoffe, meine Glückssträhne hält noch an.«

»Mit dem alten Belgier hast du wohl das große Los gezogen«, sagte Friedrich ironisch. »Hoffentlich gefällt er dir noch, wenn du ihn dir beim nächsten Mal genauer ansiehst und merkst, dass ihm Haare aus den Ohren wachsen, oder dass diese tolle Mode, die er produziert, in Wirklichkeit aus Küchenschürzen für belgische Bäuerinnen besteht.«

»Unsinn. Ich habe die Website seiner Firma aufgerufen und mir die Klamotten angesehen. Nun, meine Kleider sehen anders aus, jünger irgendwie, aber jede Firma hat ja eine eigene Zielgruppe.«

Friedrich brummte nur etwas Unverständliches vor sich hin.

Nach einer Stunde Fahrzeit kamen sie am Autokino an. Friedrich bezahlte am Eingang und fuhr auf den großen Platz, wo er auf einer eingezeichneten Parklücke zum Stehen kam. Die riesengroße Leinwand vor ihnen war noch dunkel.

Eine Handvoll Mädchen auf Inlinern sausten zwischen den

Autos hindurch und boten Popcorn und Getränke an, die sie in einem Korb umgehängt hatten.

»Popcorn, Schwesterherz?«

Theresa deutete auf den Picknickkorb, den Ada ihnen gepackt hatte. »Wir haben doch alles dabei. Es ist wirklich nett von Mutti, uns ein paar Leckereien einzupacken.«

»Ach was, sie wollte uns nur loswerden«, sagte Friedrich. »Ist dir das nicht aufgefallen? Ich frage mich, was sie und ihre Bridgedamen da jeden Samstag treiben. Du glaubst ja wohl auch nicht, dass die nur brav Karten spielen. Ich wette, da fließt Alkohol in Strömen. Vielleicht haben sie auch ein paar heiße Junggesellen eingeladen.«

Theresa lachte, dass ihr die Tränen kamen. »Du hast eine rege Fantasie. Lass Mutti doch ihren Spaß. Also, was willst du? Einen Schokoriegel oder Gummibärchen oder Salzstangen?«

»Alles zusammen.«

Theresa legte die Packungen auf die Mittelkonsole und riss für sich selbst die Tüte mit den Fruchtgummikirschen auf. Dabei musste sie an Romain Goedert und den liebevoll zubereiteten Cocktail mit den Kirschen denken. Ein seltsames Gefühl überkam sie. Sie wurde nicht schlau aus dem Luxemburger – er bemühte sich sehr um sie und ließ ihr sowohl in seiner Bar als auch im Literarischen Zirkel eine Vorzugsbehandlung zuteilwerden, andererseits sah sie ihn ständig mit den vielen wechselnden Frauen.

Im nächsten Moment geschahen zwei Dinge gleichzeitig. Auf der Leinwand begann der Film, und von hinten fuhr ihnen ein Auto auf den Kofferraum. Es machte einen kleinen Rumms, sie wurden kurz geschüttelt, dann war alles ruhig. Starr vor Schreck saßen sie eine Sekunde da, ohne sich zu rühren, bevor sie sich mit geweiteten Augen ansahen.

Dann kam Leben in Friedrich. Er schwang sich aus seinem Auto und lief nach hinten zu dem Fahrzeug, der wenige Zentimeter zurückgerollt war. Kaum eine Handbreit passte zwischen die beiden Wagen.

Zwei Frauen im mittleren Alter saßen im hinteren Auto, die Lippen zusammengepresst. Friedrich klopfte an die Scheibe, sich nur mühsam unter Kontrolle haltend. Theresa war inzwischen auch ausgestiegen.

Die Fahrerin ließ widerwillig die Scheibe hinunter. »Ich bin Ihnen nicht hintendrauf gefahren.«

»Was?«, fragte Friedrich und starrte sie fassungslos an.

»Sie haben mich gehört«, fuhr ihn die Frau an. »Soll ich es wiederholen? Ich bin Ihnen nicht aufgefahren.«

Friedrich zitterte vor unterdrückter Wut. »Natürlich sind Sie mir aufgefahren! Sie sind gegen uns geknallt, mein ganzes Auto hat gebebt!«

Die Frau lachte verächtlich und drehte das Autoradio lauter, um die Dialoge im Film mitzubekommen.

»Hallo!«, schrie Friedrich und klopfte mit den Fingerknöcheln gegen die Autotür. »Ich rede mit Ihnen! Übrigens haben Sie das Wort *aufgefahren* in den Mund genommen, bevor ich überhaupt was gesagt habe! Das ist höchst suspekt! Wieso sprechen Sie von *auffahren*, wenn Sie mir Ihrer Meinung nach *nicht aufgefahren* sind?«

»Ich bin Ihnen nicht aufgefahren«, wiederholte die Frau und wechselte einen genervten Blick mit ihrer Begleiterin.

Friedrich schnaubte, holte eine Taschenlampe aus seinem Auto und begutachtete mit Theresa den Schaden. Die Stoßstange war unübersehbar eingedellt, und es war Lack abgeplatzt.

»Das muss repariert werden«, flüsterte Theresa ihrem Bruder zu. »Und zwar auf ihre Kosten.«

»Verfluchter Mist!«, brüllte Friedrich und trat gegen den Reifen. »Steigen Sie aus und sehen Sie sich an, was Sie angestellt haben! Und *wie* Sie mir aufgefahren sind!«

»Mein Gott, Jungchen, kommen Sie mal runter und lassen Sie uns den Film gucken«, keifte die Frau durch die offene Scheibe.

»Vergessen Sie den Film!«, tobte Friedrich. »Bewegen Sie sich aus Ihrem Auto heraus!«

»Sie verderben mir den Film!«, giftete die Frau, kam aber aus dem Auto und stellte sich mit verschränkten Armen neben Theresa.

»Und nun?«, fragte Theresa. »Jetzt sehen Sie doch selbst, dass Sie aufgefahren sind.«

»Unsinn. Die Dellen waren bestimmt schon vorher da.«

»Okay«, sagte Friedrich. »Jetzt reicht es mir. Ich rufe die Polizei an. Die sollen eine Streife schicken, die den Schaden aufnimmt.«

»Das können Sie nicht machen, ich sage denen sowieso nix«, rief die Frau verstört.

Friedrich setzte sich wieder ins Auto und rief vom Handy aus die Polizei an.

Den Rest des Abends warteten die Geschwister auf die Ankunft der Polizisten; vom Film bekamen sie nichts mit. Friedrich zermalmte mit den Zähnen ein Gummibärchen nach dem anderen.

Nach Ende des Films trafen endlich zwei Polizisten ein. Die Polizisten klärten die Schuldfrage sofort und nahmen die Personalien auf. Durchgefroren und frustriert machten sich Friedrich und Theresa auf den Heimweg. Schweigend fuhren sie durch die Dunkelheit.

»Super, jetzt kann ich morgen als Erstes in die Werkstatt. Dabei hätte ich um neun eine Telefonkonferenz mit meinem Chef«, grummelte Friedrich. »Dumme Thusnelda. Zumindest haben wir den Polizeibericht, in dem steht, dass sie schuld ist und ihre Versicherung die Reparatur bezahlen muss. Aber irgendwie ist der Wurm drin, findest du nicht?«

»Was meinst du?«, fragte Theresa, die mit halb geschlossenen Augen vor sich hin brütete.

»Es klappt wirklich nicht mit dem Erfüllen meiner Jugendträume aus der Colaflasche. Nun ist auch dieser Wunsch geplatzt wie ein Luftballon. Selbst so was Simples wie einen Film im Autokino schauen bringe ich nicht zustande.«

»Aber Fritzchen, das ist doch nicht deine Schuld. Es waren einfach die Umstände. Manchmal geht eben alles schief. Vielleicht lernst du morgen deine Traumfrau kennen oder bekommst ein lukratives Angebot für dein Computerspiel.«

»Träum weiter«, knurrte Friedrich, und von da an schwiegen sie, bis sie daheim waren.

Die folgende Woche verbrachte Theresa wie in Trance. Bereits am Montag packte sie ihren Koffer für Belgien, und wenn sie abends im Bett lag, den gelben Plüschhasen an sich gedrückt, zählte sie wie ein Kind: noch vier Tage, noch drei Tage, noch zwei ...

Dieses Mal nahm sie sich am Freitag nicht frei, um Tante Babette nicht alleine im *Samt & Seide* zu lassen, machte sich aber gleich am späten Nachmittag auf den Weg.

Am liebsten hätte sie unterwegs keine Pause eingelegt, sie war wie im Glücksrausch, beflügelt von Vorfreude auf Olivier, und hellwach, obwohl es bald dämmerte und in Belgien die Straßenlaternen auf der Autobahn angingen.

Auf dem letzten Stück, als die Straße parallel zum noch unsichtbaren Meer verlief, glaubte sie bereits, die salzige Luft zu riechen. In De Panne, das noch verlassener wirkte als vor zwei Wochen, fand sie einen Parkplatz direkt vor dem Haus und stieg aus. Sie klingelte und sofort, als habe er sie sehnlichst erwartet, sprang die Tür über den automatischen Öffner auf. Das enge Treppenhaus lag im Dämmerlicht, doch Theresa erkannte gleich, dass auf jeder Treppenstufe eine lila Rose lag, wie eine Spur, die zu ihrem Liebsten nach oben führte. Es rührte sie, dass er die Rosen in ihrer Lieblingsfarbe ausgesucht hatte.

In der obersten Etage stand Olivier in der Tür seiner Wohnung und empfing sie mit ausgebreiteten Armen. »Du bist da!«

Sie hielten sich umschlungen. »Danke für die Rosen. Sie sind wunderschön.«

»Eigentlich sollten wir sie nicht liegenlassen, sondern einsammeln«, sagte Olivier lächelnd. Seine dunkelbraunen Haare fielen ihm lässig in die Stirn, und er trug einen dicken marineblauen Pullover, der seine blauen Augen leuchten ließ.

»Unbedingt«, sagte sie, und sie gingen beide rückwärts die Treppe hinunter, um die Rosen aufzuheben und in seiner Wohnung in eine Vase zu stellen.

»Wie lange bist du schon hier?«, fragte Theresa.

»Ich bin gleich heute Mittag aus Brüssel aufgebrochen, um die Wohnung auf Hochglanz zu polieren«, sagte Olivier und zog sie erneut an sich.

»Das ist aber eine Ehre«, sagte Theresa lächelnd. »Ich glaube, du bist der erste Mann, der mir zuliebe putzt.«

»Ich werde dieses Wochenende noch viel mehr für dich tun«, sagte er anzüglich. »Ich habe ein Wochenende voller Überraschungen geplant.«

»Da bin ich mal gespannt«, sagte sie.

Er hatte den Tisch mit einer bestickten Leinentischdecke gedeckt; er zündete eine weiße Kerze an, die den Raum in flackerndes Licht tauchte, und servierte Fleischspieße und Pommes frites.

»Pommes frites sind das belgische Nationalgericht«, sagte er und nahm ihr gegenüber Platz. Er breitete seine Stoffserviette auf den Knien aus.

»Wirklich?«, fragte sie ungläubig.

»Ja«, antwortete er bescheiden. »Mehr hat die belgische Küche leider nicht zu bieten. Wir sind da sehr unbedarft und einfallslos. Haute Cuisine sucht man bei uns vergeblich. Als Nachtisch gibt es Brüsseler Waffeln mit Sahne.«

»Das hört sich doch gut an. Und gegen Pommes frites habe ich auch nichts«, sagte Theresa und sie begannen zu essen, wobei sie sich ständig in verstohlener Aufregung im Blick behielten.

Sie schafften gerade noch die süßen, warmen Waffeln, bevor sie in Oliviers Schlafzimmer landeten und sich die Kleider vom Leib zogen; sie hätten keinen Moment länger warten können. Sie versanken in der frisch gewaschenen, kühlen Satinbettwäsche – einen kurzen Augenblick kam Theresa die muffige Wohnung ihres Großonkels in den Sinn – und holten nach, wonach sie sich zwei Wochen lang gesehnt hatten. Erst schnell und hastig, dann wurden sie langsamer, genossen den Moment.

Später lagen sie nebeneinander, erschöpft und ausgelaugt, doch glücklich.

»Hast du ein elegantes Kleid dabei?«, fragte er, sie von der Seite taxierend. »Ich meine, kein selbstgenähtes?«

»Ja«, antwortete sie etwas verwirrt. »Wozu?«

»Das wirst du morgen sehen. Wie gesagt, ich habe ein paar schöne Überraschungen für dich geplant.«

In diesem Moment klingelte sein Handy, das er auf dem Nachttisch liegen hatte, und die nächste halbe Stunde sprach er offenbar mit einem seiner Mitarbeiter, wobei er recht gereizt klang. Theresa zerbrach sich den Kopf darüber, ob er ihre selbstgenähten Kleider nicht elegant fand, aber als er endlich fertig war, verzichtete sie, ihn darauf anzusprechen. Sie wollte nicht nörglerisch klingen.

»Ich habe übrigens auch meine selbst genähten Röcke dabei«, sagte sie stattdessen. »Willst du sie mal sehen?«

»Natürlich.«

Er reichte ihr seinen flauschigen weißen Bademantel, in den sie schlüpfte, und zog sich ein T-Shirt über. Theresa öffnete ihren Koffer und holte ihre genähten Kleidungsstücke heraus, um sie auf der Bettdecke auszubreiten.

Er nahm jeden einzelnen Rock hoch und inspizierte ihn sorgfältig, prüfte die Machart, befühlte den Stoff. Theresa stand nervös daneben, sie fühlte sich wie bei einer Prüfung.

»Wunderbar«, sagte er dann beeindruckt. Theresa wurden die Knie weich vor Erleichterung, da ihr an seinem Urteil als Fachmann viel lag.

»Woher ist das Schnittmuster?«

»Am Anfang habe ich nach verschiedenen gekauften Schnittmustern genäht, aber dann habe ich eigene entwickelt. Diese Röcke hier sind allesamt nach meinem Schnittmuster genäht.«

»In jeder Hinsicht Unikate«, sagte er, in Gedanken versunken. »Hm. Lass mich überlegen, chouchou ...«

Sie setzen sich nebeneinander auf die Bettkante, Olivier mit einem Rock in den Händen, den er durch die Finger gleiten ließ. Theresa beobachtete ihn gespannt.

»Wie gesagt finde ich deine Röcke toll. Durch das von dir entworfene Schnittmuster und die einzigartigen Farben sind sie unverwechselbar. Kommen sie gut an im Geschäft deiner Tante?«

»Ja. Allein letzte Woche haben mich fünf Kundinnen auf einen Rock, den ich getragen habe, angesprochen und bei mir einen ähnlichen in Bestellung gegeben. Das ist ein netter Zusatzverdienst, auch wenn ich jeden Abend mit Nähen beschäftigt bin. Aber das tue ich gerne.«

Olivier ließ den Rock sinken, wandte sich ihr zu und sah ihr intensiv in die Augen. »Was hältst du davon, wenn wir ein paar deiner Kreationen meinem Designer in Brüssel zeigen? Wenn er genauso angetan ist wie ich, könnten wir sie möglicherweise noch in der nächsten Sommerkollektion unterbringen?«

»Wirklich?«, flüsterte sie ungläubig. Sie konnte ihr Glück kaum fassen – die Röcke, die sie abends in ihrem Kinderzimmer an ihrer alten Nähmaschine nähte, würden vielleicht in größerem Umfang von einer Modefirma produziert werden!

»Ja, versuchen können wir es. Könntest du demnächst nach Brüssel kommen?«

»Das lässt sich bestimmt einrichten«, sagte sie heiser. »Tante Babette ist eine sehr entgegenkommende Arbeitgeberin.«

»Gut, abgemacht«, lächelte er zufrieden. »Aber jetzt genug von der Arbeit. Widmen wir uns wieder dem Vergnügen.« Und er zog sie eng an sich und sie ließen sich auf die weiche Decke fallen.

Am nächsten Vormittag gingen sie lange am Meer entlang. Dieses Wochenende blieb es trocken, wenn auch kalt. Ein scharfer Wind trieb die Wolken über den Himmel und peitschte die Wellen an den Strand. Die Arme umeinander gelegt liefen sie stundenlang und schmiedeten Pläne für Brüssel. Theresa kam sich vor wie in einem Traum gefangen, manchmal zweifelte sie daran, ob sie wirklich wach war. Aber alles war real, echt, und sie fühlte sich kurz vor der Verwirklichung ihrer Jugendwünsche. Vor wenigen Wochen noch wäre es unvorstellbar gewesen, mit einem erfolgreichen Modedesigner zusammen zu sein und die Möglichkeit zu haben, in die Modewelt zu schnuppern.

Als es draußen dämmerte, sagte Olivier: »Und jetzt zieh dich schick an. Meine Überraschung wartet!«

Erwartungsvoll schälte sie sich aus den Decken, duschte und zog ein weinrotes, ausgeschnittenes Kleid an, das sie vor einigen Wochen im Sale gekauft hatte. Sie steckte sich die braunen Locken hoch und zog sich die Lippen dunkelrot nach.

»Du siehst zauberhaft aus«, murmelte er, trat hinter sie und küsste sie in den freien Nacken. »Jeder wird mich um dich beneiden.«

Sie drehte sich lächelnd zu ihm um; auch er sah sehr attraktiv aus in seinem dunkelgrauen maßgeschneiderten Anzug mit Weste und glänzenden, schwarzen Schuhen.

Er führte sie zu seinem Auto, das unweit des Hauses in einer Tiefgarage parkte, und sie brachen auf.

»Wohin fahren wir?«, fragte Theresa, als die Lichter der kleinen Badeorte an der Küste an ihnen vorbeizogen.

»Heute Abend wirst du das zweite Nationalgericht der Belgier neben Pommes frites kosten«, sagte er lächelnd.

»Chicken Nuggets?«, scherzte sie, »Cheeseburger?«

Er lachte. »Nein, Muscheln. Ich bringe dich zum besten Fisch- und Muschelrestaurant Flanderns, das liegt in Ostende. Damit können es die Strandcafés in De Panne nicht aufnehmen, glaub mir.«

Das Restaurant lag am Hafen; Möwen segelten in der Dunkelheit über das schwarze Wasser. Viele Spaziergänger waren im Licht des Vollmondes auf der Promenade unterwegs, hier herrschte auch im Oktober mehr Leben als in den kleinen Küstendörfern.

Sie betraten das edle Restaurant, Theresa war beeindruckt von der Stille und der gediegenen Atmosphäre. Ein Ober im schwarzen Frack nahm ihnen die Mäntel ab und führte sie zu ihrem Tisch, auf dem Kerzen in einem Kristallleuchter brannten. Olivier hatte einen Tisch etwas abseits der anderen reserviert, wo sie für sich waren und auf den Hafen blicken konnten.

Die Speisekarte enthielt viele Muschelsorten, von denen Theresa noch nie gehört hatte.

»Was empfiehlst du mir?«, fragte sie. »Du bist der Fachmann.«

»Möchtest du Fisch oder Muscheln?«

»Hm. Eigentlich mag ich beides nicht so gern.«

»Nimm die Miesmuscheln in Weißweinsauce mit frisch gebackenem Stangenweißbrot«, riet er, doch ehe sie darauf antworten konnte, hatte er dem Ober bereits die Bestellung mitgeteilt. Sie schwieg und klappt die Speisekarte zu.

Bald wurden die Gerichte serviert.

»Bon appétit.«

Olivier begann zu essen, während Theresa nicht so recht wusste, was sie tun sollte. Misstrauisch betrachtete sie die Muscheln.

»Was ist, chouchou?«, fragte er.

»Ich habe wie gesagt noch nie Muscheln gegessen und fühle mich gerade wie ein Dummchen vom Lande ...«, sagte sie verlegen.

Er lachte. »Das ist nicht schlimm. Schau her: Du nimmst die Schale in die Hand und ziehst mit der Gabel das Muschelfleisch heraus und isst es. Die nun leere Schale benutzt du als Zange, mit der du das Muschelfleisch aus den anderen Muscheln herausbekommst. Den Weißweinsud kannst du mit dem Löffel löffeln.«

»Okay, danke.« Theresa verspeiste die Muscheln, aber da diese Art zu essen doch sehr umständlich war, war sie insgeheim froh über das knusprige Weißbrot als Beilage.

»Ich seh schon, das nächste Mal gibt es doch wieder Pommes frites«, bemerkte Olivier. Sie konnte nicht recht einordnen, wie das gemeint war, wurde aber von den köstlichen Pralinen, die er als Nachtisch kommen ließ, vom Grübeln abgehalten.

Im Anschluss daran begleitete sie der Ober zur Tür und half ihnen in ihre Mäntel.

Hand in Hand gingen sie zur Promenade, die sich nun merklich geleert hatte. Vorüberziehende Wolken verdunkelten für Momente den bleichen vollen Mond und ließen die Boote in Finsternis auf den leichten Wellen schaukeln.

Sie schaffte es gerade noch, die Heimfahrt nach De Panne zu überstehen; dort ließ sie sich von Olivier den Haustürschlüssel geben und rannte die Treppen hoch bis zur Wohnung, wo sie, noch im Mantel, ins Bad stürzte und vor der Toilette in die Knie ging.

Gleich darauf kam Olivier herein, ebenfalls noch im Mantel, und kniete sich hinter sie, um sie an den Schultern zu halten.

»Lass mich allein«, keuchte sie, ehe sie sich erneut erbrach. »Es ist der ersten Verliebtheit nicht zuträglich, wenn man der Frau zusieht, wie sie sich die Seele aus dem Leib kotzt.«

»Das stört mich nicht«, sagte er und reichte ihr Tücher, womit sie sich abwischen konnte. Doch es ging sofort wieder los, und sie hing wieder minutenlang über der Kloschüssel, um sich zu übergeben.

»Oh Gott, ist mir schlecht«, murmelte sie atemlos, als es fürs Erste vorbei war und sie zurücksank. Ein wenig ärgerte sie sich, zugelassen zu haben, dass Olivier ohne sie zu fragen Muscheln bestellt hatte; hätte sie etwas anderes genommen, wäre ihr nun nicht so elend. Aber er hatte es ja nur gut gemeint.

Fast zwei Stunden lang erbrach sie sich immer wieder; zwischendrin saß sie auf den kühlen Fliesen im Badezimmer, mit dem Rücken an die Badewanne gelehnt. Olivier machte ein paar

Mal den Versuch, ihr mit einem Waschlappen die Stirn zu kühlen, doch zu allem Überfluss klingelte mehrmals sein Handy und er musste Krisenbesprechungen mit einem Mitarbeiter abhalten, weil es in der Firma zu irgendwelchen Produktionsfehlern gekommen war. Sie hörte ihn im Wohnzimmer schnell und hektisch reden.

Es war lange nach Mitternacht, als sie sich endlich ins Bett legen konnte, ohne das Gefühl zu haben, sie müsse gleich wieder ins Badezimmer rennen.

»Ich glaube, ich habe die Muscheln nicht vertragen«, murmelte sie mit geschlossenen Augen, völlig erschöpft.

»Tut mir leid, es war eine blöde Idee, in dieses Restaurant zu gehen«, sagte Olivier zerknirscht. »Ich wollte dich schick ausführen und es genießen, eine so hübsche junge Frau an meiner Seite zu haben.«

»Du kannst nichts dafür. Und der Abend war wirklich wunderschön, ich möchte ihn nicht missen.«

Vor Erschöpfung fielen ihr die Augen zu und sie schliefen eng aneinandergeschmiegt.

Kapitel 10

»Du siehst blass aus«, bemerkte Ada am Montagmorgen beim Frühstück und betrachtete sie prüfend. Sie trug bereits eine weiße Bluse und eine graue Hose für die Arbeit. »Bist du krank?«

»Du hast wohl drei Tage und Nächte mit deinem Lover durchgemacht, was?«, fragte Friedrich, der in Schlafanzug und Socken hereingetapst kam, sich auf seinen Stuhl fallen ließ und sich Nutella fingerdick auf eine Scheibe Brot schmierte.

Theresa bedachte ihren Bruder mit einem finsteren Blick. »Ich habe Samstagnacht durchgemacht, das stimmt, aber nur, weil mir speiübel war und ich über der Kloschüssel hing.«

»Was ist passiert?«, fragte Ada.

»Wir waren in einem Restaurant und ich habe Muscheln gegessen. Ich habe sie wahrscheinlich nicht vertragen. Vielleicht hatte ich auch nur einen ganz gewöhnlichen Virus, keine Ahnung«, berichtete Theresa müde. Draußen dämmerte es, es wurde jeden Morgen etwas später hell. Fahles Licht sickerte durch die kahlen Zweige im Vorgarten.

»Wollte dein Halbblutfranzose dich vergiften?«, sagte Friedrich todernst.

Theresa verzog das Gesicht. »Spinner.«

»Und was hat er sonst für einen Eindruck gemacht?«, wollte Ada wissen und schaute sie gespannt an. »Möchte er nur eine

Wochenendliebelei, die nichts mit seinem eigentlichen Leben in Brüssel zu tun hat? Ist eure Beziehung überhaupt alltagstauglich? Möchte er auch mal herkommen und dich besuchen?«

Theresa stellte ihre Kaffeetasse ab. »Mutti, du stellst Fragen. Ich kann doch auch nicht abschätzen, wie sich das entwickelt oder ob er mal zu Besuch kommt.«

Ada kam ein neuer Gedanke. »Oder womöglich sieht er in dir nur eine schöne junge Frau, mit der er angeben kann?«

»Also, Mutti!«

»Was treibt er denn die ganze Woche über in Brüssel?«

»Das habe ich euch doch bereits erzählt. Er hat eine Modefirma. Er *arbeitet*.« Theresa überlegte einen Moment, ob sie die Bombe bereits platzen lassen sollte, aber sie konnte sich den kleinen Triumph nicht verkneifen: »Übrigens – er ist an mir nicht nur als Wochenendflirt interessiert. Er hat mich gefragt, ob ich demnächst zu ihm nach Brüssel kommen kann, um seinem Modedesigner meine Schnittmuster und Röcke zu zeigen. Möglicherweise kauft er meine Stücke für seine Firma auf.«

Friedrich starrte sie beeindruckt an. »Donnerwetter.«

Ada dagegen kniff die Lippen zusammen. »Na, ich weiß nicht. Das scheint mir alles ein bisschen zu viel des Guten. Bist du sicher, dass er nicht nur irgendwelche Versprechungen macht, um einer jungen Frau wie dir zu imponieren?«

»Wieso denkst du so schlecht über ihn? Du kennst ihn doch gar nicht«, sagte Theresa gekränkt.

»Das stimmt«, gab Ada zu. »Aber kommt dir dieses Vorgehen nicht auch ein wenig unprofessionell vor? Er lernt dich kennen, sieht sich deine Röcke an und will sie mir nichts, dir nichts in seiner Kollektion unterbringen? Wie soll das konkret aussehen? Sollst du nach Brüssel kommen und dich dort an die Nähmaschine setzen?«

»Das weiß ich noch nicht. Ich muss jetzt erst mal abwarten, wie alles wird.«

»Apropos«, sagte Ada und griff hinter sich, wo auf dem Fensterbrett die Post lag. »Am Samstag kam für dich ein Brief der Firma *Kuprion Consulting* aus Mannheim. Hattest du dich bei denen nicht beworben?«

»Ja«, sagte Theresa und schlitzte den Brief mit dem Buttermesser auf, nichts Gutes ahnend. Sie überflog das Schreiben und seufzte.

»Wieder eine Absage?«, fragte Friedrich mitfühlend, während er sich das vierte Brötchen bestrich.

»Nein ... Sie laden mich zu einem Vorstellungsgespräch ein.«

»Endlich mal eine gute Nachricht!«, rief Ada erfreut. »Aber tu mir bitte einen Gefallen und tauche da nicht in einem deiner selbst genähten Röcke auf. Ich weiß, sie sind sehr schön, aber nicht geeignet für eine große Firma. Da ist ein dunkler Hosenanzug angemessener.«

Theresa tat es gut, durch den kühlen Herbstmorgen in die Stadt zu gehen, so konnte sie ihre Gedanken ordnen. Sie empfand einen heftigen Widerwillen gegen das Vorstellungsgespräch bei *Kuprion Consulting*. Sie gehörte einfach nicht in diese Welt aus Großraumbüros und Menschen, die den ganzen Tag am Computer saßen. Sie war am glücklichsten, wenn sie mit Stoffen hantieren und damit etwas schaffen konnte.

Als sie auf den kleinen Platz kam, traf sie eine Entscheidung. Sie würde das Vorstellungsgespräch absagen. Dass sie die Stelle nicht wollte, stand ihr klar vor Augen. Es hatte keinen Sinn, nur Ada zuliebe hinzugehen. Sie musste ihrer Mutter endgültig klarmachen, dass ihr Platz im Leben woanders war.

Fest entschlossen zog sie den zerknitterten Brief der *Kuprion*

Consulting aus ihrer Handtasche, tippte die darauf angegebene Telefonnummer in ihr Handy ein und gab irgendeiner Vorzimmerdame Bescheid, dass sie nicht zum Gespräch kommen würde.

Dann zerriss sie den Brief in kleine Schnipsel, die sie einen Mülleimer warf. Nun war ihr leichter ums Herz, sie fühlte sich, als hätte man sie von einer Last befreit.

Der Brunnen auf dem kleinen Platz plätscherte leise, das Feinkostgeschäft *Geschmackssache* und die Chocolaterie wurden gerade geöffnet, und im Friseurladen *Rapunzel* saßen bereits die ersten Kunden unter der Trockenhaube. Plötzlich dachte sie schmerzhaft, dass sie diesen kleinen Ort vermissen würde, wenn sie wirklich nach Belgien ginge. Ihr Alltag war ihr ans Herz gewachsen – der Stoffladen, der Literaturzirkel, das Zusammenleben mit ihrer Familie, die Cocktailstunden mit Romain ... Sie hatte eine Nische im Leben gefunden, in der sie sich wohlfühlte. Aber sie hatte die Chance, ihren Traum zu verwirklichen und in die Modewelt einzusteigen. Das konnte sie unmöglich ausschlagen, eine ähnliche Gelegenheit käme sicherlich nie wieder im Leben.

Zu ihrem Erstaunen war die Eingangstür zum *Samt & Seide* noch abgeschlossen. Normalerweise werkelte Tante Babette bereits früh im Geschäft herum. Sie schloss mit ihrem Zweitschlüssel auf, betrat den leeren Laden und rief nach ihrer Tante. Als sie keine Antwort erhielt, ging sie die Treppe hoch zur Wohnung, klopfte an und trat zögernd ein.

»Tante Babette?«

Ein schwaches Murmeln war die Antwort. Theresa ließ ihre Tasche fallen und lief ins Schlafzimmer, wo sie Babette mit fahlem Gesicht im Bett liegend vorfand.

»Tante Babette! Was ist los mit dir?«, fragte sie besorgt und setzte sich auf die Bettkante.

»Mir geht es gar nicht gut heute«, sagte Babette leise. »Ich habe versucht, aufzustehen, aber ich bin nicht in der Verfassung dazu. Mein Blutdruck und das Herz ... Da ist nichts zu machen.«

»Ich rufe den Arzt an«, rief Theresa und wollte schon das Telefon holen.

Tante Babette hielt sie am Zipfel ihres Rockes fest. »Nein, lass nur, Kind. Dieser Quacksalber kann mir auch nicht helfen. Lass mich heute nur ein bisschen hier oben liegen und sieh im Laden nach dem Rechten. Morgen wird es bestimmt wieder besser gehen.«

»Ich kann dich doch nicht allein hier oben liegen lassen, wenn es dir so schlecht geht!«, widersprach Theresa entsetzt. »Wir müssen doch was tun!«

»Bring mir nur meine Medizin, Kind, das ist alles, was ich jetzt brauche.«

»Na gut.« Theresa ging in die Küche, um die Tabletten zu holen und kochte eine Kanne Tee, die sie ihrer Großtante zusammen mit zwei Marmeladenbroten brachte. Sie half ihr, sich in ihre Kissen gestützt aufrecht hinzusetzen und zu frühstücken.

»Du musst runter«, erinnerte Babette sie. »Der Laden müsste seit zwanzig Minuten offen sein. Ich komme nun allein zurecht, ich werde noch ein bisschen schlafen.«

»Ich komme sobald es geht wieder nach oben und sehe nach dir«, versprach Theresa und ging mit gemischten Gefühlen nach unten in das Geschäft.

Sie hatte alle Hände voll zu tun. Sie dekorierte das Schaufenster neu – den Schaufensterpuppen zog sie festliche schwarze und rote Kleider aus Samt an, die sie extra für diesen Zweck genäht hatte –, katalogisierte neu eingetroffene Stoffe und beriet Kunden. Wie fast jeden Tag wurde sie auf ihre Kleidung angesprochen; sie trug heute einen knielangen schwarzen Rock mit feinen purpurnen Streifen aus Winterstoff zu schwarzen, hohen Stiefeln und einem purpurfarbenen Pullover. Eine junge Frau mit Aktentasche bat sie, einen ähnlichen Rock für sie zu nähen, und Theresa willigte gerne ein, auch wenn das zwei zusätzliche Nachtschichten an der Nähmaschine für sie bedeutete.

Zwischendrin sah sie immer wieder nach Tante Babette. Sie schlief die meiste Zeit, aß am Mittag die Hühnersuppe, die Theresa zubereitete und trank die Kanne Kräutertee. Am Abend hatte sie wieder etwas Farbe im Gesicht, wollte aber vorsichtshalber noch liegenbleiben.

»Ich übernachte heute am besten bei dir«, schlug Theresa vor. »Falls es dir heute Nacht schlechter gehen sollte, bin ich in der Nähe.«

»Papperlapapp«, widersprach Babette energisch. »Du gehst schön nach Hause. Und zu deiner Mutter kein Sterbenswort über meinen Zustand, sonst halbiere ich dir den nächsten Lohn! Adelheid geht mir ansonsten wieder auf die Nerven und macht unzählige Arzttermine für mich aus. Aber mir alter Schachtel kann keiner helfen. Eine alte und abgenutzte Nähmaschine kann man durch Ölen ja auch nicht wieder in den Ursprungszustand versetzen.«

Theresa schloss das *Samt & Seide* von außen ab und trat auf den in der Abenddämmerung liegenden Platz. Sie rief den Besitzern des Geschäfts *Geschmackssache* und dem Friseur aus dem *Rapunzel*, die ebenfalls gerade schlossen, einen Guten Abend zu und drehte sich um, um nach Hause zu gehen. Sie hatte es eilig, da sie den neubestellten Rock nähen wollte.

Doch aus dem *Chez Romain* klangen sanfte Saxophonklänge, die sie zögern ließen.

Ach, was soll´s, dachte sie, einen alkoholfreien Cocktail und ein paar Amuse-Gueules als Abendessen bekomme ich zeitlich noch unter, trotzdem bleibt mir noch genug Zeit zum Nähen.

Sie überquerte den Platz und betrat die Cocktailbar. Sofort fühlte sie sich von Wärme und Leichtigkeit umgeben, so wie jedes Mal, wenn sie hierherkam. Romain saß an seinem üblichen Platz auf einem hohen Hocker und spielte mit geschlossenen Augen selbstversunken Frank Sinatras *Something stupid*. Sie hielt sich im Hintergrund verborgen und lauschte der Musik. Wie immer war Romains Spiel voller Sehnsucht und Gefühl, er riss die Zuhörer mit, die an den Tischen oder an der Bar mit Gläsern in der Hand ihm zugewandt saßen. Auch in Theresa wurden Emotionen wach, Emotionen, die sie selbst nicht so genau einordnen konnte, doch schwang eine Spur Wehmut mit. Sie sog Romains Anblick – er war wie üblich tadellos in schwarze Hose, ein pastellfarbenes Hemd und eine schwarze Weste gekleidet – in sich ein.

In Gedanken sang sie die letzten Zeilen des Liedes mit – *And then I go and spoil it all by saying something stupid like I love you …* In diesem Moment öffnete er die Augen, als spüre er ihren Blick und sah sie lange und unverwandt an, bis sie verlegen wegschaute. Ihr Bauch kribbelte und verwirrende Gefühle tobten in ihr.

Er legte sein Instrument weg, und die Gäste wandten sich wieder ihren Gesprächen zu. Theresa stand noch immer in ihrer Ecke und sah ihn auf sich zukommen.

»Hallo, Theresa«, sagte er, sie in seinem Blick festhaltend.

»Hallo, Romain.«

»Es ist schön, dass du da bist.«

»Ja, ich … Nur kurz«, stammelte sie. »Ich habe nicht viel Zeit, ich muss heute Abend noch … nähen.«

»Nähen«, wiederholte er, und sie errötete, da sie das Gefühl hatte, zusammenhangloses Zeug zu reden. »Darf ich dir den

Cocktail des Tages bringen? Wir haben heute Mai Tai im Angebot. Inklusive Amuse-Gueules.«

»Nein, ich wollte eigentlich was Alkoholfreies ...«, wandte sie ein, » ... Na, okay, einen Mai Tai. Aber ich kann ihn mir selbst bei Léa holen, du bist bestimmt beschäftigt.«

»Setz dich«, sagte er und führte sie in eine ruhige Ecke. »Der Cocktail und das Essen kommen sofort.«

Sie sank auf einen Stuhl und beobachtete ihn, wie er zum Tresen ging und bei Léa die Bestellung für sie aufgab. Er wartete geduldig, bis seine Kusine alles vorbereitet hatte und brachte ihr das Getränk und die Häppchen. Noch im Gehen steckte er Schaumzuckererdbeeren auf dem Rand des Glases auf. Sie liebte diese Zuckererdbeeren fast genauso sehr wie Fruchtgummikirschen und ihr stieg vor Rührung erneut die Röte ins Gesicht, insbesondere, da sie nach einem schnellen Blick durch das Lokal feststellte, dass Léa und die andere Bedienung nur gewöhnliche Cocktails an die Tische brachten.

»Danke«, murmelte sie. »Das ist sehr nett von dir, ich liebe Schaumzucker!«

Er blieb noch kurz neben ihr stehen, während sie die erste Erdbeere aß. Ihr Blick ging nach oben und ihr fiel auf, dass neue Frauenportraits an der Wand hingen.

»Du hast neue Bilder aufgehängt«, sagte sie und steckte noch eine Erdbeere in den Mund, ohne den Geschmack wahrzunehmen.

Die beiden neuen Bilder zeigten Frauen im Profil. Die eine hatte nachdenklich das Kinn in die Hand gestützt, wobei ihr eine Haarsträhne ins Gesicht fiel, die andere schaute mit ernsten, braunen Augen auf einen Punkt in der Ferne.

Bevor Romain antworten konnte, tauchte Léa neben ihm auf und fragte: »Wo ist dein Bruder? Kommt er noch?«

Romain stöhnte leise. »Geht´s nicht ein bisschen weniger direkt, Léa?«

»Wieso?« Mit großen Augen starrte sie ihn an, schüttelte dann den Kopf und wandte sich wieder Theresa zu. »Also?«

»Ich glaube nicht, dass er heute Abend noch kommt«, sagte Theresa, die ihr gerne eine positivere Nachricht mitgeteilt hätte. »Vielleicht komme ich am Wochenende mal wieder mit ihm her.«

»Schaissdréck!«, fluchte Léa auf Luxemburgisch, warf Romain einen unzufriedenen Blick zu, als sei er daran schuld, dass Friedrich nicht da war, und schlurfte in ihren pinkfarbenen Turnschuhen zurück hinter die Bar.

»Tut mir leid«, sagte Romain rasch. »Sie ist sehr gestresst. Vorhin gab es Ärger mit einem Kunden, der behauptete, sie hätte das Wechselgeld falsch berechnet.«

»Oh je, die Arme«, sagte Theresa. Ihr fiel ein Plakat neben der Eingangstür auf, das ihr beim Hereinkommen nicht aufgefallen war. »Halloweenparty? Es gibt eine Halloweenparty im *Chez Romain*?«

»Ja. Am einunddreißigsten ab zwanzig Uhr. Gruselige Kostümierung ist erwünscht. Ich hoffe, du kommst auch?«

Er sah sie mit seinen dunklen Augen an und ohne weiter darüber nachzudenken nickte sie. »Ja, gern, warum nicht? Als was verkleidest du dich, Romain?«

Er beugte sich zu ihr hinab und raunte ihr unheilverkündend ins Ohr: »Als Herr der Finsternis natürlich.«

Ein Lächeln zuckte um ihre Lippen. »Oh, klingt gefährlich. Dann muss ich mir schleunigst ein Kostüm für mich überlegen. Friedrich möchte sicher auch mitkommen.«

»Das würde meine Kusine glücklich machen«, sagte Romain, drehte sich um und ging davon. Theresa starrte ihm mit gemischten Gefühlen hinterher. Dieser Mann gab ihr Rätsel auf.

Als sie nach Hause kam, fiel ihr ein, dass sie ihrer Mutter von ihrem abgesagten Vorstellungsgespräch berichten musste. Ada stand gerade in der Küche und bereitete einen Salat mit Hühnchenstreifen zu, während Friedrich am gedeckten Tisch saß und die Wartezeit mit einem Spiel am Handy überbrückte.

»Wie war dein Tag, Fritzchen?«, fragte Theresa, um den Moment hinauszuschieben, in dem sie ihrer Mutter reinen Wein einschenken musste.

»Lief nicht gut«, antwortete Friedrich bedrückt, ohne den Blick vom Handy zu nehmen. »Ich habe ja drei Firmen angeschrieben, die Computerspiele produzieren, und ihnen das Konzept meines Spiels vorgestellt. Die erste Firma hat mir bereits letzte Woche geschrieben, dass sie kein Interesse haben, die anderen beiden haben das heute getan. Ich weiß, mich nimmt niemand ernst, weil es ja nur um ein Spiel geht – aber es steckt wahnsinnig viel Arbeit drin, und ich bin sehr enttäuscht.«

»Tut mir leid, Fritzchen«, tröstete ihn Theresa. »Ich weiß, wie hart du daran gearbeitet hast.«

»Ja, aber es ist eben nur ein *Spiel*, es geht nicht um etwas Existentielles wie deinen Lebensunterhalt«, warf Ada ein.

»Danke, Mutter«, sagte Friedrich bissig.

Theresa räusperte sich. »Übrigens, ich muss auch was beichten. Ich habe das Vorstellungsgespräch bei *Kuprion Consulting* abgesagt, Mutti.«

Ada drehte sich zu ihr um und starrte sie entgeistert an. »Warum, in aller Welt, hast du das getan?«

»Ich habe lange überlegt. Ich fühle mich in großen Unternehmen nicht wohl. Schon bei *Schirmer&Söhne* habe ich gemerkt, dass ich nicht dorthin gehöre. Diese rein kopflastigen, analytischen Tätigkeiten liegen mir nicht, sie öden mich an. Ich habe in den letzten Wochen festgestellt, dass ich da, wo ich im Moment bin, am glücklichsten bin. Nämlich im *Samt & Seide.*«

Ada stellte die Schüssel mit dem Salat und einen Teller mit in Scheiben geschnittenem, geröstetem Weißbrot auf den Tisch und setzte sich. Theresa erkannte an ihren zusammengepressten Lippen, dass es in ihrem Innern arbeitete. »Nehmt euch«, sagte Ada bemüht ruhig. »Okay, ich sehe ein, dass diese Consultingfirma vielleicht nicht das Richtige für dich ist. Aber du kannst noch mehr Bewerbungen schreiben. Es gibt so viele andere Firmen. Sicherlich findest du irgendwo einen guten, soliden Job.«

Theresa knabberte schweigend an einem Stück Brot und überlegte, wie sie ihrer Mutter verständlich machen sollte, dass nur kreative Arbeit sie glücklich machte. Der Umgang mit Stoffen, das sorgfältige, selbstversunkene Arbeiten, an dessen Ende ein schönes Produkt stand: ein Kleidungsstück, das sie am Körper tragen und spüren konnte. Oder an andere Menschen verkaufen, die dieselben Vorlieben wie sie teilten.

»Du könntest gewiss auch beim Finanzamt unterkommen, du hast schließlich BWL studiert! Dort brauchen wir immer qualifizierte Mitarbeiter. Du musst nicht für einen Hungerlohn Schnittmuster zeichnen und Nähgarn und Knöpfe verkaufen!«

»Kennst du mich so wenig, dass du wirklich annimmst, die Arbeit beim Finanzamt wäre etwas für mich? Würde mir sogar Spaß machen?«, fragte Theresa verletzt. »Ich sage dir mal was, Mutter, was dich bestimmt erstaunt: Ich hasse BWL und ich hasse es, mit Zahlen zu arbeiten und die ganze Zeit am Computer zu sitzen!«

Ada war bleich geworden und knetete ihre Finger. »Warum hast du dann BWL studiert?«, fragte sie dann mit schwacher Stimme.

»Weil du mich gedrängt hast. Du wolltest unbedingt, dass ich etwas Bodenständiges, Solides studiere. Ich hätte so viel lieber eine Schneiderlehre gemacht und hinterher Modedesign studiert. Aber das war dir zu unsicher.«

Mit diesen Worten sprang sie auf, verließ die Küche und lief hinauf in ihr Zimmer. Ada stürmte ihr hinterher und blieb im Türrahmen stehen.

»Ich habe dir also deinen beruflichen Werdegang verdorben, in dem ich dich genötigt habe, BWL zu studieren, oder wie?«

Theresa biss sich auf die Lippe und sank müde auf das Bett. »Es bringt nichts, darüber zu diskutieren. Es ist Vergangenheit.«

»Wenn es dir so wichtig gewesen wäre, was mit Mode zu machen, hättest du ja darauf bestehen können! Hast du aber nicht! Du bist brav an die Uni gegangen und hast BWL studiert«, sagte Ada hitzig.

»Ja, ich weiß, es war auch mein Fehler«, murmelte Theresa. »Ich hätte nach der Schule kämpfen können. Du hast recht, das habe ich nicht. Aber jetzt bin ich alt genug, um zu wissen, in welche Richtung mein Leben gehen soll. Deshalb ist es mir umso wichtiger, jetzt bei Tante Babette zu arbeiten und vielleicht in Oliviers Firma mitarbeiten zu dürfen, verstehst du das?«

Ihre Mutter schwieg einen langen Moment. Dann seufzte sie tief und setzte sich zu Theresa aufs Bett. »Ja«, sagte sie dann fast unhörbar.

»Was?«

»Ja, ich verstehe das«, brachte Ada heraus. »Ich weiß ... Ich hätte dir nicht meine Wünsche aufdrängen sollen ... Ich habe es nur gut gemeint. Ich wollte nur das Beste für dich. Ich wollte einen sicheren Job für dich, damit du gut verdienst und ein sorgloses Leben führen kannst. Es war falsch. Es ist dein Leben und du entscheidest.«

Theresa sah ihre Mutter gerührt von der Seite an. »Ist das dein Ernst?«

Ada nickte. »Ja. Mein voller Ernst.«

Theresa legte einen Arm um ihre Mutter. »Danke, Mutti. Du kannst dir nicht vorstellen, wie froh mich das macht.«

Die Diskussion mit ihrer Mutter hatte sie doch recht mitgenommen. In der Nacht schlief sie schlecht; sie war glücklich, mit Ada endlich das Thema Beruf geklärt zu haben, war aber trotzdem aufgewühlt. Erst als sie am nächsten Morgen das *Samt & Seide* betrat, erfüllte sie eine tiefe innere Ruhe. Hier war ihr sicherer Hafen.

Tante Babette saß hinter der Kasse, und obwohl der Laden voller Kunden war, rief sie Theresa über die Köpfe der Leute hinweg zu: »Sag mal, Kind, deine Mutter erzählte mir gestern Mittag am Telefon was von einem Vorstellungsgespräch. Was hat es damit auf sich? Willst du mich verlassen?«

»Nein, natürlich nicht«, sagte Theresa gedämpft, der es peinlich war, dass sich alle Kunden zu ihr umdrehten und sie neugierig ansahen. »Ich habe den Termin abgesagt. Ich möchte gerne hier bei dir bleiben.«

»Sehr gut«, lobte Tante Babette und setzte einen zufriedenen Gesichtsausdruck auf. »Das müssen wir feiern. Wollen wir schön bei mir oben zu Mittag essen?«

Theresa besorgte nebenan im Feinkostgeschäft *Geschmackssache* eine französische Gemüsetarte; in der Zwischenzeit hatte ihre Tante die letzten Kunden aus dem Stoffladen hinauskomplimentiert, das Geschlossen-Schild aufgehängt und oben in ihrer Küche den Tisch gedeckt.

»Likörchen?«, fragte sie, als Theresa die Tarte auf zwei Teller verteilte.

»Aber Tante Babette!«, mahnte Theresa. »Es ist gerade mal halb eins. Wir müssen noch bis heute Abend arbeiten. Und deine Herztabletten vertragen sich bestimmt nicht mit Alkohol.«

»Sei kein Spaßverderber! Wir müssen darauf anstoßen, dass du endlich weißt, was gut für dich ist und hier im Stoffgeschäft bleibst.«

»Bei meiner Mutter musste ich viel Überzeugungsarbeit leisten, aber inzwischen hat auch sie verstanden, was ich möchte im Leben«, sagte Theresa und trank wider Willen einen Schluck Likör.

»Ada hätte doch selbst zum Vorstellungsgespräch gehen können, wenn ihr der Job so gut gefallen hat«, sagte Babette hitzig. »Es geht hier um dich, Kind, nicht um deine Mutter. Du gehörst nicht in diese Welt der großen Unternehmen, in der alle überzeugt sind von der eigenen Wichtigkeit. Du gehörst hierher, die Kunden lieben dich und lassen sich gerne von dir beraten. Deine Nähkurse sind der Renner. Die nächsten drei Kurse sind bereits ausgebucht! Seit du hier arbeitest, bist du richtig aufgeblüht. Vor ein paar Wochen bist du hier hereingeschlichen wie das heulende Elend, doch jetzt bist du eine selbstbewusste Frau, die mit ihren eigenen Modekreationen die Leute in ihren Bann zieht!«

»Ja, ich weiß. Ich bin so richtig glücklich, seit ich hier arbeite«, sagte Theresa. »Danke für deinen Zuspruch. Wenn ich dich nicht hätte.«

In der Mittagspause kam Friedrich vorbei, der in der Stadt Besorgungen gemacht hatte.

»Ich musste mal raus, sonst wäre mir die Decke auf den Kopf gefallen«, stöhnte er.

»Apropos rauskommen«, sagte Theresa. »Ich habe gestern im Eifer des Gefechts ganz vergessen, dir zu erzählen, dass ich kurz bei Romain war. Er veranstaltet an Halloween eine Party. Hast du Lust, hinzugehen? Léa hat übrigens nach dir gefragt.«

»Wirklich?«, fragte Friedrich geschmeichelt. »Klar habe ich Lust. Das ist mal eine schöne Abwechslung vom trüben Einerlei. Wir brauchen wahrscheinlich auch eine Kostümierung?«

»Natürlich. Komm, wir schauen mal schnell im Internet nach Ideen.«.«

Sie fragte Babette, ob sie kurz alleine im Laden zurechtkäme, und zog sich mit Friedrich ins Hinterzimmer zurück, wo sie den Computer hochfuhren. Wenige Minuten später sahen sie sich Bilder von Halloweenkostümen an.

»Hexe, Teufel, Zauberer, Geist, Böse Fee, Vampir, Skelett, Unfallopfer ... Na ja, geschmacklos muss es nicht unbedingt sein«, murmelte Friedrich. »Ich glaube, ich verkleide mich als Vampir. Sollen wir uns die Kostüme kaufen oder nähst du uns was?«

»Ich nähe uns was«, versprach Theresa. »Das ist Ehrensache. Ich verkleide mich als ...«

»Hexe?«, grinste Friedrich anzüglich.

»Nein, als Schwarze Fee. Wir haben heute eine Ladung neuer Halloweenstoffe in den Laden bekommen. Es sind wunderschöne, hochwertige Stoffe dabei. Ich suche gleich etwas Passendes für unsere Kostüme aus und lege heute Abend los. Falls es an dem Abend einen Preis für das schönste Kostüm gibt, wird einer von uns ihn bekommen.«

Theresa wählte Stoffe aus schwarzem, glänzendem, raschelndem Material aus, das wie gemacht war für ihre Kostüme. Abend für Abend saß sie an der Nähmaschine und arbeitete, bis ihr die Augen zufielen. Ab und zu piepte ihr Handy, und sie las eine gerade eingetroffene Nachricht von Olivier, die sie lächeln ließ. Sie hatten den ganzen Tag über immer wieder Kontakt, ohne dass sie sich sahen. Das tröstete Theresa ein wenig über die zeitweilige Trennung hinweg.

Drei Tage vor Halloween gab sie den Kostümen den letzten Feinschliff; tiefe Dunkelheit lag vor ihrem Fenster und die schmale Sichel des abnehmenden Mondes hing über den Bäumen im Garten. Friedrich lag quer über ihrem Bett und wartete darauf, die Verkleidung anzuprobieren.

»Stell dir vor, ich habe ein Date für die Halloweenparty«, erzählte er.

»So?«, murmelte Theresa mit Stecknadeln zwischen den Lippen.

»Ja. Heute Mittag bin ich nicht so recht mit der Arbeit vorangekommen und ich war so richtig heiß auf Chips. Ich bin schnell zur Tanke getrabt, um mir welche zu besorgen ...«

Theresa zog die letzte Stecknadel zwischen ihren Lippen hervor und heftete sie an den Kragen von Friedrichs Vampirumhang. »Du hast dein Date an der Tankstelle aufgetan?«

»Ja. Sie stand da vor einem alten klapprigen Auto an der Zapfsäule und bekam den Tankdeckel nicht auf ...«

»... und da bist du natürlich als Retter in der Not eingesprungen«, schmunzelte Theresa. »Hier, probier mal an.«

Friedrich rutschte von ihrem Bett und warf sich den Umhang über. Er starrte sie düster an. »Nimm dich vor mir in Acht, ich sauge dir den letzten Tropfen Blut aus den Adern ...!«

»Ja, schön, nur zu. Ja, der Umhang passt wie angegossen. Für die letzten Details wie Vampirzähne und Schminke bist du selbst verantwortlich. Wie heißt sie?«

Friedrich warf sich in seinem schwarzen Gewand zurück auf das Bett, während Theresa einen letzten nachtblauen Glitzerstern auf ihr schwarzes Feenkostüm nähte. »Sie heißt Amelia und ist eine sehr süße Person. Keine Modelmaße ...«

Theresa warf ihm einen tadelnden Blick zu. »Als ob du die hättest, Fritzchen.«

»... keine Modelmaße, aber sehr hübsch und humorvoll. Sie arbeitet im Buchladen. Als das Benzin in den Tank lief, haben wir uns ein bisschen unterhalten. Sie hat für Halloween noch nichts vor, deshalb habe ich sie kurzerhand eingeladen, mich ins *Chez Romain* zu begleiten.«

»Du lässt nichts anbrennen«, stellte Theresa fest, trat vor den Spiegel und hielt sich das Feenkleid vor den Körper.

»Von nichts kommt nichts«, sagte Friedrich zufrieden. »Tolles Kostüm, du wirst umwerfend aussehen.«

»Danke.«

In diesem Moment klingelte Theresas Smartphone.

»Bestimmt der belgische Schleimer«, raunte Friedrich und zog eine Grimasse, verzog sich dann aber schnell aus dem Zimmer.

»Hallo, chouchou«, sagte Olivier zärtlich und ihr wurde heiß vor Freude.

»Hallo, Olivier. Du hast mir gefehlt. Bist du wieder in Brüssel? Oder noch auf der Modemesse?«

»Ich bin am frühen Abend von der Messe zurückgekommen und bin ziemlich kaputt«, erzählte Olivier. »Aber ich bin trotzdem noch mal kurz in die Firma und habe mit meinem Designer gesprochen. Hast du nächsten Freitag was vor?«

»Nein ...?« Ihr Herz begann heftig zu schlagen. »Wie... wieso?«

»Nun, du könntest zu mir nach Brüssel kommen und meinem Designer deine Schnittmuster und Röcke zeigen. Er hat dich fest in seinen Terminkalender eingeplant.«

»Wirklich?«, flüsterte Theresa. »Meinst du, meine Stücke sind wirklich gut genug? Nicht zu provinziell und laienhaft?«

Olivier lachte. »Nein, sie sind wundervoll. Ich habe sie doch bereits begutachtet und du weißt, ich bin vom Fach. Du brauchst dir keinerlei Sorgen zu machen. Ich bringe dich schon in meiner Firma unter. Ich bin der Chef.«

»Oh Gott, bin ich aufgeregt. Ich kann es kaum glauben, ich setze einen Fuß in die Modewelt«, stieß Theresa hervor. »Noch fünf Tage, dann sehen wir uns wieder.«

»Bring dir was Nettes zum Anziehen mit. Vielleicht nicht unbedingt das rote Kleid vom letzten Mal. Ich will mich so richtig mit dir zeigen und ins Nachtleben stürzen.«

Nach dem Gespräch hängte Theresa ihr Feenkostüm sorgfältig auf einem Kleiderbügel an ihren Schrank und ging ins Bett. Olivier war ja sehr um ihr Aussehen besorgt. Was war an ihrem bordeauxroten Kleid auszusetzen? Nun ja, er war Modefachmann, da war es wahrscheinlich nur natürlich, dass er sich für ihre Outfits interessierte. Sie fand keine Ruhe in dieser Nacht. Der Gedanke, Olivier in einigen Tagen wiederzusehen und einen Termin mit seinem Designer zu haben, verursachte ihr Herzklopfen. Schlaflos warf sie sich hin und her, mit einem nervösen Grummeln im Magen, ab und zu jedoch kochte heiße Euphorie in ihr auf: Ihr Traum, Modedesignerin zu werden, war in greifbare Nähe gerückt.

Kapitel 11

Am Halloween-Abend half Theresa ihrem Bruder, sich zu verkleiden und zu schminken. Er trug eine schwarze Hose, ein schwarzes Hemd und darüber den gleichfarbigen Vampirumhang. Den Kragen, der von der Innenseite her blutrot war, trug er aufgestellt. Schwarze Handschuhe und ein Zylinder rundeten das Outfit ab. Friedrich hatte sich ein Vampirgebiss mir langen Eckzähnen besorgt, das er sich in den Mund schob.

»Und jetzt das Makeup«, sagte Theresa und schaltete sowohl die Nachttischlampe als auch die Nähtischlampe ein, um eine bessere Sicht zu haben. Draußen war es dunkel, nur die Straßenlaterne warf einen schwachen Schein gegen die Hausmauer.

»Muss das sein?«, stöhnte Friedrich und nahm seine Vampirzähne aus dem Mund, um besser sprechen zu können. »Die Kostümierung reicht doch.«

»Nein, wir sind heute mal ganz perfektionistisch«, sagte Theresa und schminkte ihm mit einem Schwämmchen das Gesicht kalkweiß.

»Ich bin ein Vampir und kein Gespenst.«

»Jetzt sei doch mal still.«

Konzentriert malte sie vor sich hin. Von unten drangen die Stimmen von Adas Freundinnen durch die offene Tür, die sich zu einer außergewöhnlichen Halloween-Bridgerunde eingefunden hatten. Man hörte das Knallen eines Sektkorkens und das Rascheln von Chipstüten.

»Wo sind denn deine Kinderchen, Adelheid?«, fragte Mutters Freundin Marlene.

»Die gehen heute Abend auf eine Halloweenparty in der Stadt«, sagte Ada, »wir haben also sturmfreie Bude.«

Daraufhin brachen die Frauen in ungezügeltes Gelächter aus.

»Was treiben die da unten immer?«, murmelte Friedrich, während Theresa ihm die Lippen mit grellrotem Lippenstift nachzog. »Die sind immer dermaßen gut drauf bei ihrem Bridgeabend – werfen die was ein?«

»Nicht sprechen«, mahnte Theresa, »sonst wird alles schief.«

Sie malte ihm zu beiden Seiten des Mundes zwei senkrechte rote Linien in Richtung Kinn, die wie tropfendes Blut aussahen. »So, fertig. Jetzt bin ich dran.«

Friedrich betrachtete sich im Spiegel. »Na, da hast du dich aber ausgetobt, Schwesterchen. Hoffentlich findet Amelia es nicht maßlos übertrieben. Ich hoffe, sie hat sich auch maskiert und kommt nicht in Jeans und Pullover, sonst würde ich absolut albern wirken.«

»Es ist eine Mottoparty, niemand wird in normalen Klamotten kommen, Fritzchen.«

»Was gibt´s denn Neues von deiner Tochter und ihrem belgischen Karl-Lagerfeld-Verschnitt?«, fragte Adas Freundin Emma unten in der Küche. Sie klang bereits recht angeheitert.

Theresa, die gerade in ihr Kostüm schlüpfte, zuckte zusammen und hielt mitten in der Bewegung inne.

»Sie fährt übermorgen zu ihm nach Brüssel«, berichtete Ada missbilligend. »Sie hat komplett den Verstand verloren. Sie hat den Typen gerade zweimal gesehen. Ich weiß nicht, was sie an ihm findet, mal davon abgesehen, dass sie auf Franzosen und Belgier steht. Was ist an denen anders als an anderen Männern?«

»Man versteht nicht so gut, was sie von sich geben«, kicherte Emma, und Marlene und Hedwig brüllten vor Lachen. »Ein klarer Vorteil.«

»Er hat ihr versprochen, sie in seiner kleinen Modeklitsche unterzubringen«, fuhr Ada fort, ohne in die allgemeine Heiterkeit einzustimmen. »Aber wie sieht das denn aus? Das ist doch nur eine andere Form von Nepotismus. Weil sie eine Affäre haben, verspricht er ihr, mit ihren Röcken groß rauszukommen ... Also ich weiß ja nicht ...«

Stumm drehte Theresa oben in ihrem Zimmer ihrem Bruder den Rücken zu, damit er ihr den Reißverschluss ihres schwarzen Kleides zuzog. Sie hatte dunkelblaue schimmernde Sterne auf dem Stoff aufgenäht, der am Oberkörper eng anlag, um unten in raschelnden, knielangen Zipfeln auszulaufen. Sie war beim Nähen besonders stolz auf ihre *Schwarze Fee* gewesen, doch nun, als sie die Worte der Bridgedamen hörte, verging ihr die Vorfreude auf die Kostümparty.

»Na ja, so ganz haltlos ist das nicht, was die Damen da sagen, murmelte Friedrich. »Aber nimm es dir nicht zu Herzen. Du wirst deinen Weg schon gehen.«

In diesem Augenblick vernahmen sie die Stimme Hedwigs, die offenbar unter Schluckauf litt. »Aber Ada, das ist ja ... hicks ... schrecklich! Das ist ja so, als ob ... hicks ... sich deine Tochter beim Chef hochschläft, um in der Firma aufzusteigen!«

Theresa knallte bebend ihre Zimmertür zu, um die Damen nicht mehr zu hören.

»Diese dumme Nuss«, murmelte Friedrich. »Aber lass dir den Abend nicht verderben. Du hast dich so gefreut und du siehst einfach umwerfend aus als Schwarze Fee.«

Theresa antwortete nicht, sondern presste nur die Lippen zusammen; sie musste sich Mühe geben, die Tränen zu unterdrücken. Sie band sich ihre geschwungenen Flügel aus feinem schwarzen Seidenstoff auf den Rücken, schminkte sich Mund und Augen tiefschwarz und setzte den spitzen Feenhut auf, der mit schwarzem Tüll verziert war.

»Gehen wir«, sagte sie düster.

Sie holten Friedrichs Date Amelia am anderen Ende Neustadts ab und parkten Friedrichs Auto dann auf einem Parkplatz am Rande der Innenstadt. Zu Fuß gingen sie über das Kopfsteinpflaster der Fußgängerzone. Überall huschten als Hexen und Teufel und Gespenster maskierte Kinder durch die Straßen, um an den Wohnhäusern zu klingeln und Süßigkeiten zu ergattern. Auch viele Erwachsene in Verkleidung waren zu den Partys unterwegs, die in Kneipen und Bars gefeiert wurden.

Als sie das *Chez Romain* erreichten, war es dort bereits recht voll und laut. Um durch die Eingangstür zu kommen, musste man sich unter einem tiefhängenden Spinnennetz durchkämpfen und bei einer neu angestellten Bedienung Eintritt bezahlen. Gruselige Musik wie aus einer Geisterbahn erschallte aus Lautsprechern, und alles war finster. Lediglich ein paar rote Scheinwerfer tauchten die Bar in unheimliches Licht. In den Ecken hingen Fledermäuse kopfüber herab, riesige Spinnen baumelten an Schnüren von der Decke, und neben dem Tresen stand ein Skelett, das sich seltsamerweise von Zeit zu Zeit bewegte. Schüsseln mit blutroter Bowle, in denen etwas schwamm, das wie Finger aussah, standen mit gruseligen Amuse-Gueules und anderen Köstlichkeiten auf einem Tisch, an dem man sich bedienen konnte.

»Iih, was ist das?«, rief Amelia, die sich aus einem alten Bettlaken ein Geisterkostüm gefertigt hatte. Sie las die Kärtchen, die vor den Tellern und Schüsseln standen und die Namen der Snacks anzeigten. »Friedhofserde ... *Friedhofserde?*«

»Alles halb so wild«, klärte Friedrich sie auf. »Das ist gewöhnlicher Schokopudding, und die Würmer darauf sind aus Fruchtgummi.«

»Diese Bowle mit den Fingern drin trinke ich nicht«, erklärte Amelia entschieden. »Und was ist das? *Hundehaufen?* Eklig.«

»Sieht aus wie Mousse au chocolat«, vermutete Theresa. Sie wechselte einen verstohlenen Blick mit Friedrich, und dieser verdrehte die Augen über Amelias Zimperlichkeit.

»Und das hier?«, rief Amelia. »*Frankensteins Totenschädel* ... Na ja, hört sich widerwärtig an, sieht aber lecker aus ... Vielleicht versuche ich das später mal.«

Sie starrten im Halbdunkel zu dritt eine Platte mit ausgehöhlten Kürbissen an, aus denen eine Masse aus Hackfleisch mit Käse quoll.

»Ein Schädel, aus dem Gehirnmasse dringt«, sagte Friedrich grinsend. »Lecker. Wollen wir tanzen, Amelia?«

Er nahm sie an der Hand und wandte sich mit ihr zur Tanzfläche um; dabei stieß er fast mit Léa zusammen, die mit zusammengekniffenen Lippen vor ihm stand, ein Tablett mit Bowle-Gläsern auf einer Hand balancierend.

»Hallo, Léa«, sagte Friedrich und musterte sie begeistert. »Toll siehst du aus.«

Léa trug ein Hexenkostüm in Schwarz und Lila mit einem sehr kurzen Rock, unter dem ihre schlanken Beine in Netzstrumpfhosen hervorstachen; sie sah eher verführerisch als gruselig aus. Ihre Lippen waren noch dunkler als sonst geschminkt und aus ihren Augen schienen Funken zu sprühen.

»Ein Glas Blutbowle?«, fragte sie und musterte Amelia. »Aber pass gut auf, vielleicht ist es vergiftet, du ... du Gespenst!«

Irritiert drehte Amelia sich weg.

»Äh ...«, begann Friedrich. »Warte ...«

Léa reichte ihm ein Glas Bowle. »Tanzen wir nachher eine Runde, Friedrich?«

»Ja, klar«, sagte Friedrich lächelnd. »Gerne. Jetzt muss ich erst mal wieder meine Begleitung einsammeln.«

Im Halbdunkel trat Romain zu Theresa; sein Gesicht lag im Schatten, doch seine Verkleidung war eindrucksvoll. Er trug einen seiner üblichen dunklen Anzüge mit Weste darunter, hatte sich jedoch schwarze Flügel riesigen Ausmaßes an seinem Rücken befestigt. Aus seinen dunklen Haaren ragten rot glühende Hörner heraus.

»Du siehst wundervoll aus«, sagte er, und nahm vom Tablett der vorbeieilenden Bedienung zwei Cocktails herunter. Er reichte ihr einen und nippte an seinem. »Was bist du heute Abend – Dornröschens dreizehnte Fee?«

Theresa schüttelte den Kopf. »Nein, einfach nur irgendeine *Schwarze Fee*. Du siehst auch sehr beeindruckend aus!«

Er lächelte geschmeichelt. »Danke.«

Seite an Seite beobachteten sie das lustige Treiben um sich herum; Hexen, Teufel und Vampire trieben ihr Unwesen auf der Tanzfläche und die Gruselbowle floss in Strömen. Friedrich tanzte mit Amelia, die Mühe hatte, nicht auf ihr Bettlaken zu treten, das eindeutig zu lang war.

Allmählich entspannte sich Theresa, sie war froh, trotz des Geschwätzes von Mutters Freundinnen hergekommen zu sein. Allein durch seine unaufdringliche Gegenwart übte Romain eine beruhigende Wirkung auf sie aus.

Die Tür ging auf und eine größere Gruppe neuer Gäste betrat die Bar. Sie brachten einen Schwall kalter Luft von draußen mit.

Nachdem sie den Eintritt bezahlt hatten, bahnten sie sich lautstark ihren Weg durch das Gedränge, um Romain zu begrüßen.

Romain starrte sie ungläubig an, während Theresa sich bemühte, nicht zu lachen. Ihre Kommilitonen aus dem französischen Literaturzirkel standen vollzählig um sie herum und redeten alle gleichzeitig auf ihren Dozenten ein.

»Da staunst du, was?«

»Vollzählig versammelt, wie im Unterricht!«

»Du glaubst doch nicht, dass wir uns diese Party entgehen lassen!«

»Welchen Cocktail gibt es heute zum Sonderpreis?«

»Sind diese leckeren Schnittchen im Eintrittspreis mit inbegriffen?«

»Äh ja«, antwortete Romain rasch. »Die Bowle ist auch kostenlos. Schön, dass ihr da seid.«

Hermann, Otto, Ludwig, Karl-Heinz und Erich stürzten sich sogleich auf die Getränke, während Martha und Hilde sich dem schaurigen Beat hingaben und auf der Stelle tanzten.

Theresa und Romain konnten ihre Augen kaum von ihnen losreißen – alle Senioren waren maskiert gekommen: Martha als Biene Maja, Hilde als Prinzessin im rosa Kleid mit Krönchen auf dem Kopf. Ludwig stellte Puh, den Bären dar, Otto und Karl-Heinz Indianer mit Federschmuck, Erich war ein Löwe im gelben Plüschkostüm und Hermann ein Elefant mit grauen Segelohren und langem grauen Rüssel.

Léa ging mit einem Tablett voll gruseliger blutroter Kuchenstückchen hinter Romain vorbei und zischte ihm halblaut ins Ohr: »Was sind das für Gestalten? Haben die unsere Halloweenparty mit Karneval im Kindergarten verwechselt?«

»Sei still«, flüsterte Romain ihr zu. »Hier darf jeder kommen, wie er will, auch als Biene Maja oder Elefant. Keine spitzen Bemerkungen bitte!«

»Jaja, schon gut«, sagte Léa und rollte mit den Augen. »Krieg dich wieder ein.«

Die Senioren mischten sich unters Publikum, aßen, tranken und tanzten.

»Schenkst du mir einen Tanz?«, fragte Romain Theresa.

»Gerne.« Sie wandte sich ihm zu und sah ihm zum ersten Mal in die Augen. Erschrocken schlug sie die Hand vor den Mund und trat einen Schritt zurück.

Er grinste sie nur teuflisch an.

»Meine Güte!«, rief sie, »du siehst absolut entsetzlich aus! So als kämst du direkt aus der Hölle!«

»Aber das tue ich doch auch«, sagte er lächelnd und starrte sie intensiv an.

Sie musste lachen, und er machte sich einen Spaß daraus, bis auf wenige Zentimeter an sie heranzukommen; seine Augen waren blutrot, von der braunen Iris war nichts mehr zu sehen. Er sah aus wie ein Teufel in einem Kinofilm, dessen Augen man mit Special Effects wie Flammen leuchten ließ.

»Keine Sorge, das sind nur Kontaktlinsen«, sagte er.

»Das hätte ich mir fast gedacht, dass das nicht echt ist«, bemerkte sie trocken.

»Ich wollte als Teufel so realistisch wie möglich aussehen. Leider kratzen die Dinger ganz schön, ich bin so was nicht gewöhnt. Ich gehe mal kurz nach hinten, um sie herauszuholen. Ich bin gleich wieder da. Wartest du hier auf mich?«

»Ja.«

Romain verschwand, und Theresa sah wieder mit ihrem Cocktail in der Hand den Feiernden zu. Niemand tanzte so ausgelassen wie die Senioren aus ihrem Kurs; Marthas Bienenflügel vibrierten in der Luft, und Ludwig warf sich als Puh, der Bär ausgelassen umher. Die Indianer feuerten alle an und schütteten einen Cocktail nach dem anderen in sich hinein.

Es dauerte lange, bis Romain wieder ins Lokal kam. Theresa schaute ihn prüfend an, doch zu ihrem Entsetzen waren seine Iris und die Pupillen noch immer glühend rot, und auch das Weiß seiner Augen war nun blutunterlaufen.

»Oh Gott, was ist passiert?«, fragte Theresa besorgt.

»Ich bekomme die verfluchten Dinger nicht mehr heraus«, klagte Romain und blinzelte vor Schmerzen. »Die Kontaktlinsen scheinen an meinen Augen festzukleben. Beim Herumpulen wurden die Augen so gereizt, dass jetzt alles gerötet ist. Ich glaube, ich muss zum Notarzt.«

»Hm.« Theresa musterte seine Augen prüfend. »Soll ich mal versuchen, die Dinger herauszubekommen? Ich habe Übung mit Kontaktlinsen, ich habe selber welche. Wenn es mir nicht gelingt, können wir immer noch zum Notarzt.«

»Wenn du meinst«, murmelte er zweifelnd, ließ sich aber darauf ein. Er nahm sie an der Hand und führte sie in einen Lagerraum hinter der Bar, in der eine schwache Glühbirne funzeliges Licht verbreitete. Die Wärme seiner Hand ging ihr durch und durch. In dem Raum gab es einen alten Holztisch, Stühle und eine Unmenge an Vorratspackungen und Getränkekisten. Immerhin war auch ein Waschbecken vorhanden, in dem Theresa sich gründlich die Hände wusch.

»Augen aufsperren. Nicht blinzeln«, sagte sie konzentriert und näherte sich mit Daumen und Zeigefinger seinem linken Auge. »Ich weiß, man sträubt sich am Anfang dagegen, sich ins Auge zu fassen oder fassen zu lassen, aber glaub mir, man gewöhnt sich daran.«

Er wich unwillkürlich zurück. »Ich passe auf, versprochen. Vertrau mir«, probierte Theresa ihn zu beruhigen.

Sie versuchte erneut, mit einem Pinzettengriff seine Kontaktlinse zu fassen zu bekommen, doch er zuckte wieder zurück.

Hilflos ließ sie die Arme hängen. »Ich verstehe ja, dass dir mulmig zumute ist, Romain. Aber es ist kein Hexenwerk, Kontaktlinsen aus den Augen zu holen. Millionen von Menschen tun das jeden Tag. Pass auf. Mit Daumen und Zeigefinger meiner linken Hand halte ich deine Lider offen, mit den Fingern der rechten Hand ziehe ich die Linse Richtung Augenwinkel und schiebe sie aus dem Auge heraus. Okay?«

Wie gelähmt starrte er sie mit seinen leuchtend roten Augen an und bog den Kopf nach hinten, als sich ihre Hände näherten.

»Versuchen wir es anders: Du legst dich auf den Tisch und wir probieren es noch einmal. So habe ich vielleicht auch besseres Licht.«

»Na gut.« Ängstlich legte sich Romain mit dem Oberkörper auf den Tisch und ließ die Beine über die Kante baumeln. Seine riesigen Flügel knickten zu beiden Seiten ab. Theresa beugte sich über ihn und zog ihm die Lider auseinander, ganz nah über ihm. Es war ein sehr intimer Moment, selten war sie einem Menschen so nah gewesen. Sie sah, wie sich seine roten Pupillen weiteten, als er sich in ihre Hände begab. Er war ihr hilflos ausgeliefert. Sein Gesicht war blass und Schweißperlen standen ihm auf der Stirn. Einen Moment tauchte sie in seinen Blick ein, und starke Gefühle, die sie nicht benennen konnte, schlugen in ihr ein wie ein Blitz. Zuneigung, Verwirrung, Erschrecken fuhren Achterbahn in ihrem Innern.

»Theresa?«, flüsterte er unter ihr, ohne sich zu rühren.

»Ganz ruhig«, flüsterte sie zurück, nur eine Handbreit über seinem Gesicht.

Da wurde die Tür aufgerissen und Léa stürzte herein. »Da bist du, Romain! Was treibst du da, um Himmels Willen?«

Mit in die Hüften gestemmten Händen starrte sie ihren Cousin an.

»Wonach sieht es denn aus, Léa?«, murmelte Romain.

Theresa biss sich auf die Lippen, um ein Lächeln zu unterdrücken.

»Ich muss nur schnell ein Kehrblech holen«, murrte Léa. »Es gab draußen einen kleinen Zwischenfall.«

Romain stemmte sich auf die Ellbogen und richtete sich halb auf. »Was für einen Zwischenfall?« Es gelang ihm kaum, die blutroten, tränenden Augen offenzuhalten. Er blinzelte heftig und bot einen verstörenden Anblick.

Léa musterte ihn wie ein seltenes Forschungsobjekt. »Kein Grund zur Panik. Einer unserer lieben Gäste – dieser Chirurg mit dem blutbespritzten Kittel, vielleicht hast du ihn gesehen – wollte mir an die Wäsche. Widerlicher Idiot.«

»Ich kümmere mich darum, wenn wir hier fertig sind, Léa. Aber jetzt lass uns allein. Dies hier ist ein medizinischer Notfall.«

»Du brauchst dich um nichts zu kümmern«, sagte Léa verdrossen. »Das habe ich bereits selbst geklärt. Ein kräftiger Tritt in die Samenfabrik, und gut war´s.«

»Oh Gott«, murmelte Romain.

Léa blickte Theresa an. »Dein Bruder wollte mir helfen und hat den Typen am Kragen genommen. Nicht, dass ich Hilfe gebraucht hätte. Jedenfalls kam es zu einer kleinen Rangelei zwischen Friedrich und dem Typen, und es gingen ein paar Gläser kaputt. So, und jetzt muss ich kehren gehen.«

Sie verschwand mit Kehrblech und Besen und knallte die Tür hinter sich zu, dass die Flaschen in den Kisten klapperten.

Romain sank seufzend auf den Tisch zurück. »Hier ist aber auch immer was los.«

Theresa hielt behutsam Romains Augenlider geöffnet und schob mit einer blitzschnellen Bewegung die Kontaktlinse zusammen, griff sie mit den Fingerspitzen und präsentierte sie ihm triumphierend. »Hier! Die hätten wir geschafft!«

Mit dem anderen Auge verfuhr sie genauso. Sie entsorgte die Linsen im Papierkorb unter dem Waschbecken.

Romain blieb reglos liegen und schloss die Augen. »Danke«, flüsterte er dann, zog sie an sich und umarmte sie. Seine Flügel knisterten und verfingen sich in ihren. In ihrem Innern explodierte etwas wie ein Feuerwerk, so stark, dass sie es kaum ertragen konnte. Sie verharrte in seiner Umarmung, und das Verlangen, noch mehr von ihm zu bekommen, brannte in ihr.

Doch in diesem Moment wurde die Tür erneut aufgerissen, und Léa stand wieder vor ihnen, mit vor Aufregung geröteten Wangen.

»Was ist?«, murmelte Romain irritiert in Theresas Haare hinein.

»Der Typ von eben gibt keine Ruhe und feindet Friedrich an«, stieß Léa hervor.

Romain seufzte. »Ich komme.«

Er löste sich von Theresa – ihre ineinander verhakten Flügel rissen mit einem leisen Geräusch auseinander – , brachte sich ächzend in eine sitzende Position und glitt vom Tisch. Theresa fror plötzlich so sehr, dass sie zitterte. Ihr war, als habe man ihr etwas Schönes, Wunderbares weggenommen.

Am Waschbecken schaute Romain in den Spiegel und begutachtete seine geröteten Augen. »Na, wird schon wieder werden. Nächstes Jahr an Halloween gehe ich auch als Biene Maja, die hat keine glühenden Augen.«

Er legte ihr die Hand auf die Schulter, und wortlos kehrten sie in die Bar zurück. Dort sprach er ruhig, aber bestimmt auf den Gast ein, der sich bedrohlich vor Friedrich aufgebaut hatte, und komplimentierte ihn ohne größeres Aufsehen aus der Tür hinaus.

Theresa nahm sich ein Schälchen Monsterpudding und gesellte sich zu ihrem Bruder, während Romain von Erich, Otto und Hermann in Beschlag genommen wurde.

Friedrich kümmerte sich um Léa, die zum gefühlt zehnten Mal ihrem Unmut über aufdringliche und ihre Grenzen überschreitende Gäste Luft machte.

»Denken die, ich bin Freiwild?«, schnaubte sie mit wütend funkelnden Augen.

»Blöde Situation«, sagte Friedrich mitfühlend. »Aber an einem Abend wie diesem führen der Geräuschpegel und der viele Alkohol wohl dazu, dass manche Typen sich einfach vergessen. Tut mir echt leid, Léa, dass ich nicht früher zur Stelle war und gleich gesehen habe, worauf der Mistkerl aus war.«

Léa lächelte ihn dankbar an, während Amelia eine finstere Miene aufsetzte und die Arme vor der Brust verschränkte. »Lass uns tanzen«, sagte sie zu Friedrich, Léa bewusst ignorierend. »Wir sind ja nicht zum Rumstehen hergekommen.«

»Gleich«, antwortete Friedrich. »Ich möchte noch kurz bei Léa bleiben, bis sie sich wieder etwas beruhigt hat.«

»Dann bleib am besten gleich ganz bei ihr«, zischte Amalia, raffte ihr Betttuch hoch und strebte Richtung Ausgang.

»He«, rief Friedrich ihr nach. »Was tust du da? Wohin willst du? Warte doch mal, Amelia!«

»Ich geh heim. Dann hast du freie Bahn bei dieser Tussi.«

»Aber wir wollten doch noch tanzen ...!«

»Das kannst du ja dann mit deiner Hexe machen. Ich bin

weg!« Und mit diesen Worten riss Amelia die Eingangstür auf und verschwand in der Dunkelheit des kleinen Platzes.

Kopfschüttelnd ging Friedrich zum Tresen und sank auf einen Barhocker.

»Cocktail?«, fragte Léa und stützte sich mit den Ellenbogen vor ihm ab. »Eine neue Mischung, die ich erfunden habe – er heißt Seelentröster.«

»Na, das kann ich jetzt gut gebrauchen«, sagte Friedrich und lächelte sie an.

Léa goss die Zutaten zusammen, ein feines Schmunzeln umspielte ihre Mundwinkel.

Als der Abend fortschritt, wurde die Musik allmählich leiser und langsamer. Romain tauchte neben Theresa auf und forderte sie zum Tanzen auf.

»Du hast mir vorhin einen Tanz versprochen. Wollen wir?«

Sie nickte und sah ihm in die geröteten Augen. »Geht es wieder einigermaßen mit deinen Augen oder brennt es noch ganz schlimm?«

»Ich habe große Schmerzen, aber um nichts auf der Welt würde ich auf einen Tanz mit dir verzichten«, sagte er ernst.

Er legte die Arme um sie und sie bewegten sich zu der Musik, locker und gemächlich. Er hatte sie ganz nah an sich herangezogen, sie glaubte fast, seinen Herzschlag zu spüren. Sie fühlte sich wohl in seiner Nähe, war aber trotzdem verwirrt; den ganzen Abend war er ihr praktisch nicht von der Seite gewichen und die Blicke, die sie gewechselt hatten, waren eindeutig gewesen – was lief da, und was lief mit den Frauen, die er immer wieder mit in seine Wohnung nahm? Sie versuchte, sich mit Gedanken an Olivier abzulenken, was ihr aber nur teilweise gelang, zu stark war die Wirkung, die Romains Präsenz auf sie ausübte.

Er hielt sie fest und sie schwebten über den Boden, nahmen den Mittelpunkt der Tanzfläche ein. Martha und Hilde, die sich an den Händen haltend an ihnen vorbeidrehten, zwinkerten ihr auffällig aufmunternd zu und reckten die Daumen in die Höhe.

Theresa errötete, denn auch Romain konnte ihre Gesten kaum übersehen haben.

»Schnapp ihn dir«, raunte Martha ihr hörbar zu. »Er gehört dir!«

»Ran an den Speck!«, flüsterte Hilde laut. »Nicht so schüchtern, Mädchen!«

Olivier mit seinem sympathischen Lächeln und den blauen Augen tauchte immer wieder vor Theresas geistigem Auge auf, gleichzeitig genoss sie Romains Berührung und wünschte sich, der Tanz möge nicht so bald vorbei sein.

»Die sind schon nervig, findest du nicht«, flüsterte Romain ihr ins Ohr, und sie glaubte, seine Lippen auf ihrem Haar zu spüren, war sich aber nicht ganz sicher.

»Auch im Kurs sabotieren sie ständig meine Versuche, sie mit der französischen Literatur vertraut zu machen. Du bist meine Lieblingsschülerin, aber das weißt du bestimmt, nicht?«

»Mhm«, murmelte sie mit geschlossenen Augen und sog seinen Geruch ein.

»Mir macht der Literaturzirkel auch Spaß«, flüsterte sie, den Kopf an seine Brust geschmiegt.

»Die anderen tun der französischen Sprache richtiggehend Gewalt an – ich zucke jedes Mal zusammen, wenn sie was vorlesen ... Aber deine Stimme zu hören, dafür lohnt es sich ... Du liest so schön und so gefühlvoll, dass ich dich jedes Mal am liebsten ...«

Sie zuckten beide zusammen, als ein Ellenbogen jäh gegen sie stieß.

»He, Meister, gibt´s heute Abend auch Ingwerlimonade?«, fragte Hermann, der unter seinem Elefantenkostüm sichtlich schwitzte. »Das könnte ich brauchen zur Erfrischung.«

»Ingwerlimonade?«, wiederholte Romain, während Theresa an seiner Brust haltlos kicherte.

Plötzlich gingen die roten Schweinwerfer aus und die Musik verstummte. Die Gäste verharrten in ihren Bewegungen und standen abwartend in der völligen Dunkelheit. Man vernahm nur noch das Scharren von Füßen und spürte die Hitze der verschwitzten Körper um sich herum. Jemand murmelte etwas von »Stromausfall.«

Theresa spürte Romains Lippen auf ihren. Er hatte beide Arme um sie geschlungen und küsste sie erst leicht und zärtlich, dann immer leidenschaftlicher. Sie hatte das Gefühl, zu brennen vor Hitze und erwiderte seinen Kuss, als hätte sie Angst, das Licht würde gleich wieder angehen, und der Traum – denn so empfand sie diesen Moment – wäre vorbei.

Die Zeit schien stillzustehen, der Raum schien sich aufzulösen in der Finsternis. In Theresas Kopf drehte sich alles, doch Romain hielt sie fest an sich gepresst.

Dann zuckten die roten Scheinwerfer kurz auf, verloschen, und gingen endgültig wieder an. Die Musik erklang, als hätte sie nie aufgehört.

»Wie sieht´s aus, Romain? Hast du Ingwerlimonade?«, fragte Hermann, der noch genauso dicht bei ihnen stand wie vor dem Stromausfall.

Romain schüttelte den Kopf, nur eine Handbreit von Theresa entfernt, und sah sie mit unergründlichen dunklen Augen an.

Kapitel 12

Nach einer schlaflosen Nacht lag Theresa am nächsten Morgen zusammengerollt im Bett und vergrub ihr Gesicht in ihrem gelben Plüschhasen.

»Oh Gott, was habe ich nur getan?«, stöhnte sie in das weiche Fell. Eigentlich sollte sie aufstehen und ihre Sachen für Brüssel packen, denn morgen früh wollte sie zu Olivier aufbrechen.

Olivier. Sie hatte ein unsagbar schlechtes Gewissen ihm gegenüber. Und dennoch – was auf der Halloweenparty mit Romain passiert war, der Kuss im Dunkeln, war unvergesslich. Ständig fühlte sie in der Erinnerung seine warmen Lippen auf ihren, noch immer fühlte sie sich durchdrungen von dem innigen Gefühl, das sie in seinen Armen gehabt hatte. Selten hatte sie sich bei jemandem so geborgen gefühlt, war so ganz sie selbst gewesen. Der leise Verdacht, dass das in Gegenwart Oliviers womöglich anders war, schlich sich bei ihr ein. Olivier war ein Mann von Welt, ein erfolgreicher Modemacher, wenn sie mit ihm zusammen war, achtete sie immer genau darauf, wie sie sich kleidete, wie sie sich gab, denn ihm war das offenbar wichtig.

Es war ihr plötzlich zu viel, im Bett zu liegen und diesem Gedankenkarussell standzuhalten, deshalb stand sie auf, duschte, putzte sich die Zähne und zog sich eine Jeans und einen dicken roten Pullover an.

Es war der erste November, Feiertag, sie musste heute nicht arbeiten, doch sie wollte trotzdem Tante Babette besuchen, um sich zu vergewissern, dass es ihr gut ging, bevor sie nach Belgien fuhr. Sie hatte keinerlei Appetit und verzichtete auf das Frühstück.

Es war ein kalter, nebliger Morgen, Winter lag in der Luft. Die Straße war nur zu erahnen, so dick war alles wie in weiße Watte eingehüllt.

Sie zog sich den Schal enger um den Hals und ging los in Richtung Stadtzentrum. Da heute niemand arbeiten musste, lagen die alten Gassen verlassen da. Auch auf dem kleinen Platz herrschte Stille; der Brunnen, dessen Wasser bereits vor Wochen abgestellt worden war, schien wie vom Nebel verschluckt. Theresa zwang sich, nicht zu der Wohnung hochzusehen, die über dem *Chez Romain* lag. Es hatte sie nicht zu kümmern, ob die Rollläden oben oder unten waren.

Die Tür zum *Samt & Seide* war natürlich abgeschlossen, aber sie sah ihre Tante im Innenraum herumwerkeln. Sie klopfte, und Tante Babette kam erfreut herbei, um ihr aufzuschließen.

»Na, bist du sogar am Feiertag am Arbeiten?«

»Ich krusche nur ein bisschen herum, damit ich das Gefühl habe, ich würde etwas Sinnvolles tun«, sagte Babette und drückte sie an sich. Da sie heute keinen Kundenverkehr hatte, hatte sie sich nicht die Mühe gemacht, sich anzuziehen und trug einen voluminösen Bademantel über einer giftgrünen Jogginghose, die noch aus dem vorigen Jahrtausend zu stammen schien.

»Ist es wirklich okay für dich, wenn ich morgen nach Brüssel fahre und dich allein lasse?«, fragte Theresa und strich mit der Hand über eine Rolle zarten Cordstoffs. Sofort schossen ihr verschiedene Ideen durch den Kopf, was man daraus nähen konnte.

»Natürlich, Kind«, versicherte Babette. »Ich schmeiß den Laden schon. Verschwende deine Zeit in Brüssel nicht mit Gedanken an mich, das ist überflüssig. Konzentriere dich auf dich selbst und deine Karriere! Ich bin sicher, dass du mit deinen Röcken ganz groß herauskommst! Bald wird man sie überall kaufen können und du wirst von überall her Angebote bekommen! Dein Traum wird schneller wahr werden, als du denken kannst.«

Babettes Euphorie konnte Theresa nicht mitreißen, sie lächelte nur schwach. »Dein Wort in Gottes Ohr, Tantchen.«

»Wenn ich bald das Zeitliche segne und du dann eine berühmte Modedesignerin bist, kannst du aus unserem Laden eine Filiale machen, die ausschließlich deine Stücke verkauft. Wäre das nicht fantastisch?«

»Hör auf, immer solche Sachen zu sagen«, sagte Theresa schockiert. »Guck dich an, du bist das blühende Leben.«

Babette lachte. »Du weißt, dass das nicht stimmt, Kind. Oh, schau mal – wer kommt denn da?«

Theresa folgte Babettes Blick und zuckte zusammen. Romain war auf der anderen Seite des Platzes aus seiner Haustür gekommen und schlenderte geradewegs auf das *Samt & Seide* zu.

»Falls er hier rein will, wir haben auf jeden Fall geschlossen!«, zischte Theresa. »Schließ bitte die Tür ab!«

Tante Babette sah sie mit unverhohlener Neugierde an. »Wieso denn? Für Nachbarn stehen meine Türen immer offen, auch außerhalb der Geschäftszeiten. Vielleicht will er nur guten Morgen sagen.«

Panikgefühle stiegen in Theresa hoch. Nach dem gestrigen Abend fühlte sie sich nicht in der Lage, Romain einfach so gegenüberzutreten. »Ich geh nach hinten«, raunte sie und drehte sich auf dem Absatz um.

Doch in diesem Moment klopfte es schon an die Scheibe, und Romain trat ein.

»Guten Morgen, die Damen«, sagte er, hatte für Babette aber kaum einen Blick übrig.

Theresa blieb stehen wie ertappt und drehte sich langsam um. »Hallo, Romain.«

Ein mit unzähligen Stoffballen beladener Tisch stand zwischen ihnen. Romain lächelte sie an; aufgrund seiner noch immer stark geröteten Augen sah er sehr mitgenommen aus.

»Wie geht es deinen Augen?«, fragte sie, gab es auf, auf den Stoff zu starren und verfing sich in seinem Blick, mit dem er sie festhielt.

»Sie brennen wie die Hölle. Aber das muss man wohl in Kauf nehmen, wenn man der Teufel ist.«

Sie lächelte, dann herrschte ein nicht unangenehmes Schweigen.

»Oh!«, rief Babette plötzlich und schlug sich gegen die Stirn. »Ich habe ja Teewasser aufgesetzt.«

So schnell ihr ausladender Körper es erlaubte, lief sie ins Hinterzimmer.

»Ich brauche Stoff für Vorhänge«, sagte Romain. Theresa drängte sich der Verdacht auf, dass ihm das spontan eingefallen war.

»Vorhänge?«

»Ja, Vorhänge. Für mein Badezimmer. Siehst du …« Er trat ans Schaufenster und deutete auf die über der Bar gelegene Wohnung. »Das linke Fenster gehört zum Bad. Wenn ich dusche, kann jeder hereinschauen. Ich brauche einen blickdichten Stoff, am besten dunkelblau oder schwarz.«

»Schwarze Vorhänge für das Bad?«, sagte Theresa. »Das klingt außergewöhnlich.«

Er erwiderte ihr Lächeln. »Vergiss nicht, ich bin der Herr der Finsternis. Kannst du mich beraten und mir geeignete Stoffe zeigen?«

»Ja.« Theresa ging suchend durch die Regalreihen; er folgte ihr mit nur einer Handbreit Abstand.

Als sie einen halbwegs in Frage kommenden Stoff gefunden hatte, drehte sie sich zu ihm um und stieß mit dem Bündel gegen ihn, da er sehr dicht aufgerückt war.

»Entschuldigung«, murmelte sie.

Er seufzte, nahm ihr die Stoffrolle weg und warf sie achtlos auf das Regal zurück.

»Schluss mit der Scharade, Theresa. Ich brauche keine Vorhänge für mein Badezimmer. Ich weiß nicht, was mir da gerade in den Sinn gekommen ist.«

»Aber ...« begann sie, fast ängstlich, was nun kommen würde. Ihr Herz pochte in ihrer Brust. Was, wenn er sie wieder küssen würde? Einerseits wünschte sie sich das so stark, dass es sie innerlich fast zerriss, andererseits fürchtete sie sich davor, denn sie war im Begriff, sich mit einem anderen Mann ein Leben aufzubauen. Mit einem Mann, der die Verwirklichung ihrer Träume war ...

»Möchtest du heute Abend zu mir kommen? Ich kann uns was kochen.«

»Ich ...«, stieß sie hervor und versuchte, ihr Entsetzen zu verbergen. Der erste Gedanke, der ihr durch den Kopf schoss, waren die zahlreichen Frauen, die bei ihm ein und aus gingen.

Erst der zweite Gedanke – und das schockierte sie – galt Olivier und der Möglichkeit, ihn mit Romain zu hintergehen.

»Das ... das geht nicht«, stammelte sie. »Ich muss heute Abend packen, ich fahre morgen ganz früh los nach Belgien.«

»Was machst du in Belgien?«, fragte er.

»Ich habe einen … Freund in Brüssel.«

»Einen Freund?«, fragte er eindringlich. »Und was für eine Art Freund wäre das?«

»Ich weiß nicht genau«, flüsterte sie verlegen. »Ich kenne ihn noch nicht lange. Er arbeitet in einer Modefirma und will meine Schnitte sehen.«

Vor Nervosität verknotete sie ihre Hände ineinander, sie wusste nicht, wohin sie schauen sollte, doch sie spürte Romains Blick, der auf ihr ruhte, mehr als deutlich. Wie hatte sie sich nur in diese Situation manövrieren können? Sie wollte niemanden verletzen. Aber sie musste doch ihre Träume verwirklichen. Sie würde es auf ewig bereuen, wenn sie nicht nach Belgien ginge und ihre Chance in der Modewelt ergriff. »Ich bin etwas durcheinander im Moment. Ich muss mich erst einmal sammeln. Ich … Es tut mir leid, Romain.«

Romain lief ein paar Schritte im Kreis umher wie ein eingesperrtes Tier und raufte sich die dunklen Haare. »Und wann hattest du vor, mir das zu sagen?«

Theresa schwieg betreten.

»Gute Fahrt morgen«, sagte er und verließ den Laden. Eine Schrecksekunde lang sah sie ihm nur nach, dann kehrte Leben in sie zurück. Sie konnte ihn nicht einfach so gehen lassen, sie hatte das Gefühl, etwas würde in ihr zerbrechen. Wenn sie ihm jetzt nicht folgte, würde sie das immer verfolgen.

»Romain!«, rief sie und rannte ihm nach. »Warte doch!«

Er lief einfach weiter.

Am Brunnen, dessen Steinumrandung vom Nebel feucht war, blieb Theresa stehen. »Was soll das, Romain?«, schrie sie über den menschenleeren Platz. »Du bist gekränkt, weil es da vielleicht jemanden gibt. Aber was ist mit dir? Du bist doch gar nicht interessiert an mir! Jeden zweiten Tag schleppst du irgendwelche Frauen ab, das bekommt hier doch jeder mit!«

Er wandte sich ihr kurz zu, sah sie verständnislos an und lief dann kopfschüttelnd zu seiner Wohnung hinüber.

Gut vierundzwanzig Stunden später kam sie erschöpft und verschwitzt in Brüssel an. Je näher sie der belgischen Hauptstadt gekommen war, desto dichter und chaotischer war der Verkehr geworden. Sie war ohnehin mit Magengrummeln losgefahren und die gesamte Fahrzeit gedanklich mit Romain beschäftigt gewesen.

Der Streit mit Romain am vorherigen Tag hatte ihr sehr wehgetan; sie wünschte, es wäre nie zu dieser Szene gekommen. Der Kuss auf der Halloweenparty hatte so viel in ihr ausgelöst, aber sie wusste einfach nicht, woran sie war mit Romain. Sie sollte sich seine Zärtlichkeiten schleunigst aus dem Kopf schlagen, denn sie war auf dem Weg zu Olivier, dem Mann, der die Erfüllung ihrer Träume war. Sie hoffte, dass Olivier alle ihre Zweifel und Gedanken wegscheuchen würde, wenn sie nur erst bei ihm war.

Das Navigationssystem führte sie in eine ruhige Wohnstraße fast im Zentrum Brüssels; flämische Bürgerhäuser mit gepflegten Vorgärten aus der Zeit um 1900 säumten die Straße zu beiden Seiten. Olivier wartete auf einer kleinen Treppe, die zum Gebäude Nummer vierundvierzig führte, auf sie und winkte ihr zu.

Es rührte sie, dass er in der Novemberkälte im Freien stand, wer wusste, wie lange schon. Sie parkte ein, stieg aus und fiel ihm in die Arme. Er zog sie fest an sich und vergrub das Gesicht in ihren braunen Haaren.

»Du bist da.«

»Ja. Ich bin da.« Es erschien wie ein Traum, wie eine andere Welt.

Er trug einen Anzug, als sei er gerade von der Arbeit gekommen, was wahrscheinlich auch der Fall war, und musterte sie und ihre Kleidung ausgiebig. Es schien ihm zu gefallen, was er sah. »Ich zeige dir rasch die Wohnung, dann müssen wir in die Firma. Didier Montreau, der Designer, wartet.«

»Okay.«

Atemlos lief sie hinter ihm her die alte, ausgetretene Treppe hoch zu der Wohnung im dritten Stockwerk.

»Du hast ein Faible für die oberste Etage, was?«, fragte sie.

Er lächelte und stellte ihren Koffer vor seiner Wohnungstür ab, um aufzuschließen. »Ja, vielleicht. Nirgends ist man so ungestört wie ganz oben.«

Sie betraten die Wohnung, und Theresa sah sich aufmerksam um, um jedes Detail in sich aufzunehmen. Dies hier war kein Ferienapartment am Meer, wo Olivier nur ein paar Tage im Jahr verbrachte, nein, hier spielte sich sein echtes Leben ab.

Er nahm ihr den Mantel ab und drückte sie gegen die Wand, um sie gierig zu küssen.

»Ich habe dich so vermisst«, flüsterte er und knöpfte ihren Mantel auf. »Ich habe die Tage gezählt.«

»Ich auch«, murmelte sie und schob den Anflug schlechten Gewissens, der sie überkam, schnell beiseite.

»Willst du dich schnell frischmachen, damit wir so bald wie möglich in die Firma fahren können? Vergiss nicht, deine Röcke mitzunehmen, Didier ist sehr gespannt darauf!«

»Ich beeile mich.« Theresa warf einen raschen Blick in die Räume. Überall lagen hochwertige, teure, orientalische Teppiche, ansonsten war die Einrichtung knapp und funktional gehalten. Das Mobiliar bestand größtenteils aus Glas, Massivholz und Leder, so ähnlich wie im Apartment in De Panne.

Ihr fiel sogleich auf, dass es auch hier keine persönlichen

Gegenstände gab, nirgends sah sie gerahmte Fotos oder Andenken an Reisen oder frühere Zeiten. Das erstaunte sie nicht weiter, hatte er ihr doch schon oft erzählt, dass er immer bis spät in den Abend hinein arbeitete und nur zum Schlafen daheim war.

Im Schlafzimmerschrank hingen nur wenige Hemden und Hosen, sodass sie ihre Kleider und Wäsche problemlos verstauen konnte. Sie nahm ihre Röcke aus dem Koffer und stellte erleichtert fest, dass sie die Fahrt gut überstanden hatten und nicht zerknittert waren.

Sie trat ins angrenzende kleine Bad und wusch sich das Gesicht, entwirrte ihre welligen Haare und schminkte sich neu, um wieder frisch auszusehen.

Als sie mit ihren Röcken in den Kleiderhüllen zu ihm ins Wohnzimmer kam, wo er ungeduldig auf sie wartete, legte sie ihm beide Arme um die Schultern und schmiegte sich an ihn.

»Ich bin so froh, bei dir zu sein«, flüsterte sie. Vergessen war das Gefühlschaos zu Hause, jetzt gab es nur noch Olivier und sie.

Er küsste sie flüchtig aufs Haar und schob sie zur Tür. »Komm, wir müssen uns beeilen, dass wir in die Firma kommen.«

Die Modefirma befand sich in einem Hochhaus in der Innenstadt Brüssels und bestand aus gläsernen Fronten, sodass man von draußen alles sah, was in den unteren Stockwerken vor sich ging. Oliviers Unternehmen hatte seine Räume allerdings auf der siebten Etage.

Aufgeregt hielt sie seine Hand, als sie im Aufzug hochfuhren.

Er lächelte ihr aufmunternd zu. »Keine Sorge, Didier wird von dir und deinen Röcken begeistert sein, du wirst sehen.«

»Ich fühle mich wie ein Schulkind vor der Mathearbeit«, murmelte sie mit schiefem Grinsen.

Oben angekommen ließ er ihre Hand los und führte sie durch

die Räume, um ihr alles zu zeigen. Er wurde von allen Mitarbeitern, die geschäftig umherschwirrten, freundlich gegrüßt. Beeindruckt betrachtete Theresa die lebensgroßen Ankleidepuppen, die bereits die Kleider der kommenden Sommersaison trugen. Schneider und Schneiderinnen liefen um sie herum, um noch letzte Details zu verändern. In einem anderen Raum arbeitete eine Gruppe junger Leute an Skizzen, die in heillosem Durcheinander auf Tischen verstreut lagen.

»Und nun komm in mein Büro«, sagte Olivier, nachdem sie alles gesehen hatte.

In seinem Zimmer setzten sie sich auf lederne Sessel, die wohl für Besucher gedacht waren. Theresa fühlte sich etwas befangen in dieser fremden Umgebung und Erinnerungen an frühere Vorstellungsgespräche kamen in ihr hoch. Bei *Schirmer&Söhne* hatte es genauso steril und minimalistisch ausgesehen. Aber was erwartete sie? Natürlich war ein Modekonzern kein so heimeliges und gemütliches Plätzchen wie das Stoffgeschäft ihrer Tante.

»Kaffee, Tee oder was Stärkeres?«, fragte Olivier und deutete auf eine großzügige Auswahl an Getränken auf dem Beistelltisch.

»Eine Cola für die Nerven.«

Er schmunzelte, rückte kurz zu ihr herüber und küsste sie leicht auf die Lippen. »Küssen beruhigt auch. Wie gesagt, du hast absolut keinen Grund, nervös zu sein.«

Als es an der Tür klopfte und ein Mann mittleren Alters hereintrat, rutschte Olivier wieder weg von ihr weg und stand auf. »Schön, dass du da bist, Didier. Das ist Theresa Rehberg, von der ich dir erzählt habe. Theresa, das ist Didier Montreau, mein Chefdesigner«, stellte er die beiden einander auf Französisch vor.

Didier küsste sie auf belgische Art dreimal auf die Wangen. »Hallo, Theresa. Olivier sagt, dass Sie eine begabte Nachwuchsdesignerin sind, ich bin sehr gespannt auf Ihre Stücke.«

»Nachwuchsdesignerin ist etwas hoch gegriffen«, wehrte sie sich verlegen. »Ich nähe gerne. Ob meine Schnitte und Stoffe über Kleinstadtniveau hinausgehen, weiß ich nicht.«

Didier sah ganz anders aus, als sie ihn sich vorgestellt hatte. Schlaksig, mittelgroß, mit farblosem Teint und sandfarbenem schütteren Haar, mit einer hellen Jeans und einem unauffälligen beigefarbenem Hemd bekleidet wirkte er nicht, als käme er aus der Modebranche.

»Dann zeige ihm doch mal deine Röcke«, sagte Olivier und lächelte sie an. Theresa bemerkte, dass dem Designer das stumme Einvernehmen zwischen ihnen nicht entgangen war; er musterte sie mit einem Blick, der sie irritierte.

Sie nahm ihre Röcke aus den Hüllen; Olivier rollte eine Kleiderstange auf Rädern heran und half ihr, die Röcke auf Bügel zu hängen. Didier ging von einem Rock zum anderen, das Kinn nachdenklich in die Hand gestützt.

»Hm …«, machte er, und Theresa wechselte hinter seinem Rücken einen hilflosen Blick mit Olivier. Er nickte ihr beruhigend zu.

»Nun?«, fragte Olivier, als auch er langsam ungeduldig wurde.

»Ja …«

»Was sagst du, Didier?«

Der Designer wandte sich zu ihnen um und lächelte Theresa an.

»Sehr schön, Mademoiselle, ich bin beeindruckt, was Sie da allein auf die Beine gestellt haben. Ihre Röcke sind jung, stylish, originell und bunt. Der Schnitt ist gefällig, die A-Linie schmeichelt praktisch jeder Figur.«

»Also ließe sich durchaus was mit den Schnitten machen?«, fragte Olivier zufrieden und warf Theresa einen verstohlenen Blick zu, den Didier auch dieses Mal registrierte.

»Absolut«, bestätigte Didier. »Natürlich wären hier und da einige kleine Veränderungen oder Optimierungen nötig, damit die Röcke auch hundertprozentig zu unserem Label passen, aber das kriegen wir schon hin.«

Theresa wurde hellhörig. »Was bedeutet das? Inwiefern müssten die Röcke abgeändert werden? Können die Schnitte nicht so bleiben, wie sie sind?«

»Unsere Kleidung ist eher für Frauen gesetzteren Alters, deshalb ...«

»Das können wir zu gegebenem Zeitpunkt noch besprechen«, unterbrach Olivier ihn. »Das ist jetzt nicht so wichtig.«

Theresa zupfte nervös an einem weinroten Rock auf der Kleiderstange, den sie liebevoll an zwei langen Abenden genäht hatte. Der Gedanke, dass ihre Kreationen abgeändert werden sollten und sie nicht unbedingt ein Mitspracherecht haben würde, behagte ihr nicht so ganz.

»Wie würde meine Mitarbeit genau aussehen?«, fragte sie, wobei sie den Blick Oliviers nicht erwiderte.

Didier strich sich über das dünne Haar. »Das müssten Sie mit Olivier besprechen, er ist der Chef. Ich könnte mir vorstellen, dass Sie vielleicht zunächst als freie Mitarbeiterin im Designteam mitmachen, später könnten wir Sie dann festanstellen? Ist das in deinem Sinne, Olivier?«

»Natürlich«, antwortete dieser. »Aber das sind Details, über die wir später noch ausführlich sprechen werden. Die Personalabteilung wird einen Vertrag ausarbeiten. Die Hauptsache ist, dass Theresa hervorragend in unser Unternehmen passt.«

»Dankeschön«, murmelte Theresa. »Und von wo aus soll ich arbeiten? Von daheim aus oder hier in Brüssel?«

»Es wäre natürlich von Vorteil, wenn du so oft wie möglich in Brüssel wärst«, sagte Olivier und lächelte sie an.

Der Designer sah die beiden merkwürdig an, dann senkte er den Blick auf sein piepsendes Smartphone. »Ich muss wieder an die Arbeit. War schön, Sie kennengelernt zu haben. Ich freue mich auf die Zusammenarbeit mit Ihnen und auf Ihre guten Ideen.«

»Danke, ich freue mich auch.«

Zum Abschied verzichtete Didier auf die Wangenküsse, sondern gab ihr einfach die Hand.

Als er draußen war, nahm Olivier Theresa in die Arme. »Na, was sagst du?«

»Sieht so aus, als ich gehöre zu deinem Designteam!«, sagte Theresa. Sie fühlte sich wie in Watte gepackt, so als nehme sie alles nur gedämpft war. Aber es war wahr: Sie bekam eine Chance in Oliviers Modefirma und sie durfte ihre Röcke auf den Markt bringen, wenn auch in abgeänderter Form und nicht in ihrem ureigenen Stil.

»Du hast es dir verdient, chouchou«, sagte Olivier. »Lass uns feiern. Ich habe einen Tisch in einem der besten Restaurants fürs Abendessen reserviert.«

Sie fuhren noch kurz zu Oliviers Wohnung, um sich in Schale zu werfen. Theresa zog ein pflaumenfarbenes Wickelkleid an, eines ihrer wenigen teuren Stücke.

Olivier legte von hinten die Arme um ihre Taille, als sie sich vor dem Spiegel Parfum aufsprühte, und küsste sie in den Nacken. »Hast du kein schwarzes Kleid?«, fragte er.

Irritiert stellte sie den Flakon auf die Ablage und drehte sich zu ihm um. »Wieso?«

»Wir gehen in ein sehr edles Restaurant. Da würde schwarz besser passen. Dieses Pflaumenlila ist ein wenig ... provinziell.

Aber es ist okay, chouchou. Du siehst in jeder Farbe hinreißend aus.«

Er führte sie in ein Restaurant im Zentrum mit drei Michelin-Sternen. Das Ambiente war sehr gediegen und ruhig. Der Ober im schwarzen Frack brachte sie zu einem abgeschiedenen Tisch, auf dem bereits Kerzen in einem silbernen Kandelaber brannten.

Olivier ließ Champagner kommen und sie stießen an.

»Auf dich«, sagte Olivier und sah sie mit Besitzerstolz an. »Auf meine junge, erfolgreiche Gefährtin.«

»Auf uns«, erwiderte sie mit glühenden Wangen. Zwei Frauen in schwarzen Etuikleidern kamen an ihrem Tisch vorbei. Theresa sah an sich herunter; leise Zweifel erfüllten sie. War sie wirklich passend gekleidet, hätte sie nicht lieber doch ein schwarzes Kleid besorgen sollen? Sie fühlte sich nicht gut vorbereitet für ein Leben in der Metropole. Aber was machte sie sich da überhaupt für Gedanken? Sie war doch wunschlos glücklich – hier saß sie in einem erlesenen Restaurant, mit dem Mann, den sie liebte, der ihr jeden Wunsch von den Augen ablas, und der ihr zudem die Chance gab, ihren beruflichen Traum zu realisieren.

»Wie ich sehe, sind Muscheln auch hier die Spezialität«, sagte Theresa, als sie in der Speisekarte blätterte. »Aber ich glaube, dieses Mal lasse ich besser die Finger davon.«

»Es geht nichts über Pommes frites«, spottete Olivier. »Wie wäre es mit *rognons de veaux*? Das ist genauso ein Nationalgericht wie Muscheln. Es wird mit Wacholderbeeren und Wacholderschnaps zubereitet.«

»Kalbsnieren?«, fragte Theresa nicht sehr überzeugt. »Na ja, ich kann es ja mal versuchen. Ich hoffe, ich kann Pommes frites dazu bekommen?«

»Alles, was du willst«, sagte er und legte seine Hand auf ihre.

»Danke, dass du das alles möglich machst«, sagte sie leise und sah ihm in die blauen Augen. »Du bist großartig, und ich bin so glücklich, dich kennengelernt zu haben und bei dir zu sein.«

Er gab ihr einen leichten Kuss auf die Hand. »Das können wir ab jetzt immer haben. Du hast ja nur wenig Gepäck dabei. Wie wäre es, wenn du deine ganzen Sachen holst und bei mir bleibst?«

Aufgeregt drehte sie ihr Champagnerglas in den Händen. »Wie meinst du das?«

»So, wie ich es sage«, sagte er und sah sie ernst an. »Hol deine Sachen aus Deutschland und zieh bei mir ein. Lass uns keine Zeit verschwenden, Zeit ist kostbar. Ich will dich so oft wie möglich um mich haben. Und das wäre auch besser für deine Arbeit. «

Sie lächelte ihn an, gerührt und befangen zugleich. Die Vorstellung, ganz bald schon tagtäglich von Unmengen von schönen Stoffen, Schnitten und kreativen Leuten umgeben zu sein, ließ ihr Herz klopfen. Zugegeben, es fühlte sich noch alles etwas fremd und eigenartig an, aber sie würde sich bestimmt rasch eingewöhnen. Und sie wäre ja nicht allein, Olivier wäre für sie da. »Okay«, sagte sie leise.

Zwei Stunden später stand sie in Oliviers Wohnung am Schlafzimmerfenster und schaute hinaus; die Straße versank in Dunkelheit, doch in den Häusern ringsum schien warmes Licht durch die Fensterläden. In diesem Moment fühlte sie sich ein wenig einsam und dachte an zu Hause. Das hier hatte sie sich so sehr gewünscht, aber sie begann, ein schlechtes Gewissen wegen Tante Babette zu haben. Ging ihr Umzug nach Brüssel nicht ein wenig zu schnell? Ihre Tante brauchte sie doch im *Samt & Seide*. Wenn sie in ein paar Tagen vorübergehend heimfahren würde, müsste sie ihr helfen, eine neue Mitarbeiterin für den Laden zu finden. Alleine schaffte Babette es nicht mehr, den Laden zu führen.

Der kleine Platz mit dem Brunnen und dem Kopfsteinpflaster, den Geschäften und der Cocktailbar stand ihr deutlich vor Augen, und sie verspürte eine leise Sehnsucht danach. Aber es war wohl nur natürlich, dass sie sich ein wenig verloren fühlte, hier in Brüssel war ihr noch alles fremd und außer Olivier kannte sie niemanden. Sie war sich sicher, dass er sich darum kümmern würde, dass sie sich hier gut zurechtfand.

Olivier kam mit zwei weiteren Champagnergläsern aus der Küche. Er reichte ihr eines, schlang den Arm um ihre Schulter und blickte mit ihr in die Dunkelheit hinaus.

»Keine Sorge, du wirst dich hier bald eingewöhnen«, flüsterte er und küsste sie aufs Haar.

Sie nickte, zu bewegt zum Sprechen.

Sie liebten sich im Finstern; Olivier war langsam und behutsam, so als hätten sie alle Zeit der Welt, was ja auch stimmte – bald hätten sie jeden Abend für sich.

Nachher war sie müde vom Champagner und dem langen Tag, ihr fielen fast die Augen zu. Zu ihrem Erstaunen stand Olivier auf, duschte kurz und kleidete sich wieder vollständig an.

»Was machst du da?«, murmelte Theresa.

»Ich muss nochmal kurz in die Firma«, sagte er bedauernd und küsste sie zum Abschied.

»Was? Jetzt?«, fragte sie entsetzt.

»Ja. Da ich früher gegangen bin wegen unseres Essens, ist einiges liegengeblieben. Ich arbeite oft bis in die Nacht hinein, chouchou. Aber schlaf du nur und ruhe dich aus. Morgen machen wir was Schönes zusammen.«

Sie konnte es noch immer nicht glauben, dass er so spät noch einmal ging und fühlte sich mit einem Schlag sehr einsam und verlassen. Sie zog sich die Bettdecke bis ans Kinn und tröstete sich mit Erinnerungen an den kleinen Platz mit dem Stoffgeschäft, der Chocolaterie und der Cocktailbar ...

Am nächsten Morgen tastete sie schlaftrunken auf die andere Seite des Bettes, doch sie war leer. Sofort war sie hellwach und setzte sich auf. Angst stieß ihr ins Herz wie ein Messer. War Olivier gestern nicht mehr heimgekommen? Wo war er? Hatte er sie allein in der Wohnung gelassen?

Sie stand auf und ging im Zwielicht des Novembermorgens in die Küche, wo ihr ein Felsbrocken von der Seele fiel. Gottseidank, Olivier war da! Er trug eine schwarze Hose und einen dunkelblauen Kaschmirpullover und sah aus, als sei er bereit, die Welt zu erobern.

»Guten Morgen«, sagte er und küsste sie. »Gut geschlafen in der neuen Heimat?«

»Mhm ... Ich habe dich gar nicht kommen gehört.«

Olivier schenkte ihr Kaffee ein und sie setzten sich an den mit Brüsseler Waffeln und ofenfrischen Croissants gedeckten Tisch. »Es ist sehr spät geworden. Das ist leider der Nachteil meines Jobs – ich bin zwar mein eigener Herr, aber eigentlich habe ich nie Feierabend. Meistens bin ich bis spät abends in der Firma, oft bin ich auch am Wochenende dort oder muss auf Messen und Veranstaltungen. Doch genug von der Arbeit. Ich habe mir bis heute Mittag freigenommen, denn ich habe eine Überraschung für dich.«

»Was ist es denn?«, fragte sie und bestrich sich ein Croissant mit Butter.

»Das wird nicht verraten«, antwortete er und lächelte sie geheimnisvoll an. »Aber wir dürfen nicht trödeln, denn wir müssen ein ganzes Stück weit fahren.«

Nach dem Frühstück räumte er die Küche auf, und sie zog sich Jeans und einen Pullover an und band sich die Haare zusammen.

Es war ein kühler, feuchter Morgen, und Winter lag in der Luft. Die Bäume in den Vorgärten der flämischen Bürgerhäuser waren fast kahl, die Erde dagegen mit einem dichten Teppich aus welkem Laub bedeckt.

Sie stiegen in Oliviers Auto und fuhren los.

»Na, aufgeregt?«, fragte er, während er sich durch den starken Verkehr des Zentrums hindurchfädelte, und streifte sie mit einem Seitenblick.

»Na ja, ich gehe mal davon aus, dass es eine schöne Überraschung ist«, sagte Theresa. »Du wirst uns wohl kaum beim Bungee Jumping von einer Brücke herunter angemeldet haben, oder?«

»Nein, aber zum Fassadenklettern am Europäischen Parlamentsgebäude«, sagte er mit einem Zwinkern in den Augen.

»Oh Gott«, sagte sie nur halb im Spaß, »was hast du mit mir vor? Ich bin nur ein langweiliges Landei, das seine Zeit am liebsten vor der Nähmaschine verbringt.«

Der Verkehr geriet immer mehr ins Stocken, und Olivier zeigte Anzeichen von Nervosität. Er sah wieder und wieder auf die Uhr und trommelte mit den Fingern aufs Lenkrad. Zwischendurch klingelte mehrmals sein Handy, und über die Freisprechanlage beantwortete er die Fragen seiner Mitarbeiter und gab seiner Sekretärin Anweisungen. Danach herrschte für wenige Minuten Stille im Auto. Theresa betrachtete ihn verstohlen von der Seite und sah, dass seine Kiefermuskeln verkrampft waren. Ganz wohl fühlte sie sich nicht und sie überlegte, ob sie ihm anbieten sollte, auf die Überraschung zu verzichten und in die Firma zu fahren.

»Haben wir einen Termin zu einer bestimmten Uhrzeit?«, fragte Theresa zögernd.

»Hm«, machte er nur, wollte aber nichts Genaueres verraten.

Theresa sah hinaus auf die Blechkarawanen. Die ganze Zeit

waren sie langsam vorangekommen, doch aufgrund eines Unfalls kam der Verkehr nun zum Stillstand.

»Verdammt!«, fluchte Olivier und schlug mit der Hand auf das Lenkrad. »Das darf doch nicht wahr sein!«

»Willst du mir nicht verraten, was wir vorhaben?«, fragte Theresa leise.

Doch er schüttelte nur angespannt den Kopf und biss die Zähne zusammen.

Sie standen eine Dreiviertelstunde im Stau, bis es der Polizei gelang, den Verkehr um die Unfallstelle herum wieder in Gang zu bringen. Langsam fuhr Olivier an, doch ein enttäuschter Zug lag um seinen Mund.

»Was deine Überraschung auch ist«, versuchte Theresa ihn zu trösten, »wir können es bestimmt auf ein anderes Mal verschieben, falls wir zu spät kommen, oder nicht?«

»Ich hatte es so gut geplant, und dann kommt uns dieser Stau dazwischen«, murmelte Olivier. Er verließ das Zentrum und fuhr auf weniger belebten Straßen aus der Stadt heraus. Wiesen mit braunem Gras flogen an beiden Seiten vorbei.

Olivier bog in einen Weg ein, der zu einem Hofgut führte und hielt vor einer Scheune. Dahinter erstreckten sich weite Felder; Theresa schluckte und stieg zur gleichen Zeit wie Olivier aus. Beide starrten in den grauen Novemberhimmel, über den gemächlich eine Handvoll Heißluftballons zog. Sie schienen bereits eine ganze Weile in der Luft zu sein. Majestätisch schwebten sie über den Feldern und Wiesen, bunte Tupfen vor den tiefhängenden Wolken.

Olivier starrte hoch und ließ die Schultern hängen. Theresa war tieftraurig, nicht, weil sie die Abfahrt der Heißluftballons versäumt hatten, sondern weil Olivier verärgert war, es nicht geschafft zu haben. Er wirkte, als habe er ein wichtiges Projekt in den Sand gesetzt. Er hatte versucht, ihr einen ihrer Jugendträume aus der Colaflasche zu erfüllen und war gescheitert. Wahrscheinlich war er es als erfolgreicher Inhaber einer Modelinie nicht gewohnt, zu scheitern, dachte sie plötzlich. Dann schoss ihr der Gedanke durch den Kopf, dass sie ihn womöglich doch nicht so gut kannte, wie sie geglaubt hatte. Womöglich hatte er viele Züge an sich, die sie erst noch entdecken musste.

Sie hängte sich bei ihm ein und schmiegte sich an den weichen Stoff seines Mantels. »Du wolltest mir eine Fahrt im Heißluftballon schenken. Das ist so lieb von dir. Allein das bedeutet mir so viel, dass es absolut unwichtig ist, ob die Fahrt nun zustande kam oder nicht. Danke.«

»Tja, das Schicksal hat sich anscheinend gegen uns verschworen«, seufzte er. »Es sollte wohl nicht sein.«

»Die Fahrt im Heißluftballon war nur ein winziger Punkt auf meiner Liste. Ich habe alles andere, was ich mir als Siebzehnjährige gewünscht habe«, sagte sie.

Da fand er zu seinem Lächeln zurück. »Nun, wenigstens ist es noch nicht allzu spät und ich kann in der Firma gleich mal schauen, was sie ohne mich verzapft haben. Dann ist es doch kein ganz verlorener Vormittag. Beeilen wir uns.«

Sie hakte sich bei ihm ein und sie gingen strammen Schrittes zum Auto zurück. Dass es nicht zu der Fahrt im Heißluftballon gekommen war, konnte Theresa verschmerzen; trotzdem machte sich ganz leise ein Gefühl der Ernüchterung in ihr breit und nagte an ihr.

Kapitel 13

Theresa blieb noch zwei Tage in Brüssel. Gleich am ersten Tag durfte sie an einer Besprechung des Designteams unter Leitung von Didier teilnehmen. Pünktlich um zehn Uhr saß sie mit dem Chefdesigner in einem Konferenzraum, während die restlichen Teammitglieder auf sich warten ließen. Didier fühlte sich offenbar unwohl, mit ihr allein zu sein und klopfte nervös mit einem Bleistift auf den Tisch.

»Sie ... äh ... Kennen Olivier privat?«, rang er sich dann durch zu fragen.

Theresa schoss die Röte ins Gesicht. Oh Gott, er dachte, sie hätte den Job nur bekommen, weil sie die Affäre des Chefs war! Vor Peinlichkeit wäre sie am liebsten im Boden versunken.

»Ja«, sagte sie und vermied seinen Blick.

»Schon lange?«, fragte Didier vorsichtig nach.

»Nein«, sagte sie mit zusammengebissenen Zähnen. Zum Glück kamen in diesem Moment die vier anderen Teammitglieder, zwei Männer und zwei Frauen, herein und setzten sich zu ihnen an den Tisch.

»Gut, lasst uns anfangen, jetzt, wo alle da sind«, sagte Didier erleichtert und stellte sie kurz den anderen vor. Während er das Thema der Besprechung erläuterte – Olivier wollte für die Herbstsaison im nächsten Jahr noch ein oder zwei Basic-Oberteile, für die sie Ideen sammeln sollten –, ließ Theresa einen verstohlenen Blick über die anderen vier Mitarbeiter schweifen. Sie waren alle weitaus jünger als Didier, der wohl in Oliviers Alter war. Sie waren bewusst unkonventionell gestylt, allesamt trugen sie knallbunte, nicht zusammenpassende Klamotten zu auffallenden Accessoires. Sie sah an ihrer Jeans und ihrem klassischen blau-weiß-geringelten Langarm-Shirt herunter; rein optisch passte sie gar nicht dazu. Doch sie zwang sich, dem Gespräch ihrer zukünftigen Kollegen zu folgen, was sich als schwierig erwies, da vor allem die beiden jungen Frau redeten wie Maschinengewehre und für Theresa sehr schwer zu verstehen waren. Die bedächtige, warme Stimme Romains, mit der er im Literaturzirkel französische Texte vorgelesen hatte, erklang vor ihrem inneren Ohr. Wie hatte sie es geliebt, ihm zuzuhören! Plötzlich fühlte sie sich so fehl am Platz, dass eine heiße Welle der Panik in ihr hochschwappte und sie am liebsten hinausgelaufen wäre. Sie zwang ihre Gefühle nieder. Was war nur los mit ihr?

»Was denkst du darüber, Theresa?«, wandte sich die Frau, die Marie hieß, an sie.

»Was?«, fragte sie erschreckt.

»Wir diskutieren gerade darüber, ob wir Grün oder Blau den Vorzug geben sollen«, erklärte ihr der junge Mann namens Claude in einem derart langsamen Französisch, dass es klang, als würde er sich über sie lustig machen.

»Oh«, sagte sie. Ihr fiel keine intelligente Antwort ein. Was hätte sie auch darauf sagen sollen? Sie liebte sowohl dunkelblau als auch dunkelgrün und hatte in den letzten Monaten je nach Lust und Laune viele schöne Stücke in diesen Farben genäht.

Als sie merkten, dass keine weitere Antwort mehr kam, wandten sich die vier jungen Leute wieder von Theresa ab. Es entspann sich eine leidenschaftliche Diskussion, bei der ständig zwei oder drei Leute gleichzeitig redeten. Theresa schwirrte der Kopf.

»Wir müssen überlegen, welche Botschaften uns diese Farben übermitteln«, rief Marie, »was teilt uns Flaschengrün mit, was sagt es uns?«

»Wir sollten die Farben und ihre Aussagen von allen Blickwinkeln her beleuchten«, schlug Marine vor. »Sozio-ökonomisch, emotional ...«

»Ich finde, Flaschengrün ist das neue Marineblau«, unterbrach Claude die Diskussion. »Wir sollten uns auf Flaschengrün konzentrieren.«

Theresa hielt sich mit verkrampften Fingern an ihrem Notizblock fest. Wieder überkam sie das Gefühl, weglaufen zu müssen, doch sie saß da wie festgefroren. Zu ihrer Erleichterung schien auch Didier nichts mit den Überlegungen seines Teams anfangen zu können.

»Die Bedeutung der Farben ist egal«, sagte er ungeduldig. »Es ist mir auch neu, dass Grün oder Blau eine spezielle Botschaft hätten. Es geht darum, was sich am besten verkauft.«

Das Team schaute ihn an; alle waren sehr leise geworden.

»Vielleicht sollten wir einfach mal ein oder zwei Probestücke nähen und schauen, was uns besser gefällt?«, fragte Theresa zaghaft.

Didier legte behutsam seinen Bleistift auf den Tisch und stützte müde den Kopf auf die Hände.

»Aber Theresa«, sagte Marine, »wir nähen hier doch nicht. Wir sind nur für das Design zuständig. Das Nähen erledigen andere.«

Bereits am frühen Nachmittag war sie sehr erschöpft und sehnte sich danach, in Oliviers Wohnung zu kommen und sich einfach ins Bett zu legen. Die Hektik, der hohe Geräuschpegel, der Druck, unter dem das Team stand, setzten ihr zu. In kürzester Zeit war sie zu der Erkenntnis gekommen, dass es weniger darum ging, schöne Kleidungsstücke zu kreieren, an denen die Käufer Freude hatten, als vielmehr darum, den Anforderungen des Marktes standzuhalten. In jeder Sekunde stand das Kosten-Nutzen-Verhältnis im Vordergrund.

Das Nähen, das sie daheim mit solcher Freude und Leidenschaft betrieben hatte, war hier eine reine Nebensache. Sie würde sich sehr umstellen müssen. Natürlich hätte ihr von Anfang an klar sein müssen, dass es in einer Modefirma nicht primär um den Spaß am Nähen ging, sondern um den Profit und die Massentauglichkeit. Aber sie war bereit, zu lernen und sich in das Team zu integrieren.

Das Team – das war der nächste Punkt, der ihr Bauchschmerzen verursachte. Sie passte nicht zu diesen Leuten. Deren Denkweise war ihr fremd. Wenn sie es recht bedachte, fühlte sie sich in Gruppen generell nicht wohl. Sie war die typische Einzelkämpferin, die zufrieden war, in einem Laden vor sich hin zu werkeln oder allein an der Nähmaschine zu sitzen.

Sie ertappte sich dabei, wie sie an das *Samt & Seide* dachte. Dort war immer Zeit für einen Plausch mit einem netten Kunden gewesen, und in den Workshops, die sie gehalten hatte, wurde genäht, was den Leuten gefiel.

Am Nachmittag schlenderte sie durch die Stadt, besichtigte das Manneken Pis, das Atomium, das Europaviertel und erstand erlesene Pralinen in den Chocolaterien. Sie kaufte sich an einem der unzähligen Stände Waffeln oder Pommes frites, dick in Schal und Mantel eingemummelt, denn es war empfindlich kalt für November.

Das einsame Umherlaufen machte ihr nichts aus, sie hatte

das Gefühl, die Zeit zu brauchen, um wieder zur Ruhe zu kommen. Sie durfte nicht schwarzsehen. Aller Anfang war schwer. Sie musste sich erst in der Firma einarbeiten und dem Designteam zeigen, dass auch sie Ideen hatte. Die ersten Monate hier würden mit Sicherheit hart werden, aber sie würde es schaffen.

Außerdem tröstete sie die Aussicht auf die Abende mit Olivier. An diesem Abend führte er sie groß aus, und es gefiel ihr, in der Dämmerung das vibrierende Leben dieser Metropole in sich aufzusaugen.

Es war so ganz anders als das Leben in der Kleinstadt; nicht unbedingt besser, aber ungewohnt und aufregend.

Am zweiten Abend saß sie in ihrem pflaumenlila Kleid, die Haare aufgesteckt und nach Vanille duftend, im Wohnzimmer. Olivier hatte wieder einen Tisch in einem exklusiven Restaurant bestellt, ließ jedoch so lange auf sich warten, dass sie nervös wurde. Schließlich rief er an und sagte ab.

»Es tut mir leid, chouchou«, sagte er, gehetzt klingend. Im Hintergrund hörte sie seine Mitarbeiter umherlaufen und durcheinanderreden. »Ich schaffe es nicht. Die Entwürfe für die übernächste Kollektion müssten längst fertig sein, aber wir sind sehr im Verzug.« Seine Stimme entfernte sich für einen Moment und rief in den Raum: »Jetzt macht mal ein bisschen Dampf! Wir sind nicht zum Kaffeetrinken hier!«

»Ich sage im Restaurant ab«, sagte Theresa leise und löste automatisch die Nadeln in ihrem Haar, sodass es ihr auf die Schultern herabfiel.

»Ja, tu das. Es tut mir leid, Theresa. So ist das in der Modebranche. Irgendwo brennt es immer. Aber wir holen das Essen nach, versprochen.«

Ihr »tschüss« hörte er schon gar nicht mehr. Theresa trat ans Fenster, schaute hinaus in die hereinbrechende Dunkelheit und schlang die Arme um sich. Sie fror plötzlich in der kühlen Wohnung. Dass das Essen ausfiel, berührte sie nicht. Sie musste nicht jeden Tag ausgehen, sie war zufrieden, zu Hause zu sein.

Es war die zunehmende Einsamkeit, die an ihr zehrte. Sie stand kurz davor, alles in Frage zu stellen – ihren Umzug nach Brüssel, die Beziehung zu Olivier, die Arbeit in dieser hektischen Firma.

Dann jedoch gab sie sich einen Ruck. Was waren das für trübe Gedanken! Sie hatte alles, was sie sich gewünscht hatte. Es war naiv anzunehmen, dass die Veränderungen in ihrem Leben einfach und unkompliziert vonstattengehen würden. Natürlich brauchte es Zeit, sich in einer neuen Stadt und an einem neuen Arbeitsplatz einzugewöhnen. Und natürlich brauchte es Zeit, mit Olivier einen gemeinsamen Rhythmus zu finden, der ihnen beiden behagte. Sie kannte ihn erst so kurz, sie mussten sich erst aneinander gewöhnen, ihre Liebe musste die Alltagsprobe überstehen. Wie konnte sie erwarten, dass sofort alles klappte wie am Schnürchen? So funktionierte es im Leben nicht.

Sie warf noch einen letzten Blick auf die in der Dunkelheit leuchtenden Lichter der Straße, hängte dann im Schlafzimmer ihr Kleid auf einen Bügel und zog sich ihr Nachthemd an. Sie kroch ins Bett und zog die Decke bis zum Kinn. Morgen war ein neuer Tag. Dann würde alles ganz anders aussehen.

Am fünften Tag verabschiedete sie sich von Oliver, um nach Hause zu fahren. Sein Anblick im Rückspiegel brannte sich in ihr ein, wie er, die Hände in den Hosentaschen und ohne Mantel in der Kälte, vor seinem Haus stand.

Am frühen Abend kam sie zu Hause in Neustadt an. Es wurde bereits dunkel, und in der Küche ihres Elternhauses brannte Licht.

Sie schleppte ihr Gepäck ins Haus und rief erschöpft: »Ich bin wieder da«, aber niemand hörte sie.

Sie legte ihren Mantel und ihren Schal ab, zog ihre Stiefel aus und näherte sich auf Strümpfen der Küche; sie hielt inne und spähte verstohlen hinein. Es bot sich ihr ein vertrauter Anblick. Friedrich hatte drei Laptops auf dem Tisch aufgestellt und arbeitete an allen dreien gleichzeitig. Ada lief hin und her und drängte sich an ihm vorbei, schüttete Chips und Salzstangen in Schüsseln und stellte Getränke im Kühlschrank kalt.

»Meine Güte, Fritzchen!«, beschwerte sich Ada. »Jetzt geh doch endlich woanders hin mit deinen vielen Computern.«

»Mutti!«, stöhnte Friedrich genervt. »Nicht schon wieder diese Diskussion. Ich arbeite an meinem Computerspiel, und dazu brauche ich eben Platz. Nach den ganzen Absagen, die mir die Spielefirmen erteilt haben, will ich das Spiel etwas umstrukturieren. Das geht nicht auf dem winzigen Plätzchen in meinem Zimmer, das nicht mit deinen Nagellacken zugestellt ist.«

Wie aufs Stichwort begutachtete Ada ihre neu lackierten Fingernägel, die zitronengelb glänzten und mit Glitzersternen beklebt waren. »Heute Abend musst du das Feld hier räumen, Fritzchen. Ich bekomme Besuch von meinen Mädels, wir machen einen Spieleabend.«

»Echt?«, rief Friedrich beeindruckt. »Das ist cool, bringen die alle Laptops mit? Hätte ich den alten Gewitterhexen gar nicht zugetraut.«

»Wir veranstalten einen Spieleabend mit *Brettspielen*«, korrigierte Ada ihn. »Du denkst ja nur in elektronischen Dimensionen, das ist nicht mehr normal, Junge.«

Theresa lächelte in sich hinein; in der knappen Woche ihrer Abwesenheit hatte sich zu Hause gar nichts verändert.

»Hallo«, rief sie und betrat die Küche. Erfreut umarmten Ada und Friedrich sie.

»Wieder da?«, sagte Friedrich überflüssigerweise und bediente sich in einem unbeobachteten Moment an der Chipsschüssel.

»Sieht so aus, aber nicht für lange«, antwortete Theresa und nahm sich ebenfalls eine Handvoll Chips. Sie war hungrig nach der langen Fahrt.

»Na gut, bedient euch«, seufzte Ada. »Ich hab noch ein paar Tüten in Vorrat. Was heißt das, nicht für lange?«

Friedrich klappte die Laptops zu, Ada stellte Getränke und Chips auf den Tisch und sie setzten sich.

»Es lief ganz gut in der Modefirma«, erzählte Theresa und trank einen Schluck Orangensaft. »Oliviers Designer, ein gewisser Didier, mochte meine Schnittmuster und die Röcke, die ich genäht habe. Deshalb werden einige meiner Stücke in die Sommerkollektion aufgenommen. Ich darf in Oliviers Designteam mitarbeiten. Deshalb werde ich meine Zelte wohl in Brüssel aufschlagen.«

»Super!« Friedrich schien aufrichtig erfreut für seine Schwester. »Das ist das, was du dir immer gewünscht hast, nicht wahr?«

»Ja«, sagte Theresa leise und wich seinem Blick aus.

»Du siehst so müde aus, ist alles in Ordnung mit dir?«, fragte Friedrich und musterte sie.

»Ja, natürlich.«

»Schön. Auch wenn Brüssel nicht Paris ist. Und auch wenn es ... ein bisschen sehr schnell geht«, fügte Friedrich hinzu.

Ada, die ihre Tochter bisher nur mit verengten Augen fixiert hatte, stellte langsam ihr Glas ab. »Zu schnell, wenn du mich fragst, meine Liebe. Sag mal, bist du völlig verblendet vor Liebe? So kopflos kannst du doch wirklich nicht sein. Wie oft hast du diesen Mann in deinem Leben getroffen? Dreimal? Und schon lässt du hier alles stehen und liegen und ziehst mit wehenden Fahnen zu ihm nach Belgien?«

Theresa ließ sich auf einen Stuhl sinken und rieb sich die Augen. »Mutti, so wie du es sagst, klingt es, als würde ich in ein völlig unterentwickeltes Land in Afrika ziehen, nicht in ein europäisches Nachbarland.«

»Hm, ich weiß nicht«, murmelte Friedrich. »Ist ein Land, das als höchste Spezialitäten Pommes frites und Waffeln und Pannenkoeken kennt, tatsächlich so hoch entwickelt?«

Theresa warf ihm einen bösen Blick zu. Tatsächlich aber meldete sich ihr Magen und nach den Unmengen von Pommes frites in den letzten Tagen bekam sie Heißhunger auf ein Leberwurstbrot mit Gewürzgurken. Sie stand auf und nahm sich eine Scheibe Körnerbrot aus dem Brotkasten, die sie dick mit Leberwurst und Senf bestrich.

Ada und Friedrich starrten sie an.

»Tatsache«, sagte ihr Bruder, »glaub mir, Mutti, sie hat die letzte Woche wirklich jeden Tag Pommes frites gegessen.«

»Es ist mir egal, was sie gegessen hat«, sagte Ada energisch. »Von mir aus kann sie dreimal am Tag Brüsseler Waffeln mit Schlagsahne essen. Es geht mir um diese ganze Planlosigkeit, die sie an den Tag legt. Wie soll das mit ihrer Arbeit als *Designerin* laufen? Wurde Monsieur der Modemacher da schon konkret, oder wurde nur mal ins Blaue hineingedacht?«

»Ihr redet, als ob ich gar nicht da wäre«, beschwerte sich Theresa, während sie ihr Brot aß und es mit Orangensaft hinunterspülte.

»Dann kläre uns doch mal auf«, sagte Ada. »Hat er dir einen Vertrag vorgelegt? Oder schickt er dir einen zu?«

Theresa senkte unangenehm berührt den Blick. »So weit sind wir noch nicht.«

»Aha. Hast du wenigstens irgendetwas Schriftliches? *Irgendetwas?*«

»Nein«, gab Theresa zu und stand auf, um sich ein zweites Brot zu machen. »Aber das kommt noch.«

»Wie sind deine Arbeitszeiten geregelt? Wie wirst du bezahlt? Wie viel verdienst du?«

»Ich weiß es nicht!«, stieß Theresa hervor, ihrer Mutter den Rücken zuwendend.

»Du verstehst bestimmt, wenn ich sage, das Ganze ist planlos. Nicht durchdacht. Oder, Theresa? Natürlich verstehst du mich. Immerhin hast du BWL studiert.«

Theresa wollte etwas sagen, doch sie bekam den Satz »*Ich vertraue Olivier*« nicht über ihre Lippen.

»Wie willst du so schnell eine Wohnung in Brüssel finden?«, setzte Ada ihr Verhör fort. »Brüssel ist keine Kleinstadt, dort warten die Vermieter nicht auf dich.«

»Ich werde bei Olivier wohnen«, sagte Theresa und ballte unbewusst die Fäuste. Unter ihrem dicken Pullover schwitzte sie vor Anspannung.

»Das ist nicht dein Ernst!«, rief Friedrich. »Bei dem alten Schleimer? Erstens kennst du ihn nicht lange genug für so einen Schritt, zweitens gibst du deine Selbstständigkeit dann vollends auf!«

»Wieso das denn? Mit Matthias habe ich doch auch zusammengewohnt.«

»Stell dich nicht so dumm«, fuhr ihre Mutter sie an. »Das war ja wohl etwas völlig anderes. Er war in deinem Alter, und ihr wart zwei Jahre zusammen, bevor ihr euch gemeinsam eine Wohnung gesucht habt. Du verrennst dich da in was.«

Theresa schüttelte frustriert den Kopf. Dass sie ihre Entscheidung vor ihrer Familie verteidigen musste, ging ihr an die Substanz. Alles schien auf einmal einen schalen Beigeschmack zu haben. Plötzlich wünschte sie sich nichts mehr, als sich weinend in ihr Zimmer zurückzuziehen.

»Ich freue mich wirklich für dich, dass du glücklich bist«, sagte Friedrich, der es nicht wagte, ihr in die Augen zu sehen. »Aber überlege doch mal, wie das alles auf Außenstehende wirkt. Du lernst einen Mann kennen, den du nur selten siehst, weil er im Ausland wohnt; bereits nach dem zweiten Treffen verspricht er dir einen Job und bringt dich dazu, alles hinter dir zu lassen und bei ihm einzuziehen. Was sieht er in dir? Einen Betthasen?«

Schockierte Stille senkte sich über die Küche. Ada knabberte angelegentlich an ihren Chips, und Theresa starrte mit glühenden Wangen ihr Leberwurstbrot an.

Ihre Mutter fing sich als Erste wieder. Sie legte beide Hände auf die Schultern ihrer Tochter und sagte eindringlich: »Bleib hier. Zumindest vorerst. Warum gehst du es nicht langsam an? Warum seht ihr euch nicht erst mal nur am Wochenende, bis ihr wisst, ob es etwas Ernstes ist?«

»Es ist etwas Ernstes«, beharrte Theresa, doch sie hörte selbst den Trotz und die Erschöpfung in ihrer Stimme. »Ich möchte auch nicht mehr diskutieren. Es war eine anstrengende Fahrt, und ich will nur noch ins Bett.«

Mit diesen Worten stand sie auf, nahm ihren Koffer, verließ die Küche und lief die Treppe hoch in ihr Zimmer. Mit zittrigen Bewegungen öffnete sie den Koffer und zerrte ihre Kleidungsstücke heraus. An der Haustür läutete es. Sie hörte, wie Friedrich öffnete und Adas Freundinnen Emma, Marlene und Hedwig lärmend und gut gelaunt hereinkamen.

»Hallo, junger Mann«, säuselte Emma, »das ist ja ein charmanter Empfang. Machst du heute mit bei unserem Spieleabend?«

»Eher nicht«, sagte Friedrich. »Gegen Profis wie euch komme ich beim Mensch-ärgere-dich-nicht nicht an.«

Die Damen lachten wiehernd. »Mensch-ärgere-dich-nicht! Sehen wir so alt aus? Wir spielen *Great Western Trail*!«

»Mein Gebiet sind eher elektronische Spiele«, sagte Friedrich.

»Wo ist eigentlich Adelheid?«, fragte Hedwig.

»Hier!«, brummte Ada, rauschte an ihren Freundinnen vorbei und stürmte die Treppe hoch. Ohne anzuklopfen betrat sie Theresas Zimmer und setzte sich aufs Bett.

»Tut mir leid. Ich wollte dir keine Vorwürfe machen. Ich möchte nur sichergehen, dass du das Richtige tust.«

»Jaja, schon gut«, murmelte Theresa.

»Es gibt da noch etwas«, sagte Ada und sah sie ernst an. »Als du in Brüssel warst, ist Babette zusammengeklappt. Sie hatte einen Schwächeanfall.«

»Was?«, rief Theresa entsetzt. »Oh nein! Wieso hast du mich nicht angerufen? Wie geht es ihr jetzt?«

»Ich wollte dir die Zeit in Brüssel nicht verderben«, seufzte ihre Mutter. »Sie war allein im Laden, es war kurz nach Geschäftsschluss. Der Friseur vom *Rapunzel* nebenan hat sie durch das Schaufenster da liegen sehen und den Notarzt gerufen, der sie ins Krankenhaus hat einliefern lassen. Sie ist seit gestern wieder zu Hause, ich war heute bereits zwei Mal bei ihr, um mich zu vergewissern, dass alles in Ordnung ist.«

Theresa konnte nur mit Mühe die Tränen zurückhalten. »Oh Gott, wie furchtbar! Wenn ich doch nur da gewesen wäre! Tante Babette ist einfach zu alt und zu krank, um den Laden zu führen. Das geht so nicht weiter.«

»Erkläre das mal deiner Tante«, seufzte Ada. »Sie ist ein Sturkopf, wie er im Buche steht. Und jetzt muss ich zu meinen Gästen. Sie haben den Prosecco bestimmt schon ohne mich geleert.«

Am nächsten Morgen konnte Theresa es kaum erwarten, ins *Samt & Seide* zu kommen. Es war ein stürmischer Morgen, ein kalter Wind fegte die Blätter durch die Straßen und bog die kahlen Äste der Bäume. Im Stadtzentrum war noch wenig los; bei dem Wetter hatte niemand Lust, einkaufen zu gehen.

Tante Babette saß auf einem Stuhl hinter der Kasse. Theresa streifte im Laufen ihren Mantel ab und fiel ihr um den Hals.

»Wie fühlst du dich, Tante Babette? Ich könnte mich ohrfeigen, dass ich die letzten Tage nicht bei dir war, um dir beizustehen.«

»Die Aufgabe hat deine Mutter übernommen«, brummte Babette. »Und zwar mehr, als mir lieb war. Mit Mühe konnte ich sie daran hindern, bei mir einzuziehen. Dann hätte ich keine ruhige Minute mehr. Sie meint es zwar gut, aber zu viel ist zu viel.«

Theresa hängte ihren Mantel und ihre Tasche ins Hinterzimmer. »Soll ich uns erst mal eine Kanne Tee kochen? Möchtest du etwas essen? Danach kümmere ich mich in Ruhe um den Laden. Es ist so stürmisch draußen, dass heute Vormittag bestimmt nicht viel Kundschaft kommt.«

»Eine Kanne Kaffee wäre nicht schlecht. Und ein paar von diesen Likörpralinchen. Richte sie doch bitte schön auf einem Teller an und stell sie her zu uns.«

Theresa schüttelte den Kopf. »Die sind nicht gut für dich, das weißt du doch. Der Alkohol und deine Tabletten ...«

»Komm, bring sie einfach her. Schokolade und Alkohol sind

die beste Medizin«, winkte Tante Babette ab, und Theresa gab nach.

Gemütlich saßen sie bei Kaffee und Pralinen zusammen.

»Und jetzt erzähl von deinem belgischen Modemogul«, forderte Babette sie erwartungsvoll auf. »Habt ihr der Liebe und dem guten Essen gefrönt?«

»Äh ... ja. Und ich habe ein Angebot erhalten. Olivier und sein Designer wollen einige meiner Röcke in ihre Kollektion aufnehmen, und ich darf offiziell im Designteam der Firma mitarbeiten.«

»Großartig!«, lobte Babette. »Das hast du gut gemacht, Schätzchen. Ich nehme an, ich muss dann auf dich im Laden verzichten?«

Theresa senkte den Blick. Sie hing an diesem Laden. Die weichen Stoffe, das Schaufenster, das sie noch letzte Woche winterlich dekoriert hatte, die Kunden, die andächtig über ihre selbstgenähten Kleider und Kissen strichen, die sie in jeder Ecke ausgestellt hatte. Sie hatte erheblich dazu beigetragen, diesen Laden zu einer Oase der Ruhe und Behaglichkeit zu machen, und es stimmte sie traurig, das alles zurückzulassen. Doch sie wusste, dass man nicht alles haben konnte im Leben und dass man Opfer bringen musste, um seinen Traum zu verwirklichen. »Ja, leider. Aber nur, wenn du einverstanden bist. Wenn du im Laden nicht auf mich verzichten kannst, bleibe ich natürlich.«

»Rede nicht solch einen Schwachsinn«, tadelte Babette. »Natürlich gehst du nach Belgien. Einen Traumjob und einen Traummann findet man nicht alle Tage. Du gehst nach Brüssel und machst Karriere als Modedesignerin und wirst glücklich mit diesem gutaussehenden Mogul und bekommst entzückende Kinder mit ihm.«

»Hm«, machte Theresa nachdenklich. Natürlich hatten Olivier und sie noch kein einziges Mal über Kinder gesprochen. Wann auch? Sie kannten sich erst so kurz, standen noch ganz am Anfang ihrer Beziehung. Ob er als Workaholic überhaupt Platz für Kinder in seinem Leben hatte? Aber bald war sie täglich mit ihm zusammen, und dann konnten sie über all das in Ruhe reden. Unbewusst schaute sie durch das Schaufenster und ließ ihren Blick über den Platz schweifen. Ob sie Romain noch sehen würde? Doch die Fensterläden am Haus gegenüber waren geschlossen, niemand war zu sehen.

Sie wandte sich wieder ihrer Tante zu und zwang sich, sachlich zu denken. »Du musst dir eine andere Mitarbeiterin suchen. Wir könnten noch heute Anzeigen schalten. Ich könnte dir dabei helfen, eine geeignete Bewerberin einzustellen.«

»Kommt nicht in Frage«, widersprach Babette und schnappte sich die letzte Likörpraline. »Erinnerst du dich an meine letzte Angestellte? Die, die ich entlassen hatte, kurz, bevor du wieder nach Hause kamst? Das arme Ding war ein Suchtie. Sie rauchte Kette, was dazu führte, dass sie ständig Pausen machen musste, sonst bekam sie Entzugserscheinungen. Die Stoffe rochen bereits nach Nikotin, es war widerlich. Ich weiß, du meinst es nur gut«, fuhr Babette unbeirrt fort. »Und deine Mutter auch, auch wenn sie viel penetranter ist als du. Aber nach meinen Erfahrungen in der Vergangenheit möchte ich diesen Laden ohne fremde Hilfe führen, und zwar, bis ich dieses Haus mit den Füßen voran verlasse.«

Zusammen mit Olivier entschied Theresa, bis Ende der Woche im *Samt & Seide* zu arbeiten, um dann mit Sack und Pack zu ihm nach Brüssel zu kommen. Babette ließ sich auch von Ada nicht dazu überreden, sich bei der Suche nach einer neuen Arbeitskraft helfen zu lassen.

Theresa verbrachte ihre Feierabende damit, ihre Habseligkeiten zu packen. Sie sah ihrer Abreise mit gemischten Gefühlen entgegen. Manchmal fragte sie sich allen Ernstes, ob Brüssel das war, was sie wirklich wollte, doch dann erschrak sie über ihre eigenen Gedanken. Es war ihre Tante, die sie ermutigte, ihren Traum in Belgien zu verwirklichen.

Zudem ging Theresa gerade auf, dass sie an ihrer kleinen Heimatstadt hing; sie hätte nie vermutet, sich nach ihrer Rückkehr aus Frankfurt hier so wohlzufühlen. Es war einfach schön, jeden Morgen an der Chocolaterie, dem Feinkostladen und dem Friseur vorbeizukommen und ein paar Worte mit den Besitzern zu wechseln. Auch im *Chez Romain* hatte sie in den letzten Monaten viel Zeit verbracht, aber daran wollte sie im Moment lieber nicht denken.

Zu ihrem Erstaunen stand am Donnerstagabend, als sie das Stoffgeschäft verließ, Romain an dem kleinen Brunnen auf dem Platz und schien auf sie zu warten. Ihr wurde heiß und kalt. Sie hatte zwar am Morgen ihre Französischsachen in ihre Tasche gepackt, aber eigentlich wollte sie den Kurs schwänzen, da sie immer noch nicht wusste, wie sie Romain gegenübertreten sollte. Etwas in ihr sagte ihr, dass sie dann ihre Brüsselpläne ins Wanken bringen würde. Und sie durfte sich so kurz vor der Erfüllung ihrer Träume nicht aufhalten lassen.

Doch jetzt ging sie auf ihn zu, mit jedem Schritt wurde das Kribbeln in ihrem Bauch stärker.

»Hallo«, sagte er, erhob sich vom Brunnenrand und kam mit ernstem Gesichtsausdruck auf sie zu. »Ich dachte, ich hole dich ab für den Literaturzirkel.«

Theresa seufzte und verschwieg, dass sie eigentlich gar nicht hatte hingehen wollen.

»Ich dachte, du würdest sonst nicht kommen.«

Theresa schmunzelte in sich hinein; er schien sie gut zu kennen.

Seite an Seite gingen sie durch die Straßen zur Volkshochschule. Es wurde bereits dunkel, und Schneeregen setzte ein, der ihr unangenehm nass in den Mantelkragen tropfte.

»Wie war dein Wochenende in Belgien?«, fragte er, blieb abrupt stehen und wandte sich ihr zu, sodass sie fast in ihn gelaufen wäre.

»Schön«, sagte sie knapp.

Um seine Mundwinkel zuckte es. »Schön.« Er schwieg. Theresa steckte ihre Hände in die Jackentaschen, weil sie der plötzliche Drang überkam, Romains Hand zu greifen.

»Darf ich dich nach dem Kurs zu einem Cocktail in der Bar einladen? Vielleicht haben wir Glück und deine Mitschüler wollen mal direkt nach Hause, sodass wir sie nicht an der Backe haben.«

Theresa blieb stehen. »Romain, ich ... Das ist lieb, aber ich möchte noch ein paar Sachen richten, weil ich am Samstag wieder nach Brüssel fahre. Dieses Mal für länger.«

»Für länger?«, fragte er bestürzt.

Sie trat von einem Fuß auf den anderen. »Ja. Ich habe dort einen Job in einer Modefirma in Aussicht.«

Er sah sie finster an und sie schwiegen eine Weile; der Schneeregen durchnässte ihre Kleider und Haare, aber Theresa nahm es gar nicht wahr.

»Triffst du dort wieder diesen *Belgier*?«, fragte er, und legte so viel Verachtung in das Wort *Belgier* wie nur möglich.

Sie nickte.

»Na, dann viel Spaß«, sagte er verdrossen und ging so schnellen Schrittes weiter, dass sie Mühe hatte, mitzuhalten. Sie fühlte sich unbehaglich; immer wieder kamen ihr die Halloweenparty und der Kuss in den Sinn, die Wärme und Geborgenheit, die sie in seinen Armen verspürt hatte.

Er sprach kein Wort mehr mit ihr; als wären sie Fremde betraten sie das Schulgebäude und gingen die alten Holztreppen hoch in ihren Klassensaal.

Er begrüßte die bereits versammelten Kursteilnehmer, die wieder einheitlich in rentnerbeigen Westen erschienen waren, kaum, sondern warf seine Aktentasche aufs Pult und setzte sich auf seinen Stuhl. Mit zusammengepressten Lippen ließ sich Theresa auf den Platz neben Karl-Heinz nieder.

»Die Halloweenparty war spitze, nicht wahr?«, raunte Karl-Heinz ihr zu. »Schade, dass nicht öfter Halloween ist. Wir haben vor ein paar Minuten beschlossen, Romain zu fragen, ob er nicht auch eine St. Martins- und eine Nikolausparty machen will.«

»Um Himmels Willen«, flüsterte Theresa und zog ihre Bücher hervor.

»Bonsoir, lassen Sie uns anfangen«, sagte Romain übellaunig und wischte mit einem Taschentuch über das staubige Pult, bevor er seine Ellenbogen in seinen eleganten lavendelfarbenen Hemdsärmeln aufstützte »Unser heutiges Werk ist *Salz auf unserer Haut* von Benoîte Groult. Auf Französisch: *Les vaisseaux du coeur*. Ich habe absichtlich mal ein Buch aus neuerer Zeit herausgesucht, damit wir nicht nur die alten Klassiker kennenlernen.«

Theresa schlug die französische Ausgabe des Buches auf, während ihre Mitschüler entweder gar kein Buch oder die deutsche Version dabeihatten.

»Das Buch ist der bekannteste Roman der Schriftstellerin. Es ist 1988 erschienen. Wer kann mir in einem Satz sagen, worum es in dem Werk geht?« Er stand auf und ging gemächlich durch die Bankreihen.

»Der Roman handelt von einer Pariser Intellektuellen und ihrer Liebe zu einem bretonischen Fischer«, sagte Theresa leise.

»Stimmt es, dass das Buch sehr freizügige Darstellungen des Liebesspiels beinhaltet?«, fragte Otto, und alle grinsten.

»Ja, das stimmt. Als das Buch erschien, wurde es zunächst als pornographisch verschrien. Es entwickelte sich aber rasch zu einem riesigen Bestseller. Da nicht alle das Buch dabeihaben, habe ich Ihnen wieder einen Textauszug kopiert.«

Er reichte den Stapel Kopien durch die Reihen und wartete, bis jeder ein Blatt hatte. »Erich, würden Sie heute bitte vorlesen?«

Erich veranstaltete eine große Show, bevor er zu lesen begann. Erst durchsuchte er minutenlang die Taschen seiner beigen Weste nach seiner Lesebrille, dann musste er sich mehrmals räuspern und schnäuzen, um schließlich wie ein Schulanfänger Wort für Wort mühsam zu erlesen.

»Danke Erich!«, rief Romain, nachdem er sich zwei Sätze angehört hatte. »Ich lese weiter.«

Die Senioren lehnten sich grinsend zurück.

Romain begann zu lesen. Mit Pathos trug er Szenen der intimsten Vereinigung zwischen George und Gauvin vor, mitreißend und leidenschaftlich. Seine Stimme klang dunkel, voller Sehnsucht und Wehmut. Wie viel die Senioren von dem französischen Text verstanden, war nicht so ganz klar, aber bei Theresa hatte er ein Kopfkino entfacht, sie fühlte und spürte die heißen Berührungen, die innerliche Zerrissenheit der beiden Protagonisten.

Sie hing an seinen Lippen; sie starrte ihn an, ertrank in seinen glühenden Worten. Der Textauszug in Verbindung mit der Erinnerung an ihren Kuss in der Bar wühlte sie so auf, dass sie Mühe hatte, ruhig sitzen zu bleiben und nicht aufzuspringen. Romain hatte zwei Seiten – er war nicht nur der höfliche und charmante

Barbesitzer und Dozent, er war auch leidenschaftlich und sensibel wie niemand, den sie kannte.

Als er geendet hatte, kam sie wieder zu sich. Welchen Gedanken gab sie sich da überhaupt hin?, dachte sie kopfschüttelnd.

Offenbar war Romain es leid, den Schülern Fragen zum Buch zu stellen, die sie nicht beantworten konnten, sodass der Rest des Unterrichts in einen Monolog ausartete. »Es geht in diesem Roman um eine Liebe über alle Grenzen hinweg. Über die Grenzen der gesellschaftlichen Klasse, der Bildung, der Erziehung; George und Gauvain haben nichts gemeinsam als diese verzehrende Liebe. Das Verlangen, das sie füreinander empfinden, ist stärker als alles, was sie voneinander trennt, und es hält ein Leben lang an.«

Nach diesen Worten wirkte er erschöpft. Sein Blick ruhte auf Theresa, die ihn still erwiderte.

Als der Kurs zu Ende war, wurde Romain wie üblich von den Senioren umringt, die ihn zur Bar begleiten wollten. Im unbeleuchteten Flur der Volkshochschule zog er Theresa in eine Nische, winkte seine anderen Schüler ungeduldig weg, und sagte leise: »Geh nicht, Theresa.«

Seine Worte klangen so eindringlich, dass sie zusammenzuckte. Ihre Blicke waren wie ineinander festgeschnürt, doch sie wusste nicht, was sie sagen sollte.

»Bleib hier, geh nicht nach Belgien«, bat er.

»Das war immer mein Traum, Romain.«

»Geh nicht zu ihm«, wiederholte er. Dann wandte er sich abrupt ab und verschwand im Rudel der Senioren, die an der Treppe auf ihn warteten, und war weg.

Theresa starrte ihm nach.

Kapitel 14

Am Samstag kam sie am frühen Nachmittag in Brüssel an. Das Wetter war während der Fahrt unsäglich gewesen, eine Mischung aus Schnee, Regen und zeitweiligem Hagel hatte sie viel Kraft gekostet. Erschöpft parkte sie vor Oliviers Haus; er hatte ihr eine WhatsApp geschrieben, dass sie bei der alten Dame im Erdgeschoss klingeln sollte, die sie hereinlassen würde. Den Schlüssel zu seiner Wohnung hätte er unter der Fußmatte vor der Tür versteckt.

Als sie ihr ganzes Gepäck endlich in mehreren Anläufen nach oben geschleppt hatte, war sie völlig am Ende. Sie sank auf die cremefarbene Couch im Wohnzimmer, doch kaum hatte sie sich ausgestreckt, erdrückte sie bereits die Stille der Räume. Die ganze Wohnung wirkte trotz der edlen, geschmackvollen Einrichtung so leer und leblos.

Sie stand wieder auf, um nochmals einen Rundgang durch die Zimmer zu machen, obwohl sie das bereits bei ihrem letzten Besuch getan hatte. Sie hielt gezielt nach persönlichen Gegenständen Ausschau – doch auch dieses Mal absolute Fehlanzeige. Schließlich riss sie sogar die Kühlschranktür auf: Außer zwei Flaschen Wasser, einer Flasche Champagner, einer Packung Butter und ein paar gefrorenen Croissants im Gefrierfach fand sie nichts.

Da ihr die Lautlosigkeit in den Ohren dröhnte, packte sie im Schlafzimmer ihre Koffer aus und räumte ihre Kleider und anderen Siebensachen in die Schränke. Mühelos konnte sie alles verstauen.

Dann gab es nichts mehr zu tun außer zu warten. Sie setzte sich wieder auf das Sofa, zappte ein bisschen durchs belgische Fernsehen, fand aber nichts Interessantes. Am späten Nachmittag rief Olivier an.

»Bist du gut angekommen, chouchou?«, fragte er und sie hörte am Klang seiner Stimme, dass er lächelte.

»Ja. Ich bin hier. Wann kommst du?«

»Es wird spät heute. Ich habe noch einige Besprechungen und ein Gespräch mit einem potentiellen Neukunden, der unsere Modelinie in seinen Geschäften verkaufen will. Bekommst du die paar Stunden noch herum? Ruh dich aus, du musst müde sein. Ich bringe uns etwas Leckeres zu essen mit«, versprach er, dann driftete seine Stimme kurz ab, und sie hörte, wie er ungehalten nach hinten rief: »Nicht den flaschengrünen, den moosgrünen Stoff …! Seid ihr alle farbenblind? Mach dir ein paar gemütliche Stunden, chouchou.«.

»Ist gut«, sagte sie und verbarg ihre Enttäuschung darüber, dass er an ihrem ersten gemeinsamen Abend nicht früher nach Hause kam. Aber ihre Gedanken waren kindisch, denn als Inhaber des Unternehmens hatte er sehr viel zu tun und musste Privates oft hintenanstellen. Das war ihr von Anfang an klar gewesen.

Sie versuchte zu lesen – sie hatte sich alle Bücher aus ihrem Französischkurs mitgenommen – und versenkte sich eine Weile in *Les vaisseaux du coeur*, erinnerte sich an den weichen Klang von Romains Stimme, als er daraus vorgelesen hatte. Doch die Erinnerung war zu schmerzhaft, und abrupt klappte sie das Buch zu und warf es auf die Couch. Sie sprang auf und rang nach Luft; ihr war plötzlich ganz seltsam zumute, so als müsse sie ersticken. Zudem hämmerte auf einmal ihr Herz und ihr wurde so schwindlig, dass sie Angst hatte, das Bewusstsein zu verlieren. Sie lief im Zimmer auf und ab, die Hände auf die Brust gepresst und versuchte verzweifelt, die Panik niederzuringen. Gedanken rasten durch ihren Kopf – was war mit ihr los, war sie krank? Sie hielt es nicht mehr aus, sie brauchte Hilfe, sollte sie Friedrich anrufen? Doch Friedrich war weit weg, niemand konnte ihr helfen. Sie war völlig auf sich allein gestellt. Mit zitternden Fingern wählte sie Oliviers Handynummer, wobei sie mehrere Versuche brauchte. Doch es meldete sich nur die Mobilbox.

Sie versuchte, ein Fenster zu öffnen, doch der Griff war versperrt, und sie tastete erst Minuten lang panisch das Regal daneben ab, bis sie den kleinen Schlüssel gefunden hatte, der dazugehörte. Sie steckte ihn in das winzige Schloss des Griffes und riss das Fenster auf, während der Schwindel in Wellen in ihr auf- und niederebbte. Tief atmete sie die kalte Luft ein und presste die Hände an die Schläfen.

Was war nur los mit ihr? Was versetzte ihren Körper und ihre Seele in diesen Ausnahmezustand? Ich will weg hier, schoss es ihr durch den Kopf. Sie hatte keine Energie mehr, sich etwas vorzumachen und sich einzureden, mit der Zeit würde es besser werden, sie würde sich schon noch akklimatisieren.

Nachdem sie eine Weile mit geschlossenen Augen geatmet hatte, ebbte der Schwindel ab und sie konnte wieder normal atmen, wenn auch das Herzklopfen blieb. Sie setzte sich auf die Couch und gab Friedrichs Nummer in ihr Handy ein.

»Friedrich?«, stieß sie unsicher hervor, als er sich meldete.

»Theresa?«, fragte er, hörte aber sogleich, dass etwas nicht in Ordnung war. »Was ist los? Ist etwas passiert?«

»Nein …« Tränen stiegen in ihr hoch, brannten in ihrer Kehle und ließen ihre Stimme heiser klingen. »Ich … Es geht nicht mehr. Ich sitze hier in Oliviers Wohnung und hatte wohl gerade so eine Art Zusammenbruch …«

»Soll ich kommen?«, fragte er sofort.

»Nein. Ich muss das jetzt alleine schaffen. Es ist nur so, dass ich überhaupt nicht weiß, was ich jetzt tun soll, Fritzchen …!«

»Wo genau liegt das Problem?«

Theresa schluchzte auf. »Alles ist ein Problem. Ich frage mich, ob ich überhaupt hier sein will. Ich denke ständig an den Stoffladen und wie sehr ich es vermisse, mit Stoffen zu arbeiten und mein eigener Herr zu sein und schöne Röcke zu nähen, bis mir abends die Augen zufallen. Und mich beim Einschlafen darauf freue, am nächsten Morgen wieder in das Geschäft zu gehen und wieder dasselbe zu tun. Und ich denke an alles, was ich in den letzten Wochen so liebgewonnen habe, den Literaturzirkel zum Beispiel, und Romain und …«

»Und?«, fragte Friedrich sanft nach.

Theresa zerrte ein Taschentuch aus ihrer Hosentasche und wischte sich über das tränennasse Gesicht. »Und Romains Gesicht geht mir nicht aus dem Kopf, wie er mich nach der letzten Unterrichtsstunde so traurig angesehen hat und mich gebeten hat, zu Hause zu bleiben … Ich bekomme ihn nicht aus meinem Kopf.«

Durch die Leitung spürte sie Friedrichs Lächeln in der Stimme. »Ach was. Meinst du, ich hätte nicht längst gemerkt, was er dir bedeutet?«

»Das hast du gemerkt?«, fragte Theresa fassungslos. »Ich wusste es bis jetzt ja selbst nicht so genau. Ich meine, natürlich fand ich ihn von Anfang an absolut hinreißend und witzig und höllisch attraktiv und einfach so nett, aber ich dachte mir immer, was will ich mit einem Mann, der sich nicht mit einer einzigen Frau begnügen kann?«

»Ich weiß nicht«, gab Friedrich zu. »Ich steig auch nicht durch, was bei ihm da so alles läuft. Aber trotzdem verstehe ich dich nicht, Schwesterchen. Welche Rolle spielt der alte Belgier in dieser ganzen Sache? Welche Gefühle hast du für ihn?«

Theresa atmete tief durch und zerknüllte ihr Taschentuch. »Ich weiß es nicht. In De Panne war er so charmant und lieb und ich war gerade so sauer auf Romain. Ich habe mich in ihn verliebt, aber mittlerweile frage ich mich, ob das nicht nur ein Strohfeuer war, das längst abgebrannt ist.«

»Das würde mich freuen«, sagte Friedrich. »Ich habe den Typen zwar nur kurz am Strand gesehen, aber glaub mir, der passt nicht zu dir.«

»Kann sein«, murmelte Theresa kleinlaut. »Es fällt mir zwar schwer, es zuzugeben, aber Ada hat wohl in mancher Hinsicht recht. Olivier und ich hatten anfangs einfach eine kurze Wochenendaffäre, und dabei hätte ich es wahrscheinlich belassen sollen. Manchmal habe ich das Gefühl, ich kenne ihn nicht richtig. Er arbeitet vierundzwanzig Stunden am Tag, alles andere muss zurückstecken. Ich sehe ihn ja kaum, und wenn, dann ist er gestresst.«

»Das wäre das nächste Thema«, sagte Friedrich. »Die Arbeit. Das ist das wirklich Traurige an der Sache: Er hat dir eine Stelle als Modedesignerin angeboten. Davon hast du dein ganzes Leben lang geträumt.«

»Ja, genau!«, rief Theresa und brach erneut in heiße Tränen aus, weil ihr die Unmöglichkeit der Situation wieder vor Augen geführt wurde. »Er hat mir meinen Traumjob angeboten. Aber dieses Angebot ist an eine Beziehung zu ihm geknüpft. War es von

Anfang an. Wenn ich mich von Olivier trenne, und das werde ich natürlich tun, ist es aus mit dem Job.«

»Mal ganz im Ernst: Willst du diesen Job denn wirklich?«

Theresa schwieg so lange, dass Friedrich nachfragte, ob sie überhaupt noch da war. »Hallo? Erde an Theresa?«

»Ich bin noch da«, sagte Theresa dumpf. »Es ist mir ganz, ganz peinlich, Fritzchen. Ich habe bisher nur kurz in Oliviers Firma hineingeschnuppert, aber ich muss gestehen, dass ich mir die Arbeit dort nicht so vorgestellt habe. Es geht dort zu wie auf einem Hauptbahnhof. Alle sind ständig gestresst und unter Zeitdruck. Das kreative Arbeiten steht dort nicht im Vordergrund, eher die Bedürfnisse des Marktes und wie man die erfüllen kann. Der Chefdesigner wollte auch, dass ich meine Röcke umändere, um sie besser zu verkaufen. Ich weiß, man muss immer Kompromisse eingehen, aber wenn meine Stücke plötzlich anders aussehen, habe ich das Gefühl, es sind nicht mehr meine, verstehst du?«

»Ich verstehe dich sehr gut«, sagte Friedrich. »Bist du bereit, auf deinen Traum zu verzichten?«

»Was heißt hier verzichten? Ich verzichte auf nichts, denn Modedesign, wie es sich mir hier darstellt, ist nicht mein Traum. Nicht mehr.« Je länger sich Theresa mit ihrem Bruder unterhielt, desto klarer wurden ihr ihre wirklichen Wünsche und Vorstellungen. Sie war froh, ihn angerufen zu haben. »Wenn ich das Wort Traum definieren müsste, würde mir ohne zu überlegen Tante Babettes Stoffgeschäft in den Sinn kommen.«

»Das ist gut. Endlich bist du zur Vernunft gekommen. Auf was wartest du noch? Ab nach Hause. Ich wette, deine Stelle im Stoffladen ist noch frei«, fügte er scherzhaft hinzu.

Theresa wurde noch einmal schwer ums Herz. »So einfach ist das nicht, Fritzchen. Ich kann schlecht meine Koffer wieder packen und einfach losfahren. Ich muss erst mit Olivier sprechen. Ich habe Angst, ihn zu enttäuschen und ihm wehzutun.«

»Ach, der ist doch so seinem Arbeitswahn verfallen, dass du ihm bestimmt nicht fehlen wirst«, wandte Friedrich ein.

»Vielleicht.«

Sie stand auf und ging wieder zum Fenster. Inzwischen war es draußen dunkel, und sie schaute hinaus auf die Straße. Die Scheinwerfer der vorbeifahrenden Autos leuchteten wie ferne Leuchttürme im Regen. Paare oder Mütter mit Kindern liefen, dicht unter Schirmen zusammengedrängt, die Bürgersteige entlang, auf dem Weg nach Hause oder in Restaurants. Sie hatte das beklemmende Gefühl, dass draußen Leben herrschte, sie hier oben im letzten Stockwerk aber nichts davon mitbekam. Sie sehnte sich danach, ihr altes Leben zurückzubekommen.

»Ich ärgere mich, dass ich so blöd war, mich mir nichts, dir nichts auf all das einzulassen«, sagte sie leise.

»Du bist einem Traum nachgejagt. Das ist nichts Schlimmes. Jedenfalls freue ich mich, wenn wir uns ab morgen wieder darum streiten, wer als Erstes ins Bad darf oder welches Fernsehprogramm wir gucken.«

»Danke für alles, Fritzchen«, sagte Theresa heiser. »Du hast mir sehr geholfen. Wir sehen uns morgen.«

Langsam verstaute sie ihr Handy in ihrer Handtasche und trug *Les vaisseaux du coeur* ins Schlafzimmer zurück, wo sie es mit all ihren anderen Büchern und Kleidungsstücken wieder in die Koffer räumte.

Ihre Habseligkeiten waren bald gepackt. Dann saß sie stundenlang im Wohnzimmer auf der Couch und konnte nichts tun als warten. Die Zeit zog sich endlos, und die Stille schien den ganzen Raum zu füllen. Einzig das Knurren ihres Magens war zu hören.

Olivier hatte nichts zu essen im Haus, und sie wollte nicht das Risiko eingehen, schnell etwas zu besorgen und ihn dann zu verpassen. Innerlich wiederholte sie unaufhörlich die Worte, die sie sich zurechtgelegt hatte, um Olivier ihre Entscheidung mitzuteilen. Immer wieder schlug sie die Hände vors Gesicht und befürchtete, all das nicht zu schaffen. Es war nicht so, dass ihr nichts mehr an Olivier lag, im Gegenteil. Und deshalb wollte sie ihm möglichst behutsam sagen, dass sie ihn verließ.

Gegen zehn Uhr kam Olivier endlich. Er wirkte müde und abgekämpft, und die Fältchen und Linien um seine Augen herum traten deutlicher hervor als beim letzten Mal. Er stellte seine Aktentasche und eine große Papiertüte ab und schloss sie in seine Arme, vergrub sein Gesicht in ihrem Haar. Sie blieb steif stehen und wagte es nicht, seine Hände auf seinen Rücken zu legen.

»Tut mir leid, dass es wieder so ein langer Tag war«, murmelte er. »Und ich muss dich gleich mit einer Hiobsbotschaft überfallen. Ich muss für drei Tage nach Frankreich, um unseren Stofflieferanten aufzusuchen. Die Verträge müssen neu verhandelt werden. Aber jetzt bin ich ja erst mal da.«

Seine Ankündigung löste keine Emotionen in ihr aus. Heute Morgen wäre bei der Aussicht, noch länger alleine in der Wohnung zu sitzen, eine Welt für sie zusammengebrochen.

»Wir müssen reden«, sagte sie dumpf.

»Gleich. Lass mich erst duschen und essen. Ich bin fix und fertig«, sagte Olivier und hängte seinen Mantel an die Garderobe. »Die Verhandlung mit dem neuen Kunden zog sich endlos hin, und die Erwartungshaltung, die er an den Tag legte, war unglaublich. Aber jetzt machen wir es uns gemütlich und du wirst für die lange Warterei entschädigt. Schau mal in der Tüte, ich habe ein paar Köstlichkeiten aus dem Feinkostladen mitgebracht. Dann reden wir.«

Er zog sich ins Bad zurück. Hilflos blieb Theresa im Eingangsbereich stehen. Es zerrte an ihren Nerven, dass das Gespräch nicht sofort stattfinden konnte. So deckte sie den Tisch im Essbereich; Olivier hatte kleine Gemüsequiches, knuspriges Baguette mit Oliven, getrockneten Tomaten und marinierten Paprikastreifen besorgt, dazu russische Eier und geräucherte italienische Salami. Sie richtete alles an, setzte sich an den Tisch und wartete mit in die Hände gestütztem Kopf, bis Olivier aus dem Bad kam.

Im Bademantel setzte er sich ihr gegenüber und lächelte ihr flüchtig zu.

»Probier das mal«, sagte er und schob ihr ein Stück Gemüsequiche in den Mund.

Sie drehte den Kopf zur Seite. Ihr knurrender Magen war nicht zu überhören, doch sie konnte jetzt nichts essen.

»Was ist los?«, fragte Olivier irritiert.

»Ich fahre nach Hause, Olivier.«

Sie hatte so leise gesprochen, dass er sie kaum gehört hatte.

»Was?«

»Ich fahre nach Hause«, wiederholte sie lauter, aber ihre Stimme zitterte.

Er starrte sie an, ein Stück Salami schwebte vor seinem Mund in der Luft. »Was um Himmels Willen …?«

»Es geht nicht«, murmelte sie mit gesenktem Blick. »Ich bin nicht glücklich hier. Ich vermisse mein Zuhause und den Stoffladen meiner Tante. Ich vermisse meine Familie.«

»Deine Familie?«, fragte er scharf, schob abrupt seinen Stuhl zurück und stand auf. »Ist deine Familie wichtiger als ich? Was ist mit uns, Theresa?«

»Ich hatte mir alles anders vorgestellt«, gab sie zu. »Es war so schön mit uns in De Panne. Aber hier sehen wir uns kaum, du arbeitest Tag und Nacht … Jetzt fährst du sogar für drei Tage weg

... Das macht eine Beziehung schwierig und mir ist klargeworden, dass ich das nicht will. Dass ich mir mein Leben anders vorstelle. Ich möchte jemanden, der wirklich an meiner Seite ist, dem ich nicht nur manchmal als Anhängsel diene, um schick essen zu gehen.«

»Du profitierst doch auch davon, wenn wir schick essen gehen«, sagte er und musterte sie mit kühlen blauen Augen. »Du kannst doch nicht behaupten, dass du in der Hinsicht nichts von mir geboten bekommst. Ich bin in einem gewissen Alter und habe mir einen hohen Lebensstandard aufgebaut. Jede junge Frau würde sich glücklich schätzen, das mit mir zu teilen.«

»Habe ich dir je das Gefühl vermittelt, dass ein hoher Lebensstandard für mich ausschlaggebend ist?«, fragte sie. Ihr Gesicht fing an zu glühen, und sie fragte sich, ob sie den Mann vor sich überhaupt kannte.

»Jede Frau in deinem Alter ist glücklich, wenn ein Mann ihr ein luxuriöses Leben bietet. Dass das ganze Geld aber überhaupt erst verdient werden muss und der Mann deshalb nicht pausenlos bei der Frau daheim sitzen kann, versteht sich einfach von selbst.«

»Du verstehst mich nicht«, warf Theresa verzweifelt ein. »Über was reden wir eigentlich? Ich fühle mich einfach nicht wohl hier ... mit dir. Ich möchte heim.«

Olivier stützte sich mit den Ellenbogen auf den Tisch und kam ganz dicht an sie heran. »Und was ist mit der Stelle in meiner Firma? Ist es nicht dein großer Traum, Modedesignerin zu werden? Ich hätte ihn dir erfüllt.«

Theresas Augen füllten sich wieder mit Tränen und sie drehte sich zur Seite, um seinem Blick auszuweichen.

»Ich hätte dir den Gefallen gern getan und dich bei mir angestellt«, fuhr er fort. »Meinst du, jemand anderes will deine Röcke?«

Allmählich kochte Zorn in Theresa hoch, verdrängte den Kummer. »Niemand muss mir einen Gefallen tun, Olivier! Ich komme schon allein klar. Ich muss meine Stücke auch gar nicht an deine oder eine andere Firma verkaufen, wo sie überhaupt nicht hineinpassen! Du kannst es vielleicht nicht nachvollziehen, aber es genügt mir, einfach für mich oder für einige Kunden unseres Stoffladens zu nähen! Es macht mich glücklich, meine Röcke selbst zu tragen, mehr brauche ich nicht!«

Er richtete sich wieder auf, und wurde angesichts ihrer Wut plötzlich ganz ruhig. »Okay«, sagte er bedächtig. »Dann ist alles gesagt. Wann gedenkt Madame aufzubrechen?«

»Jetzt«, antwortete sie, ging ins Schlafzimmer und mühte sich mit ihren Koffern ab. Er half ihr nicht.

»Wie ich sehe, bist du gut vorbereitet. Obwohl – gleichzeitig wirkst du etwas kopflos. Warum bist du heute mit Sack und Pack bei mir aufgeschlagen, nur um ein paar Stunden später wieder abzureisen?«

»Weil mir heute einiges klar geworden ist, was mir vorher nicht so bewusst war«, antwortete sie und stellte ihre Koffer vor seinen Füßen ab. Er wich einen Schritt zurück.

»Ich möchte nicht im Streit auseinandergehen«, flüsterte sie.

»Was erwartest du von mir?«, fragte er mit zusammengezogenen Augenbrauen. »War schön mit dir und auf Wiedersehen?«

»Na gut, dann nicht.« Sie zog ihre Jacke an, schlang sich ihren Schal um den Hals und schleppte die Koffer nacheinander vor die Wohnungstür. Er seufzte, nahm dann aber doch den letzten Koffer in die Hand und trug in ihr hinaus. Dann schloss er sachte die Tür hinter ihr.

Kapitel 16

Es war bereits Mitternacht, deshalb waren die Straßen fast leer. Kalt glitzerten vereinzelte Sterne über der Autobahn, bevor sich wieder schwarze Nachtwolken davorschoben.

Theresa versuchte, keinerlei Gedanken an Olivier zuzulassen. Sie umklammerte das Lenkrad so fest, dass sie Schmerzen in den Händen bekam, die sich bis zu den Schultern hochzogen.

Nach einer Stunde merkte sie, dass sie kaum noch die Augen offenhalten konnte, so müde war sie. Sie steuerte die nächste Raststätte an.

In einem Bistro mit Selbstbedienung kaufte sie sich einen starken Kaffee und eine Portion Pommes frites, weil ihr der Hunger inzwischen Magenschmerzen verursachte. Sie saß mutterseelenallein inmitten des großen, von grellen Neonlampen erhellten Raumes; außer ihr war nur noch eine junge Frau an der Kasse da, die müde am Handy spielte.

Durch die gläsernen Außenwände starrte Theresa auf eine von tintiger Dunkelheit verschluckte Wiese. Als sie an ihrem heißen Kaffee nippte, der ihr die Zunge verbrannte, kamen die Gefühle, die sie während der Fahrt verdrängt hatte, in ihr hoch und überwältigten sie in ihrer Heftigkeit. Sie fühlte sich so einsam, dass sie überlegte, ihren Bruder anzurufen, um sich bei ihm auszuheulen, doch es war Viertel nach eins und sie wollte ihn nicht aus dem Schlaf reißen.

Da klingelte ihr Handy, zerriss die Stille des Bistros. Friedrichs Name erschien auf dem Display, und sie schob mit zitternden Fingern die Sperre weg.

»Friedrich?«

»Tut mir leid, Schwesterherz, ich hoffe, du bist nicht gerade auf der Autobahn? Aber ich liege wie auf glühenden Kohlen im Bett und kann nicht schlafen, weil ich die ganze Zeit an dich denke und mir Sorgen mache.«

Theresa wurde ganz warm ums Herz. »Nein, ich bin nicht auf der Autobahn. Ich mache gerade eine Pause; ich bin so fix und fertig, dass ich mich kaum noch wachhalten konnte und Angst hatte, einen Unfall zu bauen.«

»Wie ist es gelaufen mit Olivier?«, fragte Friedrich besorgt.

Theresa seufzte. »Na ja, nicht gut, aber das war ja zu erwarten. Er hat ein paar unschöne Dinge gesagt, deswegen bin ich einfach nur froh, weg zu sein. Ich hätte es schon viel früher beenden sollen. Beziehungsweise ich hätte es gar nicht erst so weit kommen lassen dürfen. Welcher Teufel hat mich da geritten?«

»Na ja«, sagte Friedrich zerknirscht. »Ich befürchte, mich trifft eine gewisse Mitschuld. Es war meine Idee, diese alten Flaschen mit unseren Wünschen im Garten auszugraben. Dadurch habe ich wohl alles ins Rollen gebracht. Und da du gerade eine schwere Zeit durchgemacht hast, hast du dich mit Feuereifer darauf gestürzt, deine alten Träume zu verwirklichen. Damit alles wieder gut wird.«

»Aber ich hatte es doch gut«, rief Theresa so heftig, dass die Servicekraft kurz zu ihr herübersah. »Nachdem ich den Verlust meines Babys einigermaßen verarbeitet hatte, habe ich mir doch ein schönes Leben in Neustadt aufgebaut. Wenn auch nicht alles ganz einfach ist ...«

»Jaja, ich weiß«, stimmte Friedrich zu und sie hörte das Grinsen in seiner Stimme. »Wenn da nicht dieser geheimnisvolle Luxemburger wäre ...«

»Ja, dieser geheimnisvolle Luxemburger«, sagte Theresa leise.

»Apropos, ich habe ihn heute Abend gesehen.«

»Wirklich?« Augenblicklich schlug ihr Herz höher, das Verlangen, über ihn zu sprechen, zerriss sie fast. »Und?«

»Mutti hat mir aufgetragen, nach der Arbeit nach Tante Babette zu schauen, jetzt, wo du ... wo du weg warst. Als ich das getan hatte, bin ich noch kurz ins *Chez Romain*. Romain hat sich zu mir gesetzt und angefangen, mich über dich auszuquetschen.«

Theresa war so aufgeregt, dass sie nicht mehr stillsitzen konnte. Sie stand auf und ging vor den hohen Fensterscheiben auf und ab, starrte hinaus in die menschenleere Dunkelheit. »Was hast du ihm erzählt?«

»Ich weiß es nicht mehr so genau«, gestand Friedrich. »Er hat mir ein oder zwei Caipirinhas spendiert. Vielleicht auch drei. Du weißt, das ist mein Lieblingscocktail. Ich war wohl nicht mehr so ganz nüchtern, sorry.«

Theresa seufzte. »Oh Fritzchen. Ich hoffe, du hast ihm nichts allzu Peinliches erzählt. Und vor allem nichts über Olivier. Er soll nicht denken, Olivier wäre meine große Liebe, wo es doch in Wahrheit nur ein emotionaler Blackout war.«

»Ich weiß es wirklich nicht mehr so genau. Aber eines kann ich dir mit Sicherheit sagen: Dafür, dass er ständig Geschichten mit anderen Frauen laufen hat, ist er ganz schön interessiert an dir.«

Theresa presste ihre Stirn an die kühle Glasscheibe. »Meinst du?«

»Absolut. Ich gebe dir mal einen Tipp: Frag ihn doch einfach mal, was da eigentlich läuft zwischen ihm und den Frauen.«

»Das mache ich nicht«, sagte Theresa entsetzt. »Einmal habe ich ihn kurz darauf angesprochen, aber er hat so getan, als wüsste er nicht, was ich meine. Es ist doch offensichtlich, was da läuft. Soll ich mir epische Beschreibungen liefern lassen? Du hast ihn doch auch schon mit Frauen gesehen. Er nimmt sie mit hoch in seine Wohnung.«

»Ja, aber trotzdem. Sprich mit ihm.«

Sie trank noch zwei weitere Tassen Kaffee, um sicher zu sein, heimfahren zu können. Es war drei Uhr in der Nacht, als sie sich wieder auf den Weg machte. Als sie in den frühen Morgenstunden in Neustadt ankam, lag ihre Straße in tiefer Ruhe da, nirgends regte sich etwas.

Unendlich erleichtert, wieder zu Hause zu sein, nahm sie ihr Gepäck aus dem Kofferraum. Ihre Augen waren geschwollen vor Müdigkeit, sie wollte nur noch in ihr Bett, sich die Decke bis über den Kopf ziehen und nie wieder an die Ereignisse der letzten Tage denken müssen. Als sie im schwachen Licht der Straßenlaterne die Haustür aufschloss, wurde diese gleichzeitig von innen aufgerissen und ihre Mutter stürzte heraus. Beinahe wäre sie in ihre Tochter hineingestolpert, hielt aber noch rechtzeitig inne.

»Theresa!«, rief sie fassungslos. »Mit dir hätte ich jetzt nicht gerechnet.«

Theresa starrte Ada an; sie wirkte sehr aufgewühlt, die Hand, in der sie ihren Autoschlüssel hielt, zitterte.

»Was ist los, Mutti?«, fragte sie, plötzlich wieder hellwach. Ihr Instinkt sagte ihr, dass etwas Schlimmes passiert sein musste. »Wo willst du denn hin um diese Zeit? Ist etwas mit Tante Babette?«

»Ja«, sagt Ada mit bebender Stimme. »Deine Tante ist die Treppe hinabgestürzt, ich erhielt gerade einen Anruf vom Krankenhaus.«

Theresa wurde blass, der Koffer sank ihr aus den Händen und glitt zu Boden. »Oh nein. Nicht Tante Babette. Bitte nicht Tante Babette.«

Sie brach in haltloses Schluchzen aus, und Friedrich, der in T-Shirt und karierter Schlafanzughose aus der Dunkelheit des Flurs trat, legte tröstend einen Arm um sie.

»Aber wieso bist du überhaupt hier, Theresa?«, fragte Ada. »Müsstest du nicht in Brüssel sein? Hast du sie überredet, wieder nach Hause zu kommen, Fritzchen? Falls ja, dann bin ich heilfroh, dass es dir gelungen ist, ihren Verstand wieder in die Gänge zu bringen!«

Friedrich seufzte. »Ich habe zwar gestern Nachmittag und heute Nacht mit Theresa telefoniert, aber es war ihre eigene Entscheidung, wieder nach Hause zu kommen. Sie hat einiges durchgemacht, Mutti.«

»Hm.« Ada legte tröstend die Hand auf Theresas Schulter. »Tut mir leid, Liebes. Wir können nachher reden. Aber jetzt sollten wir los. Ihr kommt doch mit?«

Während Friedrich sich rasch eine Hose anzog, stellte Theresa die Koffer im Hausflur ab. Dann ging sie wie betäubt hinter ihrer Mutter und ihrem Bruder her zu Adas Auto, wo sie auf dem Rücksitz Platz nahm.

»Wie geht es Babette?«, fragte Theresa, als die dunkle Stadt, von warmen Lichtern erhellt, an ihr vorbeizog.

»Ich weiß es nicht«, sagte Ada. »Der Arzt wollte am Telefon nichts sagen.«

»Das ist ein schlechtes Zeichen«, murmelte Friedrich bedrückt.

Im Krankenhaus wurden sie nicht zu ihrer Tante vorgelassen. Sie saßen in einem zugigen Korridor auf Plastikstühlen und warteten.

»Also, jetzt heraus mit der Sprache: Was ist in Brüssel vorgefallen?«, fragte Ada; sie hatte dunkle Schatten unter den Augen und stützte den Kopf in die Hände.

Stockend berichtete Theresa davon, wie ihr klargeworden war, dass Olivier nicht der Mann war, in den sie verliebt war, und dass die Modewelt sie sehr desillusioniert hatte.

Ada sah sie von der Seite an, gab aber keinen Kommentar ab. Theresa rechnete ihr hoch an, dass sie nicht mit »*Ich habe es dir doch gleich gesagt*« reagierte, stattdessen sagte sie nur: »Ich bin froh, dass du wieder da bist.«

Die Zeit verrann; Friedrich lief ruhelos auf und ab, während Theresa sich die feuchten Augen abtupfte.

»Ich hätte erst gar nicht nach Brüssel gehen sollen«, sagte sie erstickt. »Wenn ich hiergeblieben wäre, wäre Tante Babette vielleicht gar nicht gestürzt.«

»Unsinn!«, widersprach Friedrich und blieb abrupt vor ihr stehen. »Wenn du hiergeblieben wärst, hättest du auch nicht vierundzwanzig Stunden am Tag auf Babette aufpassen können! Du weißt, wie stur sie ist. Sie hat nie Hilfe gewollt.«

»Das ist wahr, Fritzchen«, bestätigte Ada. »Babettes Sturz hat nichts mit dir zu tun, bezieh das nicht auf dich, Theresa. Ich könnte mir genauso gut Vorwürfe machen.«

»Wie hat man sie überhaupt gefunden?«, fragte Theresa.

»Der Inhaber einer der Nachbarläden, der seine Privaträume auch obendrüber hat, hat in der Nacht ein furchtbares Rumpeln gehört«, berichtete Ada. »Es ist wirklich ein Glück, dass die Häuser an diesem Platz so hellhörig sind. Wer weiß, wie lange Babette sonst da gelegen hätte.«

Eine junge Ärztin kam mit ernster Miene auf sie zu. Ada, Theresa und Friedrich standen auf und sahen ihr angespannt entgegen. Mit klopfendem Herzen hoffte Theresa, dass die Ärztin etwas sagen würde wie: *Es war ein Warnschuss, aber sie ist stabil.*

Doch in dem Moment, in dem die junge Frau sich erst einmal die müden Augen rieb und seufzte, wusste sie, dass sie nichts dergleichen zu hören bekäme. Eiseskälte breitete sich in ihr aus.

»Ich bin Doktor Teichert«, stellte sich die Ärztin vor. »Sind Sie Frau Rehbergs Angehörige?«

»Ja«, sagte Ada mit nervös verknoteten Händen. »Wir sind ihre Familie.«

»Frau Rehberg ist sehr schwer gestürzt. Sie hat innere Verletzungen davongetragen, deren Ausmaß wir im Moment noch nicht abschätzen können«, erklärte Doktor Teichert. Man sah ihr an, dass es ihr noch nicht in Fleisch und Blut übergegangen war, Familienmitgliedern schlimme Nachrichten zu überbringen; sie sah mitgenommen aus. »Sie ist nicht bei Bewusstsein. Wir haben sie auf die Intensivstation gebracht.«

Friedrich sprach zögernd aus, was ihnen allen auf dem Herzen lag wie ein Felsstein. »Wird sie wieder gesund werden? Wird sie es schaffen?«

Doktor Teichert sah einen Moment zur Seite und holte Luft. »Das können wir im Moment nicht sagen.«

Theresa ergriff die Hand ihrer Mutter, die genauso zitterte wie ihre eigene. Das Zögern der Ärztin war eigentlich Antwort genug, dachte sie, und Verzweiflung schwappte über sie hinweg wie dunkles Gewässer, in dem sie zu ertrinken drohte.

An diesem Tag durften sie nur kurz zu Babette, die ohne Bewusstsein war. Den Rest des Tages lag Theresa im Bett, um den versäumten Schlaf nachzuholen, doch sie schlief immer nur für Minuten ein, um gleich darauf wieder hochzuschrecken. Ihre Sorgen um Babette verdrängten jeglichen Gedanken an Olivier oder das, was in Brüssel vorgefallen war. Es war, als wäre diese Episode einfach ausgelöscht, irrelevant in ihrer Bedeutungslosigkeit. Babettes Gesundheit hatte nun höchste Priorität, nichts anderes schien mehr wichtig.

Am nächsten Morgen fanden sich Theresa und ihre Mutter eine Stunde früher als sonst am Frühstückstisch ein. Vor dem Küchenfenster war es noch dunkel, die Straßenlaterne vor dem Haus leuchtete.

»Warum bist du so früh schon auf?«, fragte Ada und steckte zwei Scheiben Toast in den Toaster. Sie trug bereits ihr übliches Outfit für das Finanzamt, eine dunkle Stoffhose und eine dunkelblaue Bluse, doch ihre Augen waren rot gerändert und ihre Bewegungen nervös.

Theresa goss ihnen beiden Kaffee ein. »Ich möchte vor der Arbeit zu Tante Babette ins Krankenhaus.«

»Ich auch. Wir können zusammen fahren«, sagte Ada und setzte sich an den Tisch. »Aber was heißt *vor der Arbeit*?«

Theresa wartete, bis die Toastscheiben aus dem Toaster sprangen, legte eine auf den Teller ihrer Mutter, die andere nahm sie selbst, und steckte neues Brot in die Maschine. »Ich gehe nach dem Krankenhaus ganz normal ins *Samt & Seide*. Der Laden muss schließlich weitergeführt werden, und zum Glück bin ich ja nun wieder da.«

»Hältst du das für eine gute Idee?«, fragte Ada stirnrunzelnd. »Nach dem, was Friedrich und du mir gestern Abend erzählt habt, hast du eine schlimme Zeit hinter dir. Jetzt noch Babettes Sturz und die Ungewissheit, ob …« Ihre Stimme drohte zu brechen, doch sie fing sich rasch wieder und fuhr fort. »Du solltest dich erst einmal ausruhen. Fahr nach dem Krankenhaus wieder nach

Hause und leg dich erst mal hin. Hast du überhaupt schon deine Koffer ausgepackt?«

Theresa bestrich ihren Toast mit Quittengelee. »Das kann jetzt wirklich warten, Mutti. Tante Babette würde sich freuen, wenn sie wüsste, der Laden läuft weiter. Das ist im Moment ja auch so ziemlich das Einzige, was ich für sie tun kann.«

Obwohl sie sich beide Mühe gaben, zur Tagesordnung überzugehen, wurden sie von der Verzweiflung des Vorabends eingeholt. Ada ergriff Theresas Hand und drückte sie.

»Ich hoffe, sie kommt heute wieder zu sich«, murmelte Ada dann. »Es war furchtbar, sie so leblos da liegen zu sehen.«

Stumm frühstückten sie zu Ende und brachen dann ins Krankenhaus auf. Mattes Morgenlicht sickerte durch die kahlen Bäume, die zu beiden Seiten der Straße standen.

Die Ärztin hatte noch keine Visite gemacht, doch eine Krankenschwester berichtete ihnen, dass es keinerlei Veränderung bezüglich Babettes Gesundheitszustand gab. Sie war noch nicht wieder bei Bewusstsein.

Es war ein merkwürdiges Gefühl, in der Stille der Intensivstation neben Babettes Bett zu stehen und all die Überwachungsgeräte zu sehen.

Ada und Theresa nahmen je eine von Babettes Händen in ihre.

»Du musst gesund werden«, flüsterte Theresa eindringlich. »Du musst! Ich bin wieder da, Tante Babette, für immer. Ich gehe nicht mehr weg, wir werden das *Samt & Seide* zusammen führen, hörst du?«

Babettes Hand lag kühl und regungslos in ihrer. Ada seufzte tief, als habe sie jegliche Hoffnung, ihre Tante würde gesund werden, bereits verloren.

»Wir sind bei dir«, murmelte Ada nur, »ich hoffe, das spürst du.«

Sie blieben noch eine Weile schweigend neben dem Bett stehen; dann legte Ada Theresa die Hand auf die Schultern und schob sie sanft nach draußen. Sie sprachen nicht, auch auf der Fahrt in die Stadt nicht. Es gab nichts zu sagen, nichts Tröstendes, nichts Beruhigendes.

Ada hielt in der Stadtmitte, um Theresa aussteigen zu lassen.

»Willst du nicht doch lieber nach Hause gehen? Gönne dir doch eine Pause.«

Theresa schüttelte den Kopf, starr geradeaus sehend. »Nein. Ich gehe ins Geschäft.«

»Nun gut. Ich denke, wir sehen uns nach der Arbeit wieder im Krankenhaus.«

»Ja, auf jeden Fall. Und Mutti ...« Theresa war schon ausgestiegen, steckte aber noch einmal den Kopf ins Auto. »Wenn es etwas Neues gibt in Bezug auf Tante Babette – ruf mich bitte sofort an.«

»Natürlich.« Ada schluckte ihre Tränen hinunter und fuhr los.

Schweren Herzens schloss Theresa die Tür zum *Samt & Seide* auf. Es tat weh, ihre Tante nicht wie sonst darin vorzufinden. Tante Babette war immer früh im Laden gewesen und hatte bereits darin herumgewerkelt, wenn Theresa gekommen war. Ihr war nach Weinen zumute, als sie durch die Regalreihen voller Stoffe und an den Ständern mit Knöpfen, Nadeln, Garnen vorbei ins Hinterzimmer ging, wo sie ihre Handtasche ablegte und ihren Mantel aufhängte.

Es wollte nicht so recht hell werden an diesem Novembertag, deshalb schaltete sie alle Lichter ein. Sie kochte sich einen Kaffee, wie Tante Babette dies jeden Morgen als erstes getan hatte, dann holte sie die Post aus dem Briefkasten und arbeitete sie durch.

Hinter der Kasse stapelten sich drei große Pakete; Theresa schlitzte sie mit einer Schere auf und sah, dass sie wunderschöne Stoffe enthielten, glänzende rote, dunkelgrüne und goldene Materialien für die kommende Weihnachtszeit. Tante Babette hatte es nicht mehr geschafft, die Pakete auszupacken.

Die Ungewissheit, ob Babette Weihnachten erleben würde, schnürte ihr das Herz ab. Fieberhaft ging sie ihren Aktivitäten nach, zwang sich, den Laden auf Vordermann zu bringen, um ihren Schmerz zu dämpfen.

Sie räumte ein paar Jerseystoffe um, um Platz für die Weihnachtsstoffe zu schaffen. Sie war gerade fertig damit, als die erste Kundin eintrat.

Die Stunden vergingen. Sie verkaufte Stoffe, beriet Kunden über geeignete Schnittmuster, schrieb die Telefonnummern zweier Frauen auf, die informiert werden wollten, wenn der nächste Nähkurs startete, und suchte, als sie sich für eine Viertelstunde alleine im Laden befand, im Hinterzimmer in verzweifelter Entschlossenheit die Kartons mit der Weihnachtsdekoration. Ihr war so gar nicht nach Feiern zumute, doch es gehörte dazu, das Geschäft Ende November weihnachtlich zu dekorieren, also tat sie es. Sie stellte das künstliche Bäumchen auf, das Tante Babette jedes Jahr hervorgeholt hatte, und schmückte es mit den traditionellen goldenen Glocken und Sternen. Für das Schaufenster würde sie sich etwas Besonders einfallen lassen müssen, das die Kunden anzog und zum Hereinkommen einlud. Im Moment hatte sie allerdings keinen Nerv, sich mit kreativer Schaufenstergestaltung zu beschäftigen.

Sie stand gerade auf der Leiter, um eine Lichterkette mit bunten Lichtern über dem Eingang anzubringen, die sie noch in einem der Kartons gefunden hatte, als die Tür aufging und gegen die Leiter stieß. Sie klammerte sich an der obersten Strebe fest, da sie ins Wackeln geriet.

»Oh, Verzeihung«, rief Romain erschrocken, zog rasch die Tür hinter sich zu und hielt die Leiter fest, damit sie herunterklettern konnte. »Ich wollte dich nicht umwerfen.«

»Haha«, sagte Theresa; tatsächlich begann ihr Herz zu klopfen, als er mit seinen zerzausten Haaren und in einem schwarzen Hemd und einem offenstehenden schwarzen Mantel vor ihr stand und sie mit seinen dunklen Augen forschend ansah.

»Wie geht es dir?«, fragte er. »Ich habe durchs Schaufenster gesehen, dass du wieder da bist. Es tut mir leid, was mit deiner Tante passiert ist. Der Chocolatier hat es mir gestern erzählt.«

»Danke«, sagte Theresa. »Wir machen uns große Sorgen um meine Tante. Sie war vorher schon gesundheitlich sehr angeschlagen und hatte ein schwaches Herz, und nun hat sie von dem Sturz innere Verletzungen davongetragen. Es sieht nicht gut aus.«

Die Tatsachen auszusprechen machte die Gefahr, in der Babette schwebte, noch greifbarer; Theresa schlug die Hand vor den Mund, sie wollte auf keinen Fall vor Romain in Tränen ausbrechen. Doch er hielt ihr bereits ein gebügeltes Stofftaschentuch entgegen, das sie unschlüssig in die Hand nahm.

»Danke«, flüsterte sie.

»Kann ich dir irgendwie helfen?«, fragte er, nahm ihr das Taschentuch ab und tupfte eine Träne weg, die sich von ihrem Augenwinkel löste, eine intime Geste, die ihr unter die Haut ging. »Brauchst du irgendetwas?«

Sie schüttelte den Kopf.

»Ist ... ist der *Belgier* auch hier?« Trotz ihrer Traurigkeit musste Theresa ein Schmunzeln unterdrücken, da Romain wie üblich ein Höchstmaß an Verachtung in das Wort *Belgier* legte.

»Nein, ich bin allein hier. Belgien war eine Episode, und die ist jetzt beendet. Ich komme mir im Nachhinein ganz schön dumm vor, dass ich hier einfach alles stehen und liegen gelassen habe und nach Brüssel gegangen bin. Die Aussicht, Modedesignerin zu werden, hat wohl eine Art Kurzschlussreaktion in mir verursacht. Aber ich bin keine siebzehn mehr und habe erkannt, dass ich inzwischen einfach andere Ziele habe im Leben. Es gibt für mich nichts Schöneres, als hier im Stoffgeschäft zu arbeiten und zu nähen.«

Ein Strahlen zog über Romains Gesicht, und als sie ihm in die braunen Augen sah, vergaß sie für einen winzigen Moment ihre Angst um Babette und verspürte eine überfließende Freude, ihn wiederzusehen.

»Du glaubst gar nicht, wie sehr mich das freut!«, sagte Romain, zog sie ohne zu überlegen in seine Arme und drückte sie an sich. »Willkommen zurück, Theresa!«

Sie vergrub ihr Gesicht an seiner Schulter und wünschte, die Zeit würde stillstehen. Seine Umarmung war tröstlich und aufregend zugleich. Sie wollte mehr davon, immer und immer wieder.

Doch dann ließ er sie los und schaute sie prüfend an. »Und mit dem Belgier ist es auch aus und vorbei? Oder habt ihr jetzt eine Wochenendbeziehung und er schlägt demnächst hier auf?«

Theresa schüttelte den Kopf. »Es ist aus und vorbei. Es hat als kleine Liebelei an einem Urlaubswochenende begonnen, und mehr war es eigentlich auch nicht. Ich kannte ihn gar nicht richtig, und als ich einige seiner Charakterzüge kennengelernt habe, merkte ich, dass ich nichts an ihm fand. Mein Herz ist nämlich ganz woanders.«

»So?«, fragte er, und um seine Mundwinkel zuckte es. »Wo ist es denn?«

Theresa quoll fast über vor lange zurückgehaltenen Emotionen, ihr war, als wäre die ganze Welt ins Taumeln geraten. Die zwei Worte »bei dir« lagen ihr auf der Zunge, doch ehe sie den Mut fand, sie genau so auszusprechen, ging die Tür erneut auf und stieß gegen sie. Romain legte den Arm um Theresa und zog sie sanft ein Stück von der Tür weg.

»Hallo, ich suche einen Stoff mit Nikolausmotiven«, sagte eine junge Mutter, die einen Jungen im Kindergartenalter im Schlepptau hatte, atemlos. »Haben Sie so was da?«

»Ich weiß nicht«, murmelte Theresa, in Romains Augen ertrinkend. »Ich müsste mal nachschauen …«

Romain lächelte sie an, es war ein wissendes, funkelndes Lächeln. »Dann lasse ich dich mal arbeiten. Heute Abend findet unser französischer Literaturzirkel statt. Soll ich dich abholen?«

»Nein, ich muss den Kurs heute ausfallen lassen. Ich möchte zu Tante Babette ins Krankenhaus.«

»Natürlich.«

»Welches … Buch behandelt ihr denn heute Abend?«, fragte sie, von Sehnsucht nach den einfachen Freuden der vergangenen Monate ergriffen.

»Baudelaires *Les fleurs du mal*«, antwortete er lächelnd.

»Oh«, sagte sie, »schade, dass ich ausgerechnet heute fehle.«

»Keine Sorge, ich erteile dir gerne bei Gelegenheit eine Nachhilfestunde. Einzelunterricht«, sagte er mit Schalk in den Augen.

Sie war nicht schlagfertig genug für eine Erwiderung, nichtsdestotrotz brachte er sie zum Lächeln und ihr Herz zum Schlagen.

»Bis dann!«

»Bis dann!«, sagte sie und ging nach hinten, um sich endlich auf die Suche nach einem Nikolausstoff zu machen. Während sie die Stoffrollen durchsuchte, fiel ihr ein, dass sie Romain nicht nach seinen Frauenbekanntschaften gefragt hatte. Doch jetzt wäre ohnehin nicht der richtige Zeitpunkt für eine Aussprache, im Moment standen die Sorgen um Babette im Vordergrund.

Eine halbe Stunde vor Ladenschluss erschien Romain wieder, dieses Mal beladen mit einem Tablett voller Köstlichkeiten aus der Bar. Über dem kleinen Platz hing die Dunkelheit bereits wie eine schwere Decke, und gegenüber erleuchteten bunte Lichterketten die Fenster des *Chez Romain*.

Gerührt starrte sie das Essen und das große Glas Piña Colada an, in dem ein mit zwei Fruchtgummikirschen behängter Strohhalm steckte.

»Alkoholfrei«, sagte er und stellte das Tablett auf dem Zuschneidetisch ab. »Du möchtest ja noch ins Krankenhaus. Ich dachte, ich bringe dir etwas zu essen vorbei, so wie du aussiehst, hast du heute noch nichts zu dir genommen, stimmt´s?«

»Seit dem Frühstück nicht mehr«, sagte sie leise. »Vielen lieben Dank. Es ist so schön, wie du dich um mich kümmerst.«

»Du selbst bist ja im Moment nicht gut dazu in der Lage«, sagte er behutsam, und sie strauchelte einen Moment in seinem warmen Blick. Rasch wandte sie sich ab, hängte das Geschlossen-Schild in die Tür und löschte bis auf eine Lampe alle Lichter, um von außen nicht allzu sichtbar zu sein.

»Leistest du mir Gesellschaft?«

Er nickte, und sie nahm die Folie von den kleinen Schüsseln mit Oliven, pikanten Fleischklößchen, in Öl gerösteten Mandeln, frittierten Sardellen, spanischem Schinken und gewürzten Paprikaschoten. Sie zog zwei Stühle an den Tisch, und sie begannen wortlos zu essen. Es war kein unangenehmes Schweigen, im Gegenteil, sie genoss es, nichts sagen zu müssen und trotzdem verstanden zu werden, und sie hatte den Eindruck, dass auch er sich wohlfühlte.

»Lecker«, sagte sie und nahm sich noch ein Fleischklößchen. »So gut habe ich seit Langem nicht mehr gegessen.«

»Tja, du kommst ja auch gerade aus Belgien«, zog er sie auf.

»So langsam kann ich die Belgien- und Pommes-frites-Witze nicht mehr hören«, beschwerte sich Theresa, musste aber doch grinsen. »Lass es jetzt gut sein, ich bin ja endgültig wieder da, okay? Ich bleibe hier.«

»Einverstanden«, sagte er in plötzlichem Ernst und stand auf, wobei er sie in der Enge des Verkaufsraumes streifte, was ihr durch und durch ging. »Auf jeden Fall bin ich froh, dass du wieder da bist. Vielleicht können wir uns morgen sehen? Aber nun muss ich los, meine lieben Schüler warten.«

»Nochmal danke für das Essen und den Cocktail«, sagte Theresa heiser. »Und Romain – ich freue mich auch, wieder zu Hause zu sein. Weißt du, was ich mir wünschen würde?«

»Was?« Seine Pupillen waren groß vor Erwartung.

»Dich wieder mal auf dem Saxophon spielen zu hören. Frank Sinatra oder irgendwas.«

Ein kaum wahrnehmbares Zucken umspielte seine Mundwinkel, dann sagte er leichthin: »Das lässt sich einrichten.«

In dem Augenblick, in dem Romain zur Tür ging, läutete Theresas Handy. Die mühsam beherrschte Stimme ihrer Mutter sagte: »Theresa, komm bitte sofort ins Krankenhaus. Beeil dich, Friedrich ist auch unterwegs. Babette ist gerade zu sich gekommen, aber wir dürfen keine falschen Hoffnungen haben, sagt Doktor Teichert. Sie denkt, es geht zu Ende.«

Theresa ließ wie betäubt das Handy sinken. Romain, der in der Tür verharrt hatte, fragte: »Was ist los, Theresa?«

»Es geht zu Ende«, flüsterte Theresa fassungslos. »Babette stirbt!«

»Ich bringe dich ins Krankenhaus«, sagte er sofort und wartete, bis sie ihren Mantel und ihre Tasche geholt hatte. Sie war zu zittrig, um in den Mantel zu schlüpfen, deshalb half er ihr. Dann legte er ihr den Arm um die Schulter, löschte das Licht und führte sie aus der Tür, nahm ihr den Schlüssel aus den Händen und schloss ab.

Er brachte sie in eine Tiefgarage eine Straße weiter, in der er sein Auto geparkt hatte und fuhr zum Krankenhaus, rigoros alle Geschwindigkeitsbeschränkungen überschreitend. Dort angekommen, sprang er aus dem Auto, kam auf ihre Seite und zog die Beifahrertür auf, um sie herauszulassen. Rasch zog er sie an sich und drückte sie einen Moment fest. »Schaffst du es allein hinein? Kann ich noch irgendetwas tun?«

Sie schüttelte mit blutleeren Lippen den Kopf und löste sich schweren Herzens aus der Umarmung. Seine Nähe fühlt sich so gut an.

Dann rannte sie durch die sich automatisch öffnenden Schiebetüren in die Klinik hinein.

Die Gänge der Intensivstation waren grell erleuchtet. Eine Krankenschwester, die im Schwesternzimmer saß und sie kommen sah, stand auf und begleitete sie zu Tante Babettes Zimmer.

»Wie geht es ihr?«, fragte Theresa; sie hatte Angst, sie käme zu spät und ihre Tante könnte kurz nach dem Anruf ihrer Mutter gestorben sein.

»Sie ist ansprechbar«, sagte die Krankenschwester, »aber die Anzeichen mehren sich, dass es bald zu Ende geht. Sie möchte Abschied nehmen.«

Leise öffnete sie die Tür, schaute hinein, und nickte Theresa dann zu.

Theresa schossen augenblicklich die Tränen in die Augen, als sie ihre Mutter und ihren Bruder an Babettes Bett sitzen sah. Ada sah mit zusammengepressten Lippen zu ihr auf, Friedrichs Gesichtsausdruck war verloren wie der eines kleinen Jungen. Man sah ihm an, dass er sehr überstürzt von zu Hause aufgebrochen war, denn er trug eines seiner Nerd-T-Shirts, das er seit Monaten nicht mehr in der Öffentlichkeit getragen hatte.

»Theresa«, flüsterte Babette und streckte eine weiße, blau geäderte Hand nach ihr aus. Friedrich stand auf und ließ seine Schwester ans Kopfende des Bettes.

»Tante Babette«, flüsterte Theresa zurück, setzte sich auf die Bettkante und nahm die Hand ihrer Tante. Sie war kaum wiederzuerkennen; das graue Haar war dünn zurückgekämmt, und ihre Wangen, die trotz ihres Alters so prall und rosig gewirkt hatten, waren nun eingefallen, die Haut zerknittert wie Pergament.

»Es ist so schön, dich noch einmal zu sehen, Kind«, sagte Babette und strich ihr mit zittriger Hand über die Wange. »Ich dachte, du bliebest in Belgien und ich würde dich nicht mehr sehen.«

»Nein, ich bin hier«, sagte Theresa, so gefasst wie möglich. »Ich werde auch hier in Neustadt bleiben. Das Leben in Belgien war doch nicht das richtige für mich. Ich habe die Beziehung zu Olivier beendet und die Arbeit in seiner Firma letztendlich nicht angenommen.«

Ein feines Lächeln umspielte Babettes Gesicht. »Gut, das ist gut«, murmelte sie, »das freut mich.«

Theresa fragte sich insgeheim, warum Tante Babette es begrüßte, dass nichts aus ihrer Beziehung mit Olivier und einer Karriere in der Modefirma geworden war; sie war doch diejenige gewesen, die sie ermuntert hatte, ihren Traum zu verfolgen.

»Warst du heute im *Samt & Seide*?«, fragte ihre Tante, und obwohl ihr Körper dem Tod näher schien als dem Leben, leuchteten ihre Augen noch einmal kurz auf.

Tränen brannten in ihrer Kehle, deshalb nickte sie nur wortlos.

»Sehr schön«, lobte Babette. Es fiel ihr zunehmend schwerer

zu sprechen, ihre Stimme klang immer leiser und brüchiger. Ada strich ihr besorgt eine dünne Haarsträhne aus der Stirn.

»Gebt den Laden nicht auf«, stieß sie dann mit letzter Kraft hervor.

»Pscht …«, beruhigte Ada sie. »Mach dir keine Gedanken um den Laden, Babette. Ruh dich lieber aus, du bist erschöpft.«

»Wir kümmern uns um alles«, flüsterte Theresa.

Babette nickte, dann fielen ihr die Augen zu. Ada und ihre Kinder sahen sich alarmiert an, doch in der Stille des Zimmers hörten sie ihre Tante leise atmen. Vor Erleichterung wurde Theresa fast übel.

So verging eine halbe Stunde. Sie saßen zu dritt auf beiden Seiten des Bettes und hielten Babettes Hände. Die Geräusche, die von draußen gedämpft zu vernehmen waren, klangen unwirklich, wie aus einer anderen Welt. Hier drinnen schien die Zeit stillzustehen, es gab nichts anderes als diesen Raum, keinen Alltag, kein Morgen. Sie konnten nichts tun, außer bei Babette zu sein. Nichts anderes war mehr wichtig, nichts zählte mehr. Am Ende reduzierte sich das Leben auf ein paar Momente mit den Menschen, die einen begleitet hatten.

Die Krankenschwester öffnete die Tür, sah, dass die Familie still um Babette herum saß, und zog sich leise wieder zurück.

Plötzlich schlug Babette die Augen auf und sah mit wässrigen Augen von einem zum anderen, den Kopf mühsam vom Kissen erhoben. Sofort schraken sie alle drei aus ihren Gedanken, bereit, Tante Babette zu geben, was sie brauchte.

»Meine Schreibtischschublade«, stieß Babette heiser hervor. »Oben in der Wohnung. Da ist eine … eine …« Sie keuchte und ließ den Kopf zurückfallen. »Da ist eine gelbe Mappe … mit Unterlagen … Friedrich, du musst sie … holen! Jetzt! Ich hätte sie fast … vergessen.«

Völlig erschöpft schloss sie wieder die Augen, ihre Lider zuckten.

Friedrich sah ratlos seine Mutter an. »Soll ich?«

Ada nickte. »Ja. Fahr in die Wohnung und hole die Unterlagen. Sie müssen wichtig sein, sonst hätte Babette sie nicht angesprochen. Theresa, gib ihm deinen Schlüssel.«

Mit zittrigen Händen kramte Theresa ihren Laden- und Wohnungsschlüssel aus ihrer Handtasche hervor. »Beeil dich!«, bat sie ihren Bruder eindringlich.

»Ja, natürlich.« Friedrich schnappte sich den Schlüssel und verließ im Laufschritt das Zimmer.

Theresa hatte nur einen Gedanken: Würde er es rechtzeitig zurückschaffen?

Kapitel 17

Die Zeit tröpfelte träge dahin; im Kopf überschlug Theresa die Minuten, die es brauchte, um vom Krankenhaus zum Laden zu fahren und wieder zurück. Im besten Fall waren es wohl zwanzig.

Sie hielt Babettes Hand, die kalt und schlaff in ihrer lag, schmal wie ein Vögelchen. Ihre einst so korpulente Tante schien in sich zusammengesunken, ein kaum noch anwesender Schatten ihrer selbst.

Es fiel Theresa unendlich schwer, sie so zu sehen. Bilder ihrer Kindheit und Jugend überschlugen sich in ihrem Kopf. Tante Babette, jung und energisch, wie sie im Laden schaltete und waltete und gleichzeitig auf Theresa aufpasste, die im Hinterzimmer Hausaufgaben machte und sich dann an die Nähmaschine setzte, mit Feuereifer ihre ersten Stücke nähte, bis es Zeit war, nach Hause zu gehen. Tante Babette hatte ihr alles beigebracht, was sie heute wusste, und sie hatte ihr nach ihrer Rückkehr aus Frankfurt sofort Zuflucht geboten; sie verdankte ihr so viel.

Die Zeit verrann; es war nicht der Moment für Tränen oder Gespräche, sondern für ein letztes, stilles Beisammensein. Ab und zu hob Babette den Kopf, sah, dass Ada und Theresa noch da waren, und schloss wieder ermattet die Augen.

Es dauerte exakt sechzehn Minuten, bis Friedrich wieder

erschien, keuchend und rot im Gesicht. Er musste gefahren sein wie der Henker. Er trug eine gelbe Spannmappe unter dem Arm.

Tante Babette signalisierte Ada, dass sie sich aufsetzen wollte; mit äußerster Kraftanstrengung und der Hilfe ihrer Nichte schaffte sie es und hing dann wie gestrandet in den Kissen.

»Gut, dass du es geschafft hast, Fritzchen«, sagte sie mit brüchiger Stimme. »Öffne die Mappe.«

Friedrich setzte sich auf die Bettkante und zog das elastische Band von der Mappe, um die darin befindlichen Unterlagen herauszuholen.

Ada und Theresa warfen sich fragende Blicke zu.

»Lest selbst«, flüsterte Babette, der immer wieder die Augen zufielen.

»Überschreibungsurkunde«, las Ada vor. »Was ist das, Babette?«

»Ich war bereits vor Wochen beim Notar«, sagte Babette, immer wieder stockend und um Atem ringend. »Ich hatte schon lange vor, dir, Theresa, das Stoffgeschäft zu überschreiben … Samt der Wohnung. Also praktisch das …«

Ein heftiger Hustenanfall schüttelte sie so sehr, dass Ada sie an den Schultern fasste; Theresa suchte mit den Augen hektisch nach dem Notfallknopf, mit dem man die Schwester rufen konnte. Doch Babette erholte sich wieder und sprach unbeirrt weiter, auch wenn ihr vor Anstrengung fast die Stimme versagte. »Praktisch das ganze Haus. Das *Samt & Seide* und die Wohnung gehören dir.«

»Aber Babette«, sagte Theresa mit feuchten Augen, von der Situation vollkommen überfordert.

»Ruh dich aus, Babette«, sagte Ada sanft und versuchte behutsam, sie in die Kissen zu drücken. »Das spielt jetzt keine Rolle. Du sollst dich nicht anstrengen.«

»Es ist wichtig!«, widersprach Babette atemlos. »Das muss jetzt besprochen werden! Theresa, dir soll der Laden gehören, wenn du möchtest, du sollst ihn führen, so wie du es die ganze Zeit bereits getan hast! Du machst das großartig, Kind, du steckst so viel Herzblut und Leidenschaft hinein.«

»Mir bedeutet der Laden genauso viel wie dir«, sagte Theresa aufgewühlt.

»Das weiß ich. Er gehört dir. Das ist die Überschreibungsurkunde, vom Notar abgesegnet. Du kannst auf der Stelle unterschreiben. Natürlich kannst du es dir auch erst mal in Ruhe durchlesen und darüber nachdenken.«

»Das wird das Beste sein«, wandte Ada verwirrt ein. »Bitte nicht voreilig handeln im Moment.«

Theresa zog einen Kugelschreiber aus ihrer Handtasche und unterschrieb die Urkunde mit energischem Schriftzug. Friedrich starrte sie in einer Mischung aus Fassungslosigkeit und Bewunderung an.

Ein Lächeln glitt über Babettes eingefallene Züge und sie legte ihre zitternde Hand auf Theresas Arm. »Das macht mich ... so glücklich.«

»Mich auch«, flüsterte Theresa erstickt und umarmte ihre Tante.

»Geht nächste Woche alle zum Notar, er wird euch alles noch einmal genau erklären«, flüsterte Babette. »Theresa, schon seit Langem wusste ich, dass ich dir das Geschäft schenken wollte, aber als du dann nach Belgien gingst, habe ich die Idee hintan gestellt ... Ich habe wirklich gehofft, du findest in Brüssel dein Glück ... Ich wollte dich nicht in Bedrängnis bringen, deshalb habe ich meinen Besuch beim Notar verschwiegen und die Unterlagen erst mal ... erst mal in die Schublade gesteckt. Welch ein

Glück, noch erleben zu dürfen, dass du das *Samt & Seide* übernimmst …«

Die letzten Worte waren kaum noch verständlich; Babette hatte sich völlig verausgabt, und sank mit bleichen Lippen und geschlossenen Lidern zurück auf das Kissen. Dann öffnete sie noch einmal die Augen und sah sie alle drei mit einem Lächeln an, das immer mehr verschwamm. Ada und Theresa hatten je eine ihrer Hände umfasst und hielten sie, bis sie erschlafften.

Den folgenden Tag verbrachten sie alle drei zu Hause, um die Beerdigung und andere Formalitäten zu regeln; sie waren alle recht in sich gekehrt und sprachen wenig, nur manchmal sagte einer von ihnen »Wisst ihr noch, als Tante Babette …«, und erzählte irgendeine lustige oder schöne Erinnerung, die für einen Moment die Stimmung hob, bevor ein jeder wieder in seiner Trauer versank.

Am zweiten Tag nach Babettes Tod zog Theresa ein dunkles Kleid an, band sich die braunen Haare im Nacken zusammen, die im Moment recht eigensinnig in alle Richtungen standen und betrachtete sich im Spiegel. Ihre Augen waren gerötet und ihr Gesicht sehr blass; wie den anderen Familienmitgliedern sah man ihr an, dass sie eine schwere Zeit durchmachte.

Als sie nach unten kam und ihren Mantel und die Stiefel anzog, stieß sie auf ihre Mutter, die gerade ins Finanzamt fahren wollte.

»Wo willst du hin?«, fragte Ada.

»Ins *Samt & Seide*«, antwortete Theresa leise.

»Jetzt schon? So früh nach …«

»Ja.« Theresa nickte entschlossen. »Ich werde den Laden heute wieder öffnen. Was soll ich sonst tun?«

Der Gang in die Stadt fiel ihr schwer; sie ging ihn das erste

Mal in dem Wissen, dass Tante Babette nicht mehr da sein würde. Sie würde nie mehr morgens im Laden sein. Diese Gewissheit drohte sie in ihrer Endgültigkeit emotional zu überwältigen, doch sie holte tief Luft und ging weiter.

Im Stadtzentrum waren alle Geschäfte inzwischen weihnachtlich geschmückt, Lichterketten spannten sich über die Gassen mit dem Kopfsteinpflaster, in allen Schaufenstern standen geschmückte Weihnachtsbäume. Das *Chez Romain* war noch dunkel. Ob Romain es vorgestern noch rechtzeitig zu seinem Kurs geschafft hatte?

Die morgendliche Kälte brannte in ihrem Gesicht, und so gab sie sich einen Ruck, und schloss die Ladentür eiliger auf, als sie es sonst unter diesen Umständen getan hätte. Im Innern des *Samt & Seide* blieb sie erst einmal stehen und ließ die Atmosphäre auf sich wirken. Die Stille und Leere waren schier unerträglich. Sie war nun ganz allein hier, völlig auf sich gestellt. Ihre Tante fehlte ihr so sehr, dass sie den Verlust wie einen körperlichen Schmerz empfand.

Langsam ging sie an den Regalen mit Stoffen vorbei zum Hinterzimmer, um Tasche und Mantel abzulegen und überall Licht anzuschalten. Sie warf einen ehrfürchtigen Blick die enge Treppe hinauf, die zur Wohnung führte. Aber das war entschieden zu viel im Augenblick – die Wohnung gehörte nun zwar ihr, aber sie würde es so schnell nicht schaffen, sie zu betreten. Nirgends war Tante Babette so präsent wie in ihren Wohnräumen.

Sie kochte sich eine Kanne Kaffee im Hinterzimmer und machte sich an die Arbeit. Es gab viel zu tun. Bald kamen die ersten Kunden, die sie im Hinblick auf geeignete Festtagsstoffe beriet. Eine junge Mutter mit Zwillingsmädchen kam, die einem Kind ein rotes, dem anderen ein dunkelgrünes Weihnachtskleid nähen wollte.

Bis zur Mittagszeit war Theresa pausenlos beschäftigt, was einerseits gut war, da es ihrer Trauer vorübergehend ein wenig die Schärfe nahm, ihr andererseits das Gefühl verlieh, Tante Babette hier in ihrem Geschäft besonders nah zu sein. Das *Samt & Seide* war ihr Ein und Alles gewesen, und Theresa war froh, dass sie sich überwunden hatte, es nach nur einem Tag wieder zu öffnen.

Als um halb eins die Ladenglocke läutete, sah sie überrascht, dass es Ada war, die hereinkam.

»Hallo Mutti, was tust du hier?«, fragte sie.

Ada sah sich im Laden um, als sei sie schon lange nicht mehr hier gewesen. »Ich habe gerade Mittagspause und wollte mit dir sprechen. Machst du keine Pause? Du musst doch was essen!«

»Ich wollte gleich für ein paar Minuten schließen, um mir schnell beim Bäcker was zu holen. Da ich ja noch allein im Laden bin, kann ich schlecht länger Pause machen. Ich möchte über die Mittagszeit nicht ganz schließen, dann ginge mir die Laufkundschaft verloren, die ebenfalls Pause hat und eben mal schnell einkaufen geht.«

»Wie soll das auf Dauer funktionieren?«, fragte Ada stirnrunzelnd.

Theresa zuckte die Achseln. »Ich werde wohl noch jemanden einstellen müssen.«

Ada seufzte und ließ sich auf den Stuhl hinter der Kasse sinken. »Theresa. Jetzt mal im Ernst. Du musst das *Samt & Seide* nicht übernehmen. Natürlich hätte es Babette sehr glücklich gemacht, das Geschäft war ihr Lebenstraum.«

»Es ist auch meiner«, sagte Theresa leise. »Ich meine, ich wollte immer gerne Modedesignerin werden, das stand ja bereits auf dem Zettel, den ich als Siebzehnjährige in der Colaflasche im Garten vergraben habe. Aber nun bin ich erwachsen, und Träume ändern sich. Ein eigenes Stoffgeschäft zu besitzen, in dem ich mich, was das Nähen anbelangt, ausleben kann, in dem ich Nähkurse geben kann, und einen kleinen Kundenstamm zu haben, der meine selbstgenähten Röcke oder Kleider kauft, *das* ist mein Traum. Vielleicht musste ich nach Belgien gehen, um zu erkennen, was ich wirklich will im Leben.«

»Hm.« Nicht sehr überzeugt ließ Ada ihren Blick durch den Ladenraum schweifen. »Mag sein. Aber ich muss gestehen, dass ich vorgestern richtiggehend schockiert war, als du an Babettes Totenbett in einer Kurzschlussreaktion diese Überschreibungsurkunde unterschrieben hast, ohne sie dir auch nur einmal durchzulesen. So unüberlegt und impulsiv bist du doch nicht, Theresa. Ich kann verstehen, dass du in dem Moment absolut überfordert warst, aber noch hast du Zeit, den Fehler rückgängig zu machen. Noch waren wir nicht beim Notar. Der Termin ist erst in vier Tagen. Du kannst die Überschreibung des Hauses inklusive des Geschäftes immer noch ablehnen. Zerreiße den Wisch und gut ist.«

Theresa lächelte schwach. »Aber das will ich nicht, Mutti. Ich möchte hier arbeiten und nirgends sonst. Das hier ist das Metier, in dem ich mich wohlfühle. Das hast du doch mittlerweile verstanden, nicht wahr?«

»Ja«, sagte Ada. »Das habe ich verstanden. Aber es sind zwei Paar Schuhe, in einem Stoffgeschäft zu *arbeiten* oder es zu *führen*.«

»Mutti, dank dir habe ich BWL studiert«, erwiderte Theresa mit einem flüchtigen Anflug von Heiterkeit. »Glaub mir, wenn ich was kann, dann ist es, ein Geschäft zu führen.«

Ihre Mutter sah sie verstört an; es war einer der seltenen Augenblicke, in denen sie sprachlos war.

»Sieh doch mal«, sagte Theresa versöhnlich und zog sich einen zweiten Stuhl heran, um sich neben sie zu setzen. »Seit

Monaten arbeite ich hier. Tante Babette war heilfroh, als ich bei ihr anfing, weil sie mit den Büchern und den Finanzen inzwischen völlig überfordert war. Sie war die ganze Zeit schon kränklich und hatte einfach nicht mehr die Kraft, sich um alles zu kümmern. Ich hatte die letzten Wochen und Monate fast die volle Verantwortung für das *Samt & Seide*. Ich fühle mich der Aufgabe gewachsen. Du musst dir keine Sorgen machen. Ich will das hier wirklich. Es hat ein bisschen gedauert, das zu kapieren, aber jetzt weiß ich es!«

Ada schwieg einen Moment und musterte ihre Tochter nachdenklich. Dann stieß sie einen langen Seufzer aus und sagte: »Vermutlich hast du recht. Du wirkst so entschlossen und selbstsicher, ich glaube, du wirst es schaffen, den Laden gut zu führen. Und es ist ja auch sehr schön, dass du in Neustadt bleibst und nicht der Arbeit wegen sonst wo hinziehen musst.«

Ada umarmte ihre Tochter innig, und Theresa schmiegte sich an sie; sie konnte im Moment jeden Trost gebrauchen, den sie bekommen konnte.

»Hast du dir schon überlegt, ob du oben in die Wohnung einziehen willst?«

Theresa starrte auf einen Punkt in der Ferne. »Wahrscheinlich schon, aber ich schaffe es im Moment noch nicht mal, überhaupt einen Fuß in die Wohnung zu setzen.«

»Na, das hat ja auch Zeit. Und noch was, Theresa, falls du jemals Probleme mit den Finanzen bekommen solltest – bitte wende dich sofort an mich. Du weißt, ich bin der Profi.«

Theresa lächelte. »Danke. Könntest du eine Steuerbefreiung beim Finanzamt für mich herausschlagen?«

Die Glocke über der Tür bimmelte, und Theresa stand auf, in der Erwartung, einen neuen Kunden zu sehen. Doch es war

Romain, der, einen großen dampfenden Topf vor sich hertragend, auf sie zukam.

»Romain«, flüsterte Theresa.

Er stellte den Topf auf dem Zuschneidetisch ab, nahm sie in die Arme und küsste sie aufs Haar, sagte jedoch kein Wort. Dass ihr jemand unerwartet Trost spendete und sie nicht mit Allgemeinplätzen über Babettes Tod überhäufte, rührte sie so sehr, dass die Tränen zu fließen begannen.

»Danke, dass du gekommen bist«, murmelte sie, wollte den Kopf aber noch nicht von seiner Schulter nehmen. Es fühlte sich so gut an, sich an ihn zu lehnen, er verlieh ihr so viel Geborgenheit und Sicherheit. Zudem blitzten Bruchstücke von der Halloweenparty in ihren Gedanken auf, die ihr auch jetzt noch, Wochen danach, Herzklopfen verursachten. So sehr sie auch in ihre Trauer um Babette versunken war, ihn so nah an sich zu spüren, weckte Glücksgefühle und Sehnsucht in ihr.

Ada räusperte sich im Hintergrund. »Ich bin Adelheid Rehberg, Theresas Mutter. Ich gehe davon aus, Sie sind der Besitzer der Cocktailbar von gegenüber?«

»Ja. Romain Goedert. Angenehm«, sagte Romain formvollendet und reichte Ada die Hand. »Mein herzliches Beileid.«

»Danke«, sagte Ada mit zitternder Stimme.

Einen Moment herrschte Schweigen, dann erinnerte sich Romain wieder an den Grund seines Besuchs. »Ich habe dir was zu essen mitgebracht, Theresa. Du scheinst schon den ganzen Tag allein im Laden zu stehen, da kommst du bestimmt nicht zum Essen.«

»Was ist das?«, fragte Ada, hob den Deckel vom Topf und schaute hinein.

»Bouneschlupp«, erklärte Romain stolz. »Von mir selbst gekocht.«

»Noch nie gehört.« Theresa musste lächeln. »Ist das eine Spezialität aus dem Großherzogtum?«

Romain nickte. »Genau. Es ist so eine Art Bohneneintopf. Gekocht nach unserem Familienrezept. Hast du Teller hier? Es ist genügend da, sodass deine Frau Mama auch mitessen kann.«

»Ach, eigentlich wollte ich mich wieder auf den Weg ins Finanzamt machen«, überlegte Ada. »Ich hab noch einen besonders kniffligen Fall von Steuerhinterziehung zu bearbeiten. Ein Luxemburger übrigens, dem ich die korrekte Besteuerung in Deutschland erst erklären muss.«

Romain hielt ihr lächelnd den Topf unter die Nase.

»Aber wenn ich es so bedenke … Das läuft nicht weg. Dann esse ich noch mit«, sagte Ada. »Ich glaube, Babette hatte im Hinterzimmer Teller und Besteck.«

»Du bleibst doch auch?«, bat Theresa.

Romain schüttelte den Kopf. »Nein, nein, der Schlupp ist für euch allein. Sie haben mich gerade etwas nervös gemacht, Frau Rehberg, ich glaube, ich gehe besser noch mal meine Steuererklärung durch.«

Ada lachte, und Romain verabschiedete sich.

»Vielen, vielen Dank«, sagte Theresa und sah ihm in die dunklen Augen, die fest auf ihre geheftet waren.

»Es ist mir ein Vergnügen«, sagte er leise.

Vier Tage später fand die Beerdigung statt. Es war ein kalter Dezembervormittag, die Luft war schneidend klar und frostig.

Die Trauergemeinde war zuerst in der Kapelle gewesen, dann zogen sie wie eine Prozession zum Grab. Die Wege waren mit Raureif überzogen. Als der Sarg in die Erde gelassen werden sollte, standen Ada, Theresa und Friedrich in erster Reihe, aufgewühlt und doch von einer seltsamen Ruhe ergriffen; dies war der allerletzte Abschied von Babette, nun war sie in ihrer endgültigen Ruhestätte angekommen.

Theresa warf verstohlen einen Blick nach hinten. Es hatten sich viele Menschen eingefunden, ein paar weiter entfernte Verwandte, unter anderem Onkel Heinrich, der die Wohnung in De Panne besaß, und alle Geschäftsinhaber des kleinen Platzes. Der Friseur vom *Rapunzel*, der Besitzer des Feinkostladens *Geschmackssache*, der Inhaber der Chocolaterie sowie einige Angestellte der Bistros, die in der Nähe lagen. Auch Romain war gekommen; in seinem schwarzen Mantel mit hochgestelltem Kragen gegen die Kälte stand er ganz hinten und überragte alle durch seine Größe.

Der Pfarrer wartete, bis alle sich um das Grab versammelt hatten; da sah Theresa Léa, die sich nach vorne durchdrängte. Sie trug eine schwarze Lederhose und eine schwarze Lederjacke – war also gekleidet wie immer – , hatte sich jedoch zusätzlich die Augen kräftig schwarz geschminkt. Wie üblich sah sie umwerfend aus.

Sie zwängte sich zwischen Theresa und Friedrich, dessen Hand sie ergriff. Erstaunt sah Friedrich sie an. Léa schenkte ihm ein aufmunterndes Lächeln und flüsterte: »Das muss alles schrecklich für dich sein. Ich stehe dir bei.«

Er blickte sie dankbar an, und ein leises Lächeln huschte kurz über seine Züge, bevor er sich wieder dem Pfarrer zuwandte.

Am Nachmittag saßen Ada, Theresa und Friedrich, der nach der ersten Euphorie über Léas Mitgefühl wieder ziemlich bedrückt war, im Warteraum des Notars. Der Raum war gediegen eingerichtet, und sie schwiegen, noch völlig unter dem Eindruck des Begräbnisses stehend.

Schließlich kam eine Angestellte und führte sie zu dem Notar, die Schritte gedämpft durch dicke Teppiche.

Konrad Ellert erhob sich, kam hinter seinem Schreibtisch aus edlem, dunklem Holz hervor, schüttelte ihnen die Hände und sprach ihnen sein Beileid aus.

»Nehmen Sie Platz«, sagte er dann und wies auf drei Stühle, die vor dem Schreibtisch standen.

»Danke, dass Sie meiner Einladung gefolgt sind. Ich möchte noch einmal mit Ihnen, Frau Rehberg ...«, hier sah er Theresa an, » ... die Modalitäten der Überschreibung des Stoffgeschäftes besprechen. Anschließend lese ich das Testament vor.«

Sie saßen nervös auf ihren Stühlen, keinem von ihnen war bewusst gewesen, dass Tante Babette ein Testament gemacht hatte.

»Ich habe die Überschreibungsurkunde unterschrieben dabei«, sagte Theresa und reichte dem Notar mit zitternden Händen die Urkunde. »Ich habe sie noch vor Tante Babettes Tod durchgelesen, die Bedingungen akzeptiert und unterschrieben.«

»Danke.« Konrad Ellert legte das Schriftstück ab und erläuterte Theresa noch einige Vorschriften. »Da Ihre Tante verstorben ist, sind einige Gegebenheiten, die normalerweise mit einer Überschreibung einhergehen, ohne Interesse. Sie müssen keine Gegenleistungen in Form von Zahlungen oder dem Gestatten eines Wohnrechts erbringen. Das Haus gehört Ihnen, das heißt, Sie können über das Geschäft und über die darüber liegende Wohnung frei verfügen. Ich werde beantragen, dass Sie im Grundbuch als Eigentümerin eingetragen werden.«

»Danke«, murmelte Theresa.

»Was auch nicht ganz unwichtig ist«, fuhr Herr Ellert fort. »Da Sie das Haus inklusive des Geschäftes überschrieben bekommen, fallen Sie aus dem Testament heraus, das Ihre Tante zusätzlich verfasst hat. In diesem werden lediglich Ihre Mutter und Ihr Bruder berücksichtigt.«

»Okay«, murmelte Theresa. Noch immer konnte sie nicht realisieren, dass das *Samt & Seide* und die Wohnung ihr gehörten, ihr ganz allein. Sie konnte in das Haus einziehen und es nach ihren Wünschen umgestalten und einrichten. Sie wusste, dass sie das viel Kraft kosten würde und dass sie emotional noch nicht so weit war.

»Das Geschäft ist rentabel und schuldenfrei«, ergänzte der Notar. »Sie müssen keine Angst haben, Schulden zu übernehmen.«

»Ich weiß«, sagte Theresa. »Ich kenne die Finanzen ganz gut.«

»Nun zum Testament«, sagte Herr Ellert. »Frau Barbara Rehberg verfügte über ein beachtliches Vermögen in Form von Aktien und Obligationen. Diese gehen zu je fünfzig Prozent an Frau Adelheid Rehberg und Herrn Friedrich Rehberg über.«

Friedrich und Ada sahen den Notar völlig überrascht an.

Friedrich war der Erste, der die Sprache wiederfand. »Tante Babette hatte ein Vermögen?«

»Wir hatten keine Ahnung«, sagte Ada. »Babette war immer so sparsam und genügsam. Sie ist nie in Urlaub gefahren, hat scheinbar für nichts Geld ausgegeben, weder für Kleider, noch für irgendwelche Hobbies ...«

»Ihr Leben war das Geschäft«, warf Theresa traurig ein.

»Nun, sie hat wohl alles, was das Geschäft abgeworfen hat, in Wertpapiere gesteckt«, sagte Herr Ellert. »Sie beide, Herr und Frau Rehberg, können nun natürlich frei darüber verfügen. Behalten und weiterlaufen lassen oder verkaufen. Sie müssen nichts sofort entscheiden. Selbstverständlich stehe ich auch weiterhin zur Verfügung, um Sie zu beraten.«

Als ihr ein paar Tage später ihr Kaffeebecher aus den Händen glitt und in hundert Scherben zersprang, wusste Theresa, dass der Moment gekommen war. Der Moment, den sie so viele Tage vor sich hergeschoben, regelrecht gefürchtet hatte. Aber wenn sie ihren Kaffee von nun an nicht aus einem Wasserglas trinken wollte, musste sie sich überwinden und nach oben in Tante Babettes Wohnung gehen.

Langsam schlich sie die Treppe hoch, die sie Zeit ihres Lebens so unbeschwert hoch- und heruntergelaufen war; jeder Schritt führte sie schmerzlich in eine Vergangenheit zurück, in der Tante Babette so lebendig und immer für sie da gewesen war. Oben drückte sie zögerlich die Klinke herunter und betrat die Diele.

Nichts hatte sich verändert, seit Babette ins Krankenhaus gekommen war; Theresa fühlte sich beinahe erschlagen von ihrer noch immer vorhandenen Präsenz. Es roch nach Babette, nach ihrem altmodischen Parfum. Auf dem Küchentisch stand noch eine leere Teetasse und eine angebrochene Schachtel Pralinen. Im Schlafzimmer war die Bettdecke aufgeschlagen.

Gefasst ging sie von Zimmer zu Zimmer, ihr war, als atmete die Wohnung aus jeder Pore Tante Babette aus. Sie strich über die altmodischen, dunklen Schränke, Tische und Stühle, nahm ein gerahmtes Foto von sich und Friedrich aus Kindertagen hoch und betrachtete es; Tränen brannten ihr in den Augen. Die altmodischen Tapeten, die bestimmt schon seit drei Jahrzehnten an den Wänden hingen, verbreiteten einen nostalgischen Charme. Auch die Vorhänge vor den Fenstern stammten aus längst vergangenen Zeiten.

Theresa schob einen zur Seite und genoss die Aussicht über den gesamten Platz. Der Friseur, der Feinkostladen, die Chocolaterie, die Cocktailbar, der Brunnen – hier war nun ihr Zuhause. Und mit einem Mal wurde die Trauer um Babette gemildert durch eine leise Vorfreude; dieses Haus gehörte nun ihr, sie gehörte in diese Umgebung wie einst Tante Babette, sie reihte sich ein in die

Gruppe der anderen Geschäfts- oder Lokalinhaber. Sie war eine von ihnen. Sobald sie hier eingezogen wäre, würde sie im Sommer jeden Morgen als Erstes den plätschernden Brunnen sehen, im Winter das mit Raureif überzogene Kopfsteinpflaster.

Sie ging ein zweites Mal durch alle Zimmer, dieses Mal mit neu erwachter Energie, und überlegte, wie sie ihre neue Wohnung möblieren und dekorieren wollte. Die Tapeten kämen ab, die Wände würden in warmen Farben gestrichen, die Vorhänge durch moderne ersetzt. Nach und nach würde sie die alten Möbel austauschen, bis sie ihre Vorstellungen eines heimeligen Nestes verwirklicht hätte.

Als sie ihren Rundgang beendet hatte, nahm sie sich einen neuen Kaffeebecher aus dem Küchenschrank und ging, leichter ums Herz als zuvor, wieder hinunter ins Geschäft.

Theresa fand, dass es an der Zeit war, kurz bei den anderen Läden am Platz vorbeizuschauen und sich als neue Inhaberin vorzustellen. Überall wurde sie sehr herzlich empfangen. Der Friseur bot ihr einen kostenlosen Haarschnitt an, der Besitzer des *Geschmackssache* schenkte ihr einen Einkaufsgutschein über fünfzig Euro und der Chocolatier versorgte sie mit einem Korb feinster belgischer Pralinen.

Als Letztes suchte sie die Cocktailbar auf; sie hatte noch nicht geöffnet und sie wusste nicht, ob bereits jemand anzutreffen war, wollte ihr Glück aber versuchen.

Sie öffnete die Tür und trat ein, hielt aber noch im Eingang inne. Romain und Léa waren in eine Diskussion verwickelt und bemerkten sie nicht.

Léa, die hinter dem Tresen stand und eine sehr weit ausgeschnittene schwarze Bluse trug, polierte Gläser, wobei sie Kaugummi kaute und Blasen produzierte, die sie platzen ließ. »Ich bin total angefressen, Romain«, sagte sie mürrisch. »Jeden Abend dasselbe Theater. Die meisten Gäste sind ja nett, aber täglich gibt es auch welche, die einfach ihre gute Kinderstube vergessen. Gestern hat mir einer einen Vortrag gehalten, dass ich meinen Job nicht gut mache, weil er fünfzehn Minuten auf seinen Cocktail warten musste! Was kann ich dafür, wenn die Bude voll ist! Und manche Gäste haben beim Aufnehmen der Bestellung so ein Bedürfnis, mir ihre ganze Lebensgeschichte zu erzählen, dass ich sie nicht einfach kurz abfertigen kann. Das braucht dann Zeit.«

»Ja, ich weiß«, seufzte Romain. Er saß auf einem Barhocker und hatte seinen Laptop vor sich stehen. »Du hast ja recht. Es ist unmöglich, es allen recht zu machen. Trotzdem muss man höflich bleiben, Léa.«

»Was ich nicht alles muss«, knurrte Léa.

Romain seufzte. In dem Moment entdeckte Léa jedoch Theresa und winkte ihr zu, froh, dass das Gespräch mit ihrem Cousin damit wohl beendet war.

Romain folgte Léas Blick und sofort wurden seine Züge weicher. »Theresa! Schön, dich zu sehen.«

»Hallo. Ich hoffe, ich störe nicht?«

»Niemals«, antwortete Romain euphorisch, woraufhin Léa die Augen verdrehte.

Theresa kam näher und setzte sich auf den Barhocker, den Romain ihr heranzog.

»Ich mache gerade einen Rundgang in alle Geschäfte und Lokale des Platzes, um mich offiziell als Babettes Nachfolgerin vorzustellen. Bei euch muss ich mich zwar nicht mehr vorstellen, wir kennen uns ja, aber ich wollte euch nicht aussparen.«

»Sehr schön«, sagte Romain und sah sie mit einem begeisterten Sprühen in den Augen an. »Darauf müssen wir anstoßen. Léa, bereitest du uns bitte einen Cocktail zu?«

»Aber gerne. Piña Colada mit zwei Fruchtgummikirschen um den Strohhalm herum, stimmt´s?«, fragte Léa.

Theresa wandte sich an Romain, der sie mit einem entwaffnenden Lächeln ansah.

»Du weißt ja ganz gut Bescheid«, sagte sie in Richtung Léa.

»Glaub mir, ich weiß mehr, als mir lieb ist«, antwortete Léa und ließ wieder eine Kaugummiblase platzen. »Sei froh, dass du deine eigene Chefin bist, Theresa. Wenn man bei seinem Cousin angestellt ist, kriegt man so einiges mit. Vor allem in Liebesdingen.«

»Das Thema wollen wir jetzt nicht vertiefen«, sagte Romain schnell. »Wolltest du nicht noch etwas Ordnung ins Lager bringen, bevor deine Schicht anfängt?«

»Siehst du, wie er mich herumscheucht?«, fragte Léa, an Theresa gewandt.

»Das nennt man *arbeiten*«, sagte Romain.

Theresa verkniff sich ein Lächeln.

Léa stellte zwei Cocktails auf den Tresen und stolzierte in ihren pinkfarbenen Turnschuhen durch die Hintertür hinaus.

Romain seufzte. »Man hat schon seine Last mit der Verwandtschaft.«

Theresa konnte nicht mehr an sich halten und kicherte los; Romain, der an seinem Cocktail genippt hatte, sah sie erstaunt an. »Was ist so witzig?«

»Ihr seid so süß miteinander.«

»Süß? Du weißt doch, dass ich sie nur ihrer Mutter, also meiner Tante, zuliebe eingestellt habe. Zum Glück habe ich noch zwei andere Angestellte, sonst hätte ich bestimmt schon einen Nervenzusammenbruch erlitten.«

Sie tranken beide einen großen Schluck und Theresa aß ihre Fruchtgummikirschen.

»Danke, dass du dich in der letzten Zeit so um mich gekümmert hast«, sagte sie, plötzlich ernst. »Wenn du mich nicht immer mit Essen versorgt hättest, wäre ich verhungert.«

»Das habe ich gerne gemacht«, sagte er und sah sie mit seinen dunklen Augen an, als gebe es außer ihr nichts anderes auf der Welt. Mit einem Mal wurde sie sich seiner Nähe bewusst, nur eine Handbreit trennte sie voneinander. In einer Mischung aus heftigen Gefühlen – Verwirrung, Aufregung und Verlegenheit – erwiderte sie seinen Blick. Röte stieg ihr heiß ins Gesicht.

»Und danke, dass du mir nicht mehr böse bist, wegen der Belgien-Sache. Wenigstens habe ich daraus gelernt, was mir wirklich wichtig ist im Leben.«

»Ich freue mich so, dass wir jetzt Nachbarn sind«, sagte er heiser und legte seine Hand auf ihre. Sie verschluckte sich an ihrem Cocktail; während sie langsam wieder zu Atem kam, überlegte sie, was nun folgen würde. Sie waren sich schon einmal sehr nahe gewesen, was würde nun passieren?

Da kam Léa wieder in den Barraum, die glänzenden schwarzen Haare zerzaust, der Blick entschlossen.

»Hier!«, sagte sie mit einem Blick auf ihren Cousin und legte vorsichtig einen Briefumschlag vor Theresa hin.

»Was ist das?«, fragte Theresa.

»Das ... das ...«, begann Léa plötzlich ungewohnt schüchtern. »Das ist eine Bewerbung. Für dich, Theresa. Ich möchte in deinem Stoffgeschäft arbeiten.«

Romain schaute seine Kusine an, als habe sie den Verstand verloren. Dann lachte er schallend los.

»Was ist?«, fragte Léa gekränkt.

»Das ist nicht dein Ernst.«

»Doch«, antwortete Léa und sah Theresa gespannt an.

Theresa öffnete den Briefumschlag und überflog die handschriftlichen Zeilen:

Liebe Frau Rehberg,

hiermit bewerbe ich mich bei Ihnen um eine Stelle in Ihrem Stoffgeschäft Samt & Seide. Da ich mich sehr für Mode und alles, was damit zu tun hat, interessiere, bin ich überzeugt, eine große Hilfe in Ihrem Geschäft zu sein.

Auf Wunsch lege ich gerne noch einen ausführlichen Lebenslauf vor.

Hochachtungsvoll
Léa Goedert-Schmitt

Theresa biss sich auf die Lippen, um nicht zu lächeln. »So förmlich hättest du nicht sein müssen, Léa. Wir sind immerhin per du.«

»Heißt das, du gibst mir eine Chance?«, fragte Léa mit einem hoffnungsvollen Leuchten in den Augen.

Romain, der über Theresas Schulter hinweg mitgelesen hatte, schüttelte den Kopf. »Nun mal langsam. Wie stellst du dir das vor? Du hörst in der Bar auf und probierst mal kurz was Neues aus, bis du merkst, dass dir das auch nicht zusagt?«

»Ich habe mir große Mühe gegeben in der Bar. Aber der Job geht mir an die Nieren. Wie oft muss ich mir anzügliche Sprüche anhören oder Beschwerden, wenn ich nicht schnell genug bin! Viele Gäste besitzen nicht ein Minimum an Höflichkeit und pflaumen mich wegen jeder Kleinigkeit an«, sagte Léa. »Außerdem war es nicht meine Idee, hier einzusteigen. Meine Mutter hat mich dazu verdonnert.«

»Ja, und warum wohl? Weil du mit deinen einundzwanzig Jahren noch immer kein Ziel vor Augen hattest außer in den Tag hineinzuleben!«

Léa rollte mit den Augen. »Ja, vielleicht war das so. Aber inzwischen weiß ich, was ich will. Ich bin überzeugt davon, dass ich gut in Theresas Geschäft passen würde. Kundenerfahrung habe ich auch, und da es im *Samt & Seide* bestimmt nicht so hektisch zugeht wie hier, wäre ich viel entspannter und könnte mich gut einbringen.«

Theresa, die sich ein wenig unbehaglich fühlte und nicht zwischen die familiären Fronten geraten wollte, sagte: »Ich glaube, ihr solltet euch erst mal unter vier Augen über die Sache unterhalten. Ich gehe dann mal wieder ins *Samt & Seide*.«

»Nein!«, rief Léa und umklammerte Theresas Arm wie eine Ertrinkende. »Bleib!«

Romain seufzte tief und meinte dann: »Von mir aus kannst du sie haben.«

»Was?« Theresa, die schon im Gehen begriffen war, wandte sich wieder um.

»Sie kann bei dir arbeiten. Ich bin einverstanden.«

Theresa sah ihn sprachlos an, verwirrt über seinen plötzlichen Sinneswandel.

»Wann kann ich hier in der Bar aufhören?«, fragte Léa. »Gib es doch zu, Romain, du bist auch froh, wenn du mich los bist und du jemand einstellen kannst, der was weiß ich ... belastbarer oder gelassener ist als ich.«

»Wir haben Anfang Dezember«, überlegte Romain. »Für das Silvestergeschäft brauche ich dich noch. Du kannst am ersten

Januar bei Theresa anfangen. Bis dahin werde ich jemand anderen gefunden haben.«

Theresa sah von Romain zu Léa und glaubte kaum, was sie da hörte. Waren die beiden sich bewusst, dass sie noch da war? »Ähm... Habe ich etwas verpasst? Habe ich dir bereits zugesagt, Léa, und bin plötzlich so geistig umnachtet, dass ich mich nicht daran erinnere?«

»Würdest du bitte, bitte diese Landplage von Kusine in deinem Stoffgeschäft einstellen?«, bat Romain in übertrieben flehentlichem Ton. »Aber jetzt Spaß beiseite, Theresa, du allein entscheidest, ob du auf diese Bewerbung eingehst. Oder ob du überhaupt eine Hilfe in deinem Laden brauchst.«

»Hm.« Theresa starrte den Bewerbungsbogen in ihrer Hand an. »Ich brauche tatsächlich eine Assistentin. Alleine schaffe ich das nicht. Ich muss auch mal Mittagspause machen können oder mich um den Papierkram kümmern, während jemand anderes die Kunden bedient. Also gut. Wollen wir es versuchen, Léa? Ich müsste dich natürlich gründlich einarbeiten und ich erwarte vollen Einsatz. Außerdem kann ich dir wahrscheinlich nicht so viel zahlen wie Romain. Trinkgeld gibt es auch keins.«

Léa fiel Theresa um den Hals, dann wich sie rasch zurück, um ihre glänzende Haarpracht zu ordnen, die etwas durcheinandergeraten war. »Danke. Tausend Dank.«

Sie verschwand frohen Herzens wieder hinter dem Tresen, während Romain Theresa am Arm nahm und zur Tür begleitete.

»*Ich* habe zu danken, nicht sie«, flüsterte er ihr grinsend ins Ohr; seine Lippen streiften ihr Haar, es war eine intime Geste. Am liebsten wäre sie zu ihm herumgewirbelt, um mehr von ihm zu bekommen, sein schwarzes, nach Shampoo duftendes Haar zu berühren, die Hand auf den Ärmel seines schwarzen Hemdes zu legen, seine Haut zu spüren.

Doch sie lachte nur leise, ihre Sehnsucht in den hintersten Winkel ihres Herzens schiebend, und sagte: »Bis bald, Romain.«

Kapitel 18

Als Theresa am Abend nach Hause kam, erwartete sie eine weitere Überraschung. Ada stand gerade am Herd und kochte einen Topf Nudeln, Friedrich deckte den Tisch.

»Da bist du ja endlich«, begrüßte er seine Schwester gut gelaunt. »Ich habe auf dich gewartet. Ich möchte euch beiden nämlich etwas mitteilen. Ich habe schon Sekt kalt gestellt.«

»So?«, fragte Theresa und probierte einen Löffel von der Gemüsesoße, die in einer Pfanne vor sich hin köchelte. »Was gibt es denn zu feiern?«

»Das würde ich auch gerne mal wissen«, sagte Ada und sah ihren Sohn argwöhnisch an. »Setzt euch, das Essen ist fertig.«

Als sie alle drei um den Tisch herum saßen, bedienten sich Ada und Theresa an den Nudeln und dem Gemüse, während Friedrich den Sektkorken knallen ließ und das schäumende Gebräu in Sektflöten goss. »Für dich, Mutti, und für dich, Schwesterchen.«

»Nun rück schon raus mit der Sprache«, sagte Ada. »Hast du im Lotto gewonnen?«

»Nein, aber es kommt auf das Gleiche hinaus«, verriet Friedrich.

»Du warst auf der Bank«, mutmaßte Theresa. »Und hast dich

über den Wert von Babettes Aktien und Obligationen informiert, stimmt´s?«

Ada stellte ihre Sektflöte ab. »Fritzchen? Hast du?«

»Ja, das habe ich«, sagte Friedrich lächelnd. »Und ich habe verkauft.«

»Alles?«, rief Ada, und die Panik in ihrer Stimme ließ die Geschwister schmunzeln.

Friedrich legte beruhigend den Arm um seine Mutter. »Nein, nicht alles. Ich habe ein paar Wertpapiere behalten. Für den Fall, dass ich mal einen Notgroschen brauche.«

Ada atmete hörbar aus. »Das ist gut. Du weißt, Sparen ...«

»Sparen ist wichtig«, sagten Friedrich und Theresa wie aus einem Mund, wiederholten das Mantra ihrer Kindheit. »Man sollte immer etwas Geld auf der hohen Kante haben.«

»Macht euch nur über mich lustig«, sagte Ada. »Und jetzt esst, die Nudeln werden kalt.«

»Aber was feiern wir denn jetzt eigentlich? Den Verkauf deiner Aktien?«, zog Theresa ihn auf und spießte eine Nudel auf ihre Gabel.

»Nein, natürlich nicht. Wir feiern das, was ich mit dem daraus gewonnenen Geld tun werde.«

»Nun, mach es nicht so spannend«, sagte Ada unwirsch. »Ich hoffe, du drehst jetzt nicht ab und gehst auf Weltreise oder etwas ähnlich Sinnloses. Dann könntest du das Geld genauso gut zum Fenster hinauswerfen.«

»Stoßen wir an«, sagte Friedrich feierlich und hob sein Glas. »Auf meine neue Wohnung. Meine eigene Wohnung, die nur mir gehört. Nie wieder wird mich ein Vermieter aus fadenscheinigen Gründen irgendwo hinausekeln können.«

Theresa und Ada stießen mit ihm an und tranken einen Schluck, bevor Ada, die nicht an sich halten konnte, herausplatzte: »Verstehe ich das richtig, dass du eine Eigentumswohnung gekauft hast?«

»Ja«, sagte Friedrich glücklich. »Das heißt, gekauft habe ich sie noch nicht endgültig. Ich dachte, vielleicht wollt ihr beide sie euch vorher noch ansehen und mir sagen, ob ich eine gute Wahl getroffen habe?«

»Wo liegt die Wohnung? Wie sieht sie aus?«, fragte Theresa.

»Im Stadtzentrum. Im oberen Stockwerk eines nagelneu errichteten Wohnhauses. Mit allem erdenklichen Schnickschnack, Tiefgarage, Fußbodenheizung, Whirlpool im Badezimmer, Kamin, Solaranlage auf dem Dach und vor allem – einer großen Dachterrasse, von der aus man einen Blick auf die ganze Stadt hat«, berichtete Friedrich und schaufelte gleichzeitig seine Gemüsenudeln in sich hinein.

»Hört sich gut an«, sagte Theresa. »Wann können wir die Wohnung besichtigen, Fritzchen?«

»Morgen? Je früher, desto besser, denn wenn auch ihr kein Haar in der Suppe findet, unterschreibe ich den Kaufvertrag. Mutti?«, wandte er sich überrascht an Ada, die ungewöhnlich still zwischen ihnen saß und sich mit ihrer Serviette die Augen tupfte. »Mutti, weinst du etwa?«

»Was ist denn los?«, fragte auch Theresa erschrocken.

Beide legten sie einen Arm um ihre Mutter, um sie zu trösten.

»Ach, es ist nur ...«, schniefte Ada. »Vor einigen Monaten seid ihr beide gleichzeitig hier bei mir eingezogen, und jetzt seid ihr auch beide gleichzeitig wieder weg. Du ziehst in Babettes Wohnung, Theresa, und du kaufst dir eine schicke Eigentumswohnung, Fritzchen. Dann bleibe ich ganz alleine zurück.«

Friedrich stand auf und holte eine Packung Papiertaschentücher aus dem Schrank, die er seiner Mutter reichte. »Nimm die statt der Serviette, Mutti, die hat schon Tomatenflecken, das würde ich mir nicht ins Gesicht reiben.«

»Danke«, sagte Ada erstickt.

»Aber Mutti«, sagte Theresa und nahm die Hand ihrer Mutter. »Wenn wir beide ausgezogen sind, hast du wieder viel mehr Platz für dich. Keiner stört dich, wenn deine Freundinnen zu Besuch kommen! Friedrich muss donnerstags nicht mehr sein Zimmer räumen, wenn du den Nachbarinnen darin die Nägel machst!«

»Und ich nerve dich nicht mehr mit meinen Laptops, die überall im Weg herumstehen«, fügte Friedrich hinzu. »Wie oft haben wir uns gestritten, weil ich zum Arbeiten die Waschküche blockiert habe oder den Küchentisch. Du hast mir oft genug selbst gesagt, ich soll mir eine Wohnung suchen.«

»Ja, das stimmt schon«, weinte Ada. »Ich habe mir gewünscht, wieder etwas mehr Privatsphäre zu haben. Aber doch nicht so!«

»Was heißt *doch nicht so?*«, fragte Friedrich mit einem Zucken um die Mundwinkel.

»Nicht so schnell, nicht alle beide auf einmal, nicht so endgültig«, sagte Ada und riss ein zweites Taschentuch aus der Packung.

Friedrich sah ihr fest in die Augen. »Mutti, sieh es doch einmal positiv: Sowohl Theresa als auch ich bleiben in der Stadt. Keiner von uns zieht weit weg. Wir sind praktisch immer da. Du hast uns auch weiterhin am Hals. Außerdem: Wir gehören noch immer in den Zuständigkeitsbereich deines Finanzamts.«

»Witzbold«, schniefte Ada. »Wir Finanzbeamten bearbeiten keine Steuererklärungen von Familienangehörigen.«

»Puh, noch mal Glück gehabt«, stöhnte Friedrich gespielt erleichtert auf. »So, und jetzt lasst uns endlich feiern statt Trübsal zu blasen. Wer möchte noch Sekt? Chips? Eiscreme? Fruchtgummikirschen? Ich war extra einkaufen!«

Der Dezember war kalt und nass. Mal durchnässte Schneeregen Theresas Mantel und Haare, wenn sie morgens den Weg in die Stadt ging, mal schneite es richtig, dicke, feuchte Flocken, die aber kaum liegenblieben, sondern nur das Kopfsteinpflaster und die Gehwege rutschig machten. Überall hatte sich Weihnachtsstimmung über die Stadt gelegt; zwar befand sich der eigentliche Weihnachtsmarkt auf dem Marktplatz, aber auf dem kleinen Platz, an dem das Stoffgeschäft lag, gab es auch ein altmodisches Kinderkarussell mit bemalten Holzpferden, einen Stand, an dem man heiße Waffeln kaufen konnte und einige Buden mit Schokoladenäpfeln, Glühwein und Spielzeug.

In diesen Tagen war Theresa noch lieber im Laden als sonst. Sie liebte es, die von einem kratzigen Band kommenden nostalgischen Kinderlieder des Karussells zu hören oder den schwachen Duft der Waffeln zu riechen, sobald ihre Ladentür aufging.

Das Schaufenster hatte sie wie ein Winterwunderland gestaltet – alles war voll flauschigem Kunstschnee, es gab zwei kleine Tannen mit dunkelroten, mit Schnee bestäubten Glitzersternen und zwei Schaufensterpuppen in dicker Kleidung auf altmodischen Holzskiern, die sie auf dem Flohmarkt aufgestöbert hatte. Um ihre Stoffe in Szene zu setzen, hatte sie den lebensgroßen Puppen Schals und Mützen aus bunt bedrucktem Fleece genäht.

Es freute sie, dass sich vor ihrem Schaufenster ständig Leute einfanden, die die Winterszenerie bewunderten; viele betraten den Laden und fragten nach dem mit hellblauen Sternen bedruckten Fleecestoff, aus dem sie die Schals genäht hatte.

Zusätzlich zum normalen Ablauf gab sie einmal pro Woche einen Nähkurs und am Wochenende einen Workshop für Kinder. An den Abenden nähte sie nun nicht mehr nur Röcke für Kundinnen, sondern auch das ein oder andere Oberteil.

Da sie alles alleine bewältigen musste, fühlte sie sich ziemlich erschöpft, wenn auch glücklich. Sie war froh, ab Januar Léa als Mitarbeiterin zu haben und hoffte, sie würde sich als gute Wahl erweisen.

Am Nikolaustag stürzte Friedrich mit glühenden Wangen in das *Samt & Seide*, einen Schwall eiskalter Luft mit sich bringend.

»Was ist denn los?«, fragte Theresa, als sie in die leuchtenden Augen ihres Bruders sah. »Gibt es heute wieder etwas zu feiern?«

»Ja!«, rief Friedrich, nahm sie in den Arm und wirbelte sie einmal im Kreis herum. »Stell dir vor, eine Spielefirma hat mich als Tester engagiert! Ich darf die neuesten Computerspiele, die noch nicht auf dem Markt sind, testen und bewerten! Ist das nicht grandios?«

»Super!«, sagte Theresa. »Aber wie sind die gerade auf dich gekommen?«

»Ich hatte ihnen mein selbstentwickeltes PC-Spiel geschickt, an dem ich so lange gearbeitet habe. Nachdem mir so viele Firmen eine Absage erteilt hatten, habe ich ja noch etwas daran herumgewerkelt, um es zu verbessern, das weißt du ja. Als ich der Meinung war, es sei nicht mehr zu toppen, habe ich es an eben diese Firma geschickt. Leider wollten sie mir das Spiel auch nicht abkaufen, geschweige denn mich einstellen und in ihr Entwicklerteam aufnehmen ...«

»Schade«, sagte Theresa.

»Ja. Aber stattdessen haben sie mir das Angebot gemacht, ihre neuesten Spiele zu testen. Das ist fast genauso gut, verstehst du? Es war Schicksal, dass ich gerade jetzt mit ihnen in Kontakt stand, als sie neue Tester suchten! Na, ist das nicht ein Grund zum Feiern?«

»Ja, ist es«, sagte Theresa lachend. »Herzlichen Glückwunsch. Dann bist du deinem Traum, Spieleentwickler zu werden, ja doch nähergekommen, nicht wahr?«

»Kann man so sagen, ja.«

»Dann war das ein erfolgreiches Jahr für dich, Fritzchen«, meinte sie gedankenverloren. »Vor einigen Monaten bist du obdachlos bei Mutti gestrandet und hast vom Küchentisch aus gearbeitet. Nun hast du alle deine Wünsche, die du auf den Flaschenzettel geschrieben hast, verwirklicht – du hast ein Survival-Wochenende verbracht, du warst im Autokino und du bist frischgebackener Spieletester. Fehlt nur noch, dass dein letzter Wunsch realisiert wird, was? *Eine heiße Frau finden* ...«

Friedrich grinste. »Mmh. Aber ich sag dir mal was, Schwesterchen. Meine vielen Dates der letzten Monate haben mir so einiges klargemacht. Ich will gar keine heiße Frau, wie ich als hormongesteuerter Fünfzehnjähriger auf diesen Zettel geschrieben habe. Ich möchte eine Frau, die zu mir passt und die mich so mag, wie ich bin – als Computernerd, der gerne Pizza und Fast Food isst.«

»Vielleicht ist so eine Frau ganz in deiner Nähe?«, alberte Theresa.

»Könnte durchaus sein«, schmunzelte Friedrich und schaute auf die Uhr. »Es ist kurz nach sechs. Willst du nicht langsam schließen? Dann könnten wir ins *Chez Romain* rübergehen und ordentlich feiern.«

»Ja, das machen wir.« Theresa schloss die Kasse ab und holte Mantel, Schal und Tasche aus dem Hinterzimmer. »Ich wollte sowieso rüber – mein französischer Literaturzirkel trifft sich dort zum Abschluss des Semesters zu einem Weihnachtsumtrunk. Romain hat versprochen, Glühwein zu machen. Das wird mit Sicherheit ein ordentliches Gelage.«

»Da bin ich auf jeden Fall dabei«, sagte Friedrich und zwinkerte ihr zu.

Sie gingen über den Platz. Menschentrauben standen bei Waffeln und heißen Getränken vor den Buden, und das Karussell war voll besetzt mit Kindern. Leichter Schneefall hatte wieder eingesetzt und tanzte in dichten Flocken vor ihren Gesichtern.

»Eigentlich habe ich heute doppelten Grund zum Feiern«, sagte Friedrich, als sie beim *Chez Romain* angekommen waren. »Heute Mittag habe ich den Kaufvertrag für meine Wohnung unterschrieben.«

»Dann trinken wir einen doppelten Glühwein«, grinste Theresa.

Sie hatte Friedrichs neue Wohnung vor einigen Tagen mit Ada besichtigt und waren genauso begeistert davon gewesen wie Friedrich, sodass er sich endgültig zum Kauf entschlossen hatte.

»Im Januar ziehe ich ein«, verkündete er.

»Bei mir wird es wohl Februar werden«, seufzte Theresa, »bevor ich in Babettes Wohnung ziehen kann. Es muss noch viel darin gemacht werden. Auf jeden Fall habe ich bereits hübsche Vorhänge genäht.«

»Na, Vorhänge sind ja auch viel wichtiger als Möbel«, zog Friedrich sie auf.

Die Bar war strahlend hell erleuchtet von gelben und pinkfarbenen Lichterketten und Leuchtsternen, die in jeder freien Ecke angebracht waren. Léa hatte es mit der Weihnachtsdekoration wohl etwas übertrieben. In der Mitte des Raumes stand eine mannshohe Tanne, die mit Glitzerschnee bestreut und mit weißen Kugeln behangen war.

Die Senioren waren bereits alle da – unter lautem Gelächter saßen sie um einen großen Tisch herum; Romain saß in ihrer Mitte. Bei seinem Anblick wurde Theresa warm ums Herz. Sie hatten sich in letzter Zeit oft gesehen; es hatte sich eingespielt, dass Romain ihr zur Mittagszeit immer eine Kleinigkeit zu essen in den Laden brachte, und sie abends, wenn sie das *Samt & Seide* schloss, noch auf einen Sprung bei ihm vorbeischaute. Ihr Umgang miteinander war immer vertrauter und inniger geworden. Sie hatten sich inzwischen viel erzählt und einander anvertraut, aber ein echtes Gespräch hatten sie noch nicht geführt. Entweder steckte Theresa bis über beide Ohren in Arbeit, oder sie waren nicht ungestört. Außerdem scheute Theresa davor zurück, ihn offen zu fragen, was es mit all den Frauen, mit denen er gesehen worden war, auf sich hatte; sie genoss es zu sehr, einfach mit ihm zusammen zu sein, mit ihm zu reden und zu lachen. Sie hatte Angst, das kaputtzumachen. Das Leben war gerade gut so, wie es war, auch wenn ihr das auf Dauer nicht genügen würde.

»Wurde aber auch Zeit«, grölte Hermann. »Wir dachten schon, du kommst nicht, Theresa. Schau mal, Romain zieht schon ein Gesicht bis auf den Boden.«

»Na, der hätte sich gefreut, wenn er mit uns Alten hätte vorliebnehmen müssen«, prustete Hilde und rempelte Martha mit dem Ellenbogen in die Seite.

Romain lächelte beschwichtigend. »Ich hätte es schon überlebt. Da der Kurs nun vollzählig ist: möchte jeder einen Glühwein oder hätte jemand gern etwas anderes?«

»Gibt´s den Glühwein heute zum halben Preis?«, fragte Otto, und alle gackerten zustimmend.

»Ja«, sagte Romain und rutschte zur Seite, um Platz für Theresa zu machen. »Léa, bringst du bitte Glühwein für alle?«

»Mmh«, machte Léa und betrachtete verstohlen Friedrich. »Wohin setzt du dich, Friedrich? Zu den VHSlern?«

Friedrich ließ seinen Blick über die Runde schweifen, die aussah, als sei sie bereits angeschickert. »Nein, ich setze mich daneben an den kleinen Einzeltisch. Ich gehöre ja auch nicht zu dem Kurs dazu.«

Léa, die wie immer ganz in Schwarz gekleidet war und mit

blutroten Lippen wieder hinreißend aussah, schenkte ihm ein Lächeln und ging zum Tresen. »Rühr dich nicht von der Stelle.«

»Würde ich niemals tun«, sagte Friedrich lächelnd und setzte sich.

Ein paar Minuten später balancierte Léa ein Tablett mit Glühwein heran und stellte vor jeden einen dampfenden Becher.

Dann stand nur noch ein Becher auf dem Tablett, und der sah anders aus als die anderen.

Lächelnd stellte Léa ihn vor Friedrich auf dem Nebentisch ab. Überrascht starrte dieser auf seinen Becher, der mit zuckrigen roten Marzipanherzen und –rosen dekoriert war, dann sah er hoch und hing in Léas Blick, der jede Selbstsicherheit verloren hatte.

»Diesen Glühwein habe ich selbst kreiert«, sagte sie beinahe schüchtern. »Er schmeckt im Nachgeschmack nach Marzipan. Ich hoffe, du magst ihn.«

»Marzipan?«, rief Karl-Heinz vom großen Tisch herüber. »Kann ich das auch haben?«

»Nein, dieser Glühwein ist eine spezielle Kreation und ich hatte leider nur wenige Zutaten«, erwiderte Léa bedauernd, dann wandte sie sich wieder Friedrich zu.

Friedrich räusperte sich unsicher. Vorsichtig, so als traue er seinen Händen nicht, führte er den Becher an die Lippen und probierte einen Schluck.

»Hervorragend«, stieß er mit rauer Stimme hervor. Er biss die Hälfte eines Marzipanherzens ab, stand langsam auf und schob Léa die andere Hälfte in den Mund. Kaum hatte sie ihren Bissen hinuntergeschluckt, küsste sie Friedrich ungestüm auf die Lippen.

Theresa wandte sich nach einem Moment lächelnd ab, doch die Senioren johlten und feuerten das Paar an.

»Auf die junge Liebe«, rief Ludwig und hob seinen Becher hoch wie zum Prosit.

»Kann ich mir für den Rest des Abends freinehmen, Chef?«, fragte Léa ihren Cousin, huldvoll wie eine Schneekönigin.

Romain betrachtete sie überrumpelt und erheitert zugleich. »Ja ... also, von mir aus. Deine zwei Kollegen schaffen das heute Abend wahrscheinlich auch alleine.«

»Merci«, sagte Léa mit unterdrücktem Triumpf und legte den Arm um Friedrichs Hüfte. »Eine Freundin hat mir zwei Tickets fürs Autokino überlassen – hast du Lust? Sie ist kurzfristig krankgeworden.«

Friedrich musste laut lachen, dann zog er strahlend vor Glück mit Léa ab. Wahrscheinlich würde er ihr unterwegs erzählen, welche Anekdote er mit dem Autokino verband.

Theresa wurde es ganz warm ums Herz; glücklich sah sie ihrem Bruder und Léa nach.

»So«, sagte Erich, »das junge Paar ist abgezischt, jetzt gibt´s nichts mehr zu gucken für uns. Lasst uns anstoßen auf das Ende des Semesters! Und auf den erfolgreichen Abschluss unseres Französischkurses. Hoch die Becher!«

»Na, ob du so erfolgreich warst, Erich?«, rief Ludwig und alle wieherten.

Romain wechselte einen stummen Blick mit Theresa; um seine Mundwinkel zuckte es, und sie lächelte in sich hinein.

»Wie geht es denn eigentlich nach den Weihnachtsferien weiter, Meister?«, fragte Martha und legte Romain vertraulich ihre Hand auf den Arm. »Führst du den Literaturzirkel an der Volkshochschule weiter?«

»Hm.« Romain starrte mit zusammengezogenen Augenbrauen auf seinen Arm, bevor er ihn Martha entzog. »Hätten Sie denn Interesse daran?«

»Aber ja!«, rief Martha begeistert. »Klar haben wir alle Interesse, stimmt´s?«

»Nun ja«, druckste Ludwig herum. »Über französische Literatur wissen wir jetzt ja alles ...« – Romain führte schnell seinen Glühwein an den Mund, um sein Grinsen zu verbergen – »... aber wie wäre es, wenn wir den Kurs mit einem neuen Thema weiterführen?«

»Gute Idee«, pflichtete Otto ihm bei. »Für meinen Geschmack haben wir einfach zu viel Französisch gesprochen.«

»Was schwebt Ihnen denn als neues Thema vor?«, fragte Romain.

»Die Kunst des Cocktailmixens«, schlug Erich ernst vor. »In der Volkshochschule erklärst du uns die Theorie, danach könnten wir hierherkommen und die Rezepte selbst ausprobieren.«

Theresa hatte das Gefühl, vor Lachen zu explodieren.

Romain tat, als überlege er. »Nein, lieber nicht. Ich würde es nicht mögen, wenn der ganze Tresen mit den Zutaten vollgespritzt ist. Das würde den laufenden Betrieb stören.«

Die Kursteilnehmer guckten enttäuscht.

»Wie wäre es mit Luxemburger Spezialitäten? Koch- und Backrezepte?«, fragte Hilde.

»Flüssigrezepte wären mir lieber«, warf Otto ein, und wieder gackerten alle los.

Romain seufzte. »Ich muss Sie enttäuschen, Herrschaften. Literatur ist mein Spezialgebiet. Von Kochen und Backen habe ich wenig Ahnung, es reicht nur für ein paar Suppen oder Eintöpfe. Bouneschlupp«, fügte er, mit einem verstohlenen Lächeln in Theresas Richtung, hinzu. »Ich befürchte, ich werde im nächsten Semester eine Fortsetzung unseres Literaturzirkels anbieten.

Und auch wenn einige von Ihnen Ihre Probleme mit der Sprache haben, würde ich mich doch sehr freuen, wenn sich genügend Teilnehmer finden, sodass der Kurs auch wirklich zustande kommt.«

»Ich bin dabei«, sagte Theresa.

»Das freut mich«, sagte Romain lächelnd. »Wie sieht es aus, hat noch jemand Interesse?«

Die Senioren warfen sich vielsagende Blicke zu.

»Könnten wir uns darauf einigen, dass wir die Bücher im nächsten Semester auf Deutsch lesen?«, fragte Ludwig.

Romain lachte. »Wir verhandeln nicht. Der Kurs findet zu meinen Bedingungen statt.«

Hermann atmete tief aus. »Okay. Du bist der Chef, Romain. Ich melde mich wieder an.«

Romain strahlte ihn an. »Das ist toll, Hermann! Sonst noch jemand? Nur Mut.«

Karl-Heinz hob die Hand. »Ich mache mit. Auch wenn ich nur die Hälfte verstehe – immer noch besser, als jeden Abend alleine zu Hause zu sitzen und langsam schwermütig zu werden.«

»Prima«, sagte Romain und lächelte ihm aufmunternd zu. »Aber ich kann Sie beruhigen – ich habe mich entschieden, im nächsten Kurs mehr auf die ... nun, auf die Ausgangsvoraussetzungen meiner Schüler einzugehen.«

Nach und nach versprachen auch die übrigen, sich für den Folgekurs anzumelden.

Als das geklärt war, redeten plötzlich alle lautstark durcheinander und führten Zweier- und Dreiergespräche innerhalb der Gruppe.

Romain klopfte mit seinem leeren Becher auf den Tisch, um sich Gehör zu verschaffen. »Noch eine zweite Runde Glühwein?«

»Aber hallo!« – »Aber klar doch!« – »Auf den edlen Spender!«

Romain rief dem Kellner zu, für jeden noch einen Glühwein zu bringen. Vom Alkohol glühten Theresa die Wangen, und sie schwebte in einem angenehmen Zustand wohliger Selbstversunkenheit. Während Hilde mit Romain über Sehenswürdigkeiten in Luxemburg fachsimpelte, ließ sie ihren Blick umherschweifen. Hingen an der Wand neue Bilder? Zwei Frauenportraits waren ihr bisher noch nie aufgefallen; die darauf abgebildeten Frauen schienen ihr geradezu in ihre Seele zu blicken, verstörend intensiv, wissend, rätselhaft lächelnd.

Ihr war ein bisschen schwummerig, deshalb entschuldigte sie sich und ging zur Toilette.

Sie wusch sich ihr heißes Gesicht mit kaltem Wasser ab, vorsichtig, um ihre Wimperntusche nicht zu verschmieren, und kühlte ihre Handgelenke. Der Glühwein hatte es wirklich in sich. Eigentlich hätte sie nach dem langen Arbeitstag im Stoffgeschäft müde sein müssen, in Wahrheit jedoch war sie aufgewühlt, ja fast aufgeregt, den ganzen Abend schon neben Romain zu sitzen.

Sie ordnete sich die zerzausten braunen Haare vor dem Spiegel und zog ihr selbstgenähtes schwarz-lila Langarmshirt zurecht, um wieder in die Bar zurückzugehen. Kaum war sie aus der Toilettentür getreten, prallte sie gegen Romain, der in dem engen Gang stand, als habe er auf sie gewartet.

»Warum stehst du da?«, fragte sie mit rotem Kopf; zu allem Überfluss bekam sie nun noch Schluckauf und stand hicksend vor ihm.

»Luft anhalten«, sagte er sanft.

»Was?«

»Das hilft gegen Schluckauf. Ich habe auf dich gewartet, deshalb stehe ich da.«

Im Halbdunkel des Gangs befand er sich sehr dicht vor ihr,

beinahe hätten sie sich berührt. Am liebsten hätte sie sich gegen ihn gelehnt und ihn geküsst, so sehr riss die Sehnsucht an ihrem Herzen.

Doch da wurde die Tür, die zur Bar führte, aufgerissen und eine junge Frau stand vor ihnen, die offenbar auch auf dem Weg zur Toilette war.

»Hallo, Romain«, grüßte sie. Sie hatte prächtiges, lockiges, rotes Haar, das sich über ihren Rücken ergoss; sie war nicht unbedingt als schlank zu bezeichnen, doch in ihrem dunkelblauen Kleid sah sie sehr anziehend aus.

»Hallo, Susanna«, grüßte Romain zurück.

Eifersucht verknotete Theresas Magen. Woher kannte Romain die Frau? War sie einer seiner vielen Bekanntschaften? Der Gedanke setzte ihr so zu, dass ihr übel wurde.

»Meine Freundin Laura hat übrigens auch Interesse daran, mal zu dir zu kommen«, sagte Susanna. »Würde das bei dir klappen?«

»Natürlich«, antwortete Romain. »Sie soll mich anrufen, dann verabreden wir uns.«

»Toll, das wird sie freuen. Ciao, Romain, und noch einen schönen Abend. Der Glühwein ist übrigens spitze!« Susanna verschwand in der Toilette, und Theresa hatte das Gefühl, ihr Herz würde abgedrückt vor Kummer und Wut.

Kapitel 19

Theresa rückte ein Stück von Romain ab. »Super, dass du deinen Harem noch erweitern kannst«, stieß sie hervor.

»Harem?«, fragte er belustigt, »was meinst du?«

»Ich habe dich schon mal nach den vielen Frauen gefragt – am Tag nach der Halloweenparty«, sagte Theresa; Röte war ihr ins Gesicht gestiegen und sie glaubte zu platzen – er tat tatsächlich, als wüsste er nicht, um was es hier ging! »Aber damals hast du mir keine Antwort gegeben. Seitdem warte ich eigentlich nur noch auf den richtigen Augenblick, das Thema mal mit dir anzugehen.«

»Falls du Susanna meinst – die kenne ich kaum«, versuchte Romain sie zu beruhigen.

»Umso schlimmer!«

Romain seufzte und steckte die Hände in die Hosentaschen. »Sag mir doch einfach, was du auf dem Herzen hast. Ich stehe ein bisschen auf dem Schlauch.«

In diesem Moment öffnete sich die Toilettentür und Susanna kam wieder heraus. Sie spürte die eisige Stimmung und sog hörbar belustigt die Luft ein. Rasch drückte sie sich an den beiden vorbei und huschte zurück in die Bar.

Theresa starrte ihr finster hinterher.

»Tu doch nicht so unschuldig«, sagte sie mit gepresster

Stimme. »Seit du in Neustadt aufgeschlagen bist, geben sich diverse Frauen bei dir die Klinke in die Hand.«

»Ja, schon, aber sie bleiben nicht lange, nur ein paar Stunden, dann sehe ich sie nicht wieder.«

»Du bist ja irre«, fauchte Theresa und wollte sich an ihm vorbeischieben, doch er hielt sie am Arm fest.

»Was glaubst du denn, was ich mit den Frauen treibe?«

»Das ist doch offensichtlich.«

Romain strich ihr zärtlich eine braune Locke aus der Stirn. »Komm mit. Ich muss dir etwas zeigen.«

Widerwillig ließ sie sich von ihm in die Bar führen. Sie nahm aus dem Augenwinkel Susanna wahr, die mit einem männlichen Begleiter auf Barhockern saß und Glühwein trank, ganz in ein Gespräch vertieft.

»Da, schau«, sagte Romain und deutete mit dem Zeigefinger auf eines der unzähligen Frauenportraits, die seine Bar schmückten.

Theresa musterte die Frau auf der Leinwand. Lange, rote, kringelige Haare, weiche, runde Schulterlinien, ein angedeutetes Lächeln, das in den Mundwinkeln lag.

»Susanna«, flüsterte sie.

»Ja, Susanna«, bestätigte er. »Und nebendran hängt Karina, daneben Stefanie und Antonia.«

»Die Portraits sind von dir. Du malst Frauenportraits«, murmelte sie mehr zu sich selbst.

»Ja, ich male. Ich male und verkaufe meine Bilder über eine Galerie in Luxemburg. Da das aber eine brotlose Kunst ist, betreibe ich für meinen Lebensunterhalt diese Bar und gebe Französischkurse«, sagte er, berührte sie zart am Gesicht und drehte es zu sich her, um ihr fest in die Augen zu sehen. »Dachtest du im Ernst, ich habe mit den ganzen Frauen was laufen?«

»Ja«, antwortete sie kaum hörbar, und wieder begann ihr Gesicht zu brennen.

»Der Gedanke ehrt mich, aber Polygamie liegt mir nicht«, sagte er mit einem Funkeln in den Augen. »Außerdem ... Im Grunde gibt es nur eine Frau, die ich gerne malen möchte. Immer und immer wieder.«

Ihr Herz überschlug sich fast, sie fühlte sich wie eingehüllt in eine traumverlorene, unwirkliche Glückseligkeit.

»Spiel mir was auf dem Saxophon vor«, flüsterte Theresa, »was von Sinatra.«

Sie setzte sich auf einen Barhocker und verfolgte jede Bewegung Romains – er holte sein Saxophon, lachte im Vorbeigehen über eine Bemerkung, die ein Gast ihm zurief, zog sich auch einen Barhocker heran und schloss die Augen.

Die ersten Klänge von Sinatras *I've got you under my skin* erfüllten den Raum, leise und verstohlen. Stille trat ein und alle Gäste wandten sich ihm zu und lauschten. Jedes Gespräch in der Bar war verstummt.

Romain blinzelte ihr kurz zu – augenblicklich schlug ihr Herz höher, denn er spielte nur für sie – , dann versank er wieder in der Musik. Die Töne des Liedes rieselten heiter-beschwingt aus dem Instrument, leicht wie ein Sommerregen, prickelnd wie eine junge Liebe. Ein Strahlen lag auf Theresas Gesicht, denn obwohl mehrere Meter sie trennten, fühlte sie sich so stark mit Romain verbunden, so ihm zugehörig, so leicht im Herzen, dass sie das Gefühl hatte zu schweben. Und als er für einen kurzen Moment wieder zu ihr blickte und sie in seinem Blick gefangen hielt, wusste sie, dass es ihm genauso ging.

Die letzten Klänge verebbten, Applaus ertönte, und Romain ließ das Saxophon sinken. Er verbeugte sich kurz vor seinem

Publikum, dann ging er auf Theresa zu und schlang seine Arme um sie.

»Danke«, sagte sie lächelnd und küsste ihn, unter dem erneut aufbrandenden Beifall der Seniorengruppe.

»Endlich!«, rief Erich zu ihnen herüber. »Wir dachten schon, dass wird nie was mit euch.«

»Wir hatten sogar eine Wette laufen«, kicherte Martha. »Gibst du uns noch einen Glühwein aus, Romain?«

Romain löste sich für einen winzigen Moment von Theresa, winkte ab und rief: »Wendet euch an den Kellner, ich bin beschäftigt.«

Sie johlten begeistert. Er küsste Theresa wieder; sie nahm seinen lieblichen Geschmack nach Glühwein in sich auf, konnte nicht genug von ihm bekommen. Sie schlang ihre Arme um seinen Nacken, hielt ihn fest, um ihn nie wieder loszulassen. Es gab nichts mehr, was sie trennte, und sie fühlte sich so stark und umgeben von Liebe, dass die Welt plötzlich eine andere war. Alles war wunderbar und überwältigend und einzigartig. Sie war haltlos, kopflos, rettungslos in Romain verliebt.

Romain flüsterte ihr ins Ohr: »Irgendwie sind mir hier zu viele Leute«, zog sie noch enger an sich heran und führte sie an den neugierigen Blicken der Barbesucher vorbei zur Hintertür hinaus, um in der dämmrigen Stille des Treppenhauses dort weiterzumachen, wo sie eben aufgehört hatten.

Die Zeit bis Weihnachten verging in einer Art Rausch aus glücklichen Stunden; egal, was Theresa tat, ob sie nun im Laden arbeitete oder in ihrer neuen Wohnung die Wände strich oder nähte, sie fühlte sich pausenlos getragen von dem Gefühl, dass alles gut war, alles wunderschön. Selbst wenn sie allein war, war Romain in ihrem Herzen so präsent, dass sie überfloss vor Liebe.

Sie verbrachten die Abende und Nächte in seiner Wohnung zusammen, kochten, aßen, lagen auf dem Fell vor dem künstlichen Kamin und lasen, liebten sich. Jede Nacht verloren sie sich ineinander, liebten sich bis zur Erschöpfung, während die bunten Lichterketten des kleinen Weihnachtsmarktes auf dem Platz tanzende Flecken ins dunkle Schlafzimmer warfen. Morgens wachten sie zusammen auf, die Arme umeinandergeschlungen, und sahen an manchen Tagen in die wirbelnden Schneeflocken vor dem Fenster, an anderen in den eisgrauen Dezemberhimmel.

Am Wochenende malte er sie; sie saß auf einem Hocker im Wohnzimmer, und er saß mit seiner Leinwand davor, das Hemd mit Farbe bespritzt, und tat konzentriert Pinselstrich um Pinselstrich.

Ein ums andere Mal wollte sie das unfertige Bild sehen, doch er hinderte sie jedes Mal lachend daran, weil er ihr das Bild als Einzugsgeschenk für ihre neue Wohnung schenken wollte.

»Wie werden wir das mit unseren zwei Wohnungen handhaben?«, fragte sie gähnend, als sie seit geschlagenen zwei Stunden auf dem Hocker saß, ohne sich zu rühren.

»Nun, wir verbringen mal einen Tag bei dir, und dann einen bei mir«, sagte Romain, ganz auf den Farbauftrag konzentriert. »Oder wir sind eine Woche bei dir und eine Woche bei mir. Oder wir sind unter der Woche bei dir und am Wochenende bei mir. Das wäre vielleicht die beste Option: wenn wir freitags- und samstagsabends betrunken sind von den ganzen Cocktails in der Bar, brauchen wir nur noch die Treppe hinaufzufallen.«

Sie lachten, und er legte behutsam seinen Pinsel ab und küsste sie.

»Ich geh die Pinsel auswaschen«, sagte er dann. »Aber du darfst dir das Bild in der Zwischenzeit nicht angucken, okay?«

»Mmh«, machte Theresa, »natürlich nicht.«

Kaum war er aus dem Raum, rutschte sie vom Hocker, um sich der Staffelei zu nähern, zuckte aber erschrocken zusammen, als Romain plötzlich um die Ecke schaute.

»Ha!«, rief er triumphierend. »Wusste ich es doch, dass du deine Neugier nicht bezähmen kannst!« Und mit einigen langen Schritten war er bei ihr und schlang die Arme um sie, um sie von der Staffelei wegzuziehen.

Sie wehrte sich lachend und versuchte, sich aus seiner Umklammerung zu befreien. »Lass mich! Das kannst du nicht mit mir machen, ich sterbe vor Neugier! Ich kann nicht noch zwei Monate warten, bis ich das Bild sehen darf.«

»Das wirst du wohl müssen«, sagte er, hielt sie fest umschlungen und küsste sie von hinten in den Nacken, während sie sich ausschüttete vor Lachen und ihm zu entkommen versuchte.

»Nur einen winzigen Blick!«

»Nichts da«, sagte er gespielt streng. Er warf sich Theresa über die Schulter, stöhnte über ihr Gewicht und trug sie in sein Schlafzimmer. Sie gluckste vor Vergnügen. Er warf sie auf sein Bett, beugte sich über sie und küsste sie wieder. Theresa wurde ganz still und erwiderte seine Liebkosungen. Sie zogen sich die Kleider herunter und liebten sich, berührten sachte jeden Zentimeter ihrer Körper, es war aufregend wie beim ersten Mal. Sie spürte seine warme Haut auf ihrer, fühlte sich glühend und geborgen und gewollt wie noch nie zuvor. Sie hielt ihn fest umschlungen, getränkt von Verlangen und Zuneigung.

Es wurde früh dunkel, und nachdem sie noch eine Weile geredet und Pläne geschmiedet hatten, schlief Romain ein, sie fest in seinen Armen haltend. Theresa blieb wach, wie so oft in diesen Tagen, um ihr Glück keine Sekunde lang loszulassen. Ein bleicher Dreiviertelmond erschien vor dem Fenster; es wurde kälter im

Zimmer und sie fröstelte. Sie befreite sich behutsam aus Romains Umarmung und tapste mit klammen Füßen zu seiner Wäschekommode, um sich ein Paar dicke Socken zu holen. Da sie sich in seiner Wohnung noch nicht perfekt auskannte, zog sie die falsche Schublade auf – und stutzte. Im fahlen Mondlicht erkannte sie einen Stapel Skizzen. Sie zog sie heraus und betrachtete gebannt eine nach der anderen. Auf jedem einzelnen Blatt hatte Romain ihr Gesicht aus dem Gedächtnis heraus mit einem weichen Bleistift skizziert; große Augen, die ihr mit einem verstohlenen Lächeln entgegensahen, geschwungene Lippen, die Haare, die ihr in sanften Wellen über die Schultern fielen. Jede Skizze war mit einem Datum versehen: 2. September, 9. September, 12. September und so weiter. Die letzte Skizze war an dem Tag im Dezember gezeichnet worden, bevor sie zusammengekommen waren. Theresas Augen füllten sich mit Tränen. Die Zeichnungen zeugten von einer überströmenden Zuneigung.

Sie legte den Stapel sorgfältig zurück und nahm sich aus der benachbarten Schublade ein Paar dicker Socken, die sie über ihre Füße streifte. Dann kroch sie zu Romains unter die Bettdecke zurück.

»Romain«, flüsterte sie.

»Hm?«, machte er schlaftrunken und schlang wieder den Arm um sie.

»Romain, ich habe die Zeichnungen gefunden, die du von mir gemacht hast«, raunte sie ihm ins Ohr.

»Was?«, murmelte er und schlug halb die Augen auf.

»Die Skizzen in der Kommode.«

»Ach, die.« Er schloss die Augen wieder und vergrub sein Gesicht in ihrem Nacken. »Jedes Mal, wenn ich dich gesehen habe, habe ich dich hinterher skizziert. Gleich beim ersten Mal, als du mit deiner Tante in die Bar gekommen bist.«

»Warum, Romain?«, flüsterte sie.

»Weil ich von Anfang an hin und weg von dir war. Weil du ein wenig rätselhaft warst in deiner leisen Traurigkeit und so liebenswert. Ich musste dich einfach zeichnen«, sagte er und küsste ihr eine Träne weg, die er im Dunkeln mehr spürte als sah. »Warum weinst du?«

»Wir hätten schon viel früher zueinander finden können«, sagte Theresa erstickt.

»Ach was, es war gut, so wie es war. Wir mussten diesen Weg gehen, um zueinander zu finden. Und, Theresa …«

»Ja?«

»Können wir jetzt weiterschlafen?«

Sie lachte leise, schmiegte sich an ihn und schloss die Augen, seinem gleichmäßigen Atem lauschend, als er wieder einschlief.

An irgendeinem dieser Tage öffnete Theresa im *Samt & Seide* ihr E-Mail-Programm und stellte schockiert fest, dass sie eine Nachricht von Didier Montreau aus Brüssel erhalten hatte. Ihr Herz klopfte vor Aufregung. Was wollte er von ihr? Ging es um Olivier? Sie hatte so gar keine Lust, an ihn erinnert zu werden.

Sie ging ins Hinterzimmer und kochte sich einen starken Kaffee, bevor sie es sich zutraute, die Mail zu öffnen.

»Liebe Theresa«, las sie,

> Entschuldigen Sie, dass ich mich aus heiterem Himmel bei Ihnen melde, das trifft Sie sicher unerwartet. Sie haben bestimmt nicht die besten Erinnerungen an Ihre Zeit in Brüssel, das kann Ihnen niemand verübeln. Es ging etwas chaotisch her in der Firma und auch ich war nicht unbedingt glücklich dort.
>
> Nun zum Grund meiner E-Mail: Ich habe O.s Modefirma verlassen, weil ich mich beruflich verändern wollte. So habe ich ein

eigenes Modelabel gegründet, das natürlich noch klitzeklein und sehr weit davon entfernt ist, erfolgreich zu sein. Falls es das jemals wird, denn das steht in den Sternen.

Ich erinnere mich sehr gerne an die schönen Röcke, die Sie von Deutschland mitgebracht haben. Um ehrlich zu sein, gingen mir Ihre Entwürfe aufgrund ihrer Frische und Originalität seitdem nicht mehr aus dem Kopf. Es tat mir damals sehr leid, dass sie nicht wirklich in unser »mittelaltes« Modekonzept passten.

Ich weiß natürlich nicht, was Sie im Moment beruflich machen; vielleicht sind Sie inzwischen in einem großen Modehaus in Paris untergekommen. Aber falls Sie Interesse haben, würde ich sehr gerne mit Ihnen darüber sprechen, einen Ihrer Röcke in mein Programm aufzunehmen und Ihnen den Schnitt abzukaufen. Selbstverständlich mit angemessener Würdigung Ihrer Designertätigkeit.

Falls Sie Interesse haben, melden Sie sich gerne bei mir. Ich würde mich sehr darüber freuen.

Liebe Grüße, Ihr Didier

Theresa sprang auf und lief im Kreis im Laden umher. Eine Kundin, die sich gerade bei den Kinderstoffen umsah, warf ihr einen verwunderten Blick zu, und Theresa bemerkte, dass sie Selbstgespräche führte.

»Das darf nicht wahr sein«, murmelte sie fassungslos vor sich hin. »Ich glaube es nicht!«

Aber es stimmte. Sie kehrte an den Computer zurück, und las die Mail wieder und wieder. Sie brauchte eine ganze Weile, um ihr Glück zu fassen: Sie konnte eines ihrer Schnittmuster vermarkten. Einer ihrer Röcke konnte produziert und in Geschäften gekauft werden.

Ich bin eine Modedesignerin, dachte sie schmunzelnd. Wenn

auch in winzig kleinem Rahmen. Und ausgerechnet jetzt, wo mir das überhaupt nicht mehr wichtig ist.

Sie nahm ihr Handy und rief ihren Bruder an, der wahrscheinlich bei ihrer Mutter am Küchentisch saß und arbeitete.

»Fritzchen!«, begrüßte sie ihn. »Du wirst es nicht glauben!«

»Was ist los?«, fragte er mit vollem Mund. Vermutlich verleibte er sich gerade das von Ada gebackene Weihnachtsgebäck ein; da sie bei der Arbeit im Finanzamt war, konnte ihn nichts davon abhalten.

»Ich habe ein Angebot aus Brüssel erhalten.«

»Doch nicht von diesem Mistkerl?«, rief er misstrauisch.

»Aber nein. Von seinem ehemaligen Chefdesigner Didier. Dieser hat sich selbstständig gemacht und bietet mir an, eins meiner Schnittmuster in seine Linie aufzunehmen.«

»Super, Glückwunsch, Schwesterchen. Das hast du gut gemacht. Dann darfst du dich jetzt wohl Modedesignerin nennen?«, zog er sie lachend auf.

»Ja, das darf ich. Auch wenn es sich nur um ein einziges Röckchen handelt.«

Durch die Leitung klang ein krümeliges Geräusch, so als schiebe Friedrich sich die nächsten Weihnachtskekse in den Mund. »Ich finde, wir sollten heute Abend mal wieder unsere Colaflaschen vom Regal nehmen und abhaken, welche Jugendträume wir bis jetzt verwirklich haben. Bei mir: alle.«

»Nicht zuletzt dank Léa«, stimmte Theresa zu.

»Absolut. Dann kommen wir mal zu den Träumen deines siebzehnjährigen Ichs«, sagte Friedrich. »Erstens: *eine berühmte Modedesignerin werden*. Nun ja, wenn man das *berühmt* streicht und darüber hinwegsieht, dass du nur ein Schnittmuster an den Mann bringst: abgehakt. Zweitens: *Dich in einen heißen Franzosen verlieben und ihn heiraten*. Nun ja, zunächst sah es aus, als sei der Franzose ein Belgier, nun hat er sich als Luxemburger entpuppt. Aber das kommt auf das Gleiche hinaus. Sie reden ja alle Französisch. Und das mit dem Heiraten? Kommt bestimmt noch, was, Schwesterchen?«

»Jetzt mal langsam«, sagte Theresa lachend.

»Also kann man auch hinter den zweiten Traum einen Haken setzen. Drittens: *nach Paris reisen*. Hm, aus Paris wurde De Panne und Brüssel. Also auch fast gleichzusetzen. Frankophon ist frankophon. Abgehakt.«

»Aber der vierte Punkt«, wandte Theresa ein. »*Eine Fahrt mit dem Heißluftballon* ... Es kam ja fast dazu, allerdings nur fast.«

»Hm. Wenn du mich fragst, ist der vierte Punkt vernachlässigbar.«

»Ich finde, wir sollten diese Traumlisten mal langsam entsorgen«, schlug Theresa vor. »Sie haben ihren Zweck erfüllte. Durch sie haben wir uns mit unseren Wünschen auseinandergesetzt und herausgefunden, was uns wirklich wichtig ist im Leben. Es ist mir absolut egal, ob Romain französisch oder finnisch spricht. Und ich möchte auch keine Modedesignerin mehr sein und in einer großen Firma mit einem Team voller Mitarbeiter um einen Besprechungstisch sitzen und debattieren ... »

»Du hast vollkommen recht«, stimmte Friedrich zu. »Diese Listen brauchen wir nicht mehr. Wir sind im wirklichen Leben angekommen. Also, was schlägst du vor? Wir könnten unsere Listen in einer feierlichen Zeremonie im Garten verbrennen. Oder ... oh Gott ...!«

»Was ist?«, rief Theresa erschrocken.

Friedrich stöhnte. »Ich habe aus Versehen Muttis ganze Vanillekipferl aufgegessen! Sie stand den ganzen Samstag über in der Küche. Sie wird mich töten.«

»Schon möglich«, sagte Theresa mitleidslos.

»Kannst du nicht kommen und schnell ein paar neue backen?«, winselte Friedrich.

»Bist du irre? Ich habe ein Geschäft zu führen. Aber ich suche dir gerne ein Rezept heraus und maile es dir. Wenn du dich ranhältst, schaffst du noch zwei Bleche, bis Mutti heimkommt.«

Romain bat Theresa, das *Samt & Seide* am letzten Samstag vor Weihnachten früher zu schließen, da er einen Überraschungs-Christmas-Shopping-Trip für sie beide organisiert habe. Nach einer schnellen heißen Waffel mit Puderzucker an einer Bude auf dem kleinen Platz hakte sie sich bei Romain unter, um zu seinem Auto zu gehen.

Er sah sie erwartungsvoll lächelnd an.

»Was ist?«, fragte sie.

»Hm. Nichts. Ich habe mich nur gefragt, ob dir meine Weihnachtsgeschenke gefallen werden. Eines habe ich schon, aber so ein, zwei Kleinigkeiten darfst du dir heute noch aussuchen.«

Sie blieb stehen und küsste ihn liebevoll. »Du bist mein schönstes Geschenk, mehr brauche ich nicht.«

Er hatte ihr nicht verraten, in welche Stadt er sie zum Shoppen entführen wollte; Theresa wurde nicht schlau aus seinem Fahrmanöver. Statt der Autobahn steuerte er einen Feldweg am Stadtrand an und fuhr langsam über den staubigen Grund. An den Rändern gab es noch vereinzelt vereiste Flächen vom letzten Kälteeinbruch. Der Himmel war grau wie Federn, und ab und zu schickte eine ferne Sonne kurz ein paar kalte Strahlen durch die Wolkendecke.

Romain lächelte vor sich hin, und Theresa bekam einen Kloß im Hals.

»Wohin fahren wir wirklich?«, fragte sie gepresst.

»Das habe ich dir doch gesagt. Zum Shoppen.«

»Ja, klar, hier im Feld. Hinter der nächsten Wegbiegung taucht bestimmt ein verzauberter Weihnachtsmarkt auf, auf dem man die erlesensten Geschenke kaufen kann.«

»Ja, genau«, sagte er in gespieltem Erstaunen, »hast du den Artikel darüber auch in der Zeitung gelesen?«

Theresa biss sich auf die Lippen und starrte auf die kahlen Felder und die blattlosen Bäume am Wegesrand.

Nach einer halben Stunde holpriger Fahrt hielt Romain den Wagen an und machte den Motor aus. Theresa stieg wie in Trance aus. Sprechen war nicht mehr nötig, es war alles gesagt.

Auf einer Wiese mit braunem Wintergras stand ein einzelner Heißluftballon, der gerade durch Feuerstöße erhitzt wurde. Ein gewaltiges Rauschen erfüllte die Luft.

Romain kam auf ihre Seite des Autos und bot ihr seinen Arm. »Voilà. Wir sind da.«

Tränen brannten in ihrer Kehle vor Rührung.

»Oh, Romain«, flüsterte sie, »das ist ...«

»Komm, unser Pilot wartet auf uns«, sagte Romain aufmunternd. »Wahrscheinlich nennt man ihn nicht Pilot ... Ich wüsste aber auch nicht, wie sonst. Kapitän?«

Der Eigentümer des Ballons, ein mittelalter Mann in dicker Winterjacke, stellte sich ihnen als Felix vor. Er half ihnen beim Einsteigen; eine Weile standen sie zu dritt im Korb und sahen zu, wie sich der Ballon unter dem Feuer immer mehr aufrichtete, größer und größer wurde.

Er erklärte ihnen laut die Vorgehensweise, aber die Flammen veranstalteten so ein Getöse, dass Theresa kein Wort verstand.

Dann rief er: »Leinen los«, löste ein starkes Seil und der Ballon erhob sich in die Lüfte.

Theresa klammerte sich am Rand des Korbes fest und beobachtete gebannt, wie unter ihr alles kleiner und kleiner wurde.

Die Felder, Wege, Bäume, die Häuser etwas weiter weg – alles miniaturisierte sich. Sie bekam ein mulmiges Gefühl im Magen, das aber bald verschwand. Die Sonne tauchte erneut zwischen den Wolken auf und übergoss alles mit einem glühend goldenen Schein.

Noch immer konnte Theresa kaum sprechen, sie war zu bewegt. »Du hast …«, stieß sie hervor.

Romain legte ihr den Arm um die Schulter und drückte sie an sich.

»Du hast dir damals bei unserem Gespräch in der Bar gemerkt, dass ich mir eine Fahrt im Heißluftballon wünsche. Du hast es nicht vergessen.«

»Natürlich. Ich habe nichts von dem vergessen, was du mir jemals über dich erzählt hast.«

Theresa wischte sich die Tränen aus den Augen und nahm ein Glas Champagner entgegen, das Felix ihr entgegenhielt.

»Santé«, sagte Romain lächelnd und stieß mit ihr an. »Freust du dich über meine Überraschung?«

»Mehr als du dir vorstellen kannst. Tausend Dank.«

»Sind noch Wünsche offen, die ich dir erfüllen kann?«, fragte er liebevoll.

Theresa schüttelte den Kopf. »Nein, kein einziger.«

Und dann beugte sie sich zu ihm und küsste ihn, hoch über dem kleinen Wäldchen, über das sie gerade flogen.

Nachtrag

Das Buch endet im Dezember, deshalb soll dem neugierigen Leser noch eines verraten werden: Entgegen aller Erwartungen fügte sich Léa hervorragend ins *Samt & Seide* ein. Aufgrund ihres hervorragenden Modegefühls beriet sie die Kunden sehr gut und akzeptierte problemlos Theresas Autorität als Chefin. Theresa musste sie lediglich etwas bearbeiten, damit sie ihre Vorliebe für Schwarz nicht allzu sehr in ihre Arbeit einfließen ließ und den Kunden auch mal farbige Stoffe empfahl.

Romains Literaturliste

Marcel Proust: *A la recherche du temps perdu*

Gustave Flaubert: *Madame Bovary*

Paul Verlaine: *L´heure exquise*

Benoîte Groult: *Les vaisseaux du cœur*

Charles Baudelaire: *Les fleurs du mal*